UN SUR DEUX

— **Steve Mosby** —

UN SUR DEUX

Traduit de l'anglais
par Étienne Menanteau

Direction éditoriale : Arnaud Hofmarcher
Titre original : *The 50/50 Killer*
© Steve Mosby, 2007
© Sonatine, 2008
Sonatine Éditions
21, rue Weber
75116 Paris
www.sonatine-editions.fr

Pour Lynn

Prologue

— On n'est pas obligés d'y aller, dit-elle, si tu n'en as pas envie.

John Mercer se regarda dans le miroir, sans répondre. Il vit sa femme avancer les mains pour lui nouer sa cravate. Elle s'occupait de lui, comme toujours. Il leva un peu le menton, pour qu'elle puisse faire le nœud. Elle commença par le laisser flottant, avant de le serrer doucement.

– Les gens comprendraient.

Si seulement c'était vrai ! Ils auraient peut-être l'air indulgents, mais, au fond d'eux-mêmes, ils ne pourraient s'empêcher de penser qu'il s'était dérobé à son devoir. Il imaginait déjà ce que l'on raconterait à la cafétéria. On évoquerait son absence, on dirait qu'il devait être sous le choc, puis peu à peu on lâcherait que, en dépit de ce qu'il devait ressentir, il aurait dû assister à l'enterrement. Serrer les dents et assumer ses responsabilités. C'était la moindre des choses. Et ils auraient raison. Il serait impardonnable de ne pas y aller. Seulement, il ne savait pas du tout comment il allait faire pour tenir le coup.

Eileen glissa la pointe de sa cravate entre les boutons de sa chemise. Elle la lissa bien.

– On n'est pas obligés d'y aller, John.

– Tu ne comprends pas.

À la lumière du matin, l'air de la chambre semblait bleu acier. Dans le miroir, il avait la peau blanche et flasque, le visage presque éteint. Quant à son corps, bon, elle devait encore tendre un peu les bras pour en faire le tour, mais il n'avait pas l'impression d'être aussi robuste que dans le temps. Les choses qu'il portait semblaient plus lourdes. Il se fatiguait trop vite. Là, bras ballants, il dégageait une impression de vide et de tristesse. Il avait vieilli. Depuis peu.

– Je comprends que tu ne sois pas dans ton assiette, lui dit-elle.
– Ça va aller.

Mais ça n'allait pas. Chaque fois qu'il s'imaginait faire face à tous ces gens, il sentait son cœur se serrer. Quand il y pensait trop, il avait du mal à respirer. Derrière lui, Eileen soupira. Puis, elle enroula ses bras autour de ses épaules et colla sa joue à son dos.

Il se sentit soulagé. Quand elle l'étreignait, il avait l'impression de n'être plus que cet homme-là, ici et maintenant, un homme sans devoir ni responsabilité, un homme que rien ne minait.

Il leva doucement le bras et posa la main sur la sienne. Elle avait de petites mains, toujours chaudes.

Ils restèrent ainsi un moment, un homme et une femme qui s'enlaçaient, et il se regarda dans le miroir. En dépit de cette étreinte rassurante, il se fit l'effet d'une statue, modelée dans un moment d'absence. Il voyait par intermittence une lueur d'émotion traverser son regard, mais c'était comme entrevoir la terre depuis un avion, à travers les nuages. Son esprit n'avait nulle part où se poser sans danger. Et il n'était pas possible de rester indéfiniment dans les airs.

Il serra une dernière fois la main d'Eileen, puis s'écarta.
– Il faut que j'aille lui rendre hommage.

Les enterrements étaient éprouvants pour une quantité de raisons, mais ce qui le surprenait le plus à chaque fois, c'était d'y voir tant de monde. Les morts seraient sans doute étonnés de savoir qu'ils jouissaient d'une telle estime et qu'ils avaient touché autant d'individus sans le savoir. La mort avait le don de réunir ceux qui ne connaissaient le défunt que de loin. Les gens se déplaçaient toujours.

Un sur deux

Lors de l'enterrement d'un policier, l'effet était accru. Mercer regarda autour de lui. La plupart des membres du service étaient là, y compris des agents qui n'avaient jamais travaillé avec Andrew et ne l'avaient sans doute même pas connu. C'était leur sens des responsabilités et l'impression de faire partie de la même famille qui les avaient incités à venir. Tous, sans exception, avaient présenté leurs condoléances à la famille en entrant, après quoi ils étaient allés s'asseoir dans l'aile droite de la chapelle, celle réservée au service. Ils étaient presque tous en tenue.

Mercer était assis à l'avant avec les membres de son équipe. Eileen avait pris place derrière, dans l'aile gauche, et il n'arrêtait pas de regarder dans sa direction, dans l'espoir de l'apercevoir. Chaque fois qu'il la voyait, il se sentait mieux. Il lui tardait d'être seul avec elle, mais sa place était ici, avec Pete, Simon et Greg.

Tous les quatre gardaient le silence. Dans la nef, le cercueil renfermait le corps du cinquième. Mercer avait les yeux fixés dessus. Il semblait bien trop petit pour abriter l'homme qui avait travaillé pour lui, non, *avec* lui, toutes ces années durant. La mort, ça rapetissait tout le monde. Une autre tristesse des enterrements. Même les cérémonies religieuses, au fond, semblaient militer pour l'absence de Dieu.

Il inclina légèrement la tête et écouta le bourdonnement des discussions à voix basse, le bruit des gens qui se dirigeaient vers leur siège. De temps à autre résonnaient des toux caverneuses qui partaient en écho, tels des oiseaux coincés dans les chevrons.

L'officiant finit par s'installer devant le lutrin, en haut de la chapelle. Tout le monde se tut. L'homme parla dans un micro qui amplifia légèrement sa voix.

– Nous sommes rassemblés ici aujourd'hui pour rendre hommage à Andrew Dyson, mort le 15 décembre, et qui nous a été enlevé dans l'exercice de ses fonctions. Il n'avait pas de conviction spirituelle particulière, de sorte que la famille a préféré ne pas organiser de cérémonie religieuse. Je représente ici l'Association humaniste et je vais célébrer une cérémonie civile.

Il leva les yeux pour regarder vers le fond de la chapelle, le visage baigné d'une lumière dorée.

– Le monde est une communauté, reprit-il, et Andrew en a fait partie, avec nous. On l'oublie facilement dans la vie de tous les jours. Nous vaquons à nos occupations. Mais, en réalité, nous sommes tous concernés et touchés par la vie et la mort de chacun d'entre nous.

Mercer jeta un coup d'œil sur la droite et vit la femme d'Andrew. Elle était assise entre leurs deux petites filles et leur serrait très fort la main, se montrant courageuse devant elles. Quand il était allé lui annoncer la mort de son mari, elle avait fondu en larmes, des pleurs d'une détresse terrible, mais elle avait réussi à garder les pieds sur terre. Il avait passé toute la soirée avec elle, et c'est là qu'elle lui avait demandé s'il accepterait de lire aujourd'hui cet hommage à Andrew. Il n'avait pas pu refuser. Pourtant, ces derniers jours, l'appréhension puis une espèce de panique s'étaient peu à peu emparées de lui. Il se trouvait maintenant au premier rang de la chapelle, exactement comme elle, mais il était loin d'être aussi solide qu'elle.

– On peut nous enlever la satisfaction d'avoir un ami ou un collègue que nous aimons beaucoup, mais pas celle d'en avoir eu un. À bien des égards, nous avons perdu ce que nous avions, nous ne devons néanmoins pas nous focaliser uniquement sur la disparition de nos amis, mais aussi nous souvenir de tout ce que leur présence a apporté à nos vies.

L'officiant regarda ses notes, avant de relever la tête.

– La mort est irrémédiable et irréversible, enchaîna-t-il. On peut néanmoins la transfigurer en continuant à aimer ceux qui nous ont quittés, comme en nous aimant les uns les autres.

Ce fut d'abord un sifflement dans ses oreilles, puis, alors qu'il regardait l'officiant, sa vue se brouilla. Il sentit ses poils se hérisser sur sa nuque, les battements de son cœur s'accélérer.

Quelque chose n'allait pas.

– La séparation définitive qu'est la mort ne peut que nous bouleverser et nous causer du chagrin, dit l'homme. Les êtres sensibles auront forcément beaucoup de peine. Aucune religion, aucune philosophie ne peut empêcher cette réaction naturelle et humaine.

Mercer se retourna sur son banc pour examiner la foule derrière lui. Une multitude de corps et de têtes. Au fond de la chapelle, la porte était ouverte. Il y avait encore des gens dehors.

– Quelle que soit la relation qui s'achève avec la mort, et quelles que soient nos convictions personnelles, nous avons au moins la certitude que ceux qui nous ont quittés sont désormais en paix.

Il essaya de repérer des visages. Malgré le nombre de gens présents, il ne reconnut personne. Il y avait néanmoins des têtes qui se tournaient vers lui.

Des regards dans sa direction.

L'officiant s'était tu. Mercer se retourna, vit qu'il s'était écarté du lutrin et le regardait, l'air impatient.

Il avait raté le coche. Quelques toussotements polis se firent entendre dans la chapelle lorsqu'il se leva et s'avança. Les feuillets qu'il avait préparés étaient déjà en place. Il les prit, les mains tremblantes, et se pencha vers le micro.

– Je m'appelle John Mercer, dit-il. J'ai la tristesse, mais aussi l'honneur de prendre la parole aujourd'hui. J'ai eu le privilège de connaître Andrew Dyson, qui était tout à la fois un collègue et un ami.

Il s'entendit faire cette déclaration, mais tout se passait comme si c'était quelqu'un d'autre qui parlait. Il avait des sueurs froides. D'un seul coup, il se sentit aussi faible qu'un vieillard. Son cœur battait si fort qu'il eut l'impression qu'il allait sortir de sa poitrine.

– J'ai travaillé avec... J'ai eu le plaisir de travailler pendant dix ans avec Andrew.

Il avala sa salive.

Sur le banc, les autres membres de son équipe le regardaient, inquiets. Pete, son second, fronçait les sourcils. Il décroisa les bras, comme s'il s'apprêtait à se lever et à le rejoindre. Mercer l'en dissuada d'un signe de tête.

Ça va aller.

Mais ça n'allait pas. Il avait beau faire chaud là-dedans, il grelottait. Ses jambes...

– Pendant tout ce temps...

Eileen. Il regarda vers le fond de la chapelle, cherchant à la repérer. Il savait à peu près où elle était mais, maintenant qu'il avait besoin d'elle, il n'arrivait pas à voir où elle était assise. Il continua à parler, la panique s'accroissant à chaque visage qui n'était pas le sien.

– Pendant tout ce temps, il s'est montré l'un des agents les plus compétents avec qui j'aie jamais collaborés.

Son attention fut attirée par une vision furtive. Quelque chose qu'il chercha à identifier.

– J'espère apporter un peu de réconfort...

Il le vit de nouveau et en perdit ses mots. Un visage parmi tous les autres qui le regardait fixement.

Robert Parker ? Parker, qui avait assassiné cinq petits garçons dans une ville du Sud ? La dernière fois qu'il l'avait vu, c'était dans une pièce fortement éclairée. Habillé en orange, Parker s'était allumé une cigarette, maladroitement, à cause de ses menottes. Il avait été tué quelques mois plus tard par un autre détenu.

– Un peu de réconfort à la femme d'Andrew et ses enfants...

Il hésita.

Ça ne pouvait pas être Parker. C'est alors qu'il remarqua le type assis deux rangées plus loin. Des cheveux noirs lissés en arrière, avec une tête ronde, juvénile. Sam Phillips. Celui-là, il ne l'avait jamais vu qu'en photo. Mais il avait étudié le dossier et examiné le matériel en fer rouillé qu'il s'était construit dans la cave de son pavillon. Il ne pouvait pas être ici non plus. Il était en prison, à des centaines de kilomètres de là.

Parker et Phillips se levèrent.

– Non ! dit Mercer.

Il balaya la chapelle du regard et vit d'autres types se lever dans l'assistance. Il les regarda les uns après les autres, pâlissant davantage devant chaque visage connu.

Charles Yi, qui trois fois était entré par effraction chez des femmes et en était ressorti après avoir enchaîné leurs cadavres aux radiateurs.

Jacob Barrett, le meurtrier de la carrière.

– Non !

Craig Harris, qui avait massacré des familles entières.

Et un dernier personnage, debout, tout seul, au fond de la chapelle. Il eut du mal à le distinguer, car il disparaissait dans l'ombre. Mais il remarqua que sa tête avait une drôle de forme. Il avait des cornes, aussi...

Tous en même temps, ils commencèrent à se frayer un chemin à droite et à gauche et à se diriger vers la nef. Chacun d'eux le fixait du regard.

Le cœur lui manqua. Il n'y avait plus de tension, il n'y avait plus rien. Il n'existait plus. Ne restait rien d'autre qu'une terrible peur panique.

– Non !

Pete était là, à côté de lui. Il lui posa la main sur le bras...

– Ça va aller, John.

... mais Mercer se retourna et le repoussa, en le regardant fixement.

– Tu ne les vois pas ?

Il désigna la nef.

Pete avait un air de chien battu, il faisait toujours un peu une tête de martyr, mais là on lisait sur son visage plus de tristesse que Mercer n'en avait jamais vu. Pete n'osa pas croiser le regard de son patron et préféra baisser la tête, crispant la mâchoire.

– John...
Il lui parla doucement.
– Viens t'asseoir, s'il te plaît.
– Non, tu ne comprends pas !
Il regarda la nef. Les types avançaient tout doucement, comme le feraient des morts vivants. Tous en train de le regarder, l'œil vide.
Pete lui posa la main sur le bras.
– C'est moi, John... Pete !
– Tu ne comprends pas.
– Mais si.
Pete le prit par le bras.
– Je comprends très bien.
Mercer hésita, désorienté pendant quelques instants, puis il l'enlaça et se mit à pleurer.
Pete le serra contre lui.
– Ne t'en fais pas. Viens, lui dit-il à voix basse.
Il le fit descendre de l'estrade. Mercer essaya de garder les yeux fermés. Quand il les rouvrit, à peine une seconde, il aperçut des visages blêmes tout près du sien, qui le regardaient passer. Il se laissa guider par Pete, Greg et Simon. Au milieu de la chapelle, il sentit Eileen lui toucher le bras. Les gens s'écartèrent pour les laisser passer.
C'est ainsi que, blottis les uns contre les autres pour le protéger, ils ressortirent au grand jour.

Deux ans plus tard

Première partie

L'une des premières choses que l'on nous enseigne, c'est qu'il est important de ne pas avoir d'idées préconçues lorsqu'on commence une enquête. Ce qui, dans une certaine mesure, est vrai.

Ainsi ne doit-on jamais présumer de rien lorsqu'on arrive sur les lieux d'événements tragiques, même si les choses ont l'air évidentes. Chaque mort survenue en l'absence de témoins doit être considérée comme un meurtre et faire en conséquence l'objet d'une enquête, jusqu'à ce que l'on puisse prouver le contraire. Il convient d'abord d'évaluer les preuves dont on dispose, puis de se fonder sur celles-ci, et seulement sur celles-ci, pour en tirer des déductions. Ce sont les éléments concrets qui doivent orienter l'enquête et on doit toujours suivre la direction dans laquelle ils nous mènent.

Tout cela est vrai. Mais, comme n'importe quel policier chevronné pourra vous le dire, il faut toujours garder une place pour l'intuition. À la longue, on apprend à écouter une subtile voix intérieure, même quand personne d'autre ne l'entend. Et, tout en raison gardant, il n'y a pas de mal à la suivre là où elle nous entraîne.

Extrait de *Le mal est fait*, de John Mercer.

2 décembre
17 h 15
Quatorze heures avant le lever du jour

    Les gens ne montent pas souvent dans leur grenier. Kevin Simpson ne faisait pas exception à la règle.
Il y était allé une fois, quand il s'était installé ici : il avait passé la tête et les épaules par la trappe poussiéreuse, inspecté l'endroit avec une lampe torche et il s'était dit, comme toujours en ces cas-là, qu'il mettrait un jour cet espace à profit, tout en sachant bien, au fond, qu'il n'en ferait rien. Puis il avait redescendu l'échelle instable et pensé à autre chose.
    S'il y était remonté aujourd'hui, quatre ans après cette première exploration, il aurait découvert le diable, accroupi dans un coin, baigné d'une lumière d'un bleu métallisé. Le diable était immobile, ou presque, le regard rivé sur le petit écran face à lui, en train d'écouter au casque les données transmises par le dispositif de surveillance qu'il avait installé dans la maison. Simpson n'en aurait tout d'abord pas cru ses yeux et il en aurait sans doute conclu que ce n'était pas vrai, qu'il s'agissait tout bêtement d'une statue incongrue, assise immobile sur ses talons. Le visage implacable éclairé par une lumière tremblotante ressemblait à celui d'un mort assis devant une télévision encore allumée dans une pièce sombre.
    Sauf que Kevin Simpson, comme la plupart des gens, ne montait pas souvent au grenier. Le diable y avait passé des journées sans être dérangé. Il avait dormi juste au-dessus de lui, ses provisions rangées dans un sac, ses déchets stockés dans un autre. Il l'avait espionné.

Aujourd'hui, il avait passé son temps à écouter et regarder évoluer, en bas, dans la maison, le couple qui ne se doutait pas de sa présence. La fille était arrivée ce matin à 8 h 45. Ils avaient pris un café ensemble et mangé. Ils avaient discuté. Elle était repartie à 16 h 15.

Le diable avait entendu et vu tout ce qu'ils avaient dit et fait.

Après le départ de la fille, il avait attendu.

Et attendu.

Il se redressa, ses membres dessinant de longues ombres arachnéennes à la lumière de l'écran. Ce dont il avait besoin (la corde, l'alcool à brûler) était dissimulé dans la chambre d'amis de Simpson. Ne restait que le marteau, qu'il prit avec lui avant de ramper avec agilité sur les poutres jusqu'à la trappe.

Un jour où Simpson était parti travailler, il avait huilé le loquet et la serrure de la trappe donnant sur l'échelle d'acier. Il ouvrit le battant en silence, un rai de lumière venant du couloir barra le grenier, éclairant les toiles d'araignées enroulées sur les chevrons.

Et le diable descendit.

*
* *

Kevin Simpson ne se réveilla pas d'un seul coup. Il retrouva sa lucidité progressivement. Durant son retour à la réalité, il garda les yeux fermés. Cela lui paraissait logique, même s'il n'avait pas encore les idées assez claires pour comprendre pourquoi.

À son corps défendant, ses sensations se précisèrent.

La chaleur humide dans laquelle il baignait.

La pression diffuse qui l'enserrait.

Un courant frais sur le visage... Mais aussi la sueur qui perlait sur son front et le long de son nez. La température : on se serait cru dans le sauna du Leisure Club.

De l'eau coulait et clapotait. Des bulles chaudes bouillonnaient autour de ses orteils.

Je suis dans mon bain.

Il s'en voulut aussitôt.

Tant que j'échappe à la réalité, elle n'existe pas.

Mais il n'y avait pas de retour en arrière possible, et ce fut bien malgré lui que Kevin prit peu à peu conscience d'autres sensations. La scène qu'il était en train de vivre, même s'il avait encore les yeux fermés, se précisa. Il ne put s'empêcher de réaliser qu'il était allongé nu dans l'eau. La porcelaine dure sous son cou, ses bras serrés contre la baignoire.

Une douleur affreuse et lancinante à l'épaule...

C'est alors qu'il se souvint de l'intrus. Il y avait un homme dans sa chambre, l'homme l'avait agressé et...

Paniqué, il se cabra et voulut se débattre, mais il avait les bras ligotés sur les côtés et les pieds attachés l'un à l'autre. L'eau lui remontait jusqu'au nez. Il essaya de tousser – mon Dieu, on lui avait aussi collé quelque chose sur la bouche ! Sa panique se traduisit par un hurlement silencieux. En désespoir de cause, il souffla de l'air par le nez, puis inspira avec difficulté. Un liquide amer et salé dans la bouche. Il se dépêcha d'avaler, en essayant de ne pas vomir.

– Calme-toi, ou tu vas te noyer.

Kevin s'immobilisa dans la seconde. Mais garda les yeux fermés.

Un cambrioleur.

S'il avait oublié le fait qu'il était venu s'asseoir dans son bureau après le départ de la jeune fille pour lui écrire un e-mail, il aurait pu se convaincre que c'était bien ça, qu'il avait dérangé un cambrioleur. Peu importe qu'il se fût alors retourné et qu'il ait vu un homme sur le pas de la porte, derrière lui, ou que celui-ci ait porté un masque de diable et tenu un marteau à la main. Le type, au fond, ne s'intéressait qu'à l'argent et il avait été obligé de le ligoter. Il n'allait pas tarder à prendre ce qu'il était venu chercher, puis il s'en irait.

Il entendit d'abord un crissement lorsqu'on ferma les robinets, puis le bruit étouffé de l'eau dans les tuyaux, comme si les veines de la maison étaient en ébullition.

– Ouvre les yeux !

Il n'en avait pas envie, pourtant il obtempéra. La salle de bains était envahie par la buée dont il pouvait voir les traces poisseuses sur les portes de l'armoire à glace. Il sentait la sueur couler sur son front.

Le type s'était assis sur les toilettes, à côté de la baignoire. Il portait le même masque hideux : une peau rose et caoutchouteuse, des touffes de poils noirs collées sur le menton et sur la tête, des cornes fabriquées avec ce qui ressemblait à de vieux os.

Le diable. Kevin le fixa du regard.

– C'est mieux, dit l'homme.

Kevin réalisa alors pleinement dans quelle situation il était : couché dans un bain chaud, à la merci de cet effroyable inconnu. Cet inconnu avec *ce* masque !

Un malentendu, se dit-il, ça doit être un malentendu.

L'homme se baissa pour attraper le marteau posé entre ses pieds. Kevin paniqua encore davantage, mais ce coup-ci il bougea le moins possible.

Calme-toi, ou tu vas te noyer.

– Je suis désolé de t'infliger ça.

L'homme regarda l'outil d'un drôle d'air, comme pour mesurer quels dégâts il pouvait faire avec.

– Il est possible que tu t'en sortes vivant, auquel cas je suis désolé d'avoir à t'infliger ça. Mais c'est nécessaire.

Possible... nécessaire...

– Fais-moi signe si tu m'entends.

Kevin hocha la tête de son mieux. Un malentendu, ne cessait-il de se répéter. Si seulement cet inconnu daignait lui ôter son bâillon pour le laisser parler, il pourrait s'expliquer.

L'homme reposa son marteau.

– Je sais à qui tu écrivais cet e-mail. Ça fait un bon moment que je vous observe, tous les deux.

Mon Dieu !

– J'ai lu tous les e-mails que vous vous êtes adressés. J'ai tous tes mots de passe. Et je me suis fait fabriquer un double de tes clés. Tu vois ?

Il agita doucement un énorme trousseau de clés. Kevin les regarda l'une après l'autre, mais elles passaient trop vite devant ses yeux, et il ne parvint pas à distinguer celles qui pouvaient être les siennes. Certainement pas toutes. Peu importe. Il hocha quand même la tête.

L'autre posa les clés par terre.

– Il m'arrive de venir chez toi quand tu n'y es pas. Je fouille dans tes affaires, je lis tes lettres, je dors dans ton grenier, je te suis quand tu vas au travail et quand tu en reviens.

Ce n'était donc pas un malentendu. Kevin dévisagea l'homme et fit un terrible effort de mémoire pour se rappeler s'il avait aperçu quelque chose ou quelqu'un de louche. En vain. *Tu te contentais de passer dans le quartier, c'est ça ? Je n'ai jamais fait attention aux gens qui traînaient dans le coin. Un type malin aurait pu me suivre sans difficulté.*

– Tu ne m'as jamais vu, reprit l'homme. Je prends beaucoup de précautions. Mais moi, je t'ai vu. Je vous ai observés toute la journée, tous les deux.

Kevin essaya de bouger la tête. La sueur lui coula dans un œil. Il battit des cils pour la chasser. Sur les bords de la baignoire, l'eau clapotait.

L'individu au masque de diable se pencha pour ramasser autre chose par terre. Une petite bouteille en plastique rouge et jaune. L'alcool à brûler.

Ça lui glaça le sang, il se figea, paralysé. Il voulut se reculer, mais ne pouvait pas bouger. Il s'aperçut qu'il se pissait dessus.

L'homme tenait entre ses mains la bouteille en plastique. Du genre de celles qu'on utilise pour aviver les flammes d'un barbecue. Il la dirigeait plus ou moins dans la direction de Kevin. Malgré le masque, il avait l'air songeur.

– On va jouer à un jeu sur l'amour, déclara-t-il.

3 décembre
7 h 23
Huit minutes après le lever du jour

C'en était trop.

Son corps gigotait encore dans l'eau, mais il avait arrêté de se débattre. Malgré la fumée qui avait envahi la pièce, le diable constata que Simpson n'avait pratiquement plus de cheveux et que la peau de son visage aveugle avait brûlé, puis éclaté. Il n'était plus en état de respirer. S'il n'était pas encore mort, ça n'allait pas tarder.

Le diable éteignit le dictaphone numérique et regarda l'écran. Huit minutes quinze secondes d'enregistrement. C'était largement suffisant. Quelques secondes suffiraient.

L'odeur était insupportable dans la salle de bains, aussi le diable fut-il heureux de quitter la pièce et de refermer la porte sur tout ce merdier. Les fils du détecteur de fumée qu'il avait arrachés avant de mettre le point final au jeu pendaient du plafond.

Il avait encore deux ou trois choses à régler avant de s'en aller. Les quelques instants où il avait laissé Simpson seul, il en avait profité pour enlever de la maison les dernières traces de son matériel de surveillance. Cela n'avait rien d'urgent, mais ça lui avait permis de s'occuper en attendant que Simpson reprenne connaissance. Il avait aussi regardé l'ordinateur, pour lire les e-mails. Il se demanda ce que pouvait bien foutre en ce moment la fille qui était là hier.

Elle devait dormir, sans se rendre compte de ce qu'elle avait fait.

─────── **Un sur deux** ───────

Ça n'allait pas durer.

Il lui restait encore deux choses à récupérer. Il redescendit, glissant le dictaphone dans la poche de son bleu de travail.

Il aurait besoin de l'enregistrement pour le coup de fil qu'il allait passer.

3 décembre
8 h 40
Vingt-deux heures quarante minutes avant le lever du jour

Mark

Sachant combien Lise me manquait, il était étrange que je ne rêve quasiment jamais d'elle. Cela s'était bien produit quelques rares fois ces six derniers mois, mais jamais elle n'était à proprement parler le sujet principal de ces rêves. La plupart du temps, elle brillait par son absence. Autant que lorsque j'étais éveillé.

Le rêve de ce matin-là n'avait pas dérogé à la règle. En short, j'étais assis sur la plage, le regard tourné vers l'horizon. La peau humide et constellée de grains de sable, j'avais des frissons. Face à moi, la mer était calme et sereine, les vagues déferlaient sans hâte, venaient s'allonger tranquillement sur le rivage, avant de se retirer en chuintant. Au-dessus, un ciel bleu et flou, qui allait en blanchissant jusqu'à ce qu'il rencontre au loin la mer plate. Se découpaient dessus des phrases en italique composées par une drôle de grammaire aviaire.

C'était tout.

Inoffensif de prime abord... Pourtant à mon réveil je me suis senti accablé, oppressé physiquement par un sentiment de désespoir. Pendant un instant, je n'ai pas reconnu la pièce presque vide autour de moi. Qu'est-ce que... ? Puis je me suis souvenu de mon déménagement. L'appartement, le boulot. Je me suis frotté le visage, pour chasser le sommeil, et ma main s'en est trouvée toute moite.

Bon Dieu, Lise !
Tu as le don de les choisir, les jours où tu viens me voir !
Là je me suis interrompu, car il y avait quelque chose qui n'allait pas. Il y avait de la musique dans ma chambre. Ce n'était pas normal, car je me rappelai vaguement avoir entendu une musique différente plus tôt, avant de revenir à ce rêve. J'ai tourné la tête sur le côté et j'ai vu le radio-réveil.
– Merde !
Ce n'était pas assez.
– Bordel de merde !
Cela faisait une bonne heure que j'aurais dû être sorti de la douche, frais et dispos. J'ai fermé les yeux.
Vraiment, tu as le don de les choisir, les jours où tu viens me voir !
Quelqu'un de plus consciencieux se serait levé d'un bond et aurait brodé sur le thème « Merde ! Bordel de merde ! » en haussant la voix, mais il y a des choses plus graves que d'être en retard. Si bien qu'à la place je suis resté allongé encore quelques secondes, à respirer profondément et à m'accrocher à ce rêve qui s'estompait. Le sentiment oppressant de désespoir qu'il avait fait naître en moi ne m'avait pas quitté, et ce n'était pas génial, mais il arrive que le désespoir, ce soit mieux que rien. Il arrive même que ce soit ce qu'il y a de mieux.
Tu as le don de les choisir, les jours où tu viens me voir !
Mais tu es toujours la bienvenue.
Ensuite seulement, j'ai sauté du lit et j'ai filé vers le couloir, en essayant de me souvenir où pouvait bien se trouver la salle de bains de mon nouvel appartement.

*
* *

À 9 h 30, soit avec une demi-heure de retard pour mon premier jour, je suis arrivé sur un parking recouvert de gravier crissant et entouré de chaînes. Côté météo, c'était une journée dégueulasse, épouvantable, qui seyait par conséquent très bien à mon état. Le ciel était plein de vilaines taches nuageuses, telles de la neige à la fin d'une journée où tout le monde a piétiné dans la gadoue ; il semblait hésiter à balancer une pluie franche et glaçante, et se contentait pour l'instant de s'assombrir régulièrement et de laisser tomber une petite bruine. Les parterres de pelouse tout autour du parking n'étaient plus que de la boue. En venant, j'avais écouté la radio locale, et le type de la météo avait eu l'air heureux d'annoncer qu'il y avait une bonne et une mauvaise nouvelle. La pluie allait cesser en fin de matinée, la neige allait lui succéder.

Au bout du parking se trouvait le bureau d'accueil de la police, installé dans un immeuble massif et pas très haut. Derrière, un complexe de bâtiments reliés par des passerelles en béton, de couleur beige. Le ciel sombre se reflétait sur le peu de verre qu'il y avait là et qui ne laissait rien voir d'autre. Un mois plus tôt, quand j'étais venu pour mon entretien, j'avais trouvé que le siège de la police ressemblait davantage à un endroit où commettre un crime qu'à celui où en signaler un. On aurait dit un hôpital psychiatrique désaffecté.

J'ai éteint le moteur, la pluie s'est mise à crépiter de façon plus intime sur le toit de la voiture. Puis elle a envahi le pare-brise, brouillant peu à peu la vue.

Le premier jour et j'étais à la bourre ! Je n'aurais pas fait preuve d'un manque plus grave de responsabilité professionnelle en débarquant dans un putain de costume de clown ! Je suis resté là un moment, vaguement absent, j'étais en retard, OK, je ne pouvais plus rien y faire, puis j'ai rassemblé mes esprits et, sans m'attarder davantage, je suis sorti de la voiture, direction mon nouveau job.

L'accueil était typique : un plafond noir, une moquette pelucheuse au sol et des murs en parpaing qui maintenaient l'ordre entre les deux. Des brochures étaient épinglées sur des panneaux d'affichage – Prenez garde à vos vélos ! – et une rangée de sièges en plastique orange meublait une petite salle d'attente où personne n'attendait. De l'extérieur, ça ressemblait à un hôpital psychiatrique, de l'intérieur, à un centre de loisirs.

Le bureau d'accueil se trouvait en face de la porte d'entrée. Il était tenu par deux filles relativement séduisantes, assises derrière le bureau. L'une d'elles a souri en me voyant avancer, j'ai fait de même. Châtain clair, elle portait une queue-de-cheval soignée, avec une touche de maquillage. Casque sur la tête, sa collègue traitait les appels.

– Salut. Inspecteur Mark Nelson. Je suis le nouveau venu dans l'équipe de John Mercer.

– Ah, oui...

Elle s'est penchée pour attraper un dossier.

– Le nouveau larbin de Mercer... On vous attendait.

– Il y avait beaucoup de circulation, ai-je menti.

– Faut pas vous en faire.

Elle m'a tendu le dossier.

– Je vais vous demander quelques signatures.

Mon nom figurait en divers endroits de la feuille, je me suis penché pour y apposer à chaque fois mon paraphe. La fille ne m'a pas quitté du regard.

– C'est votre première affectation, hein ?

J'ai souri, sans lever les yeux.

– Les nouvelles vont vite.

– Ça vous étonne ?

– Pas vraiment.

Je n'étais pas surpris, car on ne devait pas manquer de spéculer sur tous ceux que Mercer intégrait à son équipe. Cela tenait en partie à son statut, il était aussi célèbre que pouvait l'être un flic en activité. C'était en effet non seulement un policier connu et respecté pour le travail qu'il faisait ici, mais, en plus, on l'invitait régulièrement à donner des conférences, à faire des consultations, à rédiger des chroniques ou des articles, et même parfois à participer à des émissions de télé. Ce qui, plus encore que le reste, expliquait cette notoriété, c'était le livre qu'il avait écrit, dans lequel il retraçait sa carrière de chasseur d'assassins. Contrairement à beaucoup de ses confrères, il n'avait pas eu la décence d'attendre la retraite pour écrire sur le métier. Il était même allé jusqu'à expliquer dans son livre comment un surcroît de travail et de stress l'avait conduit, deux ans plus tôt, à faire une dépression nerveuse. C'était un texte honnête et sans concession, qui ne lui avait pas fait que des amis. Pas plus que sa dépression nerveuse, disait-on dans l'univers cruel de la police. Mercer, toutefois, ne se souciait guère de ce qu'on pensait de lui. Depuis qu'il avait repris le travail, quelques mois plus tôt, il avait fait passer des entretiens à bon nombre de policiers, la plupart plus chevronnés que moi, pour intégrer son service, mais aucun n'avait, semble-t-il, répondu à ses critères sans pitié. Sachant tout cela, il était inévitable que celui qui avait finalement décroché ce boulot fasse l'objet d'un curieux mélange de commisération et de rancœur exacerbée.

Étant donné mes références, je savais que ces deux sentiments allaient prendre des proportions démesurées.

En matière d'expérience, Mercer prenait en effet avec moi un véritable risque, puisque c'était effectivement ma première affectation. Ce qui signifiait que, non, je n'étais pas étonné que la fille de l'accueil ait entendu parler de moi. En réalité, elle en savait sans doute à l'heure actuelle davantage sur mon compte que moi-même.

– Votre premier poste, soupira-t-elle en feignant de me plaindre, et vous tombez sur Mercer. Il y a quand même des gens qui n'ont pas de chance dans la vie !

– J'étais volontaire, vous savez !

– On en reparlera dans une semaine !

Elle sourit, sans que je sache si elle plaisantait ou non.

– Levez les yeux et dites bonjour à l'appareil photo.

Une boule noire était suspendue au plafond. Je lui fis face, remarquant une lumière rouge sur le côté.

Un flash.

Un sur deux

Dites bonjour à l'appareil photo.

Sur l'image, on me voit comme j'étais à l'époque : un homme qui approche de la trentaine, mesure plus que la moyenne, assez trapu, même si son nouveau costume, qu'il n'a pas l'habitude de porter, le fait paraître plus mince. Des cheveux châtains, coupés court. Rien que de très normal, pour être honnête. Ce n'est pas une photo géniale, mais on ne s'est jamais bien entendus, les appareils photo et moi. C'est toujours comme s'ils me surprenaient au moment où je change d'expression. Dans le cas présent, j'ai l'air confiant et très décidé, et pourtant on sent de la nervosité. En chair et en os, en tête à tête, je serais sans doute parvenu à la dissimuler. Mais cet appareil photo m'a piégé.

Le dossier auquel est jointe cette photo détaille mon profil. Mon nom : Mark Nelson. Mon âge : 28 ans. À ce moment-là, même si ce n'était pas vraiment l'exacte vérité, j'étais officiellement inspecteur depuis une demi-heure. Mon boulot, c'était les interrogatoires, j'étais là pour poser des questions aux suspects, aux témoins, aux victimes et pour réaliser des enquêtes de voisinage. Mettre les gens à l'aise et démêler l'écheveau de leurs secrets. J'avais passé un doctorat en psychologie avant d'entrer dans la police, ce qui m'avait entre autres conduit à interroger un petit nombre de délinquants invétérés. Cela m'avait intéressé, et j'avais entrevu, après avoir revêtu l'uniforme, une carrière dans la psychologie comportementale. Profiler comme dans les films. Sauf que ce n'est pas ce qui est arrivé. J'ai en effet découvert que j'avais davantage d'aptitudes pour les interrogatoires. Le panache n'est pas le même, mais bon. Je n'imaginais pas en tout cas me spécialiser là-dedans, mais la vie vous joue parfois des tours.

Le dossier vous apprendrait que je suis sorti de l'école de police il y a cinq ans et que depuis j'ai travaillé comme flic de base, mis à contribution ici et là par des équipes d'inspecteurs sur des enquêtes ponctuelles. Ce n'était pas très drôle, mais enfin c'était comme ça. Je n'avais néanmoins jamais manqué une occasion de m'inscrire à tous les stages qui se présentaient, espérant bien obtenir ainsi suffisamment de compétence et d'expérience pour pouvoir aspirer à autre chose. Je faisais mon boulot, en somme, en espérant mieux.

Deux mois plus tôt, j'avais découvert qu'il y avait un poste de libre dans l'équipe de Mercer : il cherchait quelqu'un pour mener les interrogatoires et superviser les enquêtes de voisinage. Après avoir lu l'annonce, j'avais décidé de tenter ma chance. Qu'avais-je à perdre ? Il me suffisait d'aller passer l'entretien, mes états de service se passant de commentaires, et de plaider ma cause de mon mieux.

Aussi bizarre que cela paraisse, je n'escomptais pas le décrocher, ce poste. Si bien que lorsque j'avais reçu, un mois plus tôt, une réponse positive, j'avais fait des bonds dans notre vieil appartement. Je n'avais cessé entre-temps de penser à l'entretien, me disant qu'à l'évidence je n'avais aucune chance, que de toute façon cela n'avait pas grande importance. Sauf qu'à ce moment-là, à l'évidence, là aussi, j'avais réalisé à quel point ça en avait.

Ce soir-là, je m'étais assis pour relire en entier le livre de Mercer. La nervosité et le doute étaient vite venus tempérer mon enthousiasme. Après tout, Mercer était une légende. Comment me montrer à la hauteur ? Et si, plus précisément, je n'y arrivais pas ? Je m'étais rappelé que Lise me disait toujours qu'il fallait que j'aie davantage confiance en moi et que j'agisse au lieu de me prendre la tête. J'avais fait, du regard, le tour de cet appartement déglingué, celui-là même où, comme dans mes rêves, elle brillait par son absence, et les discussions que nous y avions jadis eues avaient fait naître en moi une certaine détermination.

Il n'empêche qu'étant donné la réputation de Mercer, il était normal que cette peur n'ait pas entièrement disparu. Lorsque je la regarde maintenant, cette photo, je la vois pointer sous la confiance qui m'habitait alors, et je peux affirmer que j'avais une peur bleue du tour qu'allait prendre ma première journée.

Et pourtant, à ce moment-là, je n'avais pas la moindre idée de ce qui m'attendait.

*
* *

Le cinquième bureau dans le couloir. Je me suis arrêté pour regarder la plaque, j'ai respiré un bon coup et j'ai ouvert la porte.

Il n'y avait personne.

Silence dans la pièce, hormis le bourdonnement des ordinateurs. Vu l'heure, je me doutais que l'équipe avait dû sortir, mais, tout de même, quelle impression avais-je dû leur faire, pour ma première journée !

J'ai soufflé un bon coup.

Dis-leur que tu regrettes et essaie de ne pas commettre la même erreur demain. Voilà tout.

J'ai refermé la porte et appuyé sur l'interrupteur. Le néon a émis un petit bruit et trembloté, avant de s'allumer. Considérant le résultat, ça n'en valait pas le coup : une lumière blafarde, blême et écœurante, comme on en trouve dans les vieux bureaux, et ce qu'elle laissait apparaître n'avait rien d'enthousiasmant. Cinq vieilles consoles, sur lesquelles il y avait trop de paperasse pour qu'une équipe de cinq personnes puisse travailler efficacement ; quelques écrans d'ordinateurs et de volumineuses unités de disques durs ; des fils emmêlés, de vieux dossiers empilés à côté de chaises patinées.

Sur chaque bureau, une plaque nominale triangulaire en argent. J'ai vite trouvé le mien. J'aurais préféré qu'il n'y ait rien dessus, mais évidemment ce n'était pas le cas. Au milieu de la poussière et des trombones, on avait entassé des dossiers qui allaient demander des jours de travail. Il y avait aussi une pile de CD tenus par un élastique, avec à mon intention un petit mot griffonné sur un Post-it. Je l'ai pris puis je l'ai reposé. Des dossiers en cours, bref, des affaires qui allaient atterrir au tribunal.

Merde ! Cette matinée me parut encore plus insurmontable qu'auparavant. Il allait falloir rattraper en quelques heures des semaines entières de retard.

Je fis la gueule un moment en regardant toute cette paperasserie, pour lui faire comprendre que c'était moi qui en avais la responsabilité maintenant et que j'allais en venir à bout sans problème. Elle ne sembla guère intimidée.

Juste derrière le mien, je découvris le bureau de Mercer.

– Nom de Dieu !

Je ne savais pas si ça m'étonnait ou bien si, jusqu'à un certain point, c'était exactement ce à quoi je m'attendais, mais, quoi qu'il en fût, il n'y avait à l'évidence aucun espace libre pour travailler. On aurait dit qu'il n'y avait pas une seule feuille de papier qui ait un rapport avec sa voisine. Je baissai les yeux et aperçus des piles du même genre partout autour du bureau. Sur le répondeur, le témoin rouge indiquait qu'on lui avait laissé quinze messages.

Tel était donc mon nouveau patron, le célèbre inspecteur principal John Mercer. Son poste de travail était un fouillis digne d'un génie ou d'un cinglé. Je ne pouvais pas trancher, mais j'avais l'impression que s'il se faisait brusquement renverser par un camion, il faudrait reprendre de zéro une cinquantaine d'enquêtes en cours. Quiconque se retrouvant avec ça sur les bras ne pouvait escompter y comprendre quoi que ce fût.

J'ai regardé le mur derrière le bureau, sur lequel on avait fixé avec des punaises une photo le représentant avec le maire. Il avait été distingué par la municipalité pour services rendus à la communauté. En haut, dans un coin, il avait écrit « Ha ! ha ! » au stylo-bille noir, comme si cette distinction le gênait plus qu'autre chose. *Vous voyez ce qu'il me faut supporter ?* Il n'empêche que la photo était au mur, et plus je la regardais, plus j'avais l'impression que l'expression qu'il y arborait ne correspondait pas du tout à ce qu'il avait griffonné en haut. On ne sentait pas en lui la moindre légèreté. Il venait de reprendre le travail et on pouvait lire une tristesse indéniable sur son visage. Le maire était en train de lui accrocher une médaille autour du cou. Il avait l'air inquiet qu'elle ne fût trop lourde à porter...

Je l'avais bien sûr rencontré le jour de l'entretien et je me rappelais que je l'avais trouvé bien distrait. Il s'était intéressé aux interrogatoires que j'avais menés à l'institut Niceday, en particulier à celui de Jacob Barrett, l'un de ceux qu'il avait coffrés, mais, à part ça, il avait laissé les membres de son équipe me poser la plupart des questions.

J'étais toujours en train de regarder cette photo, en essayant de comprendre les contrastes qu'elle renfermait, lorsque le téléphone sur le bureau de Mercer sonna. J'eus l'impression curieuse de m'être laissé prendre en défaut.

Ressaisis-toi, Mark! me dis-je, avant de répondre à la troisième sonnerie.

– Bureau de l'inspecteur principal Mercer. Mark Nelson à l'appareil.

– Bonjour, inspecteur Nelson.

La femme s'exprimait d'une voix chaude et détendue, et elle avait l'air un peu amusée.

– Eileen Mercer. Je ne crois pas vous avoir déjà parlé. Vous devez être le nouveau domestique de mon mari ?

Sans rire franchement, elle appuya toutefois sur le mot « domestique », afin de me montrer qu'elle ne parlait pas sérieusement. Je souris.

– C'est exactement ce qui est indiqué sur ma nouvelle carte de visite.

Ce coup-ci, elle s'esclaffa.

– Je veux bien le croire. Mon mari est là ?

– Non, je suis désolé, il n'est pas là.

Je balayai le bureau du regard, comme s'il allait peut-être s'y matérialiser.

– Il n'y a personne.

– Absolument personne ?

– Rien que moi.
– C'est aujourd'hui que vous prenez vos fonctions, non ?
– Oui.
– Je m'en doutais. John m'a parlé de vous. Votre CV lui a fait très bonne impression, m'a-t-il dit, et il avait hâte de travailler avec vous.
– Ah oui ?
– Tout à fait.

Elle n'eut pas l'air de se rendre compte qu'elle venait de m'annoncer quelque chose de fantastique, mais elle ajouta :
– Si je vous raconte ça, c'est que je suis certaine que lui n'en dira rien. Comment vous sentez-vous, pour l'instant ?
– Pas très bien.

Je me suis glissé dans le siège de Mercer.
– Je suis arrivé en retard. Très honnêtement, je ne sais même pas où sont passés les autres.
– J'allais vous le demander.
– Je suis désolé.
– Oh non ! Il n'y a pas de raison. Mon pauvre... Je suis certaine qu'ils comprendront. Les routes sont un vrai cauchemar, en ce moment. Mon mari s'est perdu en voiture ce week-end, alors ne le laissez pas vous embêter.
– Entendu...
– Vous êtes nouveau dans la région, j'imagine ?
– Oui. Je suis arrivé de la côte il y a quarante-huit heures. Il n'empêche que je n'en reviens toujours pas d'être arrivé en retard.
– Je peux vous appeler par votre prénom ?
– Bien sûr.
– Quel âge avez-vous, Mark ?
– 28 ans.
– Si jeune ! J'ai une idée, Mark. Vous m'avez l'air sympa, et je sais que l'on peut être très intimidé par mon mari... les autres le sont, en tout cas. Alors, voilà ce que je vous propose : si vous

me rendez service, je m'arrangerai pour éviter que John vous rudoie trop brutalement. Moi, il m'écoute.
— C'est très gentil de votre part. Mais de toute façon, je vais vous le rendre ce service. Qu'est-ce que je peux faire pour vous ?
— C'est pas grand-chose. Je voudrais juste que vous disiez à mon mari que j'ai téléphoné. Et que vous lui demandiez de ne pas oublier.
— Il ne faut pas qu'il oublie, répétai-je.
— C'est ça. Il ne sera pas très content, j'imagine.
Elle baissa la voix :
— Et ne lui demandez pas ce que ça signifie. Ça ne ferait que l'agacer encore plus.
— Je devrais y arriver.
— Parfait !
Nous fûmes interrompus par un autre signal strident. Je pivotai sur la chaise et regardai mon bureau. Mon téléphone clignotait.
— Heu...
Eileen Mercer me sauva la mise.
— Ce doit être eux, Mark. Il faut y aller.
— J'espère.
— Bonne journée, et n'oubliez pas le message. On se reparlera, j'en suis sûre.
— Parfait. À plus tard.
— À plus tard.
J'ai raccroché puis me suis précipité vers mon bureau, en me disant qu'il ne fallait pas qu'il oublie, non, il ne fallait pas qu'il oublie. Si j'omettais de lui transmettre le message, l'ironie de la chose me clouerait au pilori avant que Mercer ne s'en charge.
— Inspecteur Nelson.
— Mark ? Pete, à l'appareil.
Pete Dwyer était le principal adjoint de Mercer. Lors de l'entretien, c'était lui qui m'avait posé la plupart des questions, avec, tout le temps, l'air un peu déconcerté et énervé par ces tâches administratives. C'était une sorte d'ours, toujours en train

de froncer les sourcils, mais enfin il avait fait de son mieux pour me mettre à l'aise, et je l'en avais remercié en silence.
— Salut, Pete. Je...
— Ne vous en faites pas. On a besoin de vous sur le terrain. Vous avez de quoi écrire ?
— Oui.

Il me résuma la situation. On avait un cadavre en banlieue. Circonstances douteuses. Simon Duncan, l'expert médico-légal détaché auprès de l'équipe de Mercer, était en train de travailler avec les techniciens de scène de crime : rien n'était encore vraiment établi, mais il était pratiquement certain qu'il s'agissait d'un homicide. Et ils avaient besoin de moi pour une enquête de proximité.

— Bien, dis-je en gribouillant à toute allure. Je vais où ?

3 décembre
10 h 10
Vingt et une heures dix minutes avant le lever du jour

Eileen

Après avoir parlé à Mark Nelson, Eileen se surprit à tourner en rond dans la maison. Elle avait l'impression d'attendre qu'il se passe quelque chose et elle rechignait à faire quoi que ce fût tant que ce n'était pas arrivé. En attendant, elle n'arrivait pas à se calmer. Ce qui était curieux. Elle n'avait en effet rien de prévu aujourd'hui, et même si sa sœur venait la voir, elle ne débarquait jamais à l'improviste. Il n'y avait rien qui pressait, elle n'avait pas de rendez-vous. Son agenda était vide. Il n'empêche que, lorsqu'elle entendit soudain frapper à la porte, ce bruit apparemment inattendu sembla résoudre quelque chose.

Tout avait commencé avant le week-end. Depuis qu'elle avait fait ce rêve, dans la nuit de vendredi à samedi, elle se sentait mal à l'aise.

Elle avait réfléchi à tout ça à son réveil et elle en avait discuté un peu plus tard avec John. Le rêve n'avait pas duré longtemps et il ne s'y passait pas grand-chose, sinon qu'elle faisait le tour de la maison et constatait qu'il y avait du changement et qu'il manquait des choses. Elle avait imaginé un scénario compliqué pour l'expliquer, mais tout ce dont elle se souvenait, c'est que John l'avait quittée. C'étaient ses affaires à lui qui avaient disparu. Dans la bibliothèque ajourée, des livres étaient posés de biais. On avait décroché des tableaux, ce qui laissait des halos sur la tapisserie. Dans leur armoire, seuls ses vêtements à elle composaient un code-barres multicolore.

– J'espère que tu n'as pas l'intention de te sauver, avait-elle dit pendant qu'ils prenaient le petit déjeuner.

Elle avait usé d'un ton railleur pour bien montrer qu'elle ne parlait pas sérieusement et pourtant elle attendait une réponse. Elle évoquait souvent ses rêves, quand ceux-ci la tracassaient. Il lui arrivait même d'en inventer la trame, afin que John et elle puissent aborder les problèmes qu'ils pouvaient rencontrer sans aller chercher un prétexte compliqué. John ignorait tout ce stratagème, mais ils étaient mariés depuis longtemps, et il la connaissait suffisamment pour savoir qu'elle demandait à ce qu'on la rassure, ce qu'il faisait, en général. Après plus de trente ans de vie commune, il aurait quand même été malheureux qu'il ne puisse pas lire entre les lignes.

– Je suis trop vieux pour m'enfuir, avait-il répondu.
– C'est la seule raison ?

Il avait réfléchi.

– Trop fatigué, aussi.
– Dans ce cas, ça va.

Sauf qu'elle aussi savait lire entre les lignes, et il ne lui avait pas échappé que si la première réponse avait été lâchée sur le ton de la plaisanterie, il avait davantage pesé ses mots pour la seconde. Certes, il y avait mille autres raisons pour lesquelles il ne la quitterait jamais, mais il savait bien que pour elle ça allait de soi. Non, c'était une confidence qu'il lui avait faite. *Trop fatigué.*

Elle l'avait observé pendant tout le week-end, se disant que la fatigue n'expliquait pas tout. Il suffit de dormir pour remédier à la fatigue et, depuis quelques semaines, John dormait bien, ce qui ne l'empêchait pas de se réveiller tous les matins un peu plus épuisé que la veille. *Trop paumé*, telle était plutôt la raison. Au fond, pour s'enfuir, il fallait d'abord savoir dans quelle direction aller.

Un sur deux

Si bien qu'après avoir parlé à Nelson, elle avait erré dans la maison en se demandant si son mari ne se faisait pas du mauvais sang à cause de la nomination de ce nouvel inspecteur. « Il me fait penser à moi », lui avait-il dit, son ton n'indiquant en rien si c'était une bonne chose ou non. Peut-être que c'était ça qui le travaillait. Peut-être que c'était tout bêtement le fait de remplacer Andrew. À moins que cela ne tienne à rien de particulier. Il y avait eu beaucoup de hauts et de bas ces derniers mois, et elle avait du mal à se faire une idée précise de son état. Parfois, il avait à peine la force de se lever ; parfois, il était comme avant sa dépression. Quoi qu'il en fût, il y avait *quelque chose* ces derniers temps, et elle aurait voulu qu'il lui en *parle*, comme...

Toc, toc, toc, toc, toc.

Elle s'arrêta. On frappait à la porte latérale, celle de l'annexe réservée à ses clients. Inutile de regarder dans son agenda pour savoir qu'elle n'avait pas oublié de rendez-vous. On était jeudi, elle était de repos. Sa semaine de travail s'était terminée la veille.

– Une minute.

Elle jeta en vitesse un coup d'œil au miroir de la cuisine. Elle avait tendance à se négliger quand elle n'avait personne à voir, et si elle ne se souciait pas excessivement de sa petite personne, il importait qu'elle se montre à ses clients sous un jour professionnel. De par la nature même de son métier de psychologue, il était indispensable que les confidences fussent à sens unique.

Elle faisait un peu débraillée, en jean et chemisier, mais question coiffure, ça allait. Au moins, elle ne s'était pas mis un masque pour le visage.

Toc, toc, toc.

– Une minute, j'ai dit.

Mais les coups continuèrent. Elle alla répondre, partagée entre l'inquiétude et l'agacement. En arrivant devant la porte, elle s'efforça d'avoir l'air avenant. Il ne fallait pas qu'une psychologue se montre irritée, encore moins qu'avec un masque sur le visage.

Avant d'ouvrir, elle regarda dans l'œilleton.

James Reardon était devant la porte.

Une main dans la poche, il gigotait d'impatience tout en scrutant l'allée, comme s'il guettait quelqu'un.

Elle avança la main pour ôter la chaîne de sûreté, puis hésita. Cela faisait maintenant plus d'un an qu'elle s'occupait de façon irrégulière de Reardon, et il était l'un de ses rares clients privés à avoir un casier judiciaire et aussi tendance à être violent. Pratiquant la psychologie clinique, elle avait l'habitude de ce genre de pathologie, sauf que par nécessité elle travaillait alors dans un cadre plus sûr. Elle n'aurait jamais laissé entrer chez elle aucun des patients de la clinique.

Cependant, dans le cas de James Reardon, elle savait que ses problèmes étaient dus en grande partie à l'alcool et à sa situation familiale. Pendant les entretiens, il s'était toujours montré calme, poli et respectueux. C'était un jeune homme rebelle qui avait un peu perdu le nord, mais il était intelligent et s'impliquait sincèrement dans leurs séances. Elle l'avait souvent vu perturbé par certains sujets dont ils parlaient et jamais elle ne s'était sentie en danger. Mais elle ne l'avait encore jamais vu dans cet état.

Elle ouvrit la porte, en laissant la chaîne. D'un seul coup, Reardon se tourna vers elle.

– Eileen.

– Salut, James, dit-elle prudemment. Désolée, mais je ne crois pas que nous ayons rendez-vous, aujourd'hui.

– Je sais, je m'excuse.

Une fois de plus il détourna les yeux, avant de la regarder à nouveau. On lisait la peur sur son visage.

– Je voulais simplement vous dire que je suis désolé.

– Désolé de quoi, James ?

– J'ai fait de mon mieux, je vous assure. Depuis un an, c'est très dur.

– Je sais.

— Mais vous m'avez beaucoup aidé, sincèrement. Vous étiez la seule sur qui je pouvais compter...

Elle s'efforça de demeurer impassible, mais ses propos donnaient quand même une nouvelle tournure à leur relation. Dans des conditions normales, elle l'aurait peut-être remis adroitement sur les rails. Il la payait pour qu'elle s'occupe de son cas, soit, mais il s'agissait en l'occurrence d'un soutien bien particulier, et l'implication d'Eileen ne dépassait guère sa faculté d'écoute. Elle lui donnait accès à un espace dans lequel il était libre d'analyser par lui-même sa vie, étape après étape. Elle n'était certainement pas une amie pour lui.

— Vous vous êtes aidé vous-même, lui dit-elle.

Il fit non de la tête. *Ça ne compte pas.*

— Je voudrais simplement que vous sachiez que j'ai fait de mon mieux. Je ne voudrais pas vous entendre dire que je vous ai déçue.

Elle se rembrunit.

— Qu'est-ce qui ne va pas, James ?

— N'oubliez pas que tout ce que je fais, en définitive, c'est pour Karli et uniquement pour Karli.

Elle frémit. Karli, la petite fille de Reardon, encore un bébé, était née d'une réconciliation qui n'avait pas duré avec son ex-femme, Amanda. Reardon continuait à affirmer qu'Amanda était une mère irresponsable, mais le tribunal avait pris parti pour elle et avait fini par délivrer une injonction contre lui, en lui interdisant de voir ses enfants.

Ce n'était pas à Eileen de s'ériger en juge. Son métier exigeait qu'elle reste impartiale et qu'elle le laisse tirer lui-même la leçon de son attitude. Il représentait indiscutablement un danger pour son ex-femme, cependant il était évident qu'il aimait beaucoup ses enfants. S'il s'était adressé à une psychologue, c'était au départ pour parvenir à un certain niveau de compréhension et acquérir une maîtrise de soi qui lui permettrait peut-être d'être à nouveau présent dans leur vie.

Il n'en était pas encore là. Les résultats des séances étaient extrêmement variables. Tantôt il étouffait de haine et de rage, tantôt il acceptait de se laisser aller à l'introspection et les choses se passaient plutôt bien. Dans l'ensemble, Eileen estimait qu'il progressait. Et voilà que maintenant il se mettait dans cet état !

– Qu'avez-vous fait, James ?

– Quoi qu'on puisse vous raconter à mon sujet, c'est pour elle que je le fais.

Il la regarda, l'air suppliant, puis il s'intéressa encore une fois à l'allée.

Eileen finit par ôter la chaîne de sûreté.

– Si vous rentriez une minute ? lui proposa-t-elle. On pourrait en discuter.

Il était déjà en train de reculer.

– Non, je n'aurais pas dû venir.

Elle sortit.

– Mais vous êtes là. Si vous rentriez ?

– Excusez-moi.

– James...

Il se retourna et partit en courant. Elle s'avança dans l'allée, l'appela de nouveau, sans qu'il réagisse. Elle regarda ses pieds. Des pantoufles. Elle ne l'aurait jamais rattrapé, lui qui portait des chaussures de course.

Quoi qu'on puisse vous raconter à mon sujet, c'est pour elle que je le fais.

La pluie froide se mit à crépiter sur son chemisier. Elle frissonna, se frotta les bras, demeurant pourtant encore un moment dehors, à contempler l'allée déserte.

James, songea-t-elle, *qu'est-ce que vous avez fait ?*

3 décembre
10 h 20
Vingt et une heures avant le lever du jour

Mark

Au prix de plusieurs infractions sans gravité au code de la route, je suis arrivé rapidement sur les lieux du crime. La rue s'avérait être une impasse qui donnait sur une aire goudronnée, à une cinquantaine de mètres de l'artère principale. Deux rangées de maisons mitoyennes grisâtres se faisaient face, de part et d'autre d'une voie étroite. La rue était pleine de policiers.

Des fourgons et des voitures s'échelonnaient sur un côté de la voie. J'étais attendu par un petit détachement d'agents en ciré noir qui se tenaient sur la pointe des pieds, les mains dans les poches, pendant que d'autres discutaient avec les voisins qui bravaient les intempéries, campés dans leur jardin, en train de se demander ce qui se passait. Une des tâches de ces agents était de veiller à ce que ceux-ci ne communiquent pas entre eux, afin de préserver l'intégrité des témoignages, tout comme le ruban jaune permettait de respecter l'intégrité de la scène de crime. J'étais heureux qu'ils se fussent spontanément mis à l'œuvre, sans quoi il aurait fallu que je leur demande de le faire.

J'ai roulé jusqu'au ruban jaune qui oscillait sous la pluie et un policier est arrivé vers moi au pas de course. J'ai baissé ma vitre pour lui montrer ma plaque. Il l'a prise et l'a examinée en vitesse. Un petit appareil était discrètement attaché à son imper, et je savais qu'il me prenait en photo.

– Inspecteur Nelson. Je fais partie de l'équipe de Mercer.
Il me rendit ma plaque.
– Il est à l'intérieur.
Je me suis garé, me suis composé une grimace de flic et j'ai filé vers la maison. Deux experts de scène de crime s'activaient dans le jardin, tandis qu'un agent en tenue montait la garde devant l'entrée du pavillon. Encore des appareils photo. J'ai montré ma plaque une fois de plus.
– Monsieur.
L'agent en faction devant la porte m'a équipé à mon tour d'un matériel d'enregistrement. Celui-ci permettait de prendre des photos, de faire des vidéos, de capturer des sons, les données étant ensuite directement transmises sur une fréquence codée à l'une des camionnettes garées dehors. Des heures et des heures d'enregistrement pour une seule scène de crime. On archiverait ensuite cet énorme flot d'informations, avant d'en extraire des données significatives.
Puis l'agent m'a conduit dans le vestibule.
– Vos collègues sont en haut. Mais l'inspecteur Duncan est dans la cuisine. Il vous attend.
– Merci.
Le salon se trouvait à droite de l'entrée. J'y ai jeté un coup d'œil, il y avait d'autres techniciens à genoux devant les plinthes. De nouveau, un appareil photo a émis un flash, j'ai détourné le regard et j'ai passé mon chemin. Un peu plus loin, toujours sur la droite, après l'escalier, le couloir donnait sur une porte ouverte. La pièce était aménagée dans les tons chair, tapis rouge, murs crème, rideaux écarlates de part et d'autre de portes-fenêtres fatiguées. D'autres techniciens travaillaient là, en silence. Pas d'abat-jour à l'ampoule suspendue au plafond, qui était trop vive et donnait à tout le monde un visage dur, à moitié ombragé. Encore des flashes, nets, saisissants. Une scène de crime ressemble toujours à ça, au début : la fête la plus bizarre à laquelle on ait assisté...

J'ai trouvé Simon Duncan dans la cuisine, séparée de la pièce précédente par des portes battantes en bois. De couleur pâle, propres et bon marché, mobilier et équipement étaient éclairés par des néons fixés au plafond. Simon est sorti de la cuisine en ôtant ses gants blancs. Il a commencé par me sourire, avant de me tendre une main solide.

– Nelson, c'est ça ?

Il avait une voix alerte et détendue, une voix qui vous obligeait à rester sur le qui-vive dans l'attente d'une blague ou d'une facétie.

– Enfin, si ma mémoire est bonne. Mark Nelson ?

Il était plus grand que dans mes souvenirs, bronzé et taillé comme un alpiniste, et puis il était chauve, hormis quelques boucles grisonnantes au-dessus des oreilles, auxquelles répondaient des touffes de poils sur les mains. Pendant l'entretien, il n'avait cessé de tripoter un stylo et ne m'avait posé qu'une seule question, et encore si vite que j'avais failli ne pas l'entendre. Il avait fait aussi deux brèves remarques ponctuées d'un sourire ironique, les sourcils en accent circonflexe. Il s'était taillé, à l'école de police, la réputation d'être un provocateur.

– C'est ça, j'ai répondu. Content de te revoir.

– Tu as fini par arriver ?

– Il y avait de la circulation.

Ça ne le dérangeait pas. Il est passé devant moi et je l'ai suivi dans l'entrée.

– La victime est dans la salle de bains, mais il s'est passé des choses dans toute la maison. On dirait que notre client s'est amusé avec lui un bon moment avant de le tuer.

– C'est donc un homicide, on en est sûrs ?

Simon arqua ses fameux sourcils.

– Pete ne t'a rien dit ?

– On n'a parlé qu'une minute.

– Dans ce cas, ils vont te mettre au courant. Disons simplement que, pour ton premier jour, tu vas être servi. Suis-moi, on va aller voir le corps.

Avant que j'aie le temps de lui demander autre chose, il disparaissait déjà au premier étage, en haut de l'escalier étroit, et il me fallut presser le pas pour ne pas être distancé. J'eus l'impression que je n'allais pas chômer ce jour-là.

Nous nous sommes arrêtés sur le palier plongé dans l'obscurité. Comme en bas, il y avait là une moquette rouge, et l'on avait tiré les rideaux de l'unique petite fenêtre. Une odeur puissante et atroce. L'air en était poissé et je me surpris à faire la grimace. Simon désigna la porte de la salle de bains d'un signe de tête.

– Il est là-dedans. Tu es prêt ?

C'était sans doute une sorte de test. Mais j'avais déjà vu des cadavres et je me suis forcé à ne rien laisser paraître.

– Évidemment.

Nous sommes entrés dans la salle de bains et cette odeur infecte m'a pris à la gorge. L'essence, la fumée, la viande...

Mon Dieu !

La pièce proprement dite était petite, sobre et bien décorée. Il y avait une cabine de douche à gauche en entrant ; des toilettes, en face, un lavabo et une armoire à glace sur le mur, enfin, tout au fond, sous la fenêtre, une baignoire qui occupait toute la largeur de la pièce. Sur le rebord de la fenêtre, assez de gels et de mousses pour remplir le supplément spécial d'un magazine masculin. Une luxueuse radio étanche gris argenté était fixée à la faïence, au-dessus des robinets.

Il y avait deux autres personnes dans la salle de bains, qui ont levé les yeux lorsque nous sommes entrés. L'un d'eux reprit aussitôt le travail. Simon me présenta à l'autre.

– Mark, je te présente Chris Dale. Un expert de la médecine légale. C'est lui qui s'occupe du cadavre. Chris, voici Mark Nelson.

Dale était plus jeune que je ne l'avais escompté, pour un médecin légiste, mais enfin il devait se dire la même chose à mon propos.

– Enchanté.
– Moi aussi.
Simon m'a montré le fond de la pièce d'un signe de tête.
– Et notre victime, c'est, peut-être l'as-tu deviné, celui qui se trouve dans la baignoire.
J'ai jeté un regard entre les deux hommes. L'eau du bain était toute rouge. On voyait mal ce qu'il y avait dedans, sinon que l'homme qui gisait là était nu et ligoté. On ne distinguait pas le bas de son corps, à part le dos de ses mains qui pointait à la surface, formant deux îles blêmes et immobiles. Il lui manquait visiblement des doigts, et l'on avait retourné au moins l'un de ceux qui lui restaient. Au bout de la baignoire, on apercevait sa tête. Déjetée, qui fixait aveuglément le plafond. Son visage carbonisé était méconnaissable. La peau noircie s'était fendue et tombait, et là où il restait encore des cheveux, ils étaient brûlés et emmêlés. Il avait la tête plus petite qu'elle n'aurait dû être, la chaleur l'avait fait rétrécir.
Du calme.
– L'eau est froide, a déclaré Dale à mon intention. À en juger par l'état de sa peau, on dirait qu'il a passé la plus grande partie de la nuit attaché là-dedans.
– Bien... me suis-je entendu répondre, d'une voix plus qu'incertaine.
– Si l'on fait le lien entre la température ambiante du corps et celle de l'eau, j'estime que la mort remonte à trois ou quatre heures. Aux alentours de 7 heures du matin, *grosso modo*.
Ce coup-ci je n'ai rien répondu, je n'avais qu'une seule envie : retourner dans le couloir et fermer la porte sur ce carnage. Cependant, alors même que je contemplais la victime en ressentant cette curieuse émotion qui vous saisit sur les lieux d'un crime, mélange de révulsion, de peur, de pitié et de fascination, ma formation a repris le dessus, transformant cette mort en énigme et j'ai essayé de combler les vides.

On avait ligoté la victime, qui avait passé la nuit entière dans la baignoire, pour ne la tuer qu'au matin. Cela soulevait bien des questions. Je pensais néanmoins déjà à un cambriolage, peut-être à une forme d'extorsion, enfin, à quelque chose de cet ordre.

– Qu'est-ce qu'on lui a fait ?

Dale a regardé le cadavre.

– Ça, en guise de préliminaires. Il présente des blessures très nettes sur les mains, que l'on retrouve sur tout le corps. On relève un nombre important de coupures superficielles et quelques-unes plus profondes. Quant à sa tête et son visage, on a dû les asperger d'essence ou d'un liquide inflammable avant d'allumer un briquet. Il a aussi des blessures et des brûlures à l'intérieur de la bouche et dans la gorge, ce qui indique qu'il a également ingéré de ce liquide. En dépit de toutes les autres blessures, j'imagine que l'on établira qu'il est mort d'asphyxie.

Le silence retomba. Je contemplai le visage noirci de la victime, n'arrivant pas à imaginer ce que ça avait dû être de finir de cette façon. Cela me donna des frissons, imputables autant à l'horreur qu'au chagrin. Une profonde tristesse, en songeant que quelqu'un ait pu subir cela, et que quelqu'un d'autre ait pu faire une chose pareille...

– Ça va ? me demanda Simon.

– Ça va. Je réfléchis.

– Parfait. Viens, le reste de l'équipe est dans la chambre d'amis. John nous attend pour nous donner les ordres de mission.

Je suis sorti de la salle de bains derrière lui, heureux de quitter l'horreur, puis nous sommes allés dans la chambre d'amis, tout au fond. Il y régnait une odeur de vomi, dont j'ai vite repéré la source : une tâche humide sur la moquette. Il y avait aussi des éclaboussures de sang sur le mur. Des experts s'intéressaient à ces deux endroits en particulier. À voir le visage de celui qui était agenouillé devant les vomissures, il y avait fort à parier qu'il aurait préféré être en bas à inspecter les plinthes avec ses collègues.

Le reste de mon équipe s'était rassemblé autour d'un ordinateur. Le moniteur affichait une messagerie électronique. Mercer et Pete Dwyer, debout, encadraient le dernier de la bande, Greg, assis en face de l'écran lumineux. Benjamin de l'équipe, Greg était à mon avis à peine plus vieux que moi et c'était le spécialiste en informatique du groupe. Ses cheveux et ses pattes noirs comme jais étaient bien coupés et à la même longueur, et il portait des lunettes à la mode qui ne devaient pas être données. Chose rare chez les maniaques de l'informatique, il avait un côté très branché et j'imaginais que, dans sa salle de bains, la collection de lotions et de cosmétiques n'avait rien à envier à celle de notre victime. Pourtant, lors de l'entretien, mis à part un brin d'arrogance, il s'était montré plutôt sympa.

– Mark est arrivé, annonça Simon.

Mercer leva un doigt, sans regarder dans notre direction.

– Une minute.

Greg cliqua et l'écran changea. En dessous, l'unité de disque dur ronronnait toute seule, comme un chat heureux qui ignorait que son maître était mort. On y avait branché des câbles fluorescents supplémentaires pour la relier au portable de la police sur lequel travaillait Greg.

J'ai aperçu un photographe qui se tenait un peu à l'écart, de dos, en train d'examiner le mur derrière la porte. Je me suis approché pour regarder ce qui l'intéressait.

J'ai aussitôt eu la chair de poule.

On avait dessiné au feutre noir sur le mur quelque chose d'extrêmement étrange. Une énorme toile d'araignée peut-être, ou bien une sorte d'attrape-rêves, ce qui, pour des raisons inexplicables, m'a mis mal à l'aise. Quelle qu'en fût la signification, il paraissait évident que son auteur n'était pas l'homme qui gisait dans la baignoire.

Toute cette histoire de cambriolage ou d'extorsion... devant ce dessin, ça ne tenait plus debout. Ce qui s'était passé ici avait obéi à des motifs complètement différents.

Disons simplement que, pour ton premier jour, tu vas être servi.

L'appareil photo émit un flash.

Devant l'ordinateur, Greg et Mercer ne nous prêtaient aucune attention. Le premier cliquait sur des dossiers, suivant les instructions du second qui lui indiquait les fichiers à examiner. Pete s'approcha de moi. Il avait l'air heureux de s'échapper un instant. Il était coiffé comme l'as de pique, et je compris pourquoi en le voyant se passer une fois de plus la main dans les cheveux, aggravant encore les choses. J'avais déjà vu des hommes plus épuisés que ça, mais rarement aussi tôt dans la journée.

– Tu as vu le corps ? me demanda-t-il.

– Oui, à l'instant.

Il soupira lourdement.

– À notre avis, la victime était devant son ordinateur lorsqu'elle a été agressée, sans doute hier soir. Il semblerait que l'agresseur l'ait maîtrisée après une lutte rapide et qu'elle ait passé ensuite la nuit ligotée dans la baignoire. Preuves évidentes de torture. Ce matin, on l'a brûlé vif. Aucune trace d'effraction.

– On l'a identifié ?

– Pas de façon définitive. On procédera plus tard à une identification formelle, mais pour l'instant on part du principe que c'est Kevin James Simpson, le propriétaire de la maison.

Pete recensa les données de l'affaire, telle qu'elle se présentait, se servant de ses gros doigts pour énumérer chaque point. Kevin Simpson avait 30 ans et habitait à cette adresse depuis qu'il avait acheté la maison quatre ans auparavant. Il possédait une petite société d'informatique, CCL, qui proposait des solutions aux entreprises, essentiellement des bases de données et des sites Web. À l'entendre en parler, j'avais l'impression que Pete n'avait pas une grande estime pour ces domaines de compétence.

– C'est la CCL qui nous a appelés ce matin.

La société avait en effet reçu un coup de téléphone anonyme peu après 8 heures du matin. L'enregistrement d'un hurlement épouvantable, puis on avait indiqué à la standardiste affolée le nom et l'adresse de Simpson. À la CCL, on n'enregistrait pas les communications, mais les informaticiens de l'équipe de Greg avaient déjà examiné la ligne du domicile de Simpson. L'appel avait été émis d'ici, du salon, en bas.

Il s'était écoulé au moins une heure entre la mort de Simpson, selon les estimations du médecin légiste, et l'appel du meurtrier. Ce qui soulevait de nouvelles questions. Tout comme on ne voyait pas pourquoi il avait attendu si longtemps pour tuer sa victime, on ne comprenait pas ce qu'il avait bien pu faire ensuite.

– Simpson vivait seul ? demandai-je.

Pete fit signe que oui.

– Pour l'instant, on ne sait pas s'il avait une copine. On est en train de fouiller de ce côté-là. On consulte ses e-mails.

J'ai désigné d'un coup de menton la toile d'araignée sur le mur.

– Et ça ?

Pete la regarda et il parut encore plus las. Il était visiblement inquiet et ne savait pas comment s'expliquer. Nous fûmes interrompus, ce qui lui sauva la mise : à l'autre bout de la pièce, Mercer et Greg avaient fait une pause dans leurs recherches, et Mercer venait à notre rencontre. J'oubliai un instant l'œuvre d'art.

– Mark.

En me serrant la main, il m'adressa un sourire laconique, simple réflexe apparemment, tant il semblait préoccupé.

– Content de te revoir.

– Moi aussi.

En réalité, ça me faisait bizarre de le voir, plus que plaisir. Comme il retirait sa main, je me rendis compte que, hormis sur la photo figurant à l'arrière de son livre, je ne l'avais jamais vu qu'assis ou de loin, et je n'en revenais pas de constater que c'était en réalité un petit gabarit. Il était de taille moyenne et, bien qu'il ait dû être robuste et large d'épaules étant jeune, tous ses muscles s'étaient maintenant avachis comme les plis d'une chemise usée et froissée. Il avait l'air bien plus vieux que je ne le croyais. L'âge, chez un homme, ne se voit point tant à son visage qu'à la faiblesse de son corps, toujours plus marquée. John Mercer donnait l'impression d'être au début de ce processus, et c'était étonnant à voir. Il n'avait qu'une cinquantaine d'années, mais il ployait sous le poids de quinze ans de plus.

– Tu te souviens de Greg ?
– Bien sûr.

J'ai fait bonjour de la tête.

Greg m'a salué de la main, toujours plongé dans ses pensées. En appui sur ses talons, il faisait tourner dans un sens puis dans l'autre la chaise de bureau sur laquelle il était assis, violant sans doute ainsi gravement les règles en vigueur sur une scène de crime. En vérité, tout le monde semblait un peu ailleurs. Quelque chose à l'évidence m'échappait et j'avais l'impression diffuse que cela tenait à la toile d'araignée peinte par l'assassin sur le mur de Kevin Simpson.

– Bien, reprit Mercer. Les ordres de mission. Pete t'a expliqué en quoi consiste le travail, non ?

– En quoi consiste le travail, oui...

J'ai marqué une pause, puis j'ai désigné le dessin de la tête.

– ... mais pas ça, ai-je ajouté.

Mercer a regardé le mur. C'est tout juste s'il n'avait pas l'air de le découvrir.

– Ah ça... oui, dit-il. On était justement en train d'en discuter, avant ton arrivée.

Je m'attendais à ce que l'on m'explique un peu de quoi il retournait, mais, à la place, un silence gêné retomba. Mercer lui-même ne semblait pas vouloir le rompre, il avait le regard fixé sur la toile d'araignée. Je le voyais en suivre les contours, promener ses yeux ici et là, comme hypnotisé. L'appareil du photographe émit encore un flash, et il cligna des yeux. Il s'intéressa de nouveau à moi, puis à sa montre.

—Bon, il est temps de s'y mettre, fit-il. La première réunion de travail se tiendra à 14 heures, donc arrangez-vous tous pour être de retour au bureau ou pour avoir accès à un terminal. Simon, il me faut le maximum de résultats possible en matière de médecine légale. Greg, tu t'occupes de l'ordinateur et de la ligne téléphonique. Pete, de la société de Simpson.

—OK.

Mercer le regarda.

—Tu sais où aller ?

Pete, toujours les mains dans les poches, lui rendit son regard.

—Bien sûr. La CCL.

—Bon. Allez-y maintenant. Mark, reste une seconde.

Pete et Simon quittèrent la pièce. Mercer se rapprocha un peu de moi.

—Le porte-à-porte, me dit-il. On t'a affecté trois hommes de l'équipe. Ils t'attendent en bas.

—Entendu.

—Il faut sonner chez tout le monde. Noter là où ça ne répond pas, et on donnera suite. En premier lieu, il nous faut des informations générales sur Simpson. Qui il voyait, ses relations, hommes et femmes. Apprendre ce qui s'est passé dans la rue.

Ça tombait sous le sens.

—Oui, monsieur.

—Des esclandres, enchaîna-t-il sans me regarder. Des incidents qui pourraient avoir un quelconque rapport avec l'affaire, même infime.

Plus ça allait, plus je sentais l'agacement me gagner. Cela ne venait pas tant de ce qu'il disait que de sa façon de le faire : à l'évidence son attention était ailleurs, il avait davantage les yeux fixés sur le dessin que sur moi. De plus, Mercer n'ignorait rien de mes états de service et, à en croire sa femme, il avait été favorablement impressionné. Pourtant, ça ne l'empêchait pas de m'expliquer ce que j'aurais fait de toute façon. Il aurait pu s'en dispenser et me donner à la place quelques explications sur la toile d'araignée, auquel cas...

Sa femme. N'oublie pas.

– Des véhicules suspects, et les gens qui venaient ici, particulièrement les femmes, ajouta-t-il pour finir, sur un ton éloquent.

– Bien, monsieur.

– Autre chose ?

– Votre femme a téléphoné. Juste avant que je quitte le bureau.

Il eut l'air surpris.

– Elle m'a dit de vous faire penser à ne pas oublier, en ajoutant que vous sauriez de quoi il s'agissait.

– D'accord. Merci.

J'allais quitter la pièce.

– Une dernière chose, reprit-il. Dis bien aux membres de ton équipe que leur appareil doit toujours être allumé. Il faut tout enregistrer. En permanence.

Procédure habituelle que j'aurais adoptée machinalement.

– Bien, monsieur.

L'irritation devait percer dans ma voix, car il fronça les sourcils. Je m'attendais à une remarque, mais il n'avait pas l'air capable de se concentrer assez longtemps pour ça. Il était de nouveau interpellé par la toile d'araignée, vers laquelle il se tourna, l'air toujours renfrogné.

– C'est bon, dit-il distraitement.

Je suis redescendu puis je suis sorti sous la pluie.

C'était stupide, mais j'avais du mal à cacher ma déception. Au cours des semaines précédentes, j'avais imaginé cent fois ma rencontre avec John Mercer, et celle-ci s'apparentait toujours davantage à un triomphe, à une justification de tous mes efforts, qu'à ce qui venait de se passer là-haut. Là je me sentais exclu et carrément traité avec condescendance. Rien à voir avec l'heure de gloire que j'avais espérée.

Il est comme ça, c'est tout, me dis-je. *Ce n'est pas pour rien qu'il a la réputation d'être difficile.*

Ce qui m'a rappelé ce que m'avait dit la fille à l'accueil.

On en reparlera dans une semaine !

J'espérai que j'aurais alors suffisamment fait mes preuves pour être traité comme les autres membres de l'équipe, ou au moins, bordel, comme quelqu'un qui sait ce qu'il fait.

J'ai souri, amusé de me montrer aussi belliqueux et déterminé, puis j'ai oublié l'incident et je suis allé retrouver les agents qui m'attendaient dans la camionnette pour commencer à interroger les voisins.

3 décembre
11 h 55
Dix-neuf heures vingt-cinq minutes avant le lever du jour

Jodie

Jodie traversa la pièce en vitesse et se jucha sur le bord du bureau. Interrompue dans son travail, Michaela sursauta, l'air surpris, comme si sa copine ne faisait pas tous les jours la même chose et lui était apparue par magie.
– Bon.
Jodie se pencha et tapota avec son crayon sur le bloc de Post-it jaunes sur lequel elle avait déjà pris la commande pour les autres.
– Qu'est-ce que ce sera, pour toi ? Épate-moi.
Tel était le petit rituel auquel Jodie sacrifiait tous les jours ouvrables à midi. Elle mettait dix minutes pour aller au Theo's, où elle prenait des sandwichs pour les cinq autres intérimaires du bureau, et vingt minutes pour revenir tranquillement.
Pour elle, c'était une façon de se montrer solidaire de la bande. Au fond, ils étaient tous dans le même bateau, de petits opérateurs de saisie employés par une société d'assurances qui passaient leurs matinées et leurs après-midi entiers à saisir des sommes dues. Tâche ingrate que de graver dans le marbre les coordonnées de l'argent perdu. La société n'aimait pas rembourser, si bien que ceux qui rentraient les données se retrouvaient confinés dans une vieille pièce poussiéreuse, presque tout en haut de l'immeuble... Un vilain secret que l'on gardait

loin du bon personnel, celui qui gagnait de l'argent, et non celui qui enregistrait les débours. Dans le local, les ordinateurs étaient de vieilles bécanes poisseuses et couvertes de taches de café ou de traces de vieilles étiquettes que l'on avait arrachées. Les bureaux étaient vétustes. L'éclairage crépitait et tremblotait, comme s'il ne servait en fait qu'à attirer les insectes et à les tuer. Pas de radiateurs, pas de lumière du jour. On entrait des données et on en sortait. L'endroit lui faisait penser à un atelier numérique clandestin.

La plupart des employés étaient de passage, des étudiants qui s'en iraient dans quelques semaines, remplacés par d'autres qui ne resteraient guère plus longtemps. Il y avait cependant plus d'un an que Michaela travaillait avec elle, et elle la considérait comme une amie. Elle n'en était que plus gênée de lui avoir menti sur ce qu'elle avait fait la veille.

Michaela voulut attraper le bloc de Post-it.

– Je vais y aller, aujourd'hui.

– Non, non.

Jodie eut un geste de recul.

– Tu veux quoi ?

– Tu n'es pas dans ton assiette. Ça me fait plaisir d'y aller.

– Ça va, franchement. J'avais juste une vilaine migraine. Mais c'est fini, maintenant.

Elle remua la tête d'un côté et de l'autre.

– Tu vois ? Il n'y a pas de séquelles.

Son aînée sourit, et Jodie se sentit un peu mieux. En arrivant au travail, ce matin, Michaela avait commencé par venir la serrer dans ses bras ; car elle était comme ça. Ensuite, lors de la pause-café, elle lui avait dit qu'elle espérait que Scott s'occupait bien d'elle. Jodie avait failli fondre en larmes. On aurait dit que le monde entier conspirait pour la culpabiliser, ce qui n'était vraiment pas nécessaire.

La veille, en rentrant de chez Kevin, elle avait essayé d'avoir un comportement normal ; elle avait balancé son sac sur la chaise, puis s'était laissée choir sur le canapé à côté de Scott. Sur le chemin du retour, elle avait tenté de se convaincre qu'elle avait commis une grosse erreur, qu'on ne l'y reprendrait plus, qu'elle oublierait tout ça et passerait à autre chose. Mais Scott avait compris qu'il y avait quelque chose qui n'allait pas. Pour finir, elle avait dû se réfugier dans la chambre et elle s'était couchée. Elle devait éviter d'être avec Scott, pour ne pas risquer de se trahir.

La nuit lui avait fait du bien, et à son réveil elle était animée d'une détermination nouvelle. Il y avait des problèmes. Il lui fallait attendre de retrouver un peu de sérénité, après quoi Scott et elle devraient réfléchir et discuter de ce qui n'allait pas entre eux. Leur relation était devenue bancale, et il était indispensable d'y remédier. Il y aurait sans doute encore du jeu, mais n'en allait-il pas ainsi pour tout le monde, dès lors qu'on se fréquente depuis longtemps ? Ils trouveraient un remède. Ils reviendraient vite sur la bonne voie, et ça méritait de faire un effort.

En même temps, elle ne pouvait pas oublier qu'elle avait menti à Scott. Mais lui dire la vérité aurait été encore pire. Ce dont elle avait besoin, c'était d'être seule un moment. Elle avait envie de solitude et de calme depuis qu'à son retour Scott l'avait serrée dans ses bras. Elle avait tellement culpabilisé...

– Ça ne me dérange pas d'y aller, insista Michaela.

– Non, sérieusement.

Tu es un ange ! songea Jodie.

– Je veux y aller. L'air frais va chasser les derniers diablotins qui me donnent la migraine.

Elle dressa les index de chaque côté du crâne, pour mimer des cornes, et lui jeta un regard menaçant.

Michaela sourit une fois de plus.

– C'est ridicule.

– Ouais, ouais. Bon, je n'ai pas que ça à faire. Qu'est-ce que tu veux ?

– Je vais essayer ce que tu prends d'habitude. Ça a toujours l'air sympa.
– Du canard à la sauce barbecue. Excellent choix.
Michaela se tourna sur sa chaise.
– Tu veux que je t'accompagne ?
Jodie lui sourit.
– Je t'adore, ma chérie.
Elle fit rentrer la pointe de son stylo, détacha le Post-it du bloc et le plia.
– Je vais écouter de la musique et ne penser à rien. Mais je te remercie.

Elle emprunta l'un des ascenseurs du fond pour redescendre dans le hall.
Dixième étage. D'abord, elle sortit l'iRiver de son sac à main. Un disque dur de 40 gigas, sur lequel étaient stockés 5 000 titres. Un étui noir et gris argent. Elle l'adorait, comme tous les gadgets high-tech. Le boîtier accroché à la ceinture de son jean, la télécommande à l'ourlet de sa veste et les écouteurs vissés sur les oreilles. Elle appuya sur le bouton de la télécommande, perçut un petit bip et attendit que la bibliothèque numérique se mette en place.
Sixième étage. Pour se regarder dans la glace, l'éclairage de l'ascenseur n'était pas ce qu'il y avait de mieux, mais bon. Les résultats étaient mitigés. Il lui arrivait de se trouver jolie, mais aujourd'hui elle se dit simplement que ça allait. Des cheveux fins, brun foncé, attachés en arrière, qui s'étaient un peu défaits. Elle ôta sa pince et la tint avec ses dents, pour les relever et les rattacher. Puis elle vérifia son maquillage, qui de toute façon était réduit au minimum.
Deuxième étage. L'éclairage, en haut, lui dorait la peau. Elle se fit des grimaces marrantes, en écarquillant les yeux, jusqu'à ce que l'ascenseur arrive au rez-de-chaussée. Elle sourit à son reflet. Pas tout à fait comme une amie, mais dans le style.

Tu n'es pas le pire individu au monde. Tu es simplement un être humain.

Ding ! La porte s'ouvrit derrière elle sur un couloir, non loin du hall. En sortant, elle sentit une vibration dans son sac à main et s'arrêta entre un radiateur et un extincteur pour sortir son portable.

Vite, vite, vite !

Elle venait de recevoir un message, et elle appuya sur la touche verte pour le consulter. C'était Scott qui le lui avait envoyé. Elle avait attendu ça toute la matinée mais, au lieu de le lire, elle appuya sur la touche pour annuler, et se hâta de retrouver celui qu'elle avait enregistré un peu plus tôt, un dans le genre : « Ça va ? J'espère que tu passes une bonne journée. Je t'aime. » Il s'afficha, elle l'envoya et se représenta Scott en train de le recevoir, imaginant qu'ils s'étaient chacun adressé un SMS en même temps.

Ensuite elle lut son message. C'était pratiquement le même qu'il lui écrivait tous les jours, et *grosso modo* la même chose que ce qu'elle lui avait écrit. Elle sourit en voyant le nombre de baisers qu'il lui avait adressés en guise de conclusion, se sentit un peu triste, puis verrouilla son portable et le remit dans son sac.

Normalement, elle lui aurait aussitôt envoyé un autre SMS, un de ceux où l'un des deux écrit à l'autre que c'est quand même une drôle de coïncidence qu'ils se fussent envoyé un texto en même temps, que les grands esprits se rencontrent, etc. Sauf qu'elle ne put s'y résoudre. Elle avait encore plus que d'habitude l'impression de le tromper en ayant déjà ajouté cette touche de fausse magie.

À la place, elle mit en marche son MP3 et se dirigea vers le hall principal.

Lorsqu'elle sortit dans la rue animée, la musique crépitait dans ses oreilles, et deux ou trois personnes lui lancèrent un regard, en se demandant à l'évidence si elle s'imaginait arranger ainsi son audition. Elle n'en tint pas compte et regarda en l'air, pas contente qu'il fasse ce temps, releva sa capuche, puis tourna à gauche. L'itinéraire qu'elle connaissait bien pour sortir du centre-ville et aller vers la banlieue. Rien de changé.

Le temps était épouvantable. Le ciel ressemblait à ce qu'on trouve d'ordinaire au-dessus d'une usine, trop gris pour que l'on puisse ne serait-ce que distinguer les nuages. Alors qu'elle s'éloignait du centre, les arbres s'agitaient, mal en point, et se contractaient sous la pluie. Dans les rues, ça se bousculait autour d'elle, des gens qui voûtaient les épaules et crispaient le visage. Une journée atroce.

Pour Jodie, confinée dans ce bureau, les journées étaient presque toujours atroces, ce qui était une autre raison pour laquelle elle accomplissait ce petit rituel à l'heure du déjeuner. À la longue, elle avait appris qu'il n'y a rien de mieux que la musique pour se couper du monde et se créer un petit espace privé. Si l'on montait le volume, on n'avait à penser qu'à la chanson et rien d'autre. Le monde réel et décevant s'estompait. Qu'importe la pluie, qu'importe la matinée dégueulasse à faire ce boulot qui l'était encore plus ; même la morne ville à la con où l'on vivait ne paraissait plus aussi désagréable que ça. Altruisme mis à part, c'était avant tout pour cette raison que Jodie était toujours d'attaque pour aller chercher les sandwichs. Ça lui permettait de s'affirmer dans la vie, et cela en s'y soustrayant.

La musique changea et un titre qu'elle n'aimait pas démarra : une ballade affreuse qui se trouvait là uniquement parce qu'il lui arrivait d'être nostalgique. Elle appuya sur la télécommande pour la passer. Elle tomba alors sur un titre plus rapide. C'était mieux.

Il lui fut cependant plus difficile que d'ordinaire de s'évader intérieurement. Elle pouvait penser à n'importe quoi, elle en revenait toujours à Kevin et à Scott, ainsi qu'à ce qu'elle avait failli perdre la veille, car elle s'était vraiment comportée comme une imbécile.

Elle sauta un nouveau titre, et encore un autre.

Quelques instants après, alors qu'elle essayait toujours de trouver un air qu'elle avait envie d'écouter, elle arriva au bord du terrain vague. Elle se dit que, d'en haut, ça devait ressembler à une plaie sur la terre, blême, ridée et guère appétissante, blottie contre la rue principale. Il était surtout tapissé de vieux graviers, parsemé ici et là de buissons ou de bouquets d'arbres. À l'époque de la Saint-Valentin, une fête foraine s'y installait. Le reste de l'année, les gens venaient s'y garer et y promener leurs chiens.

La rue le contournait, mais c'était plus long : c'était plus facile et plus rapide de couper par le terrain vague. Scott s'inquiéterait s'il savait qu'elle passait par là tous les jours mais, même s'il n'y avait personne dans le coin, on était suffisamment près de la route pour se sentir en sécurité. Et puis, elle en avait eu la preuve, ce qu'il ignorait ne pouvait pas lui faire de mal...

Elle contourna la vieille barrière rouillée et avança. Au loin, elle apercevait une cité composée de maisons grises et carrées. Derrière, la forêt et puis la brume des montagnes. Comme le reste de la ville, la banlieue avait l'air trempée et transie. Une fois sur le terrain vague, elle trouva la journée encore plus lugubre. Le froid teintait le sol en gris. En plus, c'était un vrai piège à vent, ici. L'air était glacé et faisait mal. Venant de côté, il ne cessait de la surprendre.

Elle avait traversé la moitié du terrain, en suivant un sentier qui cheminait entre de vieux buissons squelettiques, lorsqu'elle l'entendit. Quelque chose dans la musique, et qui n'aurait pas dû s'y trouver. C'était un bruit venant du monde réel, comme une sirène, une ambulance ou alors une voiture de police, au loin.

Elle appuya sur la touche « pause » de la télécommande. La musique cessa, mais le bruit persista.

Un bébé qui pleurait.

Elle s'arrêta, le bruit l'avait inquiétée, peut-être plus que de raison. Elle regarda autour d'elle, mais il n'y avait personne, ni devant ni derrière. Soudain, le bruit des voitures sur la route lui parut très lointain, et, de là où elle se trouvait, elle n'entendit plus que les pleurs du bébé et le crépitement de la pluie par terre.

Elle en eut la chair de poule. Cela venait de la droite, se dit-elle, de l'autre côté des arbustes. Mais cela ne s'accompagnait d'aucune voix adulte. Aucun signe d'activité. Hormis les buissons agités par le vent, le terrain vague était désert et rien n'y bougeait.

La pluie redoubla, le bébé se mit à hurler. On aurait dit une alarme qui se déclenche, et cela réveilla un instinct qui sommeillait en elle. Elle se surprit à se rapprocher un peu des buissons.

– Il y a quelqu'un ?

Pas de réponse.

Elle cligna des yeux pour en chasser la pluie et fit un autre pas en avant. Elle voulait aller voir ce qui se passait, mais quelque chose la retint. Et si elle franchissait les buissons et découvrait le bébé avec sa mère ? Les gens n'aiment pas que l'on se mêle de leurs affaires : ça pourrait laisser entendre qu'ils sont de mauvais parents. Si bien qu'elle hésita un instant, mais les hurlements devinrent plus aigus, comme une voiture qui change de vitesse, et elle résolut d'envoyer se faire foutre celle ou celui qui pouvait bien se trouver là, car c'était un mauvais père ou une mauvaise mère. Elle s'avança au milieu des arbustes.

– Il y a quelqu'un ? lança-t-elle une fois de plus.

Toujours pas de réponse.

Il y avait de la boue, ici, et elle sentit les branches pointues, auxquelles s'accrochait le fil de ses écouteurs, la piquer. Mais il ne lui fallut que quelques instants pour passer à travers. Il y avait une trouée, au milieu des buissons, et c'était là qu'il se trouvait, posé dans la boue comme un panier à pique-nique dont on ne voulait plus, couché sur le dos et hurlant de détresse. Son visage évoquait une petite rose rouge.

– Oh, mon Dieu ! Pauvre petit !

Elle détacha en vitesse son iRiver et le plongea dans la poche de sa veste. Elle avait du mal à croire à ce qu'elle voyait. C'était une scène à laquelle on n'assiste qu'au cinéma, ou dont on parle dans les journaux, et pourtant ça se passait ici, sous ses yeux. Quelqu'un d'ignoble avait abandonné l'enfant dans le froid, sous la pluie. Jodie n'avait jamais cru avoir la fibre maternelle, le courant n'était jamais passé entre elle et les bébés, mais cette fois elle se pencha sans hésiter pour le prendre.

Au même instant, elle sentit quelque chose vibrer sur sa hanche. Le portable glissé dans son sac à main. Encore un SMS.

Ce n'est pas le moment, Scott...

Du coin de l'œil, elle aperçut un homme à droite dans les buissons. D'abord complètement immobile, il venait maintenant dans sa direction. Elle commença par se dire que c'était le père mais, quand elle distingua son visage, le message changea et se brouilla.

Il portait un masque de diable, de couleur rose : de grands yeux, des mèches de cheveux noirs et ternes. Elle se figea subitement.

L'homme tenait un vaporisateur. On entendit clapoter le liquide lorsqu'il leva la main, puis siffler quand l'aérosol lui gicla au visage. Elle pinça machinalement le nez, ferma la bouche et serra les paupières. De l'ammoniaque. Ça la brûlait de partout. Elle tomba à genoux, se mit à tousser, les mains s'affolant sur la terre boueuse. C'est alors qu'il lui donna un coup de pied à la tête et qu'elle roula sur le côté, sidérée par tant de violence. Elle réussit à ouvrir les yeux... et c'est le ciel qu'elle vit. Sans vraiment le réaliser, elle distingua les gouttes de pluie qui peu à peu se solidifiaient au-dessus d'elle, alors que le ciel gris s'était soudain mis à blanchir.

3 décembre
13 h 55
Dix-sept heures vingt-cinq minutes avant le lever du jour

Mark

Je me sentis mal à l'aise en allant prendre en charge mon équipe, si modeste fût-elle. Je me doutais que les rumeurs avaient dû circuler bon train, et les trois officiers sous mes ordres devaient savoir que c'était ma première affectation. La pression est montée lorsque je me suis approché de la camionnette dans laquelle ils attendaient. J'étais une boule de nerfs. J'ai pris sur moi et j'ai continué. Il me fallait seulement être moi-même et aviser. Après tout, si j'étais là, c'est que j'avais toutes les compétences requises.
Heureusement, les trois officiers, Davy, Ross et Bellerby, avaient apparemment décidé de bien se tenir. Ils ont écouté attentivement lorsque je leur ai résumé l'affaire et leur ai indiqué les endroits qui nous intéressaient tout particulièrement, avant qu'ils ne se séparent. Je leur ai également dit que toute suggestion serait la bienvenue, chose que j'aurais bien aimé entendre jadis. À mon sens, cela allait les mettre dans de bonnes conditions avant de leur asséner les instructions de Mercer.
– Veillez bien à ce que vos appareils soient tout le temps branchés.
Ils m'ont regardé, comme si j'étais un imbécile.
– Je sais que ça tombe sous le sens, mais ce sont les ordres formels de Mercer.

Ils ont échangé un coup d'œil, tout en s'efforçant de n'en rien montrer. Une fois encore, je me suis dit qu'il se passait ici des tas de choses auxquelles, en tant que nouveau venu, je restais étranger. Ce coup-ci, ça ne m'a pas dérangé. Quelle qu'en fût la raison, ils avaient au moins compris que ce n'était pas moi l'imbécile.

– On y va.

Le porte-à-porte s'est déroulé pour le mieux. Tout le monde était bouleversé par ce qui s'était passé et prêt à faire n'importe quoi pour nous aider. Au fond, un meurtre, ce n'est pas si banal. En général, on n'en parle que dans les films ou dans les bulletins d'information, ce n'est pas censé arriver à côté de chez vous. La mort de Simpson avait brutalement rappelé aux gens que ça avait aussi lieu dans la réalité et, par voie de conséquence, qu'ils étaient eux-mêmes vulnérables. Déterminer un mobile qui avait amené à le choisir, lui en particulier plutôt qu'un autre, leur aurait permis de prendre de la distance avec l'horreur, et cependant personne ne voyait pourquoi quelqu'un lui aurait fait ça. Jusqu'à plus ample informé, ils auraient aussi bien pu mourir à sa place. Ce n'était pas facile de se dire ça, et je regrettais de ne pas pouvoir leur certifier qu'ils se trompaient.

On interrogea tout le monde dans la rue. Seulement deux villas étaient vides ; on y laissa des messages et un avis pour le suivi de l'enquête. Personne ne se rappelait la moindre altercation : pas de dispute ou d'affrontement, pas d'engueulade en public. Ils décrirent Simpson comme un type gentil et sans histoires. Ils avaient bien remarqué des filles de temps à autre, mais pas ces derniers temps.

Ce ne fut pas entièrement négatif. On finit par dénicher deux personnes qui, chacune de leur côté, se souvenaient d'un van blanc garé la veille dans la rue. On l'avait d'abord aperçu, à midi passé, il était alors garé un peu plus loin. Ensuite, c'était vers 8 heures du matin, et il se trouvait à ce moment-là devant la maison de Simpson. Aucun des deux témoins n'avait vu entrer

Un sur deux

ou sortir le chauffeur, de même que l'on ne connaissait ni la marque ni le numéro d'immatriculation du véhicule, et que l'on n'avait pas relevé dessus de signe distinctif. Mais enfin, c'était déjà quelque chose.

Au numéro 15, en face de chez Kevin Simpson, on en apprit davantage. Yvonne Gregogy, qui habitait là, fut brève et précise. Retraitée, elle était chez elle, cet après-midi-là, et elle regardait la télévision. Pendant les pubs, vers 16 h 45, elle était allée à la cuisine se faire une tasse de thé. De là, elle voyait bien par sa fenêtre la maison de Simpson. Je le savais pour m'en être assuré, en me penchant au-dessus de l'évier, tandis qu'elle me parlait de la fille.

– Elle quittait la maison.

Yvonne fit un geste en direction de la rue.

– Elle s'est retournée pour lui faire signe au bout de l'allée.

– Elle était comment ?

– Elle avait des longs cheveux bruns, qui lui arrivaient ici.

Yvonne mit la main au niveau de ses épaules.

– Elle avait un imperméable, avec un sac à main il me semble. Et aussi des écouteurs.

– Quel âge avait-elle ?

– Très jeune. À peu près votre âge, inspecteur.

J'ai souri.

– Vous l'aviez déjà vue ?

– Ah non !

– Vous souvenez-vous d'autre chose ?

Yvonne s'accorda un instant de réflexion.

– J'ai trouvé qu'elle avait l'air un peu contrariée. Enfin, pas exactement contrariée. On aurait plutôt dit qu'il y avait quelque chose qui la tracassait, si vous voyez ce que je veux dire. On la sentait préoccupée.

N'est-ce pas le lot de tout un chacun ?

Si bien que nous avons quitté le quartier avec les vagues descriptions d'un véhicule et d'une jeune femme, sûrement venue chez Kevin Simpson avant qu'on ne l'agresse. Il n'y avait pas de quoi sauter de joie, mais j'étais quand même content, et je me sentais déjà beaucoup plus sûr de moi en revenant au commissariat pour présenter mon rapport et assister à la réunion d'information. L'agacement que j'avais ressenti devant les instructions tatillonnes de Mercer avait disparu. Certes, je n'allais pas m'intégrer tout de suite dans l'équipe : il fallait d'abord que je fasse mes preuves, et les entretiens de ce matin allaient y contribuer.

Contrairement à ce que je pensais, je n'ai pas pu faire mon rapport tout de suite. Quand je suis arrivé au bureau, le reste de l'équipe s'intéressait déjà à autre chose. Mes collègues étaient en train d'écouter un enregistrement numérique et de découvrir une scène infernale.

*
* *

« On va jouer à un jeu sur l'amour. »

La voix enregistrée sonnait bizarrement. Sourde et monotone, avant tout, avec aussi parfois des modulations, comme si l'homme était davantage en train d'interpréter un rôle que de parler à sa victime.

« À propos de Jodie, Scott et toi », précisa-t-il.

Mercer claqua des doigts : *Enregistrez-les bien, ces noms-là.* Il reprit ensuite la même position que celle qu'il avait à mon arrivée : les coudes sur le bureau, les mains mi-jointes, le regard attentif, se tapotant les lèvres avec les index. Il avait l'air relativement calme. Simon, lui, était complètement immobile ; la tête penchée, Greg écoutait l'enregistrement de manière professionnelle ; Pete avait les yeux fermés ; quant à moi, chaque phrase me faisait l'effet d'un coup de poignard dans la poitrine.

« Je t'ai observé, aujourd'hui, reprit le type. Avec elle. Et puis, j'ai lu tous vos mails. Je sais ce qui se passe ici. Et nous savons tous les deux où elle est en ce moment, pas vrai ? Elle est chez elle avec son copain. »

Jodie, me dis-je. Des cheveux bruns qui lui descendent jusqu'aux épaules. Elle a environ mon âge.

« Dans quel état d'esprit est-elle, en ce moment, à ton avis ? Tu crois qu'elle se culpabilise d'avoir passé la journée avec toi et d'avoir menti à Scott ? »

En guise de réponse, on entendit simplement l'eau chaude couler dans les canalisations, puis un clapotis dans la baignoire. Simpson demeura silencieux. Je me le représentais, livide et bâillonné au fond de la baignoire.

« Elle est contente d'être chez elle ? demanda la voix. Ou bien regrette-t-elle de ne plus être avec toi ? Est-elle en train de t'écrire un e-mail, comme tu le faisais quand je suis arrivé ? »

Mercer leva les yeux :

– Greg ?

Greg fit signe que non.

– Pas vu d'e-mail envoyé par une certaine Jodie, ou qui lui était destiné. Pas de dénommé Scott, non plus. Rien dans son répertoire. L'assassin a dû tout virer.

Mercer fronça les sourcils. Derrière le bureau, il s'impatientait et tapait du pied.

« Tu crois que tu l'aimes ? » demanda la voix.

Rien.

« Ce n'est pas vrai ? »

Toujours pas de réponse. Pas même un clapotis. Quand l'homme reprit la parole, il avait l'air déçu de n'avoir enregistré aucune réaction.

« Bon, on va en avoir le cœur net. Les règles du jeu sont très simples mais, hélas pour toi, ta participation va être brève ! Si Jodie t'envoie un e-mail avant le lever du jour, je te laisse partir. Si ce n'est pas le cas, en revanche... »

Il s'interrompit quelques instants, on entendit un craquement. J'eus l'impression qu'il se retournait pour ramasser quelque chose.

« ... je te fais avaler ça, et puis j'y mets le feu. Fais-moi un signe de la tête si tu saisis. »

Nouveau silence.

« Je t'ai dit de me faire un signe de la tête si tu saisis. »

Simpson se mit à gigoter dans l'eau du bain et à créer des remous. Je ne le voyais pas et pourtant je savais que l'assassin lui avait envoyé une giclée de liquide inflammable, histoire de lui montrer qu'il ne plaisantait pas.

« Bien. »

On entendit encore craquer.

« Essaie de te calmer. Il y a plein de choses dont il faut qu'on parle. »

L'enregistrement continua quelques secondes, puis s'arrêta. Greg se tourna vers moi.

– Mes informaticiens ont travaillé sur l'ordinateur de Simpson, m'expliqua-t-il. Ils ont trouvé deux fichiers audio récents. Celui-ci était le premier.

– Fais-nous écouter le deuxième, lui demanda doucement Mercer.

Tout le monde le regarda. Sa tête avait glissé, si bien que maintenant ses mains lui cachaient le visage. Il avait cessé de taper du pied. Il n'y avait aucune raison de s'impatienter. Il savait ce qui risquait de se trouver sur le deuxième fichier, nous le savions tous, mais en même temps nous voulions en être sûrs. À la CCL, on n'avait pas enregistré l'appel reçu dans la matinée, celui où l'on entendait cet horrible hurlement, mais nous allions sans doute bientôt l'entendre nous-mêmes. Il n'y avait pas de quoi s'en réjouir.

Greg fit un double clic, et cela recommença.

« Je suis désolé, dit la voix. J'espère que tu comprends maintenant à quel point tu pouvais être ridicule. À quel point elle ne méritait pas tout ce que tu as investi en elle. »

Il s'interrompit.

« Tu comprends ? »

Un bruit affolé : des remous désespérés dans l'eau, des cris étouffés...

── Un sur deux ──

« Si ça peut te consoler, Jodie et Scott sont l'un des couples qui m'intéressent. Je vais aller les voir plus tard, et ce sera à leur tour de jouer à ce jeu. Mais le nôtre est maintenant terminé. »

Mon cœur battait à tout rompre. Je me suis mis à me frotter nerveusement le menton, tandis qu'autour de moi le bureau s'estompait.

« Imagine-la un peu. Imagine-la en train de dormir tranquillement dans les bras de son mec. »

Encore du bruit dans la baignoire.

« Chuuuut ! » dit l'homme tout bas.

Il avait dû ôter son bâillon à Simpson, car on entendit enfin sa voix. Perçante, affolée. Il l'implorait, le suppliait de ne pas le tuer, mais en parlant si vite que l'on ne comprenait pas ce qu'il racontait. Ça s'arrêta presque aussitôt, pour faire place au bruit affreux de quelqu'un qui s'étouffe, lorsque l'alcool à brûler se répandit sur son visage et dans sa bouche. On entendit tousser, crachoter.

J'en étais malade d'entendre ça. Rien ne pouvait me préparer à une chose pareille ; c'était presque une douleur spirituelle que d'écouter. Une complicité ; une frustration.

J'ai fermé les yeux quand j'ai entendu qu'on allumait un briquet. Je me préparais peut-être à entendre le souffle de l'embrasement, mais il n'y en eut pas.

C'est uniquement à sa façon de hurler que l'on décela l'instant où Simpson s'enflamma et, même là, on ne distingua pas grand-chose. Il se gargarisait de feu, ne pouvant exprimer sa frayeur et sa stupeur qu'au travers d'un petit gémissement poussif. J'imaginais sa gorge qui se contractait. La brûlure atroce, qui lui froissait les poumons comme du papier de soie. Je n'avais jamais rien entendu d'aussi affreux.

Sachant comment ça allait se terminer, je voulais que Simpson meure le plus vite possible. Mais non, car ça ne dépendait pas de lui ; son corps ne voulait pas céder, s'efforçait de ne pas sombrer dans une inconscience qui aurait sans nul doute été bienvenue. On n'en finissait pas de l'assassiner.

En même temps, on entendit un bruit de fond beaucoup plus atténué. Un sifflement humain, et je mis un certain temps à comprendre d'où il venait. C'était l'assassin.

J'en frémis.

Lors même que sa victime était en train de mourir dans des souffrances atroces, cet homme, debout, le regardait, l'enregistrait, la bouche ouverte, les dents légèrement écartées, aspirait la fumée, son odeur.

Comme s'il déchiquetait l'âme de Kevin Simpson avec ses dents, morceau par morceau.

Je rouvris les yeux et regardai les autres. Tout le monde entendait, et je vis que chaque visage reflétait ce que je ressentais : de l'incrédulité et de l'horreur. Tous les visages, sauf celui de Mercer. Je ne le voyais pas, car il fixait le bureau, les mains jointes, comme s'il priait.

Le bruit continua, diminua lentement d'intensité, et l'enregistrement eut la bonne grâce de s'arrêter. Alors, dans le bureau, le silence parut infect. Pendant un moment, personne ne dit rien, personne ne fit le moindre geste. Puis Mercer se pencha lentement en arrière et se frotta le visage, comme quelqu'un qui vient de se réveiller.

– On va souffler cinq minutes, dit-il.

Je suis sorti dans l'air glacé de l'après-midi. Le froid me gifla, j'en avais besoin. Il ne pleuvait plus, mais le ciel restait chargé de nuages gris sombre, et quand le vent se leva, il était glacial. Un sachet de chips glissait sur le macadam. On avait annoncé de la neige, et apparemment elle n'était plus très loin. Je frissonnais, même avec mon manteau... mais cela tenait aussi au fait que j'étais intoxiqué par toute l'adrénaline accumulée. J'avais l'impression que j'aurais pu courir sur des kilomètres. J'aurais bien aimé, en tout cas.

Un sur deux

J'avais déjà vu bien des cadavres avant ce jour, à chaque fois c'était l'horreur. Mais aussi insupportable que cela soit, le corps que l'on a devant les yeux est d'une certaine façon déjà perdu. La vie l'a quitté. On peut certes éprouver de la douleur, de la tristesse, du chagrin, mais assister en direct au spectacle de la mort, être forcé de voir, ou d'entendre, une vie s'évanouir, être témoin de l'anéantissement d'un être humain, un semblable, voilà la véritable atrocité, l'ultime tabou. Ce qui me fit penser à Lise, c'était fatal. Seulement je n'en avais pas envie et je ne pouvais pas non plus me le permettre, pas à ce moment-là. C'était déjà assez difficile comme ça d'accepter la fin, à savoir qu'elle était morte et enterrée, sans être obligé de m'imaginer toute l'horreur qu'elle avait dû endurer. Ce qu'elle avait ressenti alors que la vie la quittait.

Il fallait que je reste concentré sur Kevin Simpson.

Cinq minutes ?

J'aurais pu prendre cinq ans de repos sans pouvoir oublier pour autant cet enregistrement.

Mais il allait falloir se contenter de cinq minutes.

Dans le bureau, tout le monde avait l'air lugubre, mais aussi animé d'une détermination toute professionnelle. Chacun de nous avait fait abstraction de ce que cet enregistrement avait éveillé en lui, quitte à y revenir ensuite, peut-être pour l'oublier définitivement. Une fois encore, on aurait dit que Mercer ne se sentait pas concerné. À mon retour, il avait le regard perdu dans le vide, il donnait l'impression de ne rien éprouver du tout. Cela venait certainement de son expérience, et je me demandais si j'en serais capable un jour : si j'arriverais à prendre du recul et à ne voir en l'horreur pure qu'une énigme à résoudre. On pouvait trouver ça inhumain, mais j'étais sûr qu'en réalité il était aussi touché que nous autres par ce qui s'était passé. Simplement, c'était sa façon à lui de réagir, en s'attachant à élucider le meurtre et à coincer le coupable.

Greg rompit le silence :
— Je vous le confirme, on n'a pas retrouvé de Jodie ni de Scott...
— Mais l'assassin a parlé d'e-mails, coupa Mercer, donc ils doivent exister.
— Oui, et s'il les a effacés, on sera peut-être en mesure de les récupérer. Suivant qu'il s'est montré très minutieux ou pas. On va essayer, mais il ne faut pas se faire trop d'illusions.

Mercer fit la grimace.

— Il paraît évident, d'après l'enregistrement, que cette Jodie avait une liaison avec Simpson. Si on n'arrive pas à les retrouver à temps, son copain et elle, c'est notre client qui va le faire. S'il ne l'a pas déjà fait.

— On a un signalement, déclarai-je.

Mercer se retourna aussitôt.

— Vas-y.

Je lui parlai d'Yvonne Gregory, en racontant ce qu'elle m'avait dit de la fille qui sortait de chez Simpson – Jodie, selon toute vraisemblance. Pas loin de 30 ans, brune, un sac à main, des écouteurs. Ce n'était évidemment pas assez précis pour servir à grand-chose, et je m'en rendis compte au moment où je le disais. Après avoir écouté l'enregistrement, je n'avais plus grand-chose de triomphant. Je conclus en évoquant le van blanc, Mercer hocha la tête, comme s'il s'y attendait. Il me coupa la parole :

— Le réseau de surveillance municipal ? lança-t-il, à l'adresse de Greg.

— La caméra la plus proche se trouve sur la rue principale.

Il respira profondément.

— Elle n'est pas braquée sur la rue de Simpson, mais on devrait arriver à voir qui est passé par là.

— Bon, occupe-toi de ça en priorité. Essaie d'identifier tous les vans blancs qui ont circulé dans le coin entre 8 et 9 heures ce matin. Regarde également hier après-midi, entre 16 h 30 et 17 h 30, pour voir si on a une trace de la fille. Car il faut qu'on la retrouve.

Greg garda le silence.
— À quoi tu penses ? lui demanda Mercer.
Greg faisait pivoter sa chaise en prenant appui sur les talons, comme chez Simpson dans la matinée. Il avait l'air préoccupé.
— Il faut croire que je ne suis toujours pas convaincu.
Mercer écarta les mains, comme si tout cela devait paraître évident et qu'il ne comprenait pas pourquoi ce n'était pas le cas. Pour moi, rien n'était évident, mais ce qui s'était passé devait s'inscrire dans un contexte plus large, que j'ignorais.
— On a la signature, reprit Mercer. On a le van blanc sur la scène de crime. On a les scènes de torture. Et, en dépit de ce que l'on a pu penser au début, on a une deuxième victime.
— Je ne dis pas qu'il n'existe pas de ressemblances incontestables.
— Tu dis quoi, alors ?
Greg soupira. J'étais étonné de le voir ainsi lui tenir tête. Ici, le responsable, c'était Mercer, et je m'étais attendu à ce que Greg fasse ce qu'on lui demande sans discuter. À l'évidence, il hésitait à poursuivre, mais au bout d'un moment il reprit :
— Je dis qu'on voit souvent des vans blancs en fin de journée. On voit aussi souvent des filles. La signature est incontestable, et, oui, il fait allusion au jeu. Mais le mode opératoire est radicalement différent.
Comptant sur ses doigts, il poursuivit :
— Un, l'assassin l'a séquestré dans une baignoire. Deux, la fille est repartie de là-bas hier après-midi et n'a pas participé directement au jeu...
Son énumération tournant court, il se renversa sur son siège.
— Ça n'a rien à voir, conclut-il.
— Bien sûr que ça n'a rien à voir, répondit Mercer. Ça remonte à deux ans.
— Je sais.
— Eh bien, il a changé de méthode. Ça ne devrait pas nous étonner, enfin, ça ne devrait pas t'étonner, toi, qu'il ait changé. C'est à nous de comprendre pourquoi et comment il a changé.

Greg fit la moue, comme s'il voulait encore s'inscrire en faux, sans y arriver. Je m'aperçus que Pete le regardait attentivement. Mercer n'allait cependant pas le laisser s'en tirer comme ça.
— Et alors ?
Greg le regarda. Ma surprise redoubla. Son expression en disait long. Je ne savais pas quoi au juste ni ce que cela cachait, mais il était évident qu'il était très mal à l'aise.
— Ce n'est peut-être pas tant que je ne suis pas convaincu, déclara-t-il. Simplement, il y a là quelque chose de pas simple...
Ils se dévisagèrent un instant. L'ambiance devint lourde. Personne ne dit rien, et je décidai que c'était peut-être le moment d'intervenir. En restant diplomate.
— Est-ce que je peux vous demander... ?
— Oui. Bien sûr.
Mercer se tourna vers moi. Il avait un visage de marbre.
— La situation est la suivante : je pense qu'il existe des liens entre ce meurtre et une affaire précédente. On relève de nombreux points communs. D'un autre côté, Greg souligne à juste titre que l'on note aussi quelques dissemblances. L'assassin a procédé cette fois d'une façon un peu différente.
— Soit, répondis-je. De sorte que...
— Tu iras lire le dossier, dès la fin de la réunion. Comme ça, tu auras tous les détails de l'affaire.
— Entendu.
Je me sentais mal à l'aise, ce qui était ridicule. À tout le moins Greg avait-il cessé de regarder Mercer mais, même s'il baissait les yeux, il avait toujours la même expression.
— Pete ? Simon ? Vous voulez ajouter quelque chose ? demanda Mercer.
On avait l'impression qu'il s'adressait en priorité à Pete, son adjoint, lequel n'avait cependant pas l'air ravi qu'il s'intéresse à lui et n'était pas vraiment décidé à le soutenir, d'une façon ou d'une autre.
Qu'est-ce que tout cela cachait ?

Ce fut Simon qui détendit l'atmosphère.

– Quoi qu'il en soit, on continue de la même façon, n'est-ce pas ? dit-il rapidement, d'un ton neutre. On voit ce que ça donne du côté du van et de la fille. On a tout le temps de voir ensuite où cela nous mène, non ?

Il s'interrompit, avant d'ajouter quelque chose qui me parut insidieux :

– De toute façon, il faut que vous preniez une décision.

Pete acquiesça, sans rien dire.

Greg haussa les épaules, satisfait, mais affectant l'indifférence.

– Je suis d'accord, dit Mercer. On va faire comme ça. Mark va passer l'après-midi à lire le dossier. Voyons maintenant qui s'occupe de quoi.

J'allais donc en savoir plus. Et j'avais hâte. Après avoir constaté le désaccord existant entre eux, j'étais curieux de voir ce que j'allais comprendre à ce dossier et de savoir si cela allait m'éclairer sur ce qui se passait au sein de l'équipe. En même temps, je restais attentif pendant qu'on leur confiait à chacun une mission.

Les spécialistes de l'informatique rassemblés autour de Greg visualiseraient les enregistrements des caméras de surveillance municipales, tout en continuant à travailler sur l'ordinateur de Simpson. Simon, lui, ferait le point avec les médecins légistes. De son côté, Pete donnerait dans une demi-heure une conférence de presse, au cours de laquelle il évoquerait nommément Simpson, tout en demandant à des gens de sa famille, à Jodie et Scott, de se manifester. Après quoi il partirait à la recherche des ex de Simpson, pour voir si l'une d'elles correspondait à la description de la fille, au cas où Jodie ne fût pas son vrai nom.

Mercer insista :

– Il faut qu'on les retrouve avant le lever du jour, ces deux-là.

À la fin de la réunion, tout le monde rangea ses affaires. Greg avait l'air pressé de s'en aller. Simon, lui, était en train de téléphoner, sans prêter garde à la tension générale, tandis que Pete semblait bouger au ralenti. Je l'entendis soupirer en ramassant ses documents.

Mercer me fit passer une note avec le numéro d'un dossier et un code pour l'ouvrir, et je décidai d'oublier provisoirement tout le reste. J'avais du pain sur la planche. Je me suis installé devant l'ordinateur et j'ai entré les mots de passe. Au bout de quelques secondes le nom du dossier apparut en haut de l'écran :

Dossier n° A6267
L'assassin qui en tue un sur deux.

3 décembre
14 h 30
Seize heures cinquante minutes avant le lever du jour

Scott

Numéro 273. On s'envoie des textos au même moment.

Scott se cala sur son siège et déroula avec la souris la barre de défilement, pour vérifier qu'il ne l'avait pas déjà noté. C'était ridicule, s'il ne l'avait pas fait... Mais non, ça n'y figurait pas. Comment cela avait-il pu lui sortir de l'esprit ?
Il remonta en haut de la liste.

Cinq cents raisons de t'aimer.

Il tapa ensuite : *Numéro 274.*
Puis il s'arrêta, laissant traîner ses doigts au-dessus du clavier. Perplexe, il considérait le curseur qui clignotait.
Une fois arrivé au numéro 200, c'était devenu beaucoup plus difficile – c'est là qu'il avait commencé à être à court d'inspiration. Il trouvait bien de nouvelles raisons, mais c'était en général parce que Jodie avait dit ou fait quelque chose qui avait attiré son attention, comme lorsque leurs textos respectifs s'étaient croisés plus tôt dans la journée. Ça n'avait sans doute pas d'importance... du moment que ça ne se tarissait pas. Et ce n'était pas le cas. Même avec toutes les difficultés que rencontrait leur couple ces derniers temps, il se surprenait encore à remarquer chez elle des petites choses qu'il aimait : il revenait alors à sa

liste pour les y ajouter le plus vite possible. Ça le rendait heureux. Et en même temps, ça l'attristait.

Il avait maintenant un passage à vide et il séchait.

Laisse tomber pour l'instant.

Il enregistra le document, puis quitta le fichier Word pour en revenir à son logiciel de dessin. On y voyait trois versions différentes de son visage. C'était à ça qu'il devait se consacrer. Toutes les œuvres qu'il réalisait ces derniers temps consistaient en sept ou neuf peintures d'un même objet ou individu. La première de la série se voulait toujours d'un réalisme quasi photographique, même s'il avait en général recours à des couleurs un peu étranges. Le visage à gauche de l'écran, par exemple, avait été réalisé à partir de tons verts et jaunes. À part ça, il aurait pu s'agir d'une photo. Lorsqu'il avait terminé la première toile, il la scannait et la retouchait avec son logiciel, en accentuant les contours, afin de faire ressortir les contrastes de l'image. Puis il l'imprimait et en peignait une copie. Telle était la seconde œuvre de la série. Il recommençait ensuite la manœuvre. C'était là un processus itératif qui donnait une suite de petits tableaux montrant une image qui se désintégrait lentement, pour à la fin se réduire strictement à ses composantes, à savoir les formes et les coloris. De ce fait, la personne qui le regardait perdait peu à peu conscience du modèle de départ.

La dernière œuvre de la série d'autoportraits sur laquelle il travaillait se composait de quatre rectangles orange et verts, séparant la toile définitive de façon légèrement asymétrique, à la manière d'un vitrail. N'y figuraient que trois portraits identifiables, l'image de droite étant devenue, elle, quasi abstraite. On y reconnaissait un être humain, mais Scott n'y retrouvait plus grand-chose de lui-même.

Une œuvre d'art. Son travail s'articulait autour de considérations théoriques et avait un objectif précis, mais il s'était déjà écoulé suffisamment de temps depuis qu'il avait obtenu son diplôme pour ne plus se prendre la tête à ce sujet. Plus jeune, il

Un sur deux

aurait peut-être fait la grimace devant le résultat, mais c'est parce qu'il aimait ça qu'il peignait de cette façon, et, hormis tout le reste, le tableau lui plaisait. De plus, il n'était pas dénué d'intérêt.

Les autres commençaient à en convenir. Une petite galerie lui avait acheté quelques tableaux et elle en avait vendu deux ou trois – ça ne représentait pas de grosses sommes, mais enfin c'était déjà ça. Ils l'avaient appelé quinze jours plus tôt, car ça les intéressait d'exposer de nouvelles œuvres de lui, et il avait par conséquent pris une semaine de congé pour en réaliser quelques-unes. Ce coup de fil l'avait rendu fou de joie, mais la réaction de Jodie l'avait déçu. Elle était contente, du moins c'était ce qu'elle avait dit, mais cela avec le même manque d'enthousiasme, qui confinait à l'indifférence, que celui qui imprégnait leur quotidien.

Hier soir, par exemple. En rentrant du travail, elle s'était laissée choir sur le canapé. Il lui avait demandé ce qui n'allait pas, sans obtenir de réponse. Comme il n'était pas du genre à laisser passer ça, il avait commencé à élever la voix, et elle était allée s'effondrer dans la chambre, pour éviter une dispute. Ça arrivait souvent, ces derniers temps. Ils avaient un appartement lumineux, propre et spacieux, mais parfois, quand il la regardait tourner en rond sans rien dire, il avait l'impression qu'elle avait besoin d'y découvrir une pièce inconnue, si elle ne voulait pas tomber folle.

Sentiment qui était contagieux. Cela faisait des mois qu'ils étaient malheureux et, même s'il avait tendance à vouloir essayer d'arranger les choses, il ne savait plus cette fois comment s'y prendre. Il trouvait pénible qu'elle refuse de parler de ce qui la tracassait, et ça lui nouait les tripes, au point qu'il en avait parfois du mal à avaler sa salive.

Il regarda le visage quasi abstrait à l'écran. Ça venait peut-être de la photo dont il était parti ou bien du choix des couleurs, mais il y avait au moins une chose de sûre : il dégageait une certaine tristesse. Et peut-être à la réflexion y retrouvait-il beaucoup de lui-même.

Il ouvrit à nouveau le fichier Word, revint à la liste et fit défiler le document vers le haut pour le retrouver.

Numéro 87. Même si c'est idiot, tu défends ma peinture.

Les premières occurrences portaient la marque de cet autodénigrement dont il avait coutume. Si l'on commence par se dévaluer, on risque moins d'être blessé. Au cours des premières années de leur relation, Jodie lui aurait reproché ce manque de confiance en lui, surtout à propos de ses tableaux, mais maintenant... il ne savait plus ce qu'elle en pensait. Le numéro 87 ne correspondait peut-être plus à la réalité.

Ses doutes n'étaient aujourd'hui qu'un des éléments, parmi beaucoup d'autres, du malaise qui existait entre eux. Quand on est jeune, on peut se faire des illusions, mais vient le jour où il faut y renoncer. Ce n'était pas ses peintures qui allaient leur permettre de s'en aller d'ici ni le travail ingrat qu'ils faisaient pour subsister, de sorte que si rien ne changeait, c'était foutu. Ils allaient continuer exactement de la même façon toute leur vie et, en ce moment, c'était inenvisageable.

Il refit défiler le document vers le bas.

Numéro 274...

C'était le dernier de la page. Si au moins il arrivait à le trouver, celui-là, il aurait rempli trois pages de « bonnes raisons ».

Son portable était posé sur la table, à côté du clavier. Il le prit, pour relire le texto qu'elle lui avait envoyé tout à l'heure.

« Rebjr, mon beau. M'ennuie. Comment va peinture ? Hâte de te voir + tard. Désolée de mon cirque. Je t'm bcp. Bizzz... »

––––––– Un sur deux –––––––

Il reposa le portable, sourire aux lèvres. Ce n'était pas plus compliqué que ça. Un message, ou bien échanger quelques mots, qu'elle lui parle de la même façon qu'avant, et c'était reparti.

Certes, les soucis reviendraient, cette trêve était fragile, mais dans la vie il ne faut jamais brusquer les choses. S'ils tenaient le coup, l'un et l'autre, ils arriveraient forcément à la surmonter, cette crise, ils n'en seraient alors que plus proches encore.

Numéro 274.

En dépit de tout, tapa-t-il, *tu ne me laisses pas tomber.*

*
* *

C'était au début de l'année qu'il avait commencé cette liste.

Ils venaient de s'installer dans cet appartement et ils commençaient à comprendre qu'ils allaient vivre dans un quartier plutôt animé. Très vite, ils avaient été témoins d'un vol de voiture avec violence en plein jour, ils avaient entendu quelqu'un se faire agresser dans la petite rue en bas et ils avaient été évacués suite à une alerte à la bombe un peu plus loin, dans un magasin qui reversait le fruit de ses ventes à des organisations caritatives. Étant donné leurs moyens, c'était néanmoins le meilleur quartier où ils pouvaient se permettre de vivre. L'appart était sympa, mais ni l'un ni l'autre ne s'y sentait en sécurité, heureux et encore moins chez soi.

Il y avait des cartons partout, certains vides, d'autres encore fermés avec du ruban adhésif. Comme si, dès lors qu'ils ne déballaient pas toutes leurs affaires, ils pouvaient se donner l'illusion de n'être là que provisoirement. Ils avaient sorti les ustensiles de cuisine et rangé quelques vêtements, mais la seule vraie concession qu'ils avaient faite à cet appartement avait été, dès le premier jour, d'installer la chaîne et la télé.

Ce soir-là, assis dans le salon, ils regardaient la télé. Jodie ne pouvait pas se passer de ses séries, alors que lui n'en raffolait pas. Malgré tout, ou bien pour cette raison, il consacrerait plus tard le numéro 56 au fait qu'elle en était une inconditionnelle.

Pour le moment, leur situation lui tapait sur les nerfs et il ne put s'empêcher de le faire remarquer.

– C'est de la merde, tout ça.

Jodie le regarda, avant de poser la tête sur son épaule.

– Oui, dit-elle, mais on va s'en sortir.

Il posa un bras sur son épaule.

– Tu crois ?

Ils se relayaient : il y en avait un qui se plaignait, et l'autre qui se montrait optimiste. Il s'agissait là d'un accord tacite. S'ils déprimaient en même temps, il n'y aurait plus personne pour leur remonter le moral.

– Oui, répondit-elle. Parce que je t'aime.

Il effleura ses cheveux foncés, raides et fins. Elle ne les aimait pas, mais lui, si. Il aimait lui caresser les cheveux, la tête, cela la faisait paraître plus fragile qu'elle ne l'était.

– Mais, moi, je t'aime encore plus, déclara-t-il.

Elle lui donna des petites tapes sur la poitrine.

– Non, ce n'est pas vrai.

– Bien sûr que si.

Ce petit jeu dont ils avaient coutume donnerait lieu au numéro 5.

– Prouve-le.

– Le prouver ? Il y a une centaine de raisons qui font que je t'aime.

Elle changea de position pour le regarder.

– Alors, je t'écoute.

– Hein ?

– La centaine de raisons. J'aimerais les connaître.

– Mmm...
– Tu vois ? Tout ça, c'est du pipeau.
– Non.

Il se leva.

– J'étais en train de me demander où je pourrais trouver un stylo et un bout de papier.

En réalité, même s'il se sentait piégé, il pensait aussi que c'était là l'occasion de faire quelque chose de bien, quelque chose qui permette d'y voir plus clair. De sorte qu'il traversa la pièce pour aller fouiller à l'intérieur des cartons dans le couloir et revint une minute après avec un carnet et un stylo.

Jodie lui fit un sourire amusé. Mais heureux, aussi.

– Ce n'est pas la peine, tu sais.

Il posa un doigt sur ses lèvres, tout en s'asseyant auprès d'elle.

– Chuuut ! Regarde ta série, cocotte.

Elle s'intéressa de nouveau à ce qui se passait sur l'écran, tandis qu'il se mettait à écrire, installé à côté d'elle. De temps à autre, elle tendait le cou pour regarder, et il était obligé de tordre la page pour l'en empêcher.

– Pas question...
– Laisse-moi voir !
– Pas encore.

Une centaine de raisons. Au départ, il ne se doutait pas que ce serait aussi difficile et il ne savait pas s'il y arriverait. Mais il sentait Jodie auprès de lui, qui souriait en silence, en essayant de ne pas montrer qu'elle était ravie. Cela faisait des lustres qu'il ne l'avait pas vue aussi heureuse, et ça suffisait amplement à lui donner envie de continuer à gribouiller, une ligne après l'autre. *N'arrête pas de sourire.*

Au bout de quelques minutes, le générique défila à la télé.

Il tourna la page et continua à écrire.

*
* *

Désormais, presque un an plus tard, Scott accordait moins d'importance à ce document Word. Il l'abandonna pour aller dans l'une des chambres d'amis. Un des rares avantages d'habiter un quartier si bon marché était de pouvoir avoir un appartement avec trois chambres. Il s'était pratiquement accaparé l'une des deux qu'ils n'occupaient pas. D'un côté, il y rangeait son matériel de peinture, de l'autre ses haltères.

S'étirant le cou de droite à gauche, il installa l'haltère sur le banc et mit de la musique.

L'haltérophilie, c'était quelque chose qui lui venait de son enfance, quand il était tout maigre et qu'il ne savait pas trop quoi faire de sa peau. Il s'y était mis à l'âge de 15 ans et, à sa grande surprise comme à celle de tout le monde, il avait continué jusqu'à maintenant. Il avait 27 ans, et cela faisait maintenant partie de sa vie. Il en faisait trois fois par semaine, des séances d'au moins une heure, et, quand il en ratait plus d'une d'affilée, ça l'angoissait et le faisait douter de lui. Il savait bien que c'était ridicule, mais il ne pouvait pas s'en empêcher.

Numéro 8, songea-t-il. *Ce que l'on ressent quand on te touche les cheveux.*

Il souleva l'haltère. Encore. Ça commençait déjà à l'élancer dans les muscles du torse.

Encore.

Numéro 34. Il t'arrive d'être parfois très bobonne.

– Va te faire foutre ! Elle lui avait donné un petit coup de poing avant de tourner la page.

Numéro 35. Bon, d'accord, tu n'es pas si bobonne que ça.

– Très malin. Je retire ce que j'ai dit.

Scott effectua vingt tractions, puis se força à en faire encore une dernière, soulevant l'haltère une fraction de seconde, avec les bras qui tremblaient sous l'effort.

La barre retomba sur le support en faisant un bruit métallique.

Il se redressa, expira.

Numéro 89, songea-t-il en se rassérénant. *Quand tu me regardes, le matin, à mon réveil.*

Elle avait continué à sourire en pointant la liste. On la sentait habitée par un bonheur tranquille, qui transparaissait sur son visage, il en avait ressenti un plaisir indicible. Cette sensation était démente. Son sourire, cet instant... il ne pouvait pas le laisser passer. Il lui donna le numéro 101.

– Je t'adore, lui avait-elle dit.

– Moi, je t'aime.

Ce succès l'avait grisé. Cela s'était avéré bien plus facile qu'il ne l'avait imaginé. En réalité, alors même qu'il s'approchait du numéro 100, il avait pensé à de nouvelles raisons, et d'autres encore, il en était sûr, s'apprêtaient à se manifester. Il aurait pu continuer ainsi toute la nuit. Cette assurance ajoutée au sourire radieux de Jodie lui donna envie d'aller plus loin encore.

– C'était facile. J'aurais pu aller jusqu'à cinq cents.

– Tu parles !

– Si... File-moi ce truc-là.

Elle lui avait enlevé le carnet des mains.

– Ne fais pas l'idiot. Tu vas y passer toute la nuit.

– D'accord. Mais je vais continuer. Tu l'auras peut-être pour Noël.

– Là, je ne dis pas...

Elle avait posé le carnet à côté d'elle sur le canapé.

– Seulement, tu vas être obligé de tout reprendre de zéro car, ça, je le garde.

– Pas de problème.

C'était ce qu'il avait dit. Pour être honnête, il se sentait soulagé d'arrêter. Mais aussi bien déterminé. On était alors à plus de onze mois de Noël, si bien qu'il avait tout le temps de trouver les quatre cents autres raisons. Il lui était même venu l'idée folle d'en trouver mille. Sauf que maintenant, à trois semaines seulement de Noël, il ne pouvait plus traiter cela à la légère. Il n'allait même pas atteindre ce à quoi il s'était engagé.

Scott diminua le poids, pour se contenter de 40 kilos, avant de réaliser des développés, la barre positionnée derrière le cou.

Une, deux, trois.

Pourrait-elle se contenter de trois cents raisons ? Elle en attendait cinq cents, alors qu'en conclure s'il n'allait pas jusque-là ?

Qu'il ne l'aimait pas autant qu'il le croyait ?

Mais après tout, il se montrait peut-être trop dur avec lui-même. Combien de gens auraient réussi à énumérer trois cents raisons, sans parler de cinq cents ? Combien auraient seulement daigné essayer ? De sorte que cela voulait quand même dire quelque chose.

L'effort déployé pour soulever l'haltère lui arracha une grimace, mais il n'en continua pas moins. *Neuf, dix...*

Trois cents raisons, cela signifiait : j'ai fait de mon mieux.

Je me rends compte que tout n'est pas parfait, surtout pas moi, mais j'essaie quand même. Car je ne veux absolument pas te perdre.

Cling !

Il occupa les trois quarts d'heure suivants à effectuer les autres mouvements dont il avait l'habitude : des rowings, des curls, puis des extensions du triceps. Il termina par une centaine d'abdominaux, les pieds coincés sous l'haltère posé par terre. Après quoi il se releva, bu le reste de la bouteille et éteignit la musique.

Qui persista.

Il s'immobilisa un instant, tendit l'oreille.

Ce n'était pas de la musique, mais un autre son qui était là depuis le début et qui s'était confondu avec la musique.

Il fronça les sourcils. Se dirigea vers la porte.

Il pensa d'abord que c'était Jodie, qui était rentrée plus tôt et qui regardait la télé. Il ouvrit la porte, appela.

– Jodie ?

Oui, c'était bien la télé.

Il passa dans le couloir.

La porte d'entrée était fermée. D'abord déçu qu'elle fût rentrée sans venir le voir, il s'inquiéta presque aussitôt. Si elle était revenue plus tôt, c'était peut-être qu'il lui était arrivé quelque chose. Il gagna le salon, en l'appelant de nouveau :

– Jodie ?

Il poussa doucement la porte, qui grinça.

Là-bas, dans l'angle, la télé était allumée, mais Jodie demeurait invisible. Il alla jusqu'au milieu de la pièce.

Il pensa, mais trop tard, à la porte qui donnait sur la cuisine, à droite du salon. Du coin de l'œil, il détecta un mouvement vers lui, il voulut l'esquiver, mais trop tard, une fois de plus.

Il eut l'impression de s'être cogné à un lampadaire : une collision violente. D'un seul coup, il contemplait le plafond.

Et merde !

C'est alors que le diable se pencha au-dessus de lui.

Deuxième partie

Lors d'une enquête, et dans ce métier de façon générale, il est toujours bon de garder à l'esprit une vérité pénible mais essentielle : le Bien et le Mal n'existent pas. Vous pouvez penser le contraire, cela ne vous aidera pas à mieux dormir la nuit, croyez-moi, ni à mettre la main sur les pires criminels.

Il est en effet trop simple de mettre leurs actes sur le compte du Mal. Les répercussions de ceux-ci sur la vie des autres sont tellement ignobles qu'on ne peut pas se contenter de fermer ainsi les yeux.

La vérité, c'est que ces individus sont des rouages de la société qui ont dévié de leur axe. Le mécanisme propre à créer des citoyens à la fois utiles et humains, comme vous et moi, s'est détraqué à leur passage. Raison pour laquelle ils sont devenus les « monstres » dont nous parlons, et l'on doit à leurs victimes, et à toutes les victimes potentielles, d'essayer de comprendre au mieux ce qui a dérapé.

En matière de police, il n'y a ni Dieu ni diable, ni Bien ni Mal. Ce ne sont pas des monstres. Seulement des gens abîmés.

Comme nous tous, ils se trouvent à l'intersection du mal qu'on leur a fait et de celui qu'ils font.

Extrait de *Le mal est fait*, de John Mercer.

3 décembre
15 h 30
Quinze heures cinquante minutes avant le lever du jour

Mark

Plus de six ans s'étaient écoulés depuis que j'avais emprunté cette longue route sinueuse pour aller à l'institut Niceday interroger Jacob Barrett.
C'était l'été, un été chaud et oppressant. J'avais remonté mes manches de chemise, je roulais toutes vitres ouvertes. Je me souviens encore des hectares de terrain boisé de part et d'autre de l'allée, du chant des oiseaux dans les arbres, qui, alors que je me rapprochais du bâtiment principal, avait laissé la place au crépitement d'un débroussailleur. On éprouvait en découvrant l'hôpital une sensation de sérénité et de bien-être, qui ne cadrait absolument pas avec les individus qui y étaient internés, ni avec l'ambiance carcérale qui régnait à l'intérieur.
J'étais encore étudiant à l'époque, je faisais ma thèse. Pour la première fois de ma vie, j'allais me retrouver face à l'individu le plus craint, le plus vilipendé, le plus rare de notre société : un tueur en série. Autant dire que j'étais particulièrement nerveux ce jour-là. Plus que je n'aurais dû l'être. L'expérience n'eut en effet rien de très choquant. Jacob Barrett se révéla un homme comme un autre et rien de plus.
J'avais lu, bien sûr, les articles qui lui avaient été consacrés, et force est de reconnaître qu'il parut devant moi comme auréolé par la noirceur de ses crimes. Cela dit, si je n'avais pas

su qui il était, je crois que je l'aurais trouvé complètement dénué d'intérêt. Il était égocentrique et arrogant mais sans aucun relief. Il émaillait ses propos de remarques du style : « OK, je ne suis pas très malin, mais... », ce « mais » étant toujours superfétatoire. C'est tout juste s'il savait lire et écrire, et il exsudait la sournoiserie. Il était gras, avec des bourrelets qui débordaient de sa chemise bleue trop serrée. Il avait la peau marbrée autour de ses yeux de fouine, qui clignaient trop fort, trop souvent, comme si la lumière l'insupportait.

Néanmoins, il avait des avant-bras impressionnants. C'était ce qui lui avait permis d'agir ainsi. Ce n'était pas un charmeur, Jacob. Il n'existait que par la force. Il resta durant tout l'entretien affalé sur sa chaise, les bras croisés devant lui, ses mains d'étrangleur sur ses gros biceps flasques, savourant tout l'intérêt que je lui portais. Il avait beau être incarcéré, il aimait faire peur et sentir qu'il était dangereux. Il aimait penser qu'il impressionnait. Inutile de dire que le courant ne passa pas très bien entre nous puisque je n'avais pas peur de lui et qu'il ne m'impressionnait pas. Surtout, j'avais plus envie de l'entendre parler de son enfance que de l'entendre se vanter de ses crimes.

Il n'avait jamais, je le savais, éprouvé de sentiments envers quiconque. Au sortir de l'adolescence, l'éventail des désirs sexuels dits « normaux » s'était retrouvé piétiné et souillé. Un adulte équilibré cherche à donner et recevoir du plaisir d'un autre adulte consentant : les obsessions de Jacob étaient complètement différentes. Pour lui, les gens n'étaient que des objets. Ils n'étaient là que pour assouvir ses pulsions déviantes. Même s'il avait appris, au fil des années, à feindre la normalité pour ne pas avoir de problèmes, il souffrait de troubles sexuels patents.

Pourquoi avait-il évolué ainsi ? J'étais ici, à Niceday, pour le savoir. Pour mon doctorat, il m'appartenait en effet de délimiter chez lui cette zone d'ombre qui séparait l'enfant d'autrefois de l'adulte d'aujourd'hui. Finalement, cette journée constitua un élément sujet à caution d'une thèse regrettable, même si je ne suis pas près d'oublier cette aventure. En rentrant chez moi, ce soir-là, je ne desserrai quasiment pas les dents. Lise fit de son mieux pour dissiper mon malaise, mais je fus néanmoins incapable de lui expliquer ce que j'avais ressenti exactement. Même maintenant cela serait encore difficile.

Ce qui au moins était sûr concernant le passé de Jacob, c'est qu'il n'avait pas inauguré sa carrière criminelle en enlevant une auto-stoppeuse pour aller l'étrangler dans une carrière. Personne ne commet d'emblée un acte aussi monstrueux : comme tout dans la vie, le meurtre demande de l'entraînement. C'est ce principe quasi immuable qui avait causé sa perte. John Mercer était en effet persuadé que le premier meurtre avait été précédé d'essais infructueux. Il était convaincu que l'assassin avait un passé délictueux, qu'il avait déjà commis des agressions, fait des tentatives d'enlèvement et qu'il s'en était peut-être déjà pris, en vain, à des auto-stoppeurs, afin de soulager, sans grande maîtrise alors, les fantasmes qui le hantaient. La police avait par conséquent remonté le fil du temps, en épluchant tous les dossiers consacrés aux enlèvements et agressions de la région. Ils avaient analysé le raffinement dont il avait fait preuve lors des meurtres de la carrière, pour essayer d'en déduire les erreurs qu'il avait pu commettre auparavant, qu'il avait ensuite appris à éviter.

Quasiment tous les individus coupables de crimes sexuels en passent par là. Il y a de fortes chances pour qu'un assassin trébuche lors de ses premiers pas, un peu à la manière d'un artiste, qui commence par recevoir des lettres de refus avant de vendre sa première œuvre. Le pervers qui est passé à l'acte a ainsi souvent à son actif des agressions sexuelles sans gravité, des crimes susceptibles d'avoir attiré l'attention de la police. Cela peut freiner son évolution, mais aussi lui permettre d'analyser les erreurs à ne pas reproduire.

C'est donc à cause de son passé que Jacob Barrett s'était fait prendre. Il n'était pas sorti tout droit de l'enfer, parce que ça n'arrive jamais. Quoi qu'en pensent ceux pour qui le mal est inné et d'emblée effectif.

Cela dit, le dossier que j'avais maintenant sous les yeux semblait apporter un cruel démenti à ce principe.

Les premiers meurtres attribués à notre tueur étaient si complexes, et commis avec une telle assurance, qu'il avait d'abord été évident pour tous que l'homme s'était déjà fait la main auparavant, qu'il avait peu à peu affiné sa technique. Et pourtant, malgré une enquête approfondie et menée au niveau national, on ne découvrit rien qui se rapprochait, fût-ce de loin, de son mode opératoire. C'était comme s'il était apparu d'un seul coup, comme par enchantement.

Ses premières victimes connues étaient Bernard et Carol Litherland. Septuagénaires, ils étaient mariés depuis près d'un demi-siècle et habitaient la même maison depuis trente ans. Ils avaient deux enfants qui avaient eux-mêmes fondé une famille. Les Litherland étaient des voisins attentionnés, sans problème, qui participaient à la vie locale, et avec qui il était agréable de converser.

C'est un voisin qui découvrit leurs corps, le matin suivant le meurtre, car il s'était inquiété de voir la porte d'entrée entrebâillée. Une photo figurait dans le dossier. Elle avait l'air grise et sinistre, cette porte, ouverte sur l'enfer et qui vous y attirait d'autant plus que vous la regardiez.

Je parcourus le rapport d'autopsie, dans lequel les blessures considérables se réduisaient à des données brutes, neutres, froidement consignées en première page.

On leur avait attaché les mains et les chevilles aux montants du lit avec des menottes. Carol Litherland avait été brûlée au fer à repasser. On l'avait aussi tailladée et lardée de coups de couteau. On dénombrait au total cinquante-six blessures, y compris un œil crevé et une dernière, fatale, à la gorge. On avait de même torturé son mari, qui présentait des brûlures et des estafilades sur les bras, les jambes, la poitrine et la tête. On lui avait crevé l'œil à lui aussi. Avant qu'il ne succombe à une crise cardiaque, sans doute provoquée par le choc.

Je respirai un bon coup avant de cliquer sur les photos de la scène de crime. Sur le lit, les corps étaient de vraies horreurs, éclairés par les appareils photo de la police, les mains blêmes dépassant des menottes fixées à la tête de lit, doigts écartés et immobiles. Dos à dos, le mari et la femme avaient tous les deux le visage déchiré qui reposait sur un oreiller cramoisi.

Je passai en vitesse sur les gros plans de leurs blessures, m'arrêtant à un cliché du mur, au-dessus de la tête de lit.

Les événements que nous venions de vivre s'éclairèrent d'un coup.

L'assassin des Litherland avait en effet tracé avec le doigt un grand dessin sur le mur, qui était presque identique à celui que l'on avait retrouvé dans le bureau de Kevin Simpson. Là encore, ça ressemblait à une toile d'araignée, sans en être vraiment une. Les lignes de la palmature étaient comme hachurées. On précisait dans le rapport que le dessin avait été fait avec le sang des Litherland.

D'entrée de jeu, il était clair que le meurtre des Litherland n'était pas consécutif à un cambriolage qui avait mal tourné. Après en avoir fini avec eux, l'assassin avait effacé ses traces, puis il avait quitté la maison à un moment où il n'y avait personne dans la rue. On n'avait relevé aucune empreinte digitale sur les lieux. Il ne restait pas le moindre élément susceptible d'être exploité par la criminalistique. Apparemment rien n'avait été volé.

On n'avait pas su par où commencer l'enquête, qui n'avait donc quasiment pas avancé. Avec le temps, le nombre de policiers qui lui avaient été affectés avait diminué. Elle était alors du ressort de l'inspecteur Geoff Hunter et de son équipe. Il fallut encore attendre cinq mois pour que Mercer en hérite, lorsqu'on découvrit deux nouvelles victimes, et que la police en vint à comprendre un peu mieux à quoi elle était confrontée.

Après avoir terminé la première partie du dossier, je cliquai à nouveau sur les photos du motif ressemblant à une toile d'araignée, en agrandissant la fenêtre, de manière à ce que l'image occupe tout l'écran.

Comme Mercer l'avait dit, ce motif présentait trop de similitudes avec celui d'aujourd'hui pour qu'il s'agisse d'une simple coïncidence. C'était si clair que je m'étonnai de la réticence que Greg avait exprimée dans un premier temps, ainsi que celle, plus feutrée, du reste de l'équipe. Quelle pouvait en être la raison ? Certes, on notait des différences entre le meurtre d'aujourd'hui et les précédents (le mode opératoire semblait avoir changé), mais ce que l'on avait découvert était suffisamment probant, et je ne comprenais pas ce qui les gênait tant.

Ce n'est peut-être pas tant que je ne suis pas convaincu. Simplement, il y a là quelque chose de pas simple.

Les doutes de Greg étaient incompréhensibles.

La deuxième scène de crime permit de mieux cerner le mode opératoire du tueur. En quittant la maison des Litherland, avec les deux cadavres derrière lui, il avait laissé la porte entrouverte. Négligence de sa part ? Chez les Roseneil, en revanche, il l'avait fermée. Mais il avait laissé derrière lui une victime en vie, susceptible d'appeler à l'aide. Il n'avait ainsi commis aucune erreur, dans les deux cas, il avait tout fait pour que ses crimes fussent découverts.

On avait ligoté les Roseneil, des jeunes mariés de 23 ans, de la même façon que les Litherland. Daniel Roseneil avait été bâillonné, il avait fini par s'évanouir durant son calvaire, de terreur ou de douleur, sûrement des deux. En revenant à lui, il avait réalisé que l'assassin était parti et que sa femme gisait morte, à côté de lui. Le tueur lui avait ôté son bâillon, mais pas les liens qui l'attachaient au lit. Daniel Roseneil avait hurlé pendant plus d'une heure avant que les voisins ne se décident à entrer.

──────── Un sur deux ────────

L'équipe de Mercer hérita de l'affaire Roseneil, avant que l'on ne fasse le lien avec la précédente. Dans d'autres circonstances, Hunter se serait chargé des deux enquêtes, mais Mercer reconnut dans ces crimes quelque chose dont il n'arrivait pas à se défaire, si bien qu'il demanda qu'on lui confie toute l'affaire, et obtint satisfaction. J'imaginais aisément que ça n'avait pas été facile à avaler pour les autres. Mais indépendamment des conséquences que cela pouvait avoir à l'intérieur du service, c'était dorénavant à notre équipe qu'il revenait de traquer l'assassin.

Une fois encore, je parcourus brièvement les rapports.

On avait relevé sur le corps de Julie Roseneil des blessures analogues à celles que l'on avait constatées sur celui de Carol Litherland, que ce fût en nombre ou bien en gravité. Importantes estafilades et brûlures ; altération des seins et des parties génitales ; mutilation de la tête et du visage... on lui avait tranché la gorge. Comme Carol. Daniel Roseneil avait également été torturé, à l'instar de Bernard Litherland, mais l'assassin l'avait laissé en vie.

Je cliquai sur les photos de la scène de crime, essayant en vain de ne pas trop m'impliquer dans ce que j'avais sous les yeux. On avait trouvé sur le mur, au-dessus du lit des Roseneil, un dessin qui ressemblait au précédent. Moitié attrape-rêves, moitié symbole occulte, une espèce de toile d'araignée étrangement hachurée...

C'était donc bien là la signature du tueur, celle qu'on allait retrouver sur chaque scène de crime, avec néanmoins de légères différences à chaque fois. On n'avait identifié ce dessin dans aucun livre, mais à l'évidence il était significatif pour le tueur. Quelles que fussent les raisons qui avaient pu l'amener à commettre ces meurtres, ces motifs jouaient un rôle déterminant dans sa pathologie.

La dernière photo était un cliché en noir et blanc du mariage des Roseneil, pris quatre mois avant l'agression. Ils étaient debout, l'un et l'autre. Pas face à l'appareil, mais ils s'étaient tournés pour lui sourire, main dans la main. La comparaison avec les autres photos, celles prises ensuite, était atroce. Ils avaient l'air si jeunes et heureux ; puis ils se serraient les mains avec émotion... Et Daniel, bien loin de ce moment de bonheur, était revenu à lui pour découvrir sa femme gisant à ses côtés...

Dans le dossier en ligne figurait la vidéo d'un interrogatoire. On y voyait le visage de Daniel Roseneil contusionné et baissé vers le sol, figé dans un tressaillement. Il ne regardait jamais la caméra. Cette vidéo me fit penser aux séquences télé de la guerre du Golfe mettant en scène des soldats américains prisonniers qui étaient contraints de faire des déclarations délirantes, à la différence que c'était ici bien pire, les blessures beaucoup plus graves et insupportables. Dans le coin de l'écran, il était stipulé que c'était l'inspecteur Andrew Dyson qui menait l'interrogatoire.

Je mis le casque relié à l'écran.

Dyson : « Pourriez-vous nous dire, Daniel, ce dont vous vous souvenez ? »

Daniel Roseneil piquait du nez. Il avait le visage boursouflé et cramoisi. Quand il répondit, ses lèvres émirent une sorte de chuintement.

Roseneil : « Il y avait un homme dans la chambre. Je ne sais pas quelle heure il était. Je me suis réveillé, et il m'avait mis un couteau sous la gorge. »

Dyson : « Il a dit quelque chose ? »

Roseneil : « Il parlait à voix basse, pour me rassurer, je crois. Mais je ne me rappelle pas ce qu'il m'a dit exactement. »

Dyson : « Ce n'est pas grave. Vous souvenez-vous de ce qui s'est passé ensuite ? »

Roseneil : « Il avait des menottes. Il m'a forcé à attacher Julie, par les mains et les pieds. Et puis il m'a ligoté. »

Dyson : « Et ensuite, qu'est-ce qu'il a fait ? »

Pas de réponse.

Dyson s'y prit autrement : « Il ressemblait à quoi ? »

Roseneil : « C'était le diable. »

Silence.

Dyson : « Le diable ? »

Daniel expliqua que l'homme portait un masque de diable en caoutchouc rose, qui tenait avec un élastique passé autour de la tête. Daniel avait d'abord attendu de toutes ses forces un moment d'inattention du tueur, une erreur, un manque de vigilance, en vain. Il avait vite compris que l'homme ne commettrait aucun impair.

Roseneil : « Un jeu. Il m'a expliqué qu'on allait jouer à un jeu. »

Dyson : « Quel genre de jeu ? Tout va bien se passer, Daniel. Prenez votre temps. »

Roseneil : « Un jeu sur... l'amour. Il allait s'en prendre à l'un de nous. Il a dit... il a dit que c'était à moi de choisir qui. »

Dyson : « Bien, Daniel. »

Roseneil : « L'un de nous deux allait mourir, et c'était à moi de décider qui. Il a expliqué que je pouvais changer d'avis. Jusqu'à l'aube. »

Dyson : « Vous vous rappelez ce qui s'est passé ensuite ? »

Roseneil (déterminé) : « J'ai décidé que ce serait moi. »

Dès lors, il ne gardait plus que des souvenirs épars de ce qui était arrivé. On pouvait le comprendre. Il revoyait certaines scènes, mais les plus terribles lui échappaient. Il n'avait pas le souvenir d'avoir été brûlé, il était incapable de se remémorer les instants où on lui avait infligé ses pires blessures. Impossible de retrouver cette mémoire, tout simplement, et chaque fois que l'on essayait d'évoquer ces instants, c'était le black-out. Il ne se souvenait pas non plus que l'on avait torturé Julie et il ne pouvait même pas envisager que, à un moment donné, la douleur finissant par devenir insupportable, il était sans doute revenu sur sa décision d'être celui qui allait mourir.

Dyson n'insista pas, et je lui en fus reconnaissant.

Au lieu de cela, il se concentra sur les événements qui avaient précédé les actes de torture. L'assassin avait beaucoup parlé à Daniel. Et même si celui-ci ne savait plus ce qu'il lui avait dit exactement, il se souvenait que l'homme était calme, qu'il se montrait presque amical, en faisant comme s'il les connaissait tous les deux depuis des années. Daniel se rappelait s'être demandé comment il pouvait savoir autant de choses sur eux, mais pas ce qui précisément, dans les propos du tueur, l'avait amené à se poser la question.

Tout cela avait été consigné dans les rapports – *un proche du couple ?* – mais l'on eut beau réaliser ensuite une enquête approfondie, on ne trouva personne ayant un lien quelconque avec les Roseneil qui puisse correspondre au profil. L'équipe se donna beaucoup de mal dans ce domaine, sans parvenir à aucun résultat. Daniel, pour sa part, était persuadé de ne jamais l'avoir vu auparavant.

J'ai réduit la fenêtre de l'entretien et j'ai cliqué sur les rapports. Simon et Greg avaient échafaudé un scénario qui permettait de comprendre comment l'assassin avait appris tant de choses sur les Roseneil. Tout comme chez les Litherland, il avait effacé ses traces, mais un examen approfondi avait cette fois donné quelques résultats. Pas d'effraction, là non plus, mais les résidus de poussière montraient qu'on avait démonté récemment les lampes et les prises électriques. On avait aussi la preuve que l'assassin avait passé un certain temps au grenier. D'abord déroutantes, ces constatations prirent tout leur relief à la lumière du témoignage de Daniel.

Greg avait poussé l'investigation en listant le matériel de surveillance que le tueur pouvait avoir mis en place : micros et caméras, qui avaient pu être dissimulés dans les prises et dans divers endroits de la maison ; espion informatique destiné à enregistrer les mots de passe et les e-mails ; doubles des clés réalisés à partir de moulages des serrures. Un équipement assez sophistiqué mais que l'on pouvait se procurer sans problème – c'en était effrayant – dans n'importe quelle boutique spécialisée. L'hypothèse était que l'assassin s'était introduit dans la maison bien avant les faits et avait longuement observé et étudié ses victimes. Enregistré leurs discussions. Passé des nuits au grenier, au-dessus d'eux. Vécu avec eux, dans une certaine mesure, peut-être pendant des semaines. Il avait appris leurs secrets et leurs mensonges et s'en était servi pour les atteindre moralement.

Tout cela faisait partie du « jeu ». Il torturait les gens aussi bien physiquement que psychologiquement pour les forcer à laisser tomber celui ou celle qu'ils aimaient. Pour qu'il finisse par les abandonner à leur sort.

Ces meurtres avaient beau être horribles, je pensais au moins autant à ceux qui en avaient réchappé qu'aux victimes. Au choix qu'ils avaient dû faire.

Je donnerais ma vie pour toi, je ne pourrais pas vivre sans toi... Autant de mots que l'on ne cesse jamais de répéter, mais qu'on n'est jamais mis en demeure de prouver. Ceux que le tueur avait épargnés devaient vivre avec le fait qu'ils avaient manqué à leur parole. En dépit de ce qu'ils avaient dit, ils n'avaient pas aimé l'autre suffisamment, et c'est pourquoi il était mort. Ils avaient donné la vie de leur amour pour sauver la leur.

J'ouvris à nouveau la photo de Daniel et Julie Roseneil prise le jour de leur mariage. Ils avaient l'air tellement heureux et insouciants, débordant de promesses, de projets et d'espoir. On ne sait jamais ce qui nous attend. Tout a beau aller pour le mieux, on ne voit jamais rien venir. Et l'horreur vous frappe de plein fouet, comme un train lancé à pleine vitesse.

Je jetai un œil au visage de Daniel Roseneil pendant l'interrogatoire. Il était là, le corps en vrac, sa vie foutue. Depuis quelques heures, il était seul, irrémédiablement seul, sa femme était morte et il en était responsable. Même si cela avait considérablement ralenti l'enquête, il m'était impossible de lui en vouloir d'avoir occulté la majeure partie de ce qui s'était passé cette nuit-là. On ne pouvait leur en vouloir, à aucun d'eux.

Dans l'année qui suivit, le tueur sévit à nouveau deux fois. Dean Carter et Jenny Tomlinson, qui allaient tous les deux sur leurs 30 ans, furent ses troisièmes victimes. Cette fois, c'était à Jenny que le tueur avait proposé le jeu. Elle survécut à la nuit, gravement blessée, pas Dean. Sept mois plus tard, ce fut à Nigel Clark qu'il revint de choisir qui allait vivre, de sa femme, ou lui. Le tueur s'acharna tellement sur lui que plus jamais il ne marcherait. Sheila, qui était sa femme depuis plus de vingt ans, fut mise à mort.

Je n'eus pas le courage de regarder les photos de ces meurtres-là.

Je passai ensuite à deux rapports récapitulatifs. L'un était consacré aux résultats d'interrogatoires des victimes, l'autre brossait un profil psychologique de l'assassin.

Selon le premier, notre homme était blanc, un peu plus grand que la moyenne, mince et athlétique, calme, poli et s'exprimait bien. Il était brun. Il n'avait pas l'air d'aimer particulièrement ce qu'il faisait à ses victimes, sans pour autant avoir du mal à le faire. La torture, il la pratiquait de façon systématique, sans plaisir ni émotion.

Cela n'avait rien de classique. En pareil cas, la victime sert en général à assouvir un fantasme ou un besoin. Si les crimes de notre assassin s'accompagnaient d'agression sexuelle, celle-ci semblait être davantage un outil, un moyen de faire mal et de terroriser, qu'une fin en soi. Il restait calme et tranquille, mutilait les gens avant de les tuer puis, une fois le jeu fini, abandonnait leurs cadavres. S'il en retirait un quelconque plaisir, il se gardait bien de le montrer.

Il n'empêche que, en pensant à ce sifflement épouvantable qu'on entendait sur l'enregistrement du meurtre de Kevin, il était évident que tout ça ne le laissait pas complètement indifférent.

Je m'intéressai ensuite au profil psychologique, prêt à aborder avec une bonne dose de scepticisme tout ce qu'on pourrait y affirmer. Sauf que je fus surpris. Celui-ci renfermait davantage de points d'interrogation (des hypothèses présentées comme telles) que d'affirmations péremptoires. On ne s'avançait guère en particulier à définir la nature exacte de la pathologie dont souffrait l'assassin. Pourquoi faisait-il subir ça à ses victimes ? C'était pour les manipuler qu'il recourait à la torture, pour les amener à trahir leur conjoint. Qu'est-ce qu'il en retirait ? Les conjectures étaient toutes accompagnées de fortes réserves. Et le rapport se limitait bien vite à des considérations d'ordre général.

Le tueur avait probablement plus de 25 ans étant donné le raffinement dont il faisait preuve, signe d'une certaine expérience. Il devait sans doute être d'une intelligence supérieure à la moyenne, privé toutefois d'une vie affective dite normale. Vu le prix du matériel de surveillance, il avait sans doute de l'argent. Chaque fois, on avait vu dans les parages des scènes de crime un van blanc, jamais identifié formellement. Son âge comme sa stabilité financière laissaient penser qu'il se comportait de façon normale en société et que, tout comme Jacob Barrett, il arrivait très bien à dissimuler ce qu'il était réellement. Mais les relations qu'il pouvait entretenir avec ses contemporains n'étaient que façade. Sa vraie vie, c'était la nuit, chez les autres, là était sa seule obsession. Il n'avait au mieux que des amis de passage ou de simples connaissances, à qui il inspirait sans doute une certaine inquiétude. On émit l'hypothèse qu'il était peut-être fasciné par les armes et qu'il pouvait détenir ou avoir lu des livres sur la torture, ainsi que sur les techniques employées par la police et les militaires.

Et ainsi de suite.

Contrairement à d'habitude, ce rapport restait flou. Il y avait quelque chose, chez cet homme et ses crimes, qui ne permettait pas de se prononcer de façon catégorique. Rien n'allait de soi, et cela venait peut-être de ce masque de diable qu'il portait.

Personne n'en aurait parlé ouvertement, mais la facilité avec laquelle il opérait, les méthodes qu'il employait, le carnage et la dévastation qu'il laissait dans son sillage... Bon, c'était ridicule, mais on ne pouvait pas s'empêcher d'y penser.

C'était le diable, avait déclaré Daniel Roseneil.

Bien sûr, qu'il ne l'était pas. Le diable n'existe pas. Il n'empêche que le profil entier ressemblait à une vaste question. Des conjectures enroulées autour d'un trou noir, trop effrayant pour être exploré.

3 décembre
16 h 30
Quatorze heures cinquante minutes avant le lever du jour

Jodie

Les restes de l'automne jonchaient le sentier qui courait à travers bois : des feuilles rouges et sales réduites en bouillie, entre lesquelles affleurait une boue sombre. Ses chaussures s'y enfonçaient, ce qui avait tendance à la déséquilibrer. Le sol était visqueux ou bien glissant, pourtant elle avançait aussi vite que possible, restant juste derrière Scott, les mains tendues pour le retenir au cas où il déraperait.

Elle ne s'était jamais considérée comme quelqu'un de logique ou bien dotée d'un esprit pratique, et ça l'étonnait d'être aussi calme. Malgré le type avec le couteau, et même si on lui avait mis des menottes.

Une voix intérieure ne cessait de lui dire quoi faire, et pour l'heure elle lui conseillait de regarder où elle posait les pieds, de mémoriser tout ce qu'elle pouvait et, surtout, de veiller sur Scott. Il était menotté, lui aussi, mais en plus l'homme lui avait enfoncé un sac sur la tête, ce qui l'empêchait de voir le terrain glissant sur lequel ils marchaient. On avait l'impression que ce sac avait aspiré toute sa force et toute sa volonté. Il était éteint. Un homme qui se dirigeait en trébuchant vers son supplice.

Il a besoin de toi, lui serinait la voix. *Veille sur lui. Chaque chose en son temps.*

La voix lui tenant des propos raisonnables et rassurants, Jodie décida de s'en tenir aux conseils qu'elle lui donnait. Si d'aventure cette voix se taisait, c'était la panique qui risquait de prendre la relève. Si au contraire elle continuait à lui parler, ça lui éviterait d'avoir à cogiter. La voix lui conseillait de se concentrer sur l'instant présent, de ne surtout pas laisser son imagination s'envoler, de considérer la situation comme une série d'obstacles ponctuels à régler les uns après les autres.

Chaque chose en son temps.

Observe. Mémorise l'itinéraire. Veille sur Scott. Voilà l'urgence.

Elle jeta un coup d'œil à droite et vit un tronc sombre et épais qui sortait d'un pli de terrain. Le sol était détrempé, comme de la terre glaise. Des racines éléphantesques s'étalaient sur le chemin, tandis que d'en haut tombaient de fines branches, tels de vieux cheveux. Elle s'en souviendrait, de cet arbre. Tout se passait comme si, par terre, des feuilles récemment tombées le désignaient. Des flèches rouge vif.

Il faut oublier ce qui s'est passé, lui dit la voix, *ne pas anticiper sur ce qui peut arriver, seul importe le présent.*

Au début, il n'y avait pas eu cette voix logique et raisonnable. Seulement la peur, la panique. Après l'agression sur le terrain vague, elle avait repris connaissance couchée sur du métal dur et ondulé, en respirant l'odeur âcre et dégoûtante du diesel. Elle se sentait à l'étroit, elle avait mal aux poignets, au dos, à l'épaule, une douleur lancinante à la tête.

En ouvrant les yeux, elle avait vu de la rouille et de la ficelle, qui tressautaient alors que les secousses ébranlaient la suspension du véhicule.

Ce n'est pas une ambulance.

Elle avait vaguement conscience qu'il y avait eu un accident, de sorte qu'il aurait été logique qu'elle se trouve dans une ambulance. La mémoire lui était revenue tout doucement, elle réalisait qu'il se passait quelque chose de très, très grave. Le bébé... Le type avec le masque de diable...

En voyant le dessin peint à l'intérieur du van, à même le métal blanc, elle avait commencé à paniquer. Elle avait pensé au viol. À des actes de torture. Et pire encore. Elle avait passé au crible les tréfonds de son imagination et en avait sorti des horreurs auxquelles elle n'aurait jamais cru pouvoir penser.

On l'avait bâillonnée, si bien qu'elle ne pouvait pas crier. Elle se pencha légèrement en arrière et aperçut le plafond du van, puis le haut des sièges de devant. Elle distingua la nuque du conducteur et, à travers le pare-brise qui tressautait, le ciel au-dessus de la ville. Elle entendit pleurer le bébé. L'homme tourna la tête, tendit la main vers le siège à côté du sien et dit quelque chose à l'enfant pour le calmer.

Elle sentit la panique l'envahir, elle vivait un moment de folie.

Sauf que, maintenant, tout cela était derrière elle. Maintenant, il y avait cette voix qui la rassurait, cette voix qui lui demandait de se concentrer sur le présent.

Ce qui importait maintenant, c'était le paysage : le sol instable, la boue flasque et les feuilles qui glissaient sous ses pieds. De part et d'autre se dressaient des arbres, telles des ramures noires, les uns plus grands que les autres, au-dessus de fossés humides. Les pentes et les descentes se succédaient. On avait l'impression de progresser sur une coulée de boue. Dans l'intervalle qui séparait les arbres, encore de la boue, et puis encore des arbres, là-bas. Au-dessus de tout ça, les montagnes, au loin.

Il faisait un froid glacial. Elle était gelée. Elle sentait à peine son visage. Pour essayer de créer un peu de chaleur, elle contractait et relâchait ses muscles. Ce devait être pire pour Scott. C'était étrange de le voir avancer ainsi en trébuchant, avec son pantalon de survêtement, un tee-shirt blanc et son gros manteau. Elle tendit le bras pour lui toucher l'épaule, en espérant qu'il comprendrait le message : je t'aime. Mais son manteau était lisse et froid. Il ne dut même pas la sentir.

Elle se souvint du moment où le van s'était arrêté. Il allait arriver quelque chose d'affreux, elle en était sûre. Au lieu de quoi elle s'était retrouvée toute seule pendant un long moment. Puis, d'un seul coup, la porte arrière s'était ouverte, et la lumière du soir tombant était entrée dans le van.

– Monte.

L'homme s'exprimait calmement.

– Couche-toi. Si tu essayes quoi que ce soit, je m'en vais avec ta copine.

Jodie avait doucement levé les yeux et vu Scott se hisser à l'intérieur, menotté comme elle, l'air complètement perdu. La surprise avait été totale et elle n'avait plus su quoi penser. Le plancher du van avait tangué lorsqu'il s'était avancé pour s'allonger maladroitement à côté d'elle. Dehors, la silhouette de l'homme s'était un instant découpée sur le ciel. Puis il avait claqué la porte.

– Ça va aller, avait soufflé Scott.

Il avait l'air si grave, en disant ça, qu'elle avait compris qu'il était terrifié.

– Je vais me débrouiller pour nous sortir de là, toi et moi, avait-il ajouté.

Quelques instants plus tard, le moteur avait grondé, et ils étaient repartis. Jodie avait d'abord regardé la nuque du conducteur, puis Scott. Ne pouvant pas lui répondre, à cause de son bâillon, elle avait roulé sur elle-même de manière à se coller dos à lui. Il leur arrivait de dormir dans cette position. Les mains attachées de Scott la gênaient, mais elle était quand même soulagée de sentir sa chaleur. Il l'avait embrassée à travers sa chevelure, s'était raidi contre elle. Ils étaient tous les deux dans une situation catastrophique, et c'était tous les deux qu'ils allaient s'en sortir.

C'est à ce moment-là que la voix s'était fait entendre pour la première fois. Jodie avait retrouvé un peu de calme. Maintenant que Scott était ici, elle avait l'impression de comprendre un peu mieux ce qui lui arrivait. Il ne lui était pas possible de se défendre pour l'instant ni sans doute de s'échapper. Tout était donc question d'observation. Que Scott fût là avec elle signifiait que rien de ce qui se passait n'était dû au hasard. L'homme au masque de diable avait un plan et il le mettait à exécution. Elle ignorait ce qu'il avait en tête, mais il était évident qu'il savait exactement ce qu'il faisait.

Il n'y a pas de plan idéal, lui avait dit la voix. *Pas de plan sans lacunes.*

Même s'il avait tout prévu, il ne pourrait maintenir son attention en permanence, il y aurait des intervalles entre les différentes phases de son plan, des interruptions, des parenthèses, des instants où la chance entrerait nécessairement en jeu. Celle-ci pouvait alors basculer de leur côté et, s'ils parvenaient alors à la saisir, ils auraient la vie sauve. Il fallait rester concentrée, des occasions allaient forcément se présenter. Sa détermination s'en trouva renforcée.

Tu vas t'en sortir vivante.

Même si jusqu'à maintenant les choses n'avaient pas tourné en leur faveur. Depuis le début, le plan du type se déroulait sans encombre. Ils s'étaient arrêtés encore une fois, lorsqu'il avait sorti le bébé du van. Après un autre court trajet, il s'était garé. Quand il avait ouvert les portes arrière, ils s'étaient retrouvés sur un sentier, à la lisière d'un bois.

— Si vous essayez de vous enfuir, avait-il dit, je tuerai celui qui courra le moins vite.

On avait alors assisté à un tableau presque surréaliste. Il était là, planté dans la lumière de la soirée près d'une route en principe très fréquentée, portant un masque de diable et tenant à la main un couteau à longue lame, cruellement fine. Eux avaient les mains liées. La scène était sans équivoque. Hélas, pas une seule voiture n'était passée dans les parages pendant tout ce temps !

— On va par là.

Il avait désigné le chemin qui s'enfonçait dans la forêt.
Attendre l'occasion.
Il ne pourrait pas tout contrôler éternellement. Il se présenterait bien une occasion, c'était obligé. Il avait mis le sac sur la tête de Scott et l'avait forcé à passer devant, pour les suivre tous les deux à faible distance. Elle n'avait rien pu faire. Rien du tout.

Devant elle, Scott tituba puis trébucha ; elle ne put s'empêcher de retenir un cri – Attention ! –, il perdit l'équilibre et s'effondra dans la boue et les feuilles.

– Merde !

Un rocher se détacha, à droite, et dévala bruyamment la pente. Il roula à toute allure, percuta un arbre dans un bruit de détonation, puis s'arrêta plus bas contre une rangée de vieilles pierres. Il y en avait beaucoup dans la forêt qui dépassaient du sol, tels des maxillaires géants à moitié enterrés. D'anciennes bâtisses, rasées pour la plupart.

Elle s'accroupit auprès de Scott.

– Ça va ? Tu es blessé ?

Il fit signe que non. Elle l'entendit pleurer.

– Viens, mon chéri. Ça va aller.

Elle l'aida à se relever, s'efforçant de ne pas fondre en larmes à son tour. Ce n'était pas le moment. Il ne fallait pas qu'ils pleurent tous les deux en même temps. Passe encore de sombrer dans le désespoir, céder à la frayeur ou à la panique, tant que l'un tenait le coup pour l'autre. C'était à son tour de se montrer forte. Elle s'en sentait capable.

Ils se relevèrent péniblement. L'homme ne les aida pas, se contentant de les regarder en silence à travers cette saloperie de masque impénétrable. Il tenait dans une main le couteau, dans l'autre la bandoulière du sac qu'il avait emporté. Elle s'était demandée, pendant un court instant, ce qu'il pouvait bien contenir. La voix lui avait une fois de plus ordonné de ne pas donner libre cours à son imagination.

– Faites attention. Et taisez-vous. Il y a des gens, dans cette forêt, qui peuvent vous faire bien plus de mal que moi.

Jodie voulut ôter la boue du manteau de Scott, sans réussir : elle ne fit que se salir les mains.

L'homme savait de quoi il parlait. Quantité d'histoires circulaient sur cette forêt. C'était un secteur réputé dangereux, et ils s'étaient maintenant suffisamment enfoncés dans les bois pour être loin de toute civilisation. Des images la tourmentaient : ligotés tous les deux, à des arbres ; la terre rouge de sang ; leurs corps, brunis et desséchés comme de la corde au printemps.

Si l'endroit était dangereux, leur ravisseur semblait, lui, parfaitement détendu. Cela dit, lui avait un couteau, et Dieu sait quoi encore. À la façon qu'il avait de se déplacer, on aurait pu croire que cette forêt lui appartenait. Elle ne voyait vraiment pas ce qu'il pouvait y avoir de plus effrayant que lui par ici.

Il leur fit signe avec son couteau : continuez.

Ils repartirent.

Tu n'as pas peur, lui dit la voix, mais, pour le coup, c'était faux. Elle avait peur, et pas seulement de l'homme avec son couteau et de ce qu'il pouvait bien trimballer dans son sac. Elle avait beau essayer de se concentrer sur l'instant présent, il n'en demeurait pas moins qu'ils se dirigeaient tout droit vers le cœur de la forêt. L'homme connaissait les sentiers ; il savait quels dangers éviter : il était ici chez lui. Jodie, elle, ne s'était jamais sentie aussi isolée, si loin de tout ce qui lui était familier.

Plutôt que d'écouter la voix qui essayait de la rassurer, elle laissa son esprit vagabonder et songea aux contes de fées. À des histoires de voyageurs qui empruntent un itinéraire interdit et se retrouvent devant des monstres et des portes ouvertes sur la mort. Elle pensa au Styx, que le nautonier squelettique et grinçant faisait traverser à ceux qui montaient dans sa barque, pour les conduire dans l'au-delà. À Dante, qui, errant là où il ne fallait pas, découvrit les cercles de l'enfer.

C'était exactement ça, c'est en enfer que le diable les conduisait. Et, malgré Scott qui pleurait devant en silence, et malgré tout ce qu'elle s'était dit, elle cessa de retenir ses larmes.

3 décembre
17 h 30
Treize heures cinquante minutes avant le lever du jour

Mark

L'un des soucis que posait le dossier consacré à notre tueur était l'abondance d'informations. Il y avait certes des résumés thématiques, mais je me forçai à tout lire, afin de replacer dans leur contexte les faits et les hypothèses qui y étaient développés. Surtout, je voulais aborder l'affaire de la même façon que les autres membres de l'équipe. Seulement, le dossier était volumineux, et ça me prenait du temps. Il était difficile de lire ce texte, et difficile de regarder les photos.
Je m'arrêtais de temps en temps pour aller à la cafétéria chercher un café. J'en revenais juste, une tasse dans chaque main, une pour Mercer et une pour moi, lorsque je sentis mon portable vibrer dans ma poche.
– Merde !
Je posai les tasses par terre et pris mon téléphone. C'était un texto de mes parents :

« Salut, Mark. Pensons à toi. Espérons que ta première journée a été bonne. Et que tu vas bien. On s'inquiète. Appelle-nous dès que tu peux. Affectueusement, pap & mam, biz. »

Je jetai un œil à ma montre, constatant avec surprise que j'avais en effet officiellement terminé ma première journée de travail, même si, en vérité, elle était loin d'être finie. C'était le

Un sur deux

genre d'affaire sur laquelle il valait mieux oublier ses sept heures de sommeil. Je me demandai si je devais répondre à mes parents. Ils s'inquiétaient toujours. Pour commencer, ils n'avaient pas voulu que j'entre dans la police et, même si j'avais presque 30 ans, ils continuaient à avoir peur qu'il m'arrive quelque chose. Depuis la mort de Lise, c'était pire, et j'avais arrêté de les rappeler systématiquement, car j'en avais par-dessus la tête, tout simplement. Et voilà que j'étais maintenant installé à l'autre bout du pays... C'était sans doute normal qu'ils s'inquiètent, et quelque part je leur en étais reconnaissant, mais j'avais l'impression que, d'une certaine façon, ils auraient été soulagés si j'avais craqué. Le fait que je tienne le coup depuis la mort de Lise ne leur semblait pas naturel. J'avais de plus en plus de mal à supporter leurs sous-entendus. Surtout, j'avais besoin d'être seul. Je réglais les choses à ma façon et je n'avais pour l'instant aucune envie d'évoquer ce qui s'était passé.

Je décidai donc de ne pas leur répondre. Je remis le portable dans ma poche et déposai le café de Mercer sur son bureau, avant de reprendre ma place devant l'ordinateur.

– Merci.

Il ne leva même pas les yeux, mais il n'y avait pas de mal.

Pendant que je me débattais avec les détails du dossier, Mercer faisait de même avec ceux de l'opération en cours. Le reste de l'équipe s'était dispersé et, depuis la réunion d'information, il n'y avait plus que nous deux dans le bureau. Nous ne nous étions pas dit grand-chose, nous étions occupés, l'un et l'autre. Les hommes de Mercer lui envoyaient par mail des rapports et des mises à jour, il leur téléphonait, répondait aux appels, était connecté en permanence, coordonnant tout, l'esprit sans cesse en éveil. Quand il posait le téléphone, il se plongeait dans ses dossiers, sans lever la tête, sans bouger, même s'il était évident que son immobilité n'était que physique.

Il avait régulièrement son supérieur au téléphone, l'inspecteur principal Alan White, pour l'informer des derniers développements de l'affaire. Mercer avait toujours l'air pressé de se débarrasser de lui. Considérait-il le fait de rendre des comptes comme une perte de temps ? Toujours est-il que ses rapports étaient de plus en plus brefs, sans matière véritable. À tel point que cela finit par m'intriguer. Il se contentait d'évoquer à chaque fois des détails sans importance, sans mentionner une seule fois le rapport entre le meurtre de Simpson et les autres affaires. C'était d'autant plus curieux que c'était lui qui avait le plus milité auprès de son équipe pour le rapprocher de ceux survenus deux ans auparavant.

Petit à petit, les choses avançaient. Simon téléphona depuis le labo de la police scientifique. On avait relevé deux jeux d'empreintes dans la maison. Les unes appartenaient à Kevin Simpson, les autres étaient non identifiées. Même s'il était possible que l'assassin nous ait laissé un cadeau, il était bien plus probable que ce fussent celles de Jodie. Jodie, sur laquelle nous n'arrivions toujours pas à mettre la main.

Pete avait parlé aux ex de Simpson, nous faisant suivre à chaque fois un rapport des interrogatoires. Accablé, je voyais Mercer les rayer les unes après les autres de la liste des clientes potentielles. Aucune ne s'appelait Jodie, aucune ne correspondait à sa description, aucune n'était allée chez Simpson ce jour-là.

Mon équipe, qui continuait l'enquête de proximité, avait également engrangé de son côté de nombreuses données, qui s'avérèrent toutes aussi vaines. Ils avaient continué les interrogatoires dans les rues environnantes, on avait comblé quelques-unes des lacunes que présentait le dossier, sans que cela débouche toutefois sur de nouvelles pistes.

Pendant tout ce temps, j'avais discrètement observé Mercer, intrigué de voir comment il s'y prenait. Chaque fois qu'un rapport arrivait sur son écran, il le lisait en silence, remuant légèrement la tête, l'air profondément concentré. J'avais l'impression qu'il essayait de tenir dans son esprit toutes les données ensemble, que les dernières arrivées étaient immédiatement classées là où il fallait.

Puis, il semblait les analyser, le regard dans le vide, terriblement lointain, à la fois très présent et complètement absent. J'essayai malgré tout de ne pas trop me monopoliser sur les derniers développements de l'enquête afin d'en finir au plus vite avec le reste du dossier. Les choses m'apparaissaient plus clairement maintenant que j'avais une vue plus précise du contexte général dans lequel s'inscrivait le meurtre de Kevin Simpson. Même si le jeu et la signature du tueur étaient deux éléments clés, Greg n'avait pas eu complètement tort en faisant remarquer qu'il existait de réelles différences avec les meurtres précédents. Qui que fût cette Jodie, elle n'avait pas été impliquée de la même façon que les autres victimes.

Ça remonte à deux ans. Il a changé de méthode.

Je me suis demandé quelle théorie Mercer pouvait bien être en train d'échafauder même, si pour l'heure, c'était son problème, pas le mien. Notre boulot était de rassembler le maximum d'indices, le sien de les interpréter.

Et c'est ce qui se passait.

Un peu avant 18 heures, Greg nous transmit par visiophone un rapport de l'équipe informatique. De mauvaises nouvelles. S'il avait existé une allusion à Jodie ou à Scott sur le PC de Simpson, que ce fût dans un e-mail, ses contacts ou un fichier quelconque, l'assassin l'avait effacée. Comme Greg l'avait pressenti, l'ordinateur ne nous serait d'aucune utilité pour les retrouver.

– Il n'empêche qu'on a quand même marqué un point, dit-il, d'un ton un peu insolent.

Mercer semblait n'avoir que faire de ses sarcasmes.

– Vas-y.

Greg nous envoya les images. Il y en avait six : des photos avec du grain tirées des enregistrements réalisés par les caméras municipales de surveillance près de la maison de Simpson. Six vans blancs. L'équipe de Greg avait réussi à agrandir suffisamment les plaques minéralogiques pour qu'on puisse lire les six numéros d'immatriculation.

– Elles ont été prises ce matin, à peu près au moment où l'assassin a quitté la maison.

Greg se grattait distraitement les tempes.

– Cela dit, ajouta-t-il, il y a des tas de vans blancs dans le secteur, surtout à cette heure de la journée.

– Peu importe, Greg. C'est du bon boulot. Tu as les noms et les adresses ?

– Vous allez les recevoir d'un instant à l'autre.

Mercer se tourna vers moi :

– Et l'enquête de voisinage ?

– Les gars sont dans les rues autour de la maison de Simpson. Avec de moins en moins de résultats.

– Mets-les plutôt là-dessus !

– Bien.

– Et qu'ils ne négligent rien. Surtout, qu'ils enregistrent tout ! En permanence !

Il recommençait. Je n'ai pas répondu, me disant qu'il était comme ça et qu'il fallait faire avec, puis j'ai contacté mon équipe pour lui transmettre les noms et les adresses des propriétaires des vans, me montrant à mon tour, à la façon de Mercer, un rien condescendant. Si j'avais voulu attirer ainsi son attention, c'était peine perdue, il était déjà ailleurs, en train de composer un numéro de téléphone, probablement celui de White, pour l'informer de notre progression. Il avait une expression indéchiffrable. J'avais la sensation, en le regardant, de contempler un champ de bataille à travers une épaisse couche de nuages.

J'en revins au dossier, il me restait toute une partie à lire, certainement susceptible de m'éclairer sur les non-dits qui avaient alourdi l'ambiance entre les membres de l'équipe. Il y était en effet question de l'inspecteur Andrew Dyson.

Père de deux enfants, Dyson était membre de l'équipe de Mercer depuis plus de dix ans. Je l'avais écouté interroger Daniel Roseneil à propos du diable. Un an après, Dyson s'était lui-même retrouvé en présence du diable, en chair et en os. Rencontre fatale : si l'on exceptait Simpson, il était la dernière victime connue de notre tueur.

Et moi, deux ans plus tard, j'étais tranquillement assis à ce qui avait été son bureau et je m'apprêtais à visionner une séquence filmée le jour de sa mort.

Il s'agissait de l'enregistrement d'une caméra de surveillance installée sur un lampadaire, dans une rue tranquille de banlieue. L'appareil n'était pas très bien orienté, mais il permettait néanmoins une vision correcte de la rue. J'aperçus Dyson, à une cinquantaine de mètres environ de l'objectif. Il s'était garé devant une maison banale et se dirigeait vers l'entrée. La pendule, dans le coin de l'écran, indiquait 14 h 13.

Ses derniers instants. Aucune présence humaine, mais un enregistreur numérique froid et aseptisé comme seul témoin. Ce côté clinique le faisait paraître plus vulnérable encore.

Une silhouette sur un écran, les mains dans les poches, emmitouflée dans son manteau à cause du froid. J'avais envie de faire quelque chose, d'avancer la main, de le mettre en garde, mais c'était un fantôme que je regardais. Un fantôme qui répétait, une fois de plus, les derniers instants de son histoire.

À l'époque, l'agression dont les Clark avaient été victimes remontait à trois mois, et l'enquête tournait en rond. L'expertise médicale n'avait fourni que très peu d'indices sur lesquels s'appuyer, et les quelques pistes envisagées n'avaient mené à rien. Les moyens d'action de Mercer ne cessaient de se réduire, et ses hommes étaient peu à peu affectés à d'autres tâches plus urgentes. Néanmoins, l'équipe n'avait pas totalement renoncé et Mercer n'avait pas baissé les bras. On passait en revue tous les faits avérés, on interrogeait une nouvelle fois les amis, les gens de la famille, les voisins, on réunissait des précisions supplémentaires, on essayait de circonscrire les zones d'ombre.

Je savais ce que c'était de participer à une enquête qui piétine : on verse peu à peu dans le fatalisme. On sait que l'on a échoué, et pourtant on continue, en tablant sur un coup du sort. Mais jamais de ce genre-là.

La maison vers laquelle se dirigeait Dyson était aussi plate et carrée que les briques rouge pâle dont elle était faite. On aurait pu croire qu'elle avait été construite pour servir de rempart aux propriétés luxueuses situées un peu plus loin. D'un côté, en contrebas, une allée toute droite qui donnait sur un garage obscur. Deux poubelles, une pour les ordures, l'autre pour les produits recyclables. Devant, le jardin était plutôt propre, même si de toute évidence il était à l'abandon depuis le début de l'hiver. Les arbustes semblaient frissonner dans le vent. Derrière, un ciel pommelé, très sombre. Inquiétant. L'atmosphère lugubre, les espaces réguliers entre les maisons : la rue ressemblait à une morne enfilade de pierres tombales érodées et gelées.

Dyson avait sonné. Il était maintenant en train de battre la semelle dans le froid. Il avait l'air trop petit, réduit à rien devant cette maison qui s'apprêtait à le happer.

Il se frotta les mains.

On se gèle, ici.

Il regarda des deux côtés de la rue avant d'appuyer une fois de plus sur la sonnette.

L'assassin utilisait un matériel de surveillance spécialisé et coûteux, que l'on trouvait principalement dans deux magasins de la ville, ainsi que sur de nombreux sites Internet. Bien entendu, les enquêteurs qui étaient allés voir de ce côté-là s'étaient retrouvés face à des interlocuteurs peu enclins à coopérer, étant donné la nature de leur commerce. Ils avaient néanmoins été contraints de mettre toutes les informations qu'ils possédaient à disposition de la police. Des paranoïaques, des tordus, des maris jaloux : toutes les pistes avaient été suivies, les suspects éliminés les uns après les autres.

Ce jour-là, Dyson revenait en terrain connu puisqu'il allait une nouvelle fois entendre un certain Frank Walker, qui avait acheté deux ou trois appareils quelques années plus tôt. Walker avait répondu de bonne grâce aux interrogatoires. Cette visite n'était qu'une simple formalité, si bien qu'il aurait pu s'agir d'une journée banale. Dyson n'avait aucune raison de penser qu'il courait un danger quelconque. Raison pour laquelle, pensait-on, il n'avait pas activé son matériel d'enregistrement. Un simple moment d'inattention, imputable à l'ennui et à la répétition. Un manque de vigilance. S'il avait été davantage sur ses gardes, les choses se seraient peut-être passées autrement. L'appareil qu'il portait à la ceinture aurait transmis l'enregistrement de son agression au récepteur installé dans la voiture, qui l'aurait répercuté vers le central. Peut-être aurait-il survécu.

J'ai regardé Mercer, toujours absorbé par les rapports. Je comprenais mieux maintenant son insistance redoublée concernant les enregistrements. Il avait ses raisons.

Sur l'écran de l'ordinateur, la pendule égrenait les secondes. Il s'en écoula une bonne quinzaine avant que Dyson ne se décide à pousser la porte. Elle devait être entrebâillée, elle s'ouvrit en grand. Il entra, la main sur le chambranle. Je l'imaginais parfaitement :

Police !

Il y a quelqu'un ?

Il hésita un instant. Je sentis mon cœur s'emballer. On y était. Ce qui s'était exactement passé ensuite resterait une inconnue tant qu'on n'aurait pas mis la main sur le tueur, celui qui habitait dans cette maison, qui s'y était embusqué. Même alors, on ne saurait sans doute pas pourquoi Dyson avait pris la décision de franchir le seuil sans protection particulière. Dans les rapports, on présumait qu'il avait dû voir ou entendre quelque chose qui l'avait suffisamment troublé pour le pousser à entrer. Un événement étrange, un faux appel à l'aide, toutes les théories avaient été avancées. Quoi qu'il en fût, quelques secondes après avoir ouvert la porte, il était entré dans la cuisine et était sorti du champ de la caméra.

Les images suivantes que nous avions de lui étaient celles prises par un médecin légiste.

J'ai continué à visionner, en essayant de mettre mes émotions de côté. Le technicien qui avait travaillé sur l'enregistrement avait laissé le film se dérouler pendant trente secondes après que Dyson avait franchi le seuil, trente secondes qui ne montraient rien d'autre que la rue déserte, le jardin frémissant et la rue sans vie. Je ne savais pas pourquoi il avait fait ça, peut-être par respect pour l'inspecteur disparu, toujours est-il que je ne pouvais pas m'empêcher de penser à ce qui se passait à l'intérieur, hors de notre vue, et j'ai été soulagé quand le film s'est enfin arrêté.

D'après le rapport, on avait découvert le corps de Dyson trois heures plus tard. Les membres du service s'étaient inquiétés – il n'était pas revenu au bureau, il n'avait pas répondu aux appels –, je n'imaginais que trop bien l'écho des messages radio dans le salon désert où on l'avait retrouvé. C'est finalement grâce à sa voiture qu'on avait réussi à le localiser.

Il s'avéra que la maison de ce « Frank Walker » était vide. Le parquet et les murs étaient nus et il n'y avait pas de meubles, hormis un bureau près de la prise téléphone et un matelas à l'étage. Walker avait beau en être le locataire depuis plusieurs années, il était évident que personne n'y avait habité depuis très longtemps. Frank Walker n'était qu'une fiction, un trompe-l'œil, une histoire fallacieuse aussi transparente et vide que la maison elle-même. Un simulacre d'identité pour l'assassin et une adresse fantôme qui lui servait seulement de refuge.

J'imaginai le tueur faire la navette entre les différents nids qu'il s'était aménagés en ville, changer d'identité comme un serpent change de peau. La maison n'était rien d'autre qu'une poche d'air tétide remontée à la surface de notre monde. Il avait été découvert et il était parti s'installer ailleurs.

Des nids. Voilà qui lui donnait encore plus l'air d'un monstre.

On avait retrouvé Andrew Dyson gisant dans le salon, couché en chien de fusil, les mains posées sur le ventre perforé en plusieurs endroits. L'assassin l'avait poignardé à six reprises avec deux grands couteaux à lame fine, de façon méthodique et calculée. Les blessures étaient propres et profondes et il y en avait aussi bien devant que sur le côté du corps. Dyson était mort lentement, sous le choc, en perdant peu à peu son sang, tandis que son assassin allait et venait dans la maison, en effaçant systématiquement toutes les preuves qui pouvaient subsister dans chacune des pièces.

Lorsque la police débarqua, il avait disparu depuis longtemps : il s'était esquivé par l'arrière, sans doute à pied. On n'avait retrouvé aucun véhicule immatriculé au nom de Frank Walker. Personne ne le connaissait. Il y avait plusieurs milliers de livres sur son compte en banque, mais les transactions demeuraient obscures, on n'avait pas réussi à les tracer. Il n'avait plus essayé après ça de faire le moindre retrait. Il se défaisait aussi facilement de son argent que de son identité.

Frank Walker avait tout bonnement disparu, laissant derrière lui le cadavre de Dyson, sa dernière victime, comme les restes d'un insecte dans une toile d'araignée.

À la manière du film de ses derniers instants, le dossier se concluait sur une sorte de temps mort. Il y avait encore quelques informations sans grand intérêt. Greg avait disséqué en détail la vie de Frank Walker en suivant toutes les pistes éventuelles, sans aucun résultat. On avait examiné la maison de fond en comble, sans que l'expertise criminalistique donne quoi que ce fût, exactement comme pour les autres scènes de crime. On avait interrogé tous les voisins. Aucun ne l'avait jamais vu.

Un fiasco total.

La seule chose intéressante dans le reste du dossier relevait davantage d'une absence que des informations qui y étaient consignées. Après la mort de Dyson, l'équipe était restée sur l'enquête, mais le nom de Mercer n'apparaissait plus nulle part. L'affaire était de nouveau du ressort de l'inspecteur Geoff Hunter.

Je me suis tourné vers Mercer.

Il avait repris sa pose habituelle : les coudes sur le bureau, se tenant le visage entre les mains, relevant ses cheveux autour de son front. Toujours plongé dans les rapports et les mises à jour. Je l'ai observé le plus discrètement possible, en pensant à son livre que j'avais lu et relu.

Il y relatait plusieurs affaires retentissantes traitées par son équipe, parmi lesquelles deux qui n'étaient toujours pas élucidées. Mais celle qui m'intéressait ne faisait pas partie du lot. Dans les derniers chapitres, où il expliquait en détail les raisons de sa dépression, il évoquait le surcroît de travail, la pression, le stress de partager en permanence son espace mental avec celui d'un meurtrier. Ce qui laissait entendre que c'étaient les conditions « normales » du métier de flic qui avaient été à l'origine de la rupture, et non le meurtre de Dyson, qui n'y était évoqué nulle part. Pourtant, c'est après celui-ci qu'il avait craqué, que son nom avait disparu des rapports, et cela ne pouvait pas être une coïncidence. Il avait poussé ses hommes au maximum, l'un d'entre eux était mort et Mercer s'était retrouvé en maison de repos. Pas à cause de n'importe quelle enquête, mais de celle-ci...

Il me regardait.

Je me suis retourné vers l'écran.

– Qu'est-ce qu'il y a ?

– Rien, monsieur.

Mais il continuait à m'observer et, du coup, je n'en menais pas large. Je lui ai lancé un coup d'œil à mon tour. Il ne montrait rien, mais j'ai imaginé qu'il lisait dans mes pensées et voyait parfaitement que je me mêlais de choses qui lui étaient personnelles et ne me regardaient absolument pas. Il changea finalement d'expression.

– Il est presque 7 heures.

– Ah... ai-je fait. Déjà. Pas de soucis, tout va bien.

Il s'est renversé sur son siège.

— Non. La journée a été longue et c'est loin d'être fini. Ça arrive. Ça ne vous ennuie pas ?
— Ça fait partie du métier.
— Oui. Mais il faut manger, sinon on n'est plus bon à rien.

Il a regardé sa montre.

— Prenez une demi-heure de pause.

J'allais protester, mais je me suis aperçu que j'avais une faim de loup. Et puis que j'étais épuisé. Et surtout, j'avais envie de quitter ce bureau et de tout oublier.

— Allez-y, dit-il. Je garde la boutique.
— Oui, monsieur.
— Et il faut que je téléphone à ma femme. Il y a une cafétéria, au bout du couloir. Vous y trouverez ce qu'il vous faut.

Je me suis dirigé vers la porte, puis je me suis arrêté en réalisant ce qu'il m'avait dit sur la cafétéria. La tasse de café que je lui avais apportée plus tôt était posée sur le coin de son bureau, vide. Il lui échappait, semblait-il, que j'étais déjà allé plusieurs fois à la cafèt'.

— Je vous rapporte un café ?
— Non, merci.

Il se concentrait de nouveau sur les dossiers posés devant lui en prenant quelques notes.

— Pas cette fois, lâcha-t-il.

3 décembre
19 heures
Douze heures vingt minutes avant le lever du jour

Eileen

Quatre mots tout simples qui lui donnèrent des palpitations. *Je vais travailler tard.*
Eileen tripotait le fil du téléphone. Elle l'enroulait autour de son doigt, le lâchait, recommençait. Elle se força à arrêter.
– Tu fais attention à toi ?
À l'autre bout de la ligne, John ne répondit rien.
Au fil des ans, elle avait pris l'habitude de les déchiffrer, ces silences ; et elle l'imaginait sans peine. Il était assis à son bureau, fixant ce qu'il avait devant lui. Essayant de se concentrer sans chercher vraiment à se débarrasser d'elle, mais sans réussir non plus à s'intéresser à leur discussion. La question mit un moment à se frayer un chemin dans son esprit encombré. En bruit de fond, elle l'entendait taper sur son clavier.
– Bien sûr.
Comme si cela tombait sous le sens.
Lorsqu'il lui avait annoncé qu'il pensait reprendre le travail, elle avait ressenti toutes sortes de choses. D'abord, elle avait eu du mal à y croire. Il était en peignoir, à moitié écroulé sur le canapé du salon. On avait l'impression qu'il avait du mal à aller d'une pièce à l'autre ; il se déplaçait tout doucement, comme un infirme. Elle ne l'avait pas pris au sérieux.

Un sur deux

Quand il était devenu évident qu'il ne plaisantait pas, l'incrédulité avait vite cédé la place à la colère. Elle lui avait crié dessus, qu'avait-il dans la tête ? À quoi pensait-il ? Pas à lui, bien sûr, mais pensait-il à elle au moins ? Elle lui avait rappelé tout ce par quoi il était passé, les soins qu'elle lui avait prodigués, combien elle avait été patiente avec lui, les sacrifices qu'elle avait dû faire. Elle lui avait dit que tout cela avait failli la détruire, elle aussi. Quand il avait craqué, Eileen avait mis sa propre existence entre parenthèses pour l'aider à se reconstituer, en priant tous les jours pour qu'il se remette d'aplomb. Il n'avait pas le droit de prendre le risque de lui faire revivre ça. Elle méritait mieux. Ils étaient censés être solidaires.

Piqué au vif, il avait d'abord semblé tenir compte de ce qu'elle lui avait dit. Malgré tout, avec le temps, Eileen s'était peu à peu laissée fléchir. Elle le voyait sombrer, jour après jour ; c'était comme s'il se desséchait sous ses yeux. Ils se sentaient l'un et l'autre complètement démunis. John avait le regard éteint, n'avait plus aucune énergie, il était psychologiquement et physiquement vidé. Non seulement il ne retrouvait pas la forme, mais il semblait aller de plus en plus mal. Et elle ne savait pas quoi faire pour l'aider.

Si bien qu'au bout d'un moment elle avait suggéré qu'il reprenne le travail. Provisoirement du moins, et pas comme avant. Tel était le marché qu'ils avaient passé. Il ne devait jamais, au grand jamais, lui faire à nouveau endurer ça, elle avait bien insisté et il avait évidemment acquiescé. Il ne vivrait plus par procuration, sa vie ne se résumerait plus à ses dossiers, il ne passerait plus des nuits entières à travailler. Le boulot devait rester un boulot, qu'il enfermerait dans un tiroir et oublierait à la fin de chaque journée. Il l'appellerait à intervalles réguliers. C'était ce qu'il lui avait promis.

Au début, il avait tenu parole et depuis quelques mois il avait l'air d'aller mieux. Ce n'était que la semaine précédente qu'elle avait recommencé à se faire du mauvais sang.

Et maintenant, ces quatre mots tout simples.
Je vais travailler tard.
– Il n'y a personne qui puisse te remplacer ? Tu as l'air fatigué.
– Ça va aller.
Elle enroula une fois de plus le fil du téléphone autour de son doigt.
– Bon, d'accord. Je te laisse.
– Excuse-moi, ce n'est pas ça...
Il avait une voix lointaine. Elle l'imagina en train de regarder l'écran, plissant les yeux tout en lui parlant.
– C'est simplement qu'on a un travail monstre, ici.
Elle eut envie de s'écrier : « Rentre à la maison ! »
Au lieu de ça, elle inspira profondément, en veillant à ce qu'il l'entende.
– D'accord, John. Je te laisse. Je t'aime.
– Moi aussi, je t'aime.
Mais on ne percevait pas le moindre sentiment dans son intonation, rien n'indiquait qu'il faisait vraiment attention à ce qu'il lui disait. C'était juste la façon habituelle de mettre un terme à leurs conversations, tout comme on termine une phrase par un point.
Tu vas un peu loin.
Il t'aime vraiment.
Il a simplement la tête ailleurs.
Autrefois, il n'y aurait pas eu le moindre problème. D'ailleurs, il n'y avait pas de problème. Elle se faisait des idées. Elle s'était affolée pour pas grand-chose. Elle reposa le téléphone et resta un moment immobile, à respirer profondément pour essayer de se ressaisir.
Il le fallait, elle n'était pas seule.

L'inspecteur Geoff Hunter était toujours dans le salon, là où elle l'avait laissé. En attendant qu'elle revienne, il s'était levé pour inspecter les lieux. Il était grand et légèrement voûté, avec une tendance à plonger les mains dans ses poches et à rentrer le menton en regardant ses interlocuteurs comme s'ils étaient des garnements. Cette façon de se tenir avait pour conséquence de relever légèrement le bas de son pantalon et de laisser voir ses chaussettes noires au-dessus de ses chaussures vernies.

– Je suis ravie que vous soyez venu ici en personne, mentit-elle.

Elle s'en voulait toujours d'avoir réagi ainsi avec John. Hunter ne répondit rien. Il était préoccupé par un cadre posé sur la cheminée : une photo de John et Eileen le jour de leur mariage. Ils étaient sur la banquette arrière d'une voiture, la photo avait été prise par un ami assis devant. Ils trônaient au milieu du cadre, appuyés l'un contre l'autre, souriants et heureux.

Hunter aurait très bien pu envoyer un jeune flic l'interroger, auquel cas ce serait peut-être déjà terminé, mais elle savait que pour rien au monde il n'aurait laissé passer cette occasion. Pour lui, entrer dans cette pièce remplie d'objets personnels de John était comme avoir accès au journal intime d'un rival, qu'il était en train de parcourir sans vergogne, en essayant d'y trouver le moindre signe de faiblesse.

– C'est une question de déontologie, lui dit-il distraitement.

– Certes, mais vous devez être très occupé.

– Nous veillons toujours sur les nôtres.

Les nôtres. Comme si elle était un simple objet appartenant à John. Comme si son mari *leur* appartenait, que sa vie était là-bas avec eux et non ici, avec elle. Elle s'efforça de réprimer cet accès de fureur.

– Je le sais bien, avança-t-elle.

Il cessa enfin d'examiner la photo et se retourna vers elle.

– C'était John ?

– Oui.

– Vous lui avez dit que j'étais ici ?

– Non. Tout cela n'a rien à voir avec lui, n'est-ce pas ?

Ce n'était pas si sûr. Hunter inclina la tête, sans toutefois donner suite.

– Comment va-t-il ? On travaille ensemble, mais je ne l'ai pas beaucoup vu depuis qu'il a repris le service.

Eileen sentit son corps se raidir.

– Il va bien

Hunter regarda sa montre.

– Je ne pensais pas qu'il restait encore aussi tard au bureau.

– Ça lui arrive.

Encore un mensonge, un de plus.

Il avait à peu près le même âge que son mari, et elle savait que les relations entre les deux hommes n'étaient pas au beau fixe. Hunter avait beau faire semblant d'être amical, c'était en réalité une espèce de chacal, à l'affût du sang. Eileen avait constaté que les collègues de John se braquaient parfois très vite, même ceux qui, soi-disant, l'aimaient bien. Depuis sa dépression, elle aussi avait tendance à être agressive avec eux, à tel point qu'elle évitait autant que possible de les voir. Au fond, ils étaient tous les mêmes. Soit ils prenaient un plaisir pervers à le voir vulnérable, soit ils essayaient de la réconforter, elle, ce qui était encore pire. Ils parlaient d'un homme qu'elle connaissait et aimait déjà avant que la plupart d'entre eux ne viennent au monde.

– Allons-nous enfin parler de James Reardon ? Je m'en voudrais de vous retenir trop longtemps.

– Allons-y.

Hunter alla s'asseoir au milieu du canapé. Eileen resta debout, à l'observer. Il sortit un magnétophone de la poche de sa veste et l'installa auprès de lui, puis il posa ses coudes sur ses genoux et mit ses mains en coupe.

Elle remarqua que son pantalon remontait encore plus que tout à l'heure.

– Inspecteur principal Geoff Hunter, j'interroge Eileen Mercer à propos de l'agression dont a été victime Colin Barnes et de l'enlèvement de Karli Reardon. À noter qu'Eileen est la femme de l'inspecteur John Mercer. Pouvez-vous nous confirmer, Eileen, que vous vous plicz sans contrainte à cet interrogatoire ?

N'appréciant guère ce ton, elle se contenta de faire oui de la tête.

– À voix haute, s'il vous plaît.

– Oui.

– Pour mémoire, c'est Eileen qui a signalé que le suspect, James Reardon, est venu chez elle ce matin. Quelle heure était-il, Eileen ?

– Aux alentours de 10 heures...

– Et vous êtes sa... psychothérapeute, c'est ça ?

Il prononça ce mot avec tout le mépris dont il était capable. Enfin il se montrait sous son vrai jour. Peut-être était-ce parce que l'entretien était maintenant enregistré et qu'il pensait à ses collègues qui l'écouteraient.

Elle fit signe que oui.

– À voix haute, s'il vous plaît, répéta-t-il.

– Oui, je l'ai eu en consultation.

– Pendant combien de temps ?

– Un peu plus d'un an.

– Quand même... et... quel genre de sujets avez-vous abordés ?

– C'est confidentiel, répondit-elle, et ça n'a aucun rapport.

– Avez-vous parlé de l'éducation épouvantable qu'il a reçue ?

Elle croisa les bras.

– Ou bien, reprit-il, se serait-il plaint d'avoir mené une vie de chien ?

– Est-ce que ça vous amuse, inspecteur ?

– Excusez-moi, j'ai du mal à comprendre de quoi il retourne, c'est tout.

Il se renversa sur son siège et parut alors plus sérieux.

– Comment l'avez-vous trouvé, ce matin ? Quelle était son attitude ?

– Il était dans tous ses états. Il avait l'air désolé.

– De quoi ?

– De me décevoir. Il n'a pas voulu me dire pourquoi.
– Mais maintenant, vous le savez.
– Oui, soupira-t-elle. Maintenant, je le sais.

Lorsque Reardon était parti, elle avait ressenti une inquiétude dont elle avait eu du mal à se débarrasser. Il avait eu une attitude et des propos troublants, et elle savait ce dont il était capable. Elle avait pensé prévenir la police, pour finalement y renoncer, non sans quelques réserves.

Après tout, Reardon ne lui avait pas dit qu'il avait commis un crime, ni même qu'il avait l'intention d'en commettre un. De plus, c'était un patient et en tant que tel, même s'il était arrivé chez elle à l'improviste, il avait droit à toute sa confiance et à toute sa discrétion. C'était un principe qu'on ne pouvait pas transgresser impunément. Surtout, si elle avait appelé la police, étant donné ses relations avec John et les antécédents de Reardon, les officiers n'y seraient pas allés de main morte. Ils n'auraient pas fait de cadeau à Reardon, et toute la confiance qu'il avait en elle se serait évanouie en un instant. Le comportement de son patient était étrange, certes, mais ce n'était pas suffisant pour alerter la terre entière. Elle s'était donc contentée d'essayer de joindre Reardon plusieurs fois dans la journée, mais toujours en vain.

Comme elle n'avait pas l'habitude de regarder la télé l'après-midi, ce n'est qu'au flash de 18 heures qu'elle avait appris la nouvelle. C'était juste une brève, à la fin des informations régionales, mais, lorsqu'elle avait entendu le nom de Reardon, elle avait bien cru que son cœur allait s'arrêter de battre. Elle n'avait plus eu le choix. Plus de scrupules non plus.

– Maintenant, reprit Hunter, vous savez donc qu'avant de venir vous voir James Reardon a agressé le nouveau compagnon de son ex-femme ?
– Évidemment.
– L'individu en question, Colin Barnes, a formellement identifié Reardon. C'est bien lui qui l'a agressé alors qu'il promenait

tranquillement en poussette la petite fille de Reardon, celle qui a disparu.

Karli Reardon, oui. On avait parlé de tout ça aux infos.

Si Hunter était sûr de la chronologie des événements, et, dans ce domaine, elle lui faisait confiance, James Reardon avait déjà enlevé sa fille lorsqu'il était venu lui parler. Eileen était ainsi la dernière à l'avoir vu avant qu'il ne prenne la fuite.

Quoi qu'on puisse vous raconter à mon sujet, c'est pour elle que je le fais.

Hunter plongea une fois de plus la main dans sa poche, pour en sortir cette fois une photo qu'il lui tendit. Elle hésita un instant avant de la prendre, pressentant sans doute où il voulait en venir.

– C'est Amanda Reardon, lui dit-il. Ce cliché date sans doute de l'époque où son ex-mari a pris contact avec vous pour discuter de ses « problèmes ».

Eileen vit le visage de la femme, les hématomes et la balafre, son air vaincu et humilié. Hunter aurait dû savoir qu'elle s'occupait de délinquants. S'il s'imaginait la choquer ou lui faire honte en lui montrant le visage d'une victime, il se trompait. Elle s'efforça de rester impassible et de garder la tête froide, et lui rendit la photo.

– Vous a-t-il parlé de ce qu'il a ressenti en faisant ça ?

Oui, il lui en avait parlé.

– Je ne saisis pas bien, excusez-moi, le rapport avec votre enquête.

– Je suis étonné qu'il se soit adressé à une psychothérapeute, c'est tout.

Ils en avaient également discuté.

Pour les gens de la race de Hunter, songea-t-elle, les choses sont toutes blanches ou toutes noires. Ce que James Reardon avait fait à son ex-femme était ignoble et inexcusable, mais elle savait également qu'il n'était pas un misogyne forcené. Hunter, lui, voulait tout simplement mettre la main sur une ordure ;

il peignait son méchant en noir, son héros en blanc, et la complexité ne faisait pas partie de ses schémas.

– Je ne saisis pas, excusez-moi, le rapport que cela a avec votre enquête, répéta-t-elle.

– Vraiment ?

Il se pencha en avant, fatigué de persifler.

– Bon, finissons-en. Pourquoi n'avez-vous pas appelé la police, ce matin ? Vous auriez pu éviter bien des ennuis à des tas de gens.

– Je ne savais pas qu'il allait commettre un délit.

– Il l'avait déjà commis.

– Comment aurais-je pu éviter qu'il arrive quoi que ce fût à quiconque ?

Le silence retomba, Eileen ressentit une petite sensation de victoire. Sauf que cette discussion était parfaitement absurde. Elle décroisa les bras.

– Comprenez-moi bien, inspecteur principal Hunter. Pensez ce que vous voulez, il n'en demeure pas moins que je ne suis pas du côté de Reardon, dans cette histoire. Je ne le protège pas, je ne lui trouve aucune excuse pour ce qu'il a fait. Mais il ne m'appartient pas de le juger. Mon métier consiste à l'écouter et, avec un peu de chance, à l'aider à comprendre pourquoi il s'est comporté ainsi.

– Comprendre...

Hunter hocha la tête...

– Voilà qui me plaît bien, tiens...

– Comprendre, exactement. Même si ça vous gêne d'envisager les choses sous cet angle, inspecteur, en dépit de ce qu'il a fait, James Reardon reste un être humain.

Hunter jeta un œil au magnétophone.

– À noter, dit-il, que notre témoin ne se montre pas très coopérative.

Eileen s'en voulut. Elle se détourna et alla se placer devant la cheminée. Derrière elle, Hunter se leva, prêt à s'en aller.

– Voyez-vous, c'est là ce qui nous distingue, Eileen. Pour moi, il n'est qu'une cible. Mon boulot à moi, si cela vous intéresse,

consiste à retrouver sa fille et à l'arrêter avant qu'il ne lui fasse du mal, ou qu'il s'en prenne à quelqu'un d'autre.
– Il ne lui fera pas de mal.
Hunter s'esclaffa.
– Ah oui, vous croyez ? Savez-vous dans quelles circonstances il a agressé son ex-femme ? Savez-vous que la petite était avec elle dans la voiture ? Qu'il a brisé le pare-brise avec un marteau, traîné Amanda dehors et l'a tabassée sur le bord de la route ?
– Vous semblez prendre beaucoup de plaisir à me raconter tout ça.
Il avait eu beau l'accabler de sarcasmes, Hunter n'en paraissait pas moins en colère.
– Karli était là, sanglée sur le siège passager. Son bébé couvert de bris de verre et qui hurle, pendant que dehors il roue sa mère de coups de pied. Voilà comment il l'aime, cette enfant, madame Mercer.
Eileen refusa de se laisser attendrir.
– Autre chose, inspecteur ? lui demanda-t-elle en se retournant.
– Oui. Est-ce qu'il vous a dit où il allait ?
– Non.
– Dans ce cas, nous en avons terminé.
Il éteignit le magnétophone.
– Merci de m'avoir consacré votre temps. Je retrouverai le chemin tout seul.
– J'en suis sûre.
Elle le regarda s'en aller, se retenant de claquer derrière lui la porte du salon. Elle préféra rester sur place, à écouter la porte d'entrée s'ouvrir puis se refermer, et le vit à travers les rideaux en dentelle passer devant la fenêtre et s'éloigner.
Après son départ, elle s'intéressa à la photo de mariage posée sur la cheminée, sur laquelle on les avait figés dans un instant en noir et blanc, il y a bien longtemps. Ils étaient jeunes, à l'époque. John avait beaucoup vieilli, surtout ces derniers temps. On reconnaissait néanmoins son regard, quelque chose

dans son sourire, aussi. Même si ces jours derniers il ne souriait quasiment plus et que son regard sur elle lui donnait l'impression d'être transparente.

Moi aussi, je t'aime.

Ils étaient solidaires, et elle devait se montrer forte. Tout irait bien pour lui, et il n'allait pas tarder à rentrer. Il n'y avait pas lieu de s'inquiéter.

Elle n'allait quand même pas craquer maintenant et se mettre à pleurer devant lui. Ni même devant une photo de lui !

3 décembre
19 h 15
Douze heures cinq minutes avant le lever du jour

Mark

Cadrant tout à fait avec le style et le décor des locaux de la police, la cafétéria était vieillotte et à moitié désaffectée. Une grande pièce lugubre remplie de boxes en formica qui semblaient avoir été arrachés la veille d'une station-service désaffectée et grossièrement lessivés pendant le trajet. Tout au fond, des volets fermés empêchaient de voir la nuit. Au plafond, les ampoules émettaient en permanence un bourdonnement.

J'étais au comptoir. On y proposait un plat étrange, ressemblant à du gazon artificiel débordant de curry et des saucisses qui n'étaient guère que de la peau brûlée. C'est pourquoi, malgré une faim de loup, je me suis contenté des deux premiers sandwichs venus.

– 2,30 livres.

– Et un autre café, s'il vous plaît.

– 2,80 livres, alors.

Je triais distraitement la monnaie, tout en continuant à penser à Mercer et à notre dossier. La mort de Dyson et sa dépression étaient trop rapprochées l'une de l'autre pour qu'il s'agisse là d'une coïncidence. Peu importe ce qu'il avait écrit dans son livre, une version acceptable de la réalité à destination de ses lecteurs, pour moi le lien était évident. Ce qu'il avait enduré avait dû être terrible : le poids d'une affaire aussi lourde, la pression permanente, à la fois professionnelle et personnelle – c'était sur ses seules épaules que reposait la responsabilité d'arrêter l'assassin avant qu'il ne fasse de nouvelles victimes – et pour finir le meurtre d'un ami, quasiment sous ses yeux. N'importe qui aurait pété les plombs. Je comprenais maintenant un peu mieux ce qui s'était passé dans la journée, à la fois la détermination et le malaise de Mercer, et les relations tendues avec l'équipe. Tout s'expliquait.

– 2,80 livres, répéta la caissière.

– Excusez-moi.

Je fis l'appoint, puis je repérai Pete, Greg et Simon dans un coin de la pièce. Pete leva la main ; je lui fis un signe de tête. J'eus l'impression en m'approchant d'eux qu'ils mettaient un terme soudain à leur discussion. Ce qui ne me mit pas très à l'aise. Plus que jamais, ils me faisaient l'effet d'un groupe impénétrable. Ma place avait beau être à leurs côtés, je savais que ce n'était pas vraiment le cas, pas encore. Pas au beau milieu de toute cette merde.

– Salut, tout le monde.

Simon était en train de se servir de la salade, en face de lui, Greg mangeait un plat consistant : saucisses, œufs et bacon. Pete avait un sandwich à la main, son deuxième d'après les sachets vides devant lui. Sans rien dire, il déplaça les plateaux pour me faire de la place.

– Merci.

Je me glissai à côté d'eux.

– Alors, quoi de neuf ?

Greg désigna Pete, en face.

– Je suis vert. Pete a passé l'après-midi avec des femmes superbes.

Pete haussa les épaules, en jouant le modeste.

– C'est pourtant pas mon jour de congé.

Je souris. Pete portait une grosse alliance. J'avais remarqué un peu plus tôt une photo sur son bureau : deux petites filles serrées l'une contre l'autre dans un Photomaton.

– Tu es allé interroger les ex de Simpson ?
– C'était pas aussi plaisant que Greg l'imagine. Pas une n'a été ravie d'apprendre la nouvelle, c'est clair. Elles m'ont toutes fait le même portrait de lui.
– C'est-à-dire ?
– C'est-à-dire celui d'un gars un peu trop coureur pour l'avoir comme petit ami, tout en étant au fond un gentil garçon. La dernière m'a dit que ce n'était pas un cadeau de sortir avec lui, qu'il ne pouvait pas s'empêcher d'aller voir ailleurs, mais que depuis leur rupture ils étaient devenus amis. Selon elle, c'était surtout un mec un peu paumé. Va savoir...

Il souffla sur son café.

– C'est toujours la même chose, fit Greg, les femmes adorent les mecs qui leur en font voir, et moi j'ai même pas droit au moindre rendez-vous galant.
– Ouais, vaut mieux pas trop voir les choses comme ça. En tout cas, dans le lot, aucune n'est la fameuse « Jodie ». On a vérifié tous les emplois du temps.

Il fallait s'y attendre, même s'il y avait quand même de quoi être déçu.

– Cela dit, on a six vans blancs, ajouta Greg, l'air un peu prétentieux. C'est sans doute le coup de veine qu'on attendait...

Simon lui lança un regard peu amical, qui me sembla être un aperçu de la conversation animée que j'avais interrompue en arrivant.

– Tu veux dire que tu n'as rien de nouveau, lui lança Pete.
– Quand même...
– L'assassin conduit un van blanc, admettons. Les caméras de surveillance nous ont donné quelques pistes, concernant des vans blancs. Voilà où on en est. Rien ne nous dit qu'on va en tirer quoi que ce soit.
– Tu paries 1 000 livres que ça donnera quelque chose ? lui demanda Greg.
– Rester positif envers et contre tout. C'est ça, ton truc ?

Haussement d'épaules de Greg. J'avais l'impression qu'à part lui les autres ne souhaitaient pas aller sur ce terrain, comme s'il était trop glissant, ou comme si je devais rester hors du coup. Cela dit, il n'est jamais simple d'interpréter les tensions dans une équipe quand on n'y est pas complètement intégré. Nous avons mangé un moment sans rien dire. J'avais fini la moitié de mon sandwich quand Greg rompit le silence, avec un sujet qui me mit plus à l'aise. Qui mit tout le monde plus à l'aise.

– Alors, comment ça s'est passé, ce déménagement ?

– Bien. Très honnêtement, ce n'était pas énorme. C'est même assez déprimant de constater que sa vie entière tient dans une voiture.

– Il faut éviter de s'apitoyer.

– C'est ce que je me suis dit.

J'avais passé mon mois de préavis à tout ranger, en essayant de trier ce que j'allais garder et ce que j'allais jeter. Ça avait été très pénible. Il n'y avait pas grand-chose à quoi j'étais sentimentalement attaché, en fait. Je ne cessais d'imaginer ce que Lise aurait dit ou fait. Elle m'aurait sans doute conseillé d'arrêter de broyer du noir et de tout foutre à la poubelle.

Ce qui est vraiment important ne se met pas en carton, aurait-elle dit. *Ce qu'il faut que tu gardes sera de toute façon toujours avec toi. Pour le reste, débarrasse-toi vite de toutes ces conneries.*

J'avais beau savoir que c'est ainsi qu'elle aurait réagi, je n'arrivais pas à passer à l'acte. Peut-être cela aurait-il été plus facile si Lise m'avait *vraiment* envoyé un signe, quel qu'il fût. Mais chaque fois que je pensais à elle, elle était muette, son visage indéchiffrable, et je n'avais pas la moindre idée de ce qu'elle pouvait bien avoir en tête.

J'avais quand même fait un vague tri, pris quelques objets et stocké le reste dans le garage de mes parents.

Greg me sourit.

– Tu n'es pas marié ?

J'attrapai ma tasse de café pour me donner une contenance. Je n'avais pas envie de parler de ça. J'aurais pu inventer n'importe quoi. Étrangement, je ressentis cette fois le besoin de dire la vérité.

— J'ai été fiancé, répondis-je, mais c'est fini.
— Aïe ! Moi aussi, je suis passé par là. Enfin, on n'était pas fiancés, mais on habitait ensemble. Il arrive que ça ne marche pas comme...
— Elle est morte.
— Oh, merde ! Excuse-moi.
— Il n'y a pas de mal. Ça fait un bout de temps déjà.

Chaque fois que j'en parlais pour la première fois à quelqu'un, j'avais constaté, chose étrange, que c'était moi qui éprouvais le besoin de rassurer mon interlocuteur. « Il n'y a pas de mal », leur disais-je, ce qui bien entendu n'était pas vrai. De même, six mois à peine devenaient « un bout de temps ». J'avais aussi remarqué qu'en rassurant les gens on les amenait en général à poser d'autres questions.

— Qu'est-ce qui s'est passé ?
— Greg...

Pete lui jeta un regard désapprobateur.

— Il n'y a pas de mal.

Je posai mon café, puis leur donnai une explication aussi brève que possible.

— C'était les vacances, on faisait du camping sur un terrain au bord de la mer. On est allés nager, on ne s'est pas rendu compte de la force du courant. On a perdu pied. On a appelé à l'aide, mais la plage était déserte. J'ai réussi à regagner le rivage, pas elle. Personne n'aurait rien pu y faire.

— Merde. Je suis désolé.
— Laisse tomber.

Je repris ma tasse de café.

— Et vous ? Vous avez tous quelqu'un dans votre vie ?

Pete leva la main, pour me montrer sa grosse alliance.

– Marié et heureux Simon, lui, a une femme dans chaque port.
– Ah oui ?
Simon s'en défendit d'un geste de la main.
– Il ne faut rien exagérer...
– Moi, je suis trop bien célibataire, déclara Greg. C'est moi qu'on aurait dû envoyer interroger les ex de Simpson. Pete n'a pas su profiter de l'occasion.
– Console-toi, elles avaient toutes l'air d'avoir du goût, tu n'aurais pas pu profiter de l'occasion toi non plus.
– Tu n'es pas drôle.
Greg tendit une frite dans sa direction.
– Du moins, pas comme tu le crois.

L'ambiance s'était légèrement détendue et nous bavardâmes encore un peu en finissant le repas. J'en profitai pour essayer de voir comment ils fonctionnaient, de prendre la mesure de ce qui passait entre eux. En dépit de l'animosité diffuse qui régnait ce jour-là, ils avaient la plaisanterie facile, comme souvent chez ceux qui travaillent ensemble depuis longtemps. J'évitai néanmoins d'en faire de trop. La discrétion restait de mise. La tension était retombée, mais ce n'était pas encore tout à fait ça.

Ils firent en sorte de m'intégrer le mieux possible à leur petit groupe. Simon me demanda où j'habitais, je leur parlai du petit appartement que le service m'avait dégotté, en attendant que je trouve quelque chose de mieux. On évoqua l'endroit où je travaillais avant et les enquêtes dont je m'étais occupé.

– Rien de commun avec celle-ci, j'imagine, dit Greg.
– Non. Ça n'a pas été de tout repos, pour une première journée.
– Tu peux le dire. Elle a été plutôt intense. Et c'est pas terminé.
– Cela dit, je ne suis pas vraiment pressé de retrouver mon appart.

Greg ricana :
– Moi si, bordel.

– Comment s'est passé l'après-midi ? me demanda Pete.
– J'ai étudié le dossier. Du mieux que j'ai pu, en tout cas.
Je m'interrompis. Il fallait que ce fût dit :
– Je suis navré de ce qui vous est arrivé.

Greg plongea sa dernière frite dans le ketchup, le regard dans le vide. Simon hocha la tête, grave pour une fois. Je crus un instant les avoir mal jugés et m'être montré maladroit. Pete se cala sur son siège, regarda la fenêtre, comme s'il y avait autre chose à voir que les volets plats et décolorés.

Trop de pressions, songeai-je.

Pete soupira.

– Ça a été un choc pour nous tous. Plus pour certains que pour d'autres, à l'évidence. Ce n'est jamais facile de perdre un collègue. Et Andy était bien plus que ça.

Je saisis l'allusion à Mercer. *Plus pour certains que pour d'autres, à l'évidence.* C'était une confirmation tacite de ce que je pensais, le lien entre sa dépression et la mort d'Andy.

– Bien sûr, dis-je.

Greg et Simon gardèrent le silence, le regard tourné vers Pete. Ils semblaient s'en remettre à lui pour savoir si oui ou non il fallait continuer sur ce terrain, m'en dire davantage. Pete fixait la table, qu'il tapotait de l'index. Puis me regarda et à son expression je compris qu'il avait tranché.

– Qu'est-ce que tu penses de lui ? me demanda-t-il.
– Mercer ?
– Oui. Il te fait quel effet ?

La question était tellement insidieuse que je ne sus pas tout de suite quoi répondre. Il y avait de toute évidence ce jour-là de nombreux sujets de discorde entre Mercer et son équipe, mais ils travaillaient depuis suffisamment longtemps ensemble pour qu'une dynamique complexe se fût créée. Il avait dit et fait aujourd'hui des choses qui m'avaient énervé, et eux aussi sans doute, mais avec le temps on pouvait finir par éprouver une étrange tendresse pour ce genre de caractère. Ce serait une erreur de le critiquer. Et bizarrement, je me rendis compte que je n'en avais pas envie.

— Il n'est pas comme je m'y attendais, répondis-je. Je veux dire... il a une telle réputation. Il est sans doute plus... humain que je le croyais.

Pete acquiesça, mais ce n'était pas de ça qu'il voulait parler.

— Est-ce que tu le trouves fragile ? Réponds franchement.

Je me rembrunis, même si la conversation prenait plus ou moins le tour que j'attendais. *Réponds franchement.* Si Mercer avait l'air fragile ? Il m'avait fait l'impression d'un homme absorbé par ses dossiers, concentré, pensant à mille choses à la fois, qui endossait la pleine et entière responsabilité de cette enquête, et, pour être honnête, pas très différent d'une foule d'inspecteurs en chef que j'avais pu rencontrer.

Et pourtant, je me rappelai la première fois où je l'avais vu, dans la maison de Simpson, combien je l'avais trouvé fatigué, vieilli. Et oui, il était loin du surhomme que laissait supposer sa réputation. Il n'avait pas l'air très solide ni très résistant. À n'en point douter, il était vulnérable.

— Un peu, c'est possible, dis-je.

— Tu te rappelles comment il était, lors de l'entretien ?

— Il avait la tête ailleurs.

C'était là un euphémisme charitable, nul n'en fut dupe. À part l'épisode Jacob Barrett, il m'avait quasiment ignoré.

— La tête ailleurs... reconnut Pete. Ça fait un moment qu'il a la tête ailleurs. Depuis qu'il a repris le travail, il a la tête ailleurs. Il est là, certes, de 9 heures à 17 heures précises, mais il ne s'investit plus.

C'était là un sujet épineux mais, comme nous en étions aux confidences, je décidai de tout mettre sur la table.

— Depuis sa dépression ?

— Exactement.

Pete baissa les yeux.

— Depuis sa dépression. Il ne se foule plus. Il fait le minimum.

– Il est ailleurs, renchérit Greg.

Le visage de Pete s'assombrit encore.

– Mais, depuis quelques heures, c'est différent. Il a changé. On retrouve le Mercer qu'on a connu. Il est à nouveau sur le coup, il s'implique totalement. Peut-être trop.

Il jeta un œil à sa montre.

– Regarde ça, il est 19 h 30. Ça fait deux ans qu'il n'est pas resté aussi tard au bureau.

– Et ça vous inquiète ?

– Il n'y a pas que ça, répondit Greg. Il y a aussi cette affaire... il ne devrait pas être dessus.

– On en a parlé, coupa Pete, d'une voix trop forte, trop dure. Il baissa le ton, se retourna vers moi.

– On en a parlé avant que John ne reprenne le travail. Si on rouvrait l'enquête, on savait qu'il voudrait être sur le coup et on a décidé que dans ce cas-là on improviserait. Seulement là, les choses ne se passent pas du tout comme on le pensait.

Je regardai Greg, qui haussa les épaules, sans nullement chercher à s'excuser.

– J'ai dit ce que je pensais de tout ça. Mais c'est à Pete de décider.

– Ça ne doit pas être facile pour toi de prendre ton poste aujourd'hui, me dit Pete. Ça me désole. Je ne sais pas où on va.

– À ton avis, comment il s'en sort ? demandai-je.

– Je n'en sais rien. Au début, quand il a repris ses fonctions, personne n'aurait pu imaginer une seconde le voir reprendre cette affaire. Mais maintenant... moi, je le trouve en état d'y aller. Je suis content de le voir s'impliquer à nouveau. Redevenir ce qu'il est, j'imagine. D'un autre côté, je m'inquiète pour sa santé.

Sans me laisser le temps de dire quoi que ce fût, Greg intervint :

– Merde, Pete, il faut tout lui dire !

Je les regardai, l'un après l'autre.

— Me dire quoi ?

— Tu n'as pas remarqué qu'il n'y a pas de lien entre le meurtre de Simpson et ceux d'il y a deux ans ? me demanda Greg. Enfin, pas de lien, officiellement.

— Je l'ai entendu faire ses rapports à l'inspecteur White. Pas une fois, en effet, il n'a fait allusion aux anciens meurtres.

— Voilà, poursuivit Greg. Il faut pouvoir nier.

— Comment ça ?

Pete se pencha en avant, prenant la suite.

— C'est là-dessus que Greg s'est accroché avec John tout à l'heure. Il voulait lui laisser une possibilité de nier.

— Non, c'est à nous que je laissais une possibilité de nier.

Je ne comprenais toujours pas.

— De nier quoi ?

— De nier que les deux affaires sont liées, répondit Pete. Cette enquête n'est pas celle de John. En théorie, elle est du ressort de Geoff Hunter. Et vu ce qui s'est passé ici il y a deux ans, White ne laisserait jamais John sur le coup s'il était au courant. Quand il va apprendre que...

— Il faut qu'on ait la possibilité de nier le lien entre les deux affaires, reprit Greg.

Depuis que j'avais lu le rapport consacré à la mort d'Andrew Dyson, je m'étais préparé à quelque chose de ce genre. L'enquête de Mercer sur ces meurtres s'était soldée par la perte d'un de ses hommes et par une dépression. Il était normal que son équipe s'inquiète. Greg, Pete et Simon devaient faire la part des choses entre leur loyauté envers Mercer et leur crainte qu'il ne fût affecté par cette affaire qui lui avait déjà fait beaucoup de mal. C'était bien qu'ils parviennent à m'intégrer à ça. Ce à quoi je n'avais pas pensé, c'était aux répercussions que cela pourrait avoir sur notre vie professionnelle, à notre responsabilité envers le service en général. Maintenant que j'étais au courant, il me faudrait réfléchir aux conséquences de chacun de mes actes. C'était une chose de se laisser la possibilité de nier le lien entre le meurtre de Simpson et les autres affaires, c'en était une autre de commettre une faute professionnelle.

Mais, pour l'instant au moins, j'avais choisi mon camp, c'était clair.

– Je suis avec vous, quoi qu'il arrive.

– Parfait, fit Pete. Au fond, notre boulot reste le même. On est ici pour le soutenir. C'est ce qu'on va faire, d'une façon ou d'une autre. Espérons juste qu'on les retrouve avant l'aube, ces deux-là.

– Jodie et Scott, dis-je.

– Oui. Car Dieu sait comment il va réagir, si on ne met pas la main sur eux !

Nous restâmes un bon moment sans rien dire, après quoi Pete repoussa son plateau et se leva. Il avait l'air fatigué.

– Bon, allez. Au charbon, maintenant !

C'est alors qu'on entendit biper. Pete attrapa le pager qu'il portait à la ceinture et fit une moue en regardant l'écran.

– Un des vans...

Il baissa légèrement la tête, puis me regarda.

– Ton équipe a découvert quelque chose. C'était 1 000 livres, hein, Greg ? Il va falloir que je sorte mon carnet de chèques...

3 décembre
20 h 30
Dix heures cinquante minutes avant le lever du jour

Scott

C'était une vieille bâtisse, où l'on était à l'étroit. Les murs étaient faits de grandes dalles de pierre, disposées de façon irrégulière, comme si celui qui les avait construits avait utilisé les moyens du bord. L'endroit devait être abandonné depuis des années, livré à des générations d'araignées et de fourmis. Des feuilles mortes s'étaient décomposées contre les dalles, après que le vent les avait chassées à l'intérieur, au gré des saisons. Au plafond, des toiles d'araignées clairsemées pendaient comme du linge sale.
Scott ne voyait pas du tout à quoi pouvait servir cet endroit, avant qu'il ne fût laissé à l'abandon. C'était peut-être une remise ou un débarras. C'était en tout cas devenu une cellule.
Il lui suffisait de se pencher à droite ou à gauche pour toucher le mur de l'épaule, ce qu'il continuait à faire malgré les grosses araignées, affreuses et marron. Il essayait régulièrement de tendre sa tête d'un côté puis de l'autre, pour essayer de se décontracter le cou et les muscles du dos.
Il était assis sur quelque chose, sans qu'il puisse voir de quoi il s'agissait. On l'avait menotté et il avait les avant-bras posés sur les cuisses. L'homme au masque de diable lui avait ligoté ensemble les bras et les jambes.
Il avait le nez qui coulait et il n'arrêtait pas de renifler à cause du froid, et aussi parce qu'il pleurait sans cesse. C'était

plus fort que lui. Jusqu'alors, il s'était cru fort et débrouillard, mais désormais ça avait changé. Il n'avait rien d'un héros ; il n'avait pas le calme et le sang-froid de ceux que l'on voit au cinéma.

Ce n'était pas possible.

Au début, il était en colère, mais plus maintenant. Bien décidé à se libérer et à retrouver Jodie, il avait d'abord tout fait pour se détacher, mais on l'avait ficelé avec soin. La fureur et la haine s'étaient vite transformées en intense déception.

Il était immobilisé, il ne pouvait absolument rien faire.

La peur et la panique s'étaient alors emparées de lui et il avait pleuré. Ça le dégoûtait. Il n'empêche qu'il était terrifié. Il était à la merci de l'homme au masque de diable, et son cœur battait à tout rompre. Il voulait trouver une solution, faire ce qu'il fallait pour se sortir de là.

Il était prêt à tout.

En face de lui, la porte ouverte lui permettait d'apercevoir la forêt. Le bâtiment se trouvait dans une espèce de clairière.

Le type avait allumé un grand feu. La lumière des flammes dansait par terre, il entendait sans le voir le bois crépiter et se rompre. Non seulement le feu ne dégageait que peu de chaleur mais, quand le vent tournait, la fumée et la poussière noire entraient dans la bâtisse.

Il avait aussi commencé à neiger. Les flammes transformaient les flocons en fleurs jaunes, le sol en était recouvert.

Il grelotta, trembla. À cause du froid, certes, mais pas uniquement.

Jodie... Il n'osait penser à ce qui pouvait bien lui arriver.

L'homme apparut à la porte.

Scott cessa de réfléchir, pour essayer de reculer. Mais il était coincé. L'homme entra puis s'agenouilla face à lui. Il n'était guère qu'une silhouette, même si le feu faisait reluire les contours de son masque et ressortir ses plis écarlates et violacés.

Il appuya les coudes sur les genoux de Scott. D'une main, il tenait deux feuilles de papier agrafées. De l'autre, un tournevis.

– Chuuut... fit-il.

Scott s'entendit haleter et hoqueter, en cherchant l'air. Il tenta de se calmer. Il lui fallait faire tout ce que cet homme voulait.

– On va discuter, lui dit-il. Tu vois, ce que j'ai ici ? Tu te souviens de ce que j'ai fait, avant que tu sortes de chez toi ?

Il ne se rappelait pas.

– Je me suis installé devant ton ordinateur.

Il attira son attention sur les feuilles de papier.

– J'ai imprimé ça. *Cinq cents raisons de t'aimer*. Mais il n'y en a que deux cent soixante-quatorze. Pourquoi ?

Le feu crépitait. À part ça, silence et calme plat à l'extérieur de la remise. Il importait, allez savoir pourquoi, de ne rien y changer.

– Je n'ai pas encore fini, souffla-t-il.

– Ce devait être un cadeau de Noël ?

– Oui.

– C'est tellement drôle. Un cadeau de Noël pour elle. Ce truc...

Il secoua les feuilles.

– C'est un pansement sur une jambe de bois. Tu vois ce que je veux dire ?

– Oui.

– Non, tu ne vois pas ce que je veux dire. Mais ça va venir.

– Pourquoi vous faites ça ?

La voix de Scott se brisa, sa vue se brouilla. *Non !* Il n'avait pas envie de pleurer devant lui. Il renifla un bon coup. Ce qui n'empêcha pas les larmes de couler et, en dépit de celles-ci, de voir l'homme qui l'observait, impitoyable, comme s'il était un spécimen que l'on étudie au microscope.

– Parce que tu as quelque chose que je veux, Scott.

Il sait comment je m'appelle.

Le type lui mit les feuilles de papier devant les yeux.

– Désormais, tout ça est à moi. Pour toi, c'est un fardeau et je vais t'en débarrasser. Tu devrais me remercier.

Scott ne saisit pas. Il renifla de nouveau et garda le silence.

──── Un sur deux ────

– La première raison que tu as notée est intéressante. Tu te souviens de ce que c'est ? Réfléchis bien.

Il s'en souvenait, évidemment.

– Quelque chose sur la façon dont on s'est rencontrés, dit-il d'une voix épuisée.

– Tout juste. *Numéro 1, dit-il, c'est la chance qui nous a fait nous rencontrer.*

Scott gonfla ses poumons et essaya d'arrêter de pleurer.

– Qu'est-ce que ça signifie ? Je veux que tu m'en parles.

– De la façon dont on s'est rencontrés ?

– Oui.

L'homme se rapprocha un peu, la lumière détoura son masque.

– Raconte-moi ce coup de chance.

*
* *

Le message s'afficha à l'écran. S'il avait tapé sa dissert au lieu de surfer sur le Net, leur vie n'aurait pas été la même.

Tu imagines un peu l'horreur, si... Il avait lu plus tard quelque part que c'était là une phrase incontournable des premiers temps d'une relation amoureuse, lors de toutes ces discussions sur le thème « J'aurais pu ne pas te rencontrer »...

À la fac, Scott recevait souvent des messages de ses amis, *via* le réseau interne. On avait accès à la liste des connectés, il suffisait de cliquer sur le pseudo de l'un d'entre eux pour lui envoyer un message. Ce coup-ci, pourtant, il ne reconnut pas celui de son interlocuteur.

isz5jlm : [Salut ! – Ça va ?]

« isz » désignait le département, celui de l'informatique, il ignorait d'où sortait l'abréviation. « 5 » renvoyait à l'année d'inscription à l'université, soit 1995, la même que lui. Et « jlm » étaient les initiales de celui qui avait envoyé le message.

Il garda le regard fixé sur l'adresse, passant en revue la liste de ses amis, puis des gens de leur entourage. C'était peut-être quelqu'un qu'il avait rencontré dans une fête. JLM, JLM... Si c'était le cas, il ne s'en souvenait plus.

Il fit la grimace, puis cliqua sur la petite croix affichée dans un angle de la fenêtre, pour refermer celle-ci. Après quoi il en revint à Internet.

Vingt secondes après, un nouveau message s'afficha :

isz5jlm : [Oups ! – désolée !]

C'était tout.

Au moins, le second message était explicite : le premier était une erreur. Scott ressentit une étrange déception.

Il ne se passa rien pendant plusieurs secondes. Des instants, songea-t-il ultérieurement, pendant lesquels était en jeu, à son insu, la vie géniale qui serait la sienne.

Il ouvrit la liste des utilisateurs connectés. Il y en avait dans les deux cent cinquante, classés par ordre alphabétique. Il y avait plusieurs isz. « isz5jlm » était le dernier du lot.

Il cogita encore un peu, puis il décida de tenter le coup. Quand il cliqua deux fois sur le nom une petite boîte de dialogue s'afficha. Il tapa :

[Vais bien, merci. Toi aussi j'espère. Mais qui es-tu ?]

Le pointeur de la souris hésita. Peut-être devrait-il laisser tomber. C'était à l'évidence une erreur et il ne gagnerait rien à persister. Au pire, l'autre risquait de faire comme si de rien n'était, auquel cas il se sentirait bien ridicule. Oh, et puis, si c'était ça le pire, alors – une fois encore – pourquoi ne pas tenter le coup ?

Il appuya sur « envoi ».

*
* *

Dehors, il neigeait maintenant beaucoup plus fort et, quand il parla, son souffle dégagea une vapeur qui enveloppa le visage de l'homme en face de lui.

– On a commencé par s'envoyer des e-mails, expliqua-t-il. Il a fallu un mois et demi pour qu'on se voie.

– C'était donc un hasard ?

Scott acquiesça, mais le type regardait les feuilles de papier et ne fit pas attention à lui.

– Il doit y avoir infiniment peu de chances pour que cela se produise, dit-il. Mais tout le monde pense la même chose. On se regarde dans le blanc des yeux et on parle de ce qui aurait pu arriver si... Combien les choses seraient différentes. Vous avez déjà fait ça ?

Scott céda à une velléité de révolte.

– Non !

– Moi, je crois que si. On se dit toujours au début que l'on est des âmes sœurs, que l'on ne pourrait pas être plus heureux, que l'on est fait l'un pour l'autre... C'est ce que tu crois ?

– Oui.

– Bien.

D'un seul coup, le poids s'accrut sur ses genoux, puis disparut complètement lorsque l'autre se leva et sortit.

Il était parti.

Pendant un instant, Scott aurait pu être seul, en pleine forêt. La neige, de l'autre côté de la porte, tombait tranquillement, sans bruit, et le feu se consumait allègrement.

La sérénité, ou presque. Sauf que l'on voyait dans la neige les traces de pas de l'homme. Il était là. Il n'allait pas tarder à revenir.

Scott testa une nouvelle fois ses liens, toujours aussi serrés. Il ne pouvait que se tortiller et s'étirer, pour essayer d'avoir moins de crampes, et encore. Il était en train de devenir raide comme un bout de bois.

Il s'écoula une minute. Puis une autre.

Désormais, les traces de pas, dehors, étaient presque invisibles. Elles étaient déjà en train de se confondre avec le blanc environnant.

Peut-être était-il parti pour de bon.

Mais non, il entendit des pas.

L'individu entra dans la remise et s'accroupit au même endroit que précédemment, semblant occuper tout l'espace de par sa seule présence. Scott sentit de nouveau le poids sur ses genoux. L'homme avait toujours en main les feuilles et le tournevis, mais cette fois il y avait autre chose.

Ça s'apparentait plutôt à une odeur. À une sensation de chaleur.

Il l'entendit souffler de l'air par le nez, soupirer.

– Comme je te l'ai dit, tu as quelque chose que je veux.

Scott secoua nerveusement la tête. Il savait maintenant d'où venaient l'odeur et la chaleur : du tournevis que l'homme avait à la main. Il comprit ce qui s'était passé, il en avait passé l'embout dans les flammes.

L'homme leva le tournevis entre eux, Scott crut voir des tourbillons de vapeur s'élever.

Non, non, non, non, non, non !

– Et tu vas me le donner. Tu as compris ?

L'homme posa les feuilles, tendit le bras pour lui toucher le visage. Scott détourna vivement la tête, mais le type l'attrapa : il lui empoigna les cheveux par-derrière. Lui immobilisa la tête. Il avait une force incroyable. Scott entendit les mots avant même d'avoir eu conscience de les prononcer :

– Non, s'il vous plaît, non, non...

– Est-ce que tu l'aimes ?

Scott ne respirait plus normalement. Trop vite, trop court, uniquement par le nez... Il était devenu une véritable pile électrique, et la tension montait à mesure que son corps l'adjurait de s'enfuir. Seulement, il ne pouvait pas bouger, et ça montait, montait...

──────── **Un sur deux** ────────

Il paniqua, hurla de terreur.
– Est-ce que tu l'aimes ?
– Oui !
– C'est ce que je veux, dit l'homme.
Puis il lui enfonça le tournevis dans l'œil.

3 décembre
21 h 30
Neuf heures cinquante minutes avant le lever du jour

Mark

Dans une rue tranquille et endormie, un déploiement policier a les mêmes effets qu'une alarme hurlant à tue-tête. Les lumières des véhicules se reflètent dans les fenêtres, les coups sourds sur les portes résonnent, les gens qui regardent la télé lèvent les yeux et se demandent ce qui se passe encore. Tout le monde est effrayé.

Sur le perron de Carl Farmer, je regardai le spectacle. On avait bouclé le lotissement au niveau du carrefour avec la rue principale et les véhicules qui se trouvaient de ce côté-ci du cordon de police, quatre camionnettes et trois voitures, illuminaient les lieux de l'éclat bleuté de leurs gyrophares. Dans chaque maison il y avait de la lumière, et les habitants étaient pour la plupart sur le seuil de leur porte. J'entendais le grésillement des radios de police et les gens qui parlaient tout bas.

Dans la soirée, avant que nous ne quittions le commissariat, il s'était mis à neiger. Une fine couche recouvrait désormais le sol, sillonné de traces de pas et de pneus. Ça tombait toujours à gros flocons. Une neige drue, abondante et lourde, qui striait uniformément l'air glacé de cette nuit et se confondait avec l'obscurité. Elle s'accumulait sur les lampadaires et enveloppait la rue d'un halo orange.

Plus bas, les quatre camionnettes étaient éclairées de l'intérieur par des écrans d'ordinateur. Les individus en ciré qui s'attroupaient devant les portières ouvertes faisant obstacle à la lumière. Je repérai mon équipe et regardai ma montre. 21 h 30 : douze heures que j'étais en pleine effervescence. Je fus tenté d'aller me chercher un autre café, mais j'aurais largement le temps de le faire avant les interrogatoires.

Les interrogatoires.

Nous étions dans l'un des secteurs les plus agréables de la ville. J'étais venu en voiture dans ce faubourg fait de grandes maisons qui valaient sans doute une petite fortune, habitées par des familles et des gens plutôt âgés. Ce qui, en principe, aurait dû faciliter l'enquête de proximité si la maison de Carl Farmer n'avait pas été située dans l'un des nouveaux lotissements adossés au canal. On avait beau se trouver là en plein cœur de ce quartier aisé, ce n'était plus du tout la même chose.

Des petites rues partant de l'artère principale permettaient d'accéder à des îlots de cinq ou six maisons. Toutes construites sur le même modèle : en brique marron clair, avec un perron en bois brun et un garage. Dans chaque cuisine, le même plan de travail, les mêmes buffets et les mêmes placards. On avait conçu un seul modèle, que l'on avait ensuite reproduit à l'identique. Des pavillons agréables, que l'on pouvait acheter sur catalogue si l'on ne voulait pas trop se creuser les méninges. La cible privilégiée était le jeune cadre urbain. De ce côté-là de la rue, il n'y avait à coup sûr pas d'esprit de quartier et il était probable que personne ne connaissait vraiment ses voisins. Je les sentais mal, ces interrogatoires.

Respirant une dernière fois l'air froid, je tournai le dos aux gyrophares pour aller dans la cuisine.

Il y avait là deux experts de la police scientifique, qui examinaient méticuleusement tout ce qu'ils trouvaient. Nous avions toutes les raisons de croire que nous avions mis la main sur un nouveau repaire de notre meurtrier. Comme la maison où Andrew Dyson avait été assassiné. L'homme qui se faisait appeler Carl Farmer louait ce pavillon depuis presque un an, et il paraissait inconcevable qu'il n'ait pas laissé de trace de sa présence.

– Vous avez trouvé quelque chose ? demandai-je à l'un d'eux.
– Rien de plus que ça.

Il désigna de la tête le plan de travail de la cuisine, que j'avais vu en arrivant et qu'avaient aussi vu, plus tôt dans la soirée, les agents chargés de l'enquête sur les propriétaires des vans blancs. Il n'y avait là aucun des gadgets ou ustensiles que l'on se serait attendu à trouver : pas de grille-pain, de bouilloire ou d'appareil à croque-monsieur ; pas de miettes ou de taches indiquant que l'on y avait préparé à manger. Il n'était néanmoins pas complètement vide. On y avait déposé un objet juste en face de l'entrée, à l'intention des agents qui allaient venir, et la porte de la maison avait été laissée entrouverte de sorte qu'on le voyait tout de suite en montant les marches du perron.

Il était posé contre le mur.

Des sourcils noirs et broussailleux. Un bouc noir de jais. Des piercings en plastique qui trouaient une peau trop rose.

J'ai contemplé les yeux découpés en pensant à la discussion que nous avions eue à la cafèt'. Il serait difficile de nier le lien entre les affaires à présent. Je n'osai imaginer quelle avait été la réaction de Mercer quand il l'avait vu.

Le masque de diable que Carl Farmer nous avait laissé.

Le salon.

Ou du moins ce qui en tiendrait lieu dans une maison normale.

Il était agencé de façon sommaire : un ensemble fauteuil et canapé en cuir blanc, une simple table en bois avec une chaise, une vieille table basse poussée contre un mur. C'était la seule pièce meublée de la maison, les autres étaient vides et tout indiquait qu'elles n'avaient jamais été occupées. Farmer avait, semble-t-il, opéré à partir du salon et rien n'indiquait où il avait bien pu dormir, si tant est qu'il ait jamais dormi ici. À part le masque, il ne restait qu'une seule chose lui appartenant : un ordinateur portable, ouvert et allumé sur la table d'angle.

Il y avait plus d'animation dans la pièce qu'il avait jamais dû y en avoir du temps où il était locataire. Deux informaticiens s'occupaient de l'ordinateur, pendant que Simon s'entretenait avec deux autres experts de la police scientifique. Au milieu de la pièce, Mercer contemplait le mur, les bras croisés. À côté de lui, Greg et Pete élaboraient des hypothèses. De temps à autre, Pete jetait un coup d'œil à Mercer, visiblement inquiet.

Je traversai la pièce pour les retrouver.

– La location est de combien ? demandai-je.

– Pas donnée, me répondit Pete.

Il avait les cheveux mouillés par la neige, ce qui lui donnait l'air encore plus débraillé que d'habitude. On le sentait épuisé, ce qui ne l'empêcha pas de nous présenter les faits et de nous donner les chiffres sans jeter un seul regard à ses notes.

– 750 livres par mois. J'ai discuté avec le mec de l'agence immobilière. Il était furax qu'on le dérange à une heure pareille.

Greg fit un signe de tête en direction du mur qui avait droit à toute l'attention de Mercer.

– Il sera encore plus furax quand il verra ce que Farmer a fait de la baraque.

L'un des experts de la police scientifique arriva derrière nous.

– Excusez-moi, je dois prendre une photo de ce truc-là.

Nous nous sommes mis sur le côté pendant qu'il réglait son appareil.

Au milieu du mur, l'homme connu sous le nom de Carl Farmer avait écrit le texte suivant :

> *Dans l'intervalle entre les jours,*
> *Vous avez perdu le mélancolique berger des étoiles.*
> *La lune s'en est allée et les loups de l'espace*
>   *[s'installent,*
> *S'enhardissent*
> *Et déciment un à un les membres de son troupeau.*

Tout autour de ce petit poème, le mur blanc était recouvert du même dessin de toile d'araignée que ceux que l'on avait retrouvés sur chaque scène de crime. Si celui-ci avait été réalisé au feutre noir et non avec du sang, il présentait quand même de nombreux points communs avec les autres. Certains n'étaient que des esquisses à peine visibles, d'autres au contraire étaient faits à gros traits, d'autres encore avaient même été effacés et recommencés à plusieurs reprises. Mais la plupart présentaient les mêmes hachures et croisillons sur la toile. C'était, à n'en pas douter, l'un d'entre eux que nous avions trouvé le matin dans la maison de Kevin Simpson. Tout comme celui-ci, il avait l'air beaucoup plus précis et avancé que les autres, qui donnaient souvent l'impression d'être des ébauches. L'effet en tout cas était chaque fois le même : c'était à proprement parler terrifiant. Les toiles d'araignées qui, ici, encerclaient les poèmes évoquaient des sortes de galaxies noires, en spirale autour d'un soleil mort.

Je me demandais ce que tout cela signifiait, pas tant le sens caché des dessins que ces nouvelles découvertes. À quoi pensait-il en laissant ainsi le masque bien en évidence ? Voulait-il nous lancer un défi, nous provoquer ? C'était en tout cas une marque d'intérêt à notre égard, à coup sûr. Quant à ce dessin... était-ce la même chose ? Une mise en scène à notre intention exclusive ? Si c'était le cas, quel message cherchait-il à nous envoyer ? Je ne pouvais pas m'empêcher de penser que pendant que je l'imaginais ici, à dessiner sur le mur, il était sans doute lui aussi en train de se demander à quoi je ressemblais.

Le photographe parti, nous avons repris notre conversation. Pete mit ses mains dans ses poches et renifla.

– Le type de l'agence va arriver.

– Pour l'instant, qu'est-ce qu'on sait de Farmer ? lui demandai-je.

Il laissa Greg me répondre.

– Il a 31 ans. Il n'est pas marié. D'après ce qu'on sait, il n'a pas d'enfants. Pas de casier judiciaire. En théorie, il travaille dans une entreprise de plomberie, même si ce n'est, à mon avis, qu'une couverture, comme tout le reste, sans doute. Les types de la brigade examinent tout en détail, mais pour l'instant on dirait que c'est le même cirque que la fois où il s'est fait passer pour Frank Walker. Encore une fausse identité.

Pete regarda autour de lui, comme si nous étions dans une maison en ruine, et que le plafond allait nous tomber sur la tête. Puis il reprit la parole :

– Selon le type de l'agence, Farmer a réglé une année de loyer d'avance, ce qui, en comptant aussi la caution, fait un total de 9 000 livres. Il doit avoir un foutu paquet d'argent.

– Ce qui veut dire, suggéra Greg, que notre homme a un salaire confortable, quel que soit son métier.

– Il vit de sa fortune personnelle, déclara Mercer.

Je me tournai vers lui. Il examinait minutieusement les motifs sur le mur, comme s'il s'agissait d'un langage qu'il arriverait peut-être à déchiffrer, à condition de le scruter suffisamment longtemps.

– Vous croyez ? fit Greg.

Mercer désigna le mur.

– Regardez-moi ça. J'ai l'impression qu'il a effectué plusieurs tentatives, jusqu'à ce qu'il fût satisfait du résultat. Comme si les toiles précédentes n'étaient que des brouillons. Il progresse. Les motifs paraissent peut-être aléatoires, mais il procède de façon méthodique. C'est important pour lui. Je ne le vois pas du tout aller travailler tous les jours pour gagner sa vie, même confortablement.

Greg n'avait pas l'air d'accord, mais il ne dit rien.

– Il faut l'imaginer ici, enchaîna Mercer d'une voix douce, comme s'il parlait pour lui seul. Il a dû s'y donner à fond pour que ce soit parfait. Il s'y consacre à plein-temps. Le voilà, son métier.

– Il y a aussi le système de surveillance, notai-je.

Mercer me regarda :

– C'est-à-dire ?

– Eh bien, il observe ses victimes. Peut-être pendant des semaines. C'est aussi une activité à temps plein.

Mercer resta un moment à me dévisager, sans ciller, puis il se retourna vers le mur. Il ne s'intéressait pas vraiment à nous. C'étaient les dessins qui mobilisaient son attention. Il essayait de cerner le personnage et j'espérais, sans en être sûr, l'avoir un peu aidé. Je le laissai à sa tâche.

– Et le poème ? demandai-je.

Greg fit la moue.

– On a effectué des recherches préliminaires sur Internet, sans rien trouver pour le moment, mais, à mon avis, c'est Farmer qui l'a écrit. Quel que soit son vrai nom.

Il avait sans doute raison. Ce poème nous semblait destiné, et cela de façon plus explicite encore que le masque de diable posé sur le plan de travail : « Dans l'intervalle entre les jours, vous avez perdu le mélancolique berger des étoiles. » La connotation religieuse du texte avait-elle une signification profonde ? Le tueur se considérait-il comme un loup de l'espace, qui nous décimait systématiquement ?

J'allais poser la question mais Pete me donna un coup de coude et je me tus.

Mercer contemplait toujours le mur, mais il n'avait plus la même expression. Il était maintenant complètement absent, absorbé par ce qu'il avait devant lui. Je le regardai aller d'un dessin à l'autre. Il changea encore d'expression, et cela me fit penser au soleil qui se lève. Il commençait à comprendre, son visage s'éclaira, alors même qu'il laissait venir les choses. Il était sur le point de...

– Monsieur ?

L'un des experts de l'équipe de Greg rompit le charme, depuis l'autre bout de la pièce. Pete se raidit un peu et le fusilla du regard. Mercer garda un visage de marbre. Puis il secoua tristement la tête, comme si le fil qu'il était en train de suivre lui avait brusquement échappé.

Le technicien tendit un document, sans se rendre compte de rien.

— Monsieur, vous devriez regarder ça.

Pete s'en alla chercher le papier et le donna à Mercer.

C'était la copie d'un document du service des permis de conduire. Cela faisait moins de cinq ans que Farmer l'avait renouvelé, aussi sa photo figurait-elle dessus, comme sur tous les nouveaux permis. Les informaticiens l'avaient isolée et agrandie au format A4.

Nous avions enfin un visage.

Carl Farmer n'avait pas l'air commode. Visage maigre, peau rêche, dure et parcheminée, comme si elle avait été contusionnée à maintes reprises et ne s'en était jamais remise. Sur la photo, ses cheveux en bataille étaient figés en un tourbillon. Le regard vide et éteint. Avant tout, ses yeux... On aurait dit des mains ouvertes qui se collent à vous pour vous repousser.

Mercer scruta la photo, comme il l'avait fait avec les dessins sur le mur en l'interprétant. Toute la journée, j'avais remarqué qu'il accordait beaucoup d'importance aux détails de cette affaire, mais ici, dans le repaire de l'assassin, il donnait l'impression d'être passé à un stade supérieur. Il la regardait comme si elle lui communiquait des données sur une longueur d'onde que nous autres ne captions pas. En s'efforçant de garder son calme, d'écouter attentivement. Malgré cela, je sentis chez lui une sorte de panique intérieure, qui semblait le ronger.

Espérons juste qu'on les retrouve avant l'aube, ces deux-là. Car Dieu sait comment il va réagir, si on ne met pas la main sur eux !

Greg nous mit en garde :

— Gardons en tête que ce n'est sans doute pas lui.

Mercer ne leva pas les yeux.

— Tu crois ?

— Ça pourrait être n'importe qui. Il s'est toujours montré très prudent.

– Il reste prudent, Greg. Prudent, compétent et parfaitement maîtrisé. Sauf que cette fois il a mis deux ans à préparer son plan. Et il ne se soucie peut-être pas des mêmes choses.

Greg se détourna :

– Ce serait une erreur grossière de prendre tout ça pour argent comptant. Il n'est pas du genre à commettre ce type d'erreur.

Mercer continua à examiner la photo. Au bout d'une seconde, toutefois, il inclina la tête.

– Tu as peut-être raison. On le saura bien un jour, d'une façon ou d'une autre. Au moins, on a quelque chose.

Il me la passa.

– Vérifiez si les voisins de Farmer ont une idée de l'identité de cet homme.

Mes chaussures crissèrent dans la neige lorsque je descendis du perron et traversai la rue pour rejoindre les membres de mon équipe. Le visage rougi par le froid, ils étaient emmitouflés dans des manteaux noirs.

De sa main gantée, Ross me tendit une tasse en polystyrène.

– Un café, monsieur ?

– Merci.

Ils disposaient déjà de reproductions de la photo de Farmer qui leur était parvenue *via* l'ordinateur de la camionnette. Je leur expliquai qu'il nous fallait savoir quelle impression il avait laissée autour de lui, à quoi il ressemblait, quelle attitude il avait, qui l'avait aperçu pour la dernière fois, quels individus il fréquentait...

– Il a habité ici presque un an. Il doit bien y avoir quelqu'un qui a fait sa connaissance ou qui lui a parlé. Il doit bien y avoir quelqu'un qui au moins l'a vu.

Je regardai les maisons tout autour de l'impasse. La neige, qui tombait maintenant encore plus fort, les dissimulait à moitié.

– Il doit bien y avoir quelqu'un qui lui a parlé, répétai-je.

─── **Un sur deux** ───

On dénombrait en tout seize maisons et appartements, et, en dépit de mes réserves initiales, j'estimai maintenant qu'il y avait de fortes chances que quelqu'un fût en mesure de nous parler de Carl Farmer. Cependant, d'un pavillon à l'autre, on nous fit à chaque fois la même réponse. Non seulement les voisins de Farmer ne l'avaient jamais vu et ne lui avaient jamais adressé la parole, mais même son nom ne leur disait rien. Tantôt on avait aperçu son van dehors, tantôt non. Les rideaux étaient ouverts, ou bien fermés. Il y avait de la lumière aux fenêtres, et il n'y en avait plus. Il avait fait en sorte de ne pas se faire remarquer.

Mes premières impressions, hélas, avaient été les bonnes ! Le lotissement était peuplé de jeunes cadres, financièrement à l'aise, qui voulaient un coin tranquille où passer les quelques heures durant lesquelles ils n'étaient pas au bureau. À la fin de la journée, ils étaient comme des dossiers que l'on range bien séparément, chacun dans son tiroir. Notre homme n'aurait pu choisir meilleur endroit pour établir son repaire.

La sixième maison dans laquelle nous allâmes, Ross et moi, se trouvait en face de celle de Farmer. En haut du perron, une fille se tenait sur le pas de la porte.

Emmitouflée dans un grand manteau noir, elle était appuyée à la rampe : on ne voyait guère que des dreadlocks abondantes de couleur blonde, tombant au-dessus de la grande tasse de café qu'elle tenait dans ses mains. Elle nous fit un petit sourire quand nous nous arrêtâmes devant elle. Je me fis la réflexion qu'elle était bien trop jeune pour avoir les moyens de vivre dans une maison comme celle-ci, ou bien que je ne faisais pas le bon métier.

– Salut.

Je lui montrai ma plaque.

– Inspecteur Nelson. Voici l'agent Ross. Nous sommes désolés de venir vous ennuyer et j'espère que nous n'allons pas vous retenir trop longtemps.

– Pas de problème.
– Comment vous appelez-vous ?
– Megan Cook.
– Enchanté, Megan. Nous essayons de recueillir quelques renseignements sur l'homme qui habitait en face de chez vous.

Elle trempa les lèvres dans sa tasse, dont je humai les effluves. Ce n'était pas du café, mais un chocolat chaud.

– Franchement, je ne pense pas être en mesure de vous dire quoi que ce soit.

– Nous avons interrogé quantité de gens du voisinage. Apparemment, personne ne sait rien.

– C'est normal. Depuis que j'habite ici, j'ai dû parler à trois voisins. C'est comme ça, dans cette rue...

– Oui, j'en ai l'impression. Donc, vous ne connaissez pas monsieur Farmer ?

– C'est son nom ? Désolée. Je ne l'ai jamais rencontré.

– Vous n'avez jamais eu le moindre contact avec lui ?

– Je l'ai vu ce matin.

Elle fronça le nez.

– Ça ne doit pas avoir d'importance, j'imagine.

– Non, mais je le note.

J'avais le ventre noué, mais je m'efforçai de parler d'une voix égale.

– Vous l'avez vu où, et vers quelle heure ?

Elle désigna l'autre côté de la rue avec sa tasse.

– Là-bas. Il est arrivé et s'est garé devant chez lui. Je ne sais plus trop à quelle heure. Sans doute vers 11 heures. Dans ces eaux-là.

Ce n'était pas très précis, mais déjà pas mal. Je fis le calcul. Farmer avait téléphoné à la CCL juste après 8 heures, et on estimait qu'il était parti de chez Kevin Simpson aussitôt après. Trois heures plus tard, il était garé devant chez lui, ou du moins devant l'un de ses points de chute. Qu'avait il fait entre-temps ?

– Vous l'avez vu arriver ? lui demandai-je.

– Oui. J'étais en train de téléphoner près de la fenêtre.

Megan nous expliqua qu'elle travaillait à son compte, la plupart du temps chez elle, comme développeuse Web – il s'agissait donc d'un dossier qui ne sortait jamais de son tiroir. Ce coup de téléphone nous était précieux – en consultant les bases de données, nous saurions à quelle heure précise Farmer était arrivé ici.

– Et auparavant, vous ne l'aviez jamais vu ?
– Je crois pas. J'ai aperçu plusieurs fois son van. Ce doit être pour ça que je l'ai remarqué, ce matin. *Tiens, voilà à quoi ressemble mon voisin !* Vous voyez le genre !

Je lui tendis la photo du permis de conduire.

– Oui, a-t-elle fait tout de suite, c'est bien lui.

Je redoublai d'excitation. Sans vouloir le reconnaître, je craignais, comme Greg, que la photo ne fût pas la sienne. Désormais, nous avions confirmation que c'était bel et bien son visage. Une première identification, il nous en faudrait davantage, mais, à moins que Megan ne mente, il y avait de fortes présomptions pour que ce fût notre homme. Et je n'avais pas l'impression qu'elle nous racontait des histoires.

Je récupérai la photo.

– Qu'est-ce qu'il faisait, quand vous l'avez vu ?
– Il s'est garé puis il est resté assis un instant dans son van. Ensuite, il est entré dans la maison.
– Il y est resté longtemps ?
– Non. Je ne suis restée qu'une minute au téléphone et je l'ai vu ressortir. Ça a été rapide. Après il est remonté dans le van et il est reparti.

Il devait donc déjà avoir « nettoyé » la maison à ce moment-là. Pourquoi était-il revenu ? Même si ça restait à prouver, j'étais quasiment certain qu'il avait fait un saut juste pour nous laisser son masque de diable.

– Qu'est-ce qu'il a fait ? me demanda Megan.
– Je ne peux hélas pas vous le dire !

– Je dois m'inquiéter ?

Je ne répondis rien. J'étais préoccupé par le comportement du tueur. Il avait certes torturé Kevin Simpson une nuit entière, puis l'avait tué à l'aube, en laissant sa signature, mais, cela mis à part, son mode opératoire était très différent des fois précédentes. Le jeu avait changé. Il avait appelé quelqu'un, nous avait fait cadeau de l'enregistrement de la communication. Il nous avait laissé un message, ici, dans cette rue, il savait que nous allions venir. Il avait donc anticipé l'identification du van. Mais il avait commis une négligence incompréhensible, trop énorme pour être vraie, et nous connaissions maintenant son visage. Jamais auparavant il ne nous aurait permis de l'identifier ainsi.

Mercer avait raison lorsqu'il avait fait observer qu'il contrôlait toujours autant les choses. Le fait de revenir ici, par exemple, en toute tranquillité, à une heure où nous aurions déjà pu identifier le van même si cela n'était que peu probable, témoignait d'un étrange sang-froid. Ou d'un scénario génialement conçu. Faire preuve d'une telle maîtrise et commettre une erreur, en prenant le risque d'être identifié par un de ses voisins... pour moi toutes ces incongruités corroboraient l'analyse qu'avait faite Mercer. L'assassin gardait toujours autant le contrôle des choses, mais pas de la même façon qu'avant.

Cette fois, il a mis deux ans à préparer son plan.

Très bien, mais s'il était toujours aussi prudent et méticuleux, cela voulait dire qu'il n'était maintenant plus essentiel, à ses yeux, de cacher son identité.

Pour quelles raisons ?

Megan me regardait d'un drôle d'air. Je réalisai alors que j'avais eu un moment d'absence, à la Mercer. Je me ressaisis et essayai de la rassurer.

– Non, ai-je répondu, il ne reviendra pas ici.

C'était tout ce que je pouvais lui dire. Et encore, je n'en étais pas si sûr...

J'avais décidé de laisser Ross aller interroger seul les deux derniers voisins, car il me fallait archiver les déclarations de Megan Cook et rapporter son témoignage à Mercer.

De retour à la camionnette, je détachai mon magnétophone et le donnai au type qui s'occupait de l'informatique. Pendant qu'on envoyait les données, je regardai l'entrée de la rue et je remarquai que les médias étaient déjà regroupés de l'autre côté du cordon de police. Il y avait des vans et des reporters avec de grosses caméras en équilibre sur l'épaule. Un instant après, je vis Pete qui franchissait le cordon pour revenir vers nous, les mains dans les poches.

La neige tombait toujours à gros flocons, il avait les cheveux trempés, mais apparemment il n'y avait pas que le temps qui le chagrinait, il avait des sujets de préoccupation plus graves que ça. Il avait dû passer un bon bout de temps à raconter des salades aux journalistes, ce qui n'était jamais très agréable. Ils sentent toujours quand on les mène en bateau et vous en gardent souvent rancune.

Il réintégra la maison de Farmer. Mercer était en haut du perron, silhouette sombre appuyée à la rampe, le regard perdu dans le lointain, bien au-delà du cordon de police qui barrait la rue.

De loin, son dos tourné vers moi, toutes les interprétations étaient possibles. Je l'imaginai perdu dans ses pensées, en train de regarder la nuit, sans se soucier de la neige qui tombait. Peut-être était-il simplement épuisé. Son apparente indifférence à la tempête était-elle un signe de force ou de désespoir ?

Lorsque Pete arriva à sa hauteur, Mercer ne sembla même pas le remarquer. Il s'arrêta à côté de lui et s'appuya lui aussi à la rampe pour regarder la nuit, comme s'il essayait de partager quelque chose avec Mercer. Ils demeurèrent silencieux. Deux silhouettes sombres côte à côte dans la neige.

On est ici pour le soutenir.

— Je vous laisse terminer, ai-je dit aux agents derrière moi.

Sur ce, la photo à la main, je suis retourné vers la maison.

3 décembre
22 h 40
Huit heures quarante minutes avant le lever du jour

Jodie

Quand il l'avait laissée seule, Jodie s'était empressée de suivre les conseils de sa voix intérieure et avait pris la mesure de la situation. Où était-elle, et de quoi disposait-elle pour éventuellement s'enfuir ?

Là où elle était, à condition de ne pas être trop exigeante, elle pouvait s'en faire une idée assez claire. L'homme au masque de diable les avait obligés à s'enfoncer dans la forêt, pour les conduire à l'endroit qu'il avait visiblement en tête depuis le début.

C'était une clairière dans laquelle les attendait un tas de bois qu'il avait dû préparer plus tôt dans la journée. Il avait mis de grosses bûches les unes sur les autres, qu'il avait recouvertes d'une grande plaque métallique rouillée en équilibre sur quatre colonnes de pierre, pour les abriter des intempéries. On distinguait à l'extrémité de la clairière plusieurs vieux édifices de pierre, la plupart réduits à leurs fondations.

La plupart sauf deux, en réalité.

Le type avait ordonné à Scott d'attendre à côté du tas de bois. Scott avait obéi, restant là, immobile, tête basse. D'un signe de son couteau, il avait montré à Jodie un des édifices de pierre. Le message était clair. Elle y était allée, l'homme derrière elle, et s'était penchée pour entrer à l'intérieur.

C'était une vieille remise, dans laquelle on avait à peine la place pour se retourner. Dans le fond, des dalles de granit empilées les unes sur les autres, pleines de mousse et de toiles d'araignées grises et poussiéreuses. Les murs étaient dans le même état – striés de veines vertes, couverts de poussière grise.

Elle s'était arrêtée, mais il l'avait forcée à avancer.

– Assieds-toi.

Elle s'assit.

Le type resta un moment sur le seuil de la remise, puis il claqua la porte en bois et la pièce se retrouva plongée dans l'obscurité la plus totale. Elle se sentit perdre courage. Une seconde plus tard, elle entendit un déclic métallique lorsqu'on donna un tour de clé.

C'était tout. Pas d'autres ordres ou menaces. Rien.

Seule dans le noir complet.

Sans rien à observer, la petite voix se trouva prise au dépourvu et Jodie céda un instant à la panique, une vraie panique : elle eut l'impression que l'obscurité se zébrait de petits éclairs lumineux, causés en fait par la tension nerveuse. Finalement, elle parvint à se calmer, sans trop savoir comment.

Où es-tu ?

Quelles sont les informations dont tu disposes ?

Des questions lancinantes auxquelles elle devait bien tenter de répondre.

À trois, quatre ou même cinq kilomètres en forêt, menottée dans une vieille bâtisse glaciale. Une remise, l'endroit où l'on stocke des choses dont on n'a pas besoin dans l'immédiat. Un plan bien arrêté, ne laissant pas de place au hasard : les bûches toutes prêtes lors de leur arrivée dans la clairière. L'homme avait tout prévu.

Son sac, également. Il avait apporté des choses avec lui. De quoi pouvait-il avoir besoin ?

Tiens-t'en à ce que tu sais, lui suggéra la voix.

Peu après que la porte se fut refermée, une lueur orange et vacillante apparut sur le côté : le type avait allumé le feu. Il devait avoir de l'essence car il avait pris rapidement. Elle l'entendit crépiter, le bois commença à se boursoufler et à craquer. Presque aussitôt, elle sentit une odeur de fumée.

Concentre-toi. De quels éléments disposes-tu ?

Son sac à main avait disparu, évidemment, ainsi que son portable. L'homme n'était pas stupide. Quoi d'autre ?

Fouiller dans ses poches les mains menottées par-devant n'était pas un exercice aisé. Et l'exiguïté des lieux n'arrangeait rien. Elle s'y employa de son mieux malgré tout. Dans les poches de son pantalon, elle sentit les clés de la maison et de la monnaie. Cela lui ouvrait-il des perspectives ? Elle avait pris des cours d'autodéfense à la fac, et il lui revint certains conseils que son prof lui avait donnés. On pouvait jeter des pièces de monnaie à la tête d'un agresseur. Serrer ses clés entre ses doigts, pour en faire un poing américain. C'était vraiment quand il n'y avait plus aucune autre possibilité, en dernier recours. Mais bon, une solution, même désespérée, est meilleure que pas de solution du tout. Il ne fallait rien négliger.

Ensuite, le manteau. Elle avait de vieux papiers dans ses poches, même son prof d'autodéfense n'aurait pas su quoi en faire. L'iRiver dans sa poche intérieure. Au moins, elle avait ça. Un spécialiste de l'électronique aurait sans doute pu le trafiquer pour envoyer un appel de détresse, mais Jodie, elle, ne voyait pas du tout à quoi il pourrait lui servir. Elle se souvenait vaguement qu'on pouvait capter la radio, mais elle ne l'avait jamais fait et ne savait pas comment s'y prendre.

On allait peut-être parler d'eux aux infos.

Il faisait nuit maintenant, ce qui voulait dire qu'elle avait déjà disparu depuis un bon moment. Qu'est-ce qui avait bien pu se passer lorsqu'elle n'était pas revenue travailler l'après-midi ? Sans doute rien. Il n'y avait pas lieu d'espérer que l'on batte la forêt pour essayer de les retrouver. Michaela avait sans doute rappelé à ses supérieurs qu'elle avait été malade la veille. Peut-être avaient-ils essayé de la joindre sur son portable, qui était éteint, ou bien chez elle où il n'y avait personne. Cela n'avait pas dû les inquiéter outre mesure. Peut-être que quelqu'un avait vu ou entendu quelque chose lorsque le type avait agressé Scott dans l'appartement ?

De toute façon, même s'ils étaient portés disparus, la police n'aurait aucune idée de l'endroit où ils étaient retenus.

Ils étaient seuls ici. À la merci de cet individu.

Jodie ne pouvait pas s'empêcher de penser à Kevin. Cela la désespérait, elle se sentait plus coupable que jamais, et pourtant c'était plus fort qu'elle. Comment avait-elle pu faire ça à Scott ? Leur faire ça ? Elle pensa à sa façon d'être ces derniers temps, tout ce qu'elle lui avait fait endurer, en se disant qu'elle n'aurait peut-être jamais l'occasion de s'expliquer avec lui.

La petite voix lui conseilla de penser à autre chose.

C'est alors que Scott se mit à hurler.

Elle revint brusquement à la réalité et son cœur se mit à battre la chamade.

C'était un bruit affreux, le pire de tous, et plus que jamais elle eut envie de rejoindre Scott, de l'aider, d'empêcher l'homme de faire ce qu'il était en train de faire, quoi que cela fût.

Calme-toi.

Les hurlements continuaient.

Elle avait envie de se jeter contre les murs en pierre jusqu'à ce qu'ils s'écroulent, de donner des coups de pied dans la porte, jusqu'à ce qu'elle se fissure, mais elle resta assise, à trembler de terreur, et se mit à pleurer de dépit.

Elle était ligotée dans la forêt, devant un feu de camp. Un monstre tout droit sorti d'un cauchemar était en train de torturer Scott, de le torturer par pur plaisir. D'individus, ils étaient devenus de simples jouets. Elle... ils allaient mourir ici. Souffrir atrocement, et puis mourir.

Les hurlements continuèrent encore et encore. Jodie se balançait lentement sur place, en essayant de ne pas écouter. Par moments, ça se calmait, elle entendait alors le type parler doucement à Scott et Scott lui répondre, et cela avait quelque chose d'une atroce complicité, d'une intimité ignoble. Parfois, elle l'entendait sangloter. Mais le pire, c'étaient les hurlements : à vous déchirer l'âme. On aurait dit les cris d'un animal.

C'en était trop. Elle flanqua un coup de pied dans la porte, celle-ci était vieille mais solide, elle ne céderait pas. Elle essaya de glisser les doigts dans les interstices, entre le bois et la pierre, pour la secouer. Elle remarqua un petit trou au bord de l'encadrement, en haut de la porte, dans lequel elle pouvait glisser un doigt entier, pour essayer ensuite de tirer. Ça ne donna rien.

Alors elle y colla l'œil. Elle vit le feu brûler, les flammes lécher l'intérieur de la vieille plaque de métal. La neige tombait en rafales, sans bruit, et le sol en était recouvert.

Pendant un bon moment, rien d'autre.

Elle n'en continua pas moins de regarder par l'interstice. Finalement, l'homme au masque de diable arriva de l'autre bout du camp et s'arrêta auprès du feu, un tournevis à la main. Elle retint son souffle.

Il s'accroupit à côté d'un des piliers en pierre et passa l'extrémité de son outil dans la flamme. En le tournant tranquillement, au milieu de la neige qui tombait.

Quelque chose prit feu, au bout du tournevis, et flamba quelques secondes.

Jodie se rassit. Elle ne supportait pas.

Malgré tout, elle ne pouvait faire autrement que d'entendre. Il fallait qu'elle trouve une solution pour s'isoler complètement, ne plus subir ça, ne plus rien voir, ne plus rien entendre.

Ne renonce pas.

La petite voix n'avait plus l'air très sûre d'elle. Elle n'en répéta pas moins son conseil.

Ne renonce pas. Tout peut te servir le moment venu.

Si bien que Jodie supporta les hurlements de Scott, ses pleurs. Elle serra les dents et s'efforça de tirer le meilleur parti possible de cette situation – pour l'instant cela remplissait son cœur d'une haine qui lui serait peut-être utile, le moment venu. L'homme qui faisait ça allait payer pour chaque seconde. Dès qu'elle en aurait l'occasion.

Et jamais elle ne lui permettrait de lui faire subir la même chose.

On va s'en sortir. Et tu le feras payer pour ce qu'il a fait.

Les bruits s'arrêtèrent. Elle n'entendait plus que le feu. Elle attendit, mais il n'y eut pas d'autre hurlement. Plus de discussion à voix basse. Plus de pleurs. Rien que le crépitement et le grésillement des flammes qui dévoraient le bois. Elle retint son souffle, comptant tout doucement jusqu'à dix, puis jusqu'à vingt. Avant de recommencer, encore et encore. Rien.

Scott était-il mort ?

Tout devint alors un peu confus. Elle se rappela s'être réveillée à ses côtés ce matin, et ça lui sembla très loin. C'était impossible qu'il ne fût plus là. Si elle n'était pas déjà assise, elle serait tombée. Elle s'affaissa, sentit un grand froid l'envahir, de nouveau les éclairs lumineux dans ses yeux. Elle allait s'évanouir – en réalité, elle en avait envie, puis elle reprendrait connaissance quand tout serait fini, à moins qu'elle ne se réveille plus jamais.

Fais attention !

Non. Elle n'en pouvait plus de l'entendre, cette voix. Jusqu'alors, elle avait fait tout ce qu'elle lui demandait et ça ne l'avait menée nulle part. Elle pouvait le frapper avec ses clés, certes, lui jeter son argent au visage. Elle savait à peu près où elle était. Mais rester calme ne servait à rien. Scott était mort maintenant. Arrêter d'écouter cette voix. Ne plus penser à rien.

En se contorsionnant, elle réussit à sortir les câbles de l'iRiver de son manteau. Ses mains tremblaient de peur, de froid. Un écouteur, puis l'autre. Elle appuya sur la touche pour allumer l'appareil. Quelques secondes s'écoulèrent. Puis un bip. Elle entendit une musique, faiblement – le morceau qu'elle écoutait tout à l'heure, sur le terrain vague, et qui reprit là où il s'était arrêté. Puis elle augmenta le volume, de plus en plus fort, pour couvrir le crépitement du feu, pour chasser toutes ses pensées, pour s'assommer.

Elle ferma les yeux et les garda fermés lorsqu'elle sentit, quelques minutes plus tard, un souffle sur son visage, alors que la porte de sa cellule s'ouvrait. Elle s'efforça, ensuite, d'ignorer ce qu'il lui raconta et de ne penser absolument à rien.

Troisième partie

C'est paradoxal, mais on constate fréquemment que les faits viennent semer la confusion dans une enquête. Plus on en découvre, et plus on a du mal, parfois, à y voir clair. En tant que responsable d'une équipe, vous êtes sans cesse tenu au courant des derniers développements, à charge pour vous de faire le tri entre ce qui est important et ce que l'on doit laisser de côté dans un premier temps. C'est l'une des choses les plus difficiles qui soit. Au fur et à mesure que l'investigation progresse, souvent de façon inattendue, et que l'on essaie d'assembler les faits, il est fréquent de se retrouver devant « l'arbre qui cache la forêt ».

De sorte qu'il est indispensable de prendre, de temps à autre, un peu de recul. Même si les faits proprement dits – et les éléments de preuve qui les accompagnent – sont la pierre angulaire de l'affaire, on n'en risque pas moins de s'y noyer et de se perdre dans les détails. Auquel cas on n'a d'autre solution que de faire un pas de côté. Plutôt que de coller aux faits, il faut prendre de la distance, de manière à avoir une vue d'ensemble.

Extrait de *Le mal est fait*, de John Mercer.

4 décembre
0 h 45
Six heures trente-cinq minutes avant le lever du soleil

Mark

Il était presque 1 heure du matin. Il continuait de neiger et toutes les routes étaient blanches. Il fallait faire preuve de prudence, surtout après une journée aussi bien remplie. Malgré tout, Greg ne tenait le volant que d'une main. De l'autre, il faisait le décompte des symptômes et des traumatismes probables, et il n'arrêtait pas de me lancer des coups d'œil, pour vérifier que j'étais attentif. Pas de craintes à avoir de ce côté-là !
– Hypothermie, dit-il. Engelures, état de choc. Et Dieu sait quoi encore. Putain, regarde-moi un peu ce temps !

À travers le pare-brise, une neige silencieuse, drue et incessante. Les essuie-glaces dégageaient la vue, et l'instant d'après une poignée de baisers blancs et mouillés venait s'écraser sur la vitre. Le chauffage était à fond, j'avais malgré tout les mains encore engourdies d'être resté si longtemps devant chez Carl Farmer.

Mercer et Pete roulaient devant, Simon les suivait, nous nous dirigions tous vers l'hôpital. J'avais fait le tour de la ville la veille en reconnaissance de mon entrée en fonction, mais la neige et le brouillard effaçaient les quelques repères que j'avais pris. Il me semblait que nous étions près d'arriver, à supposer, évidemment, que la voiture n'aille pas s'écraser dans un fossé.

Nous avions appris la nouvelle au moment où je finissais d'archiver les rapports de mon équipe. Deux heures plus tôt, au nord de la ville, un homme à moitié nu était sorti en courant des bois et s'était précipité sur la rocade, où il avait failli se faire écraser par une voiture. Ses occupants, Neil et Helen Berry, s'étaient arrêtés *in extremis* et avaient appelé la police. L'individu affirmait qu'on les avait enlevés, son amie et lui, et qu'on les avait gardés en otage dans les bois, où la fille se trouvait toujours. La dépêche précisait qu'il souffrait de blessures multiples, sans entrer dans les détails.

Prendre un couple en otage en plein milieu de la forêt n'avait certes pas grand-chose à voir avec le mode opératoire de notre tueur. Mais le rapport nous donnait le nom du blessé. Un certain Scott Banks. Et sa copine s'appelait Jodie McNeice.

C'était largement suffisant.

Moins d'un quart d'heure après avoir appris la nouvelle, nous étions sur la route pour aller l'interroger.

– Les médecins ne vont pas nous laisser lui parler cette nuit, supposa Greg.

– On ne sait jamais.

Cela allait dépendre de l'état dans lequel il était, ce dont nous n'avions encore aucune idée précise.

À voir comme j'étais transi de froid, et pourtant je m'étais bien couvert ce soir-là, Greg avait sans doute raison de parler d'hypothermie et d'engelures. Et si ses autres blessures étaient plus graves encore, les médecins ne nous laisseraient pas nous approcher de lui avant un bon moment.

D'un autre côté, Mercer ne renoncerait sans doute pas aussi facilement. Dans la maison de Farmer, nous avions tous eu l'impression d'avancer à l'aveugle, sans savoir où nous allions. Nous avions jusqu'au lever du jour pour retrouver les prochaines victimes de l'assassin, mais nous ne disposions alors d'aucune piste pour orienter nos recherches. Et Mercer n'avait pas l'air beaucoup plus avancé que nous. Quand je lui avais annoncé que quelqu'un avait reconnu Farmer sur la photo du permis de conduire, il m'avait écouté d'une oreille distraite, visiblement préoccupé par autre chose. Après tout, des vies étaient en jeu. Et il était dans l'attente que quelque chose se produise, qu'on lui donne un début de piste, impatient et contrarié de ne rien voir venir de substantiel. Quand la nouvelle était tombée, c'était comme s'il l'avait attendue depuis le début. Ça l'avait galvanisé, il était à nouveau débordant d'énergie.

– Tu as déjà interrogé des victimes ? me demanda Greg.

– Évidemment.

Jamais personne dans ce genre de situation, il fallait bien le reconnaître, mais j'avais une certaine expérience avec les victimes de traumatismes et je savais ce que je faisais.

– Tu appréhendes ?

– Pas vraiment. J'ai surtout hâte d'y être.

Ce qui était vrai, d'une certaine façon. D'un point de vue purement pratique, j'avais enfin l'occasion de montrer mes compétences et de faire avancer l'enquête. Mais j'étais aussi bien plus nerveux que je ne voulais l'admettre. J'avais en tête le film de l'interrogatoire de Daniel Roseneil, je savais que cela n'allait être ni facile ni agréable, mais poser des questions aux victimes ne l'est jamais vraiment. Et surtout, je commençais à ressentir sérieusement les effets de la fatigue.

Je regardai ma montre.

– Je suis crevé.

– Moi aussi.

Une minute après, Greg tourna à gauche pour suivre Pete et Simon sur le parking des urgences. Par endroits, le sol était recouvert de neige, ailleurs, celle-ci avait fondu sous les pneus, dont on voyait les traces dessinées dans la boue. Pete et Simon allèrent se garer tout au bout, au niveau des ambulances, au plus près de l'accueil dont le puissant éclairage nous avait presque aveuglés à la sortie du virage. Greg se gara à côté d'eux.

Deux employés des urgences, en combinaison verte, fumaient devant l'entrée. Nous leur fîmes un signe de tête en passant devant eux. Ils nous saluèrent en retour, nullement impressionnés de voir cinq flics débarquer en pleine nuit.

La réception se trouvait à gauche des portes coulissantes. Il y avait quelques rangées de chaises en plastique orange, des tables en métal et des distributeurs automatiques. La moitié des sièges était occupée. Deux adolescents se balançaient sur leurs talons, en face d'un troisième, assis, l'air hébété, qui tenait son front ensanglanté. Un type en jean, plus âgé, était allé s'asseoir contre le mur du fond, l'air souverain, les bras croisés haut sur la poitrine comme pour mettre en valeur un teint écarlate dû à des années de boisson. Un peu plus loin, un couple encadrait une petite fille en larmes, qui tendait son bras comme s'il s'agissait d'un oiseau mort qu'elle avait trouvé dans le jardin. Un poivrot était écroulé dans un coin. Une vieille femme maigre, la peau couleur vinaigre, attendait dans une chaise roulante. Trois couples plus jeunes étaient également assis là, les hommes avaient tous le teint rougi par l'alcool.

Je me rappelai mon arrivée dans les locaux de la police ce matin... je m'étais dit qu'ils ressemblaient à la salle d'attente d'un médecin. Là, je traversais la salle d'attente d'un hôpital et j'avais l'impression de me retrouver dans un local de garde à vue. Je sentis tous les regards se porter vers nous lorsque nous nous arrêtâmes devant la réception.

En haut, des messages numériques à l'intention des gens qui patientaient s'affichaient en rouge sur un écran électronique. « L'ordre d'arrivée ne coïncide pas avec celui des examens... De l'importance des blessures dépend l'ordre de passage... Attente moyenne : deux heures. » La réception ressemblait à n'importe quel bureau, et l'on y entendait les mêmes bruits : les sonneries étouffées des téléphones, les doigts qui courent sur des claviers, le bourdonnement discret de l'informatique. Une jeune infirmière était assise derrière le guichet. Elle leva les yeux et sourit. Mercer se pencha vers elle sans lui rendre son sourire.

–Inspecteur John Mercer, dit-il. Je cherche le docteur Li. Au sujet de Scott Banks.

Un sur deux

– Un instant.

Elle décrocha le téléphone, composa un numéro. Derrière nous, les jeunes couples s'agitaient. Les hommes, qui ne se rendaient pas compte que nous étions là, ou que cela laissait indifférents, faisaient semblant de se battre, mimant sans doute la bagarre qui les avait conduits ici. L'un d'eux décochait des uppercuts dans le vide, fier de montrer comment il s'était débarrassé de son assaillant. C'était déprimant au possible.

– Prenez sur la gauche, le couloir là-bas, nous dit l'infirmière qui se pencha pour nous montrer le chemin, salle d'attente n° 11.

– Merci.

Nous avons longé le couloir. La salle d'attente n° 11 était une petite salle de consultation exiguë où nous avions du mal à tenir tous les cinq. Il n'y avait rien où s'asseoir, à part un lit qui nous arrivait à la taille et sur lequel on avait disposé, par-dessus les couvertures, une bande de papier de soie issue d'un distributeur accroché au mur. En face, un chariot sur lequel étaient posés des ustensiles de base : bandages, aiguilles, thermomètres. Dans un coin, une grande lampe inclinable. Rien qui inspirait confiance. On aurait dit un local aménagé à toute vitesse dans une zone sinistrée...

Le mur du fond n'était en fait qu'un rideau à moitié tiré qui nous isolait d'une salle plus vaste, grouillante de monde. J'entendais des gens discuter, des bruits de pas, du métal qui cognait sur du métal, de l'eau qui coulait...

On nous fit attendre un bon moment. Mercer regarda sa montre à plusieurs reprises.

– Où est-il ?

– Sans doute en train de sauver la vie de quelqu'un, suggéra Greg.

Mercer passa la tête de l'autre côté du rideau.

– Excusez-moi ! Docteur Li ? Oui ? Non ?

Apparemment, c'était non. Il se retourna vers nous et nous attendîmes encore quelques minutes. J'étais tout aussi impatient que les autres de voir le docteur Li. Je voulais savoir dans quel état était Scott et surtout si j'allais pouvoir l'interroger cette nuit.

Le docteur Li finit enfin par écarter le rideau, qu'il tira ensuite brusquement derrière lui. La blouse blanche bien tendue sur sa forte carrure, il était petit et trapu, les cheveux noirs rasés de près. Il n'avait pas l'air d'aimer se laisser marcher sur les pieds et l'expression sur son visage indiquait clairement qu'il tenait à rester seul maître à bord. Ça n'allait pas être une partie de plaisir.

Li sortit un crayon et un clipboard avant de s'asseoir sur le bord du lit.

– Désolé de vous avoir fait attendre. On a une nuit chargée.

Mercer cacha son impatience, préférant lui montrer sa plaque.

– Nous sommes là pour le jeune homme qui a été renversé par une voiture sur la rocade.

– Scott Banks. Il n'a pas été renversé par une voiture, mais c'est tout comme.

– Que pouvez-vous nous dire à son sujet ?

– Pas grand-chose. D'après nos archives, nous l'avons déjà eu deux ou trois fois en consultation, mais jamais pour quelque chose de grave. Les informations de base sont dans le dossier : son adresse, sa date de naissance, etc.

– Ça nous sera utile.

– Je vais demander à l'accueil de vous les communiquer.

– Il prétend qu'il a été séquestré dans la forêt, c'est ça ?

– Oui. Mais il reste très vague sur ce qui lui est arrivé.

Il nous résuma les faits.

Banks se rappelait avoir été agressé chez lui, dans l'après-midi. À partir de là, il ne gardait plus que des souvenirs incohérents. Un van, dans lequel il était attaché. Un homme portant un masque de diable, qui lui avait fait du mal. Sa copine Jodie, qui criait. Puis lui qui courait, perdu, effrayé, dans les bois où il faisait un froid de loup.

Il n'y avait pas moyen de déterminer encore la logique exacte de tout ça, mais le docteur Li nous en avait dit suffisamment. Scott et Jodie. Un homme au masque de diable.

Il me fallait réfléchir vite à la façon dont j'allais mener l'interrogatoire, à supposer qu'on me laisse voir Scott ce soir. À l'instar de Daniel Roseneil, il ne gardait de ces dernières heures que des souvenirs décousus, et il y avait de bonnes raisons à cela, des raisons douloureuses, traumatisantes. Il me faudrait y aller en douceur.

– Simon, fit Mercer, va me chercher le dossier à l'accueil, et fissa.

– C'est comme si c'était fait.

Mercer se retourna vers Li.

– Il faut que nous parlions à Banks dès que possible.

Li fit signe que non.

– Je regrette, mais il n'est pas en état d'être interrogé. On l'a opéré et il a besoin de se reposer. Il ne demande pas mieux que de vous aider mais, chaque fois qu'il essaie de se souvenir de quelque chose, il se bloque (il se passa la main sur le visage), et c'est le vide. Impossible donc, que ce soit physiquement ou psychologiquement, de lui faire évoquer ce soir ce calvaire. C'est trop lui demander.

Li avait parlé de façon ferme, autoritaire et définitive. C'était comme ça, et pas autrement. Je pensai que Mercer allait insister mais il se contenta de hocher la tête.

– On l'a opéré ? Quel genre d'opération ? Que lui a-t-on fait ?

Li baissa légèrement la tête.

– Une opération de l'œil, en urgence. On ne pouvait pas le sauver, mais il fallait nettoyer la plaie pour éviter qu'elle ne s'infecte. Et pour répondre à votre question, on dirait que l'on s'est servi d'un morceau de métal brûlant.

Mon Dieu !

Mercer se contenta de hocher la tête, une fois de plus.

– Sans doute un tournevis, dit-il au médecin. L'homme qui lui a fait ça s'en est déjà servi par le passé.

Il attendit un instant, avant de reprendre.

– Quoi d'autre ?

Li avait l'air mal à l'aise.

– Il est drôlement amoché. Il présente de nombreuses entailles et brûlures sur le visage, la poitrine et les bras.

– Des blessures consécutives à des actes de torture ?

– Je n'ai guère l'habitude de ça. Mais oui, j'imagine.

– Des actes de torture, infligés par un inconnu...

Li réfléchit un instant, semblant peser ses mots.

– Oui, les blessures correspondent à des actes visant à le faire souffrir, plutôt qu'à le maîtriser ou à le tuer. C'est clair.

– On lui a crevé un seul œil. Vous savez pourquoi ?

Question de pure forme, puisque Li, évidemment, n'en savait rien. Mercer reprit aussitôt :

– Pour que Banks puisse voir sa copine se faire torturer, quand son agresseur en aurait fini avec lui.

Li blêmit. Je me sentis également défaillir. Je n'avais pas souvenir d'avoir vu cette théorie figurer dans les rapports. Je regardai Pete. Il était de marbre, mais je réalisai qu'il avait percuté, lui aussi. Avec un peu de recul, ça tombait sous le sens. Le petit jeu de l'assassin ménageait autant de revirements que les participants pouvaient en supporter. L'un des raffinements consistait à forcer ceux qu'il torturait à assister aux souffrances infligées à ceux qu'ils aimaient. Il n'avait ainsi jamais crevé les deux yeux ou les deux tympans de ses victimes, qui avaient toujours pu voir et entendre ce qu'il faisait subir à leur conjoint.

Les victimes. Je me serais giflé. Il était tellement facile d'oublier que nous parlions d'êtres humains ! D'un homme comme moi, en l'occurrence. On avait éborgné Scott, cela signifiait que quelqu'un lui avait immobilisé la tête, avant de lui enfoncer dans l'œil un tournevis brûlant. J'avais du mal à imaginer la peur, la terreur, la douleur qui s'étaient ensuivies et qui me paraissaient intolérables.

– Quoi d'autre ? demanda Mercer.
Li se racla la gorge.
– Trois doigts cassés.
– Continuez.
– Ses voûtes plantaires. Elles ont aussi subi de graves brûlures. N'oubliez pas non plus qu'il a cavalé dans la forêt par ce temps, si bien qu'il souffre aussi d'hypothermie et d'engelures.
Mercer soupira.
– Avez-vous déjà vu un cas de ce genre, docteur ?
– Je ne vois pas où vous voulez en venir.
– Vous ne voyez pas...
Il leva les yeux.
– Eh bien, voilà, reprit-il. Trois personnes souffrant de blessures analogues ont été soignées dans votre hôpital. Deux hommes et une femme. Vous êtes-vous occupé d'eux ?
Li cligna des yeux.
– Non.
– Vous en êtes sûr ?
– Je suis sûr que je m'en souviendrais.
– Moi aussi, j'en suis sûr. On est derrière le coupable de ces agressions depuis des mois. Et je peux vous dire que je connais parfaitement l'effet que peuvent avoir ses crimes, même sur des professionnels aguerris.
– Inspecteur...
Mercer leva la main.
– Lorsque Scott Banks dit que sa copine est en danger, il a parfaitement raison. À l'heure qu'il est, ce type doit être en train de lui faire subir exactement la même chose. Et tout ce qu'on va gagner cette nuit, c'est de la voir arriver avec des blessures aussi insupportables que celles de Scott. Si ce n'est pas le cas, c'est parce qu'il l'aura tellement esquintée qu'elle n'aura pas survécu.
Li voulut dire quelque chose, mais il se retourna et regarda le rideau.
Mercer laissa le silence jouer en sa faveur.

Lorsque Li nous fit à nouveau face, Mercer me montra du doigt.
– Voici mon collègue, l'inspecteur Nelson. Mark ?
– Enchanté, dis-je.
Le docteur me jeta un regard. On le sentait agacé.
– Il va falloir que l'inspecteur Nelson interroge Scott Banks, expliqua Mercer. Avez-vous un conseil à lui donner ?

Malgré tout le bruit et les signes d'activité qu'il y avait de l'autre côté du rideau, les bips des appareils, les gens qui s'affairaient, il semblait régner dans la pièce où nous étions un silence pesant. Il s'écoula quelques secondes, puis Li posa le clipboard sur ses genoux, se frotta l'arête du nez et soupira.
– D'accord, dit-il. Fini les conneries. Notez dans vos rapports que je m'oppose formellement à l'interrogatoire de ce patient. Ce n'est pas dans son intérêt et il est de mon devoir de le soigner. Il a besoin de se reposer et qu'on le laisse tranquille. Il a aussi besoin de temps pour se remettre.
– Soit.

Je reconnus le ton de la voix de Mercer. L'affaire était réglée, et il s'intéressait déjà au prochain obstacle que nous aurions à affronter. La vérité, c'est qu'il se foutait totalement du bien-être de Scott Banks. Il voulait avancer.
– Tout ça, reprit-il, il pourra l'avoir demain. Et, avec un peu de chance, Jodie aussi.
– Jodie... C'est pour elle que je vous laisse interroger Scott.

Li semblait s'attendre à ce que Mercer consigne sa déclaration. Il fut déçu.
– Du moment que l'on prend note de mes objections... conclut-il.
– C'est fait, répondit Mercer. Y a-t-il, ici, des agents de sécurité ?
– Oui.
– Pourriez-vous, s'il vous plaît, faire en sorte d'en mettre un en faction devant la porte de Banks ? Il ne court vraisemblablement aucun danger, mais je ne veux pas prendre de risques.
– Bien sûr.

Un sur deux

Mercer se leva.

– Il va aussi falloir nous mettre une salle à disposition. Certains d'entre nous vont peut-être devoir passer toute la nuit ici. Trouvez-nous un endroit où nous installer pour travailler.

Ce n'était pas vraiment une question, mais Li fit oui de la tête.

– Je vais voir ce que je peux faire.
– Merci, docteur.
– Je reviens tout de suite.

Il tira le rideau et quitta la salle d'attente. Mercer referma le rideau derrière lui, puis se retourna vers nous.

– On y est, soupira-t-il. Qu'en pensez-vous ?

Ce que j'en pensais avant tout, c'est que Mercer avait l'air complètement épuisé. Il s'était bien défendu avec Li, mais c'était comme si les dernières heures l'avaient laissé sur le carreau. Même si les néons accentuaient son teint cireux et les cernes sous ses yeux, il n'y avait pas que ça. Il était avachi, comme quelqu'un mort de fatigue, et ne montrait aucun signe de vivacité. On aurait dit qu'il économisait ses mouvements.

Cela dit, je suppose qu'il en allait de même pour nous tous.

Adossé au mur, Pete regardait le bout de ses chaussures.

– Il procède désormais d'une façon complètement différente, dit-il lentement, sans lever les yeux.

Mercer approuva de la tête. Et prit à son tour la parole.

– Il emmène l'homme et la femme dans la forêt, au lieu de les séquestrer chez eux... Oui. Le jeu revêt désormais une tout autre forme et une étape vient de s'achever. Quoi de neuf, à ce stade ? Allez, Pete, ne t'endors pas avant moi ! Raconte-nous ce qui s'est passé.

Pete se décolla tout doucement du mur, pour aller s'asseoir sur le lit. Tête basse, il se frotta les mains, comme s'il les lavait dans cet air tiède et malsain.

– Banks se fait enlever chez lui, dit-il. On le conduit dans la forêt avec sa copine. Là, on le torture. Il s'enfuit à travers bois, jusqu'à la route.

– Pas très développé tout ça.
Mercer contempla le haut du crâne de son assistant et enchaîna.
– OK. Banks a été torturé, de sorte qu'il existe une certaine corrélation entre ce crime et les précédents. Si l'on part du principe que l'assassin joue au même jeu, Banks se retrouve parmi nous plus tôt que prévu. Le jour ne s'est pas encore levé. À mon avis, il y a deux explications possibles. Greg ?
L'intéressé haussa les épaules.
– Il s'est échappé ?
– Mauvaise réponse, Greg. Secoue-toi. Mark ?
– L'assassin l'a laissé s'enfuir, répondis-je.
– Gagné. La partie était finie car Scott Banks a choisi de laisser tomber Jodie. Ce qui signifie qu'il ne nous reste que quelques heures pour la retrouver vivante. Jusqu'au lever du jour.
Le silence retomba. Nous étions tous perdus dans nos pensées. Ça ne tenait pas debout. Pete fut le premier à reprendre la parole, d'une voix lasse et traînante.
– Elle est déjà morte, John.
– Non !
– Si, il l'a tuée.
Pete fit craquer ses doigts.
– De toute façon, reprit-il, que Banks se soit enfui ou qu'il l'ait relâché, il ne va pas rester sagement à nous attendre. La partie est terminée. Il a tué la fille et il est parti depuis longtemps.
– Non.
Mercer secouait la tête, sûr de lui.
– Absolument pas.
– Vous croyez qu'il est toujours là-bas, à nous attendre ?
– Pas exactement. Seulement, il prépare ça depuis deux ans, Pete. Il nous a laissé l'identifier. Il nous a laissé l'enregistrement du meurtre de Simpson – où il parle clairement du « lever du jour ». Les règles du jeu ont changé, certes, mais pas son terme. Nous avons jusqu'à l'aube.
Pete regarda Mercer droit dans les yeux.

– Avec tout le respect que je vous dois, John, j'ai l'impression que vous faites fausse route.

Mercer nous tourna le dos et marcha jusqu'au rideau. Pete regarda un moment dans sa direction, puis ferma les yeux. Je savais à quoi il pensait. L'assassin procédait désormais de façon tellement différente qu'il n'était pas complètement extravagant de supposer qu'il ne tuerait pas Jodie avant le lever du jour. Mais Mercer *l'espérait*, rien de plus. Pete songeait à ce dont nous avions discuté à la cafétéria, à savoir comment Mercer réagirait si nous ne parvenions pas à sauver Scott et Jodie. Et il se demandait si celui-ci ne recommençait pas à dérailler en ne mettant en avant que les scénarios qui l'arrangeaient. Ceux auxquels il avait besoin de croire.

À la cafétéria, Pete avait pris la décision de soutenir son patron, qui était aussi son ami. Maintenant, j'avais l'impression qu'il commençait à douter de son choix. Greg, lui, gardait le silence. Mercer ne donnait pas l'impression de vouloir se ranger à notre vision des choses. Il se mit à faire les cent pas, comme si cela pouvait lui permettre de reprendre du poil de la bête.

– Monsieur, je...
– J'en prends note.

Mercer arrêta d'arpenter la pièce et fusilla Pete du regard.

– J'en ai pris note. De tout, toute la journée durant. C'est noté. J'ai tout noté.

Cela jeta aussitôt un froid. Pete eut l'air piqué au vif de le voir s'emporter ainsi.

– Vous oubliez juste une chose, c'est moi qui décide, nous rappela Mercer. Ici, c'est moi le responsable et, jusqu'à preuve du contraire, je sais ce que je fais. Je ne baisse pas les bras, moi. Vas-y, Pete, dis-moi ce qu'il faut faire selon toi. Il y a deux heures, notre homme était dans la forêt. À part chercher là-bas, qu'est-ce que tu crois qu'on peut faire ? Tu as une meilleure idée ? Allez, je t'écoute.

Pete ferma les yeux. Puis, après un silence :

– OK, John. On fouille la forêt.
– Et vite. Prévenez l'hélicoptère. Réveillez les équipes spécialisées et amenez des chiens. Investissez les bois.
– Le périmètre est vaste...
– Commencez par l'endroit où on a ramassé Banks. Mark, va tout de suite voir ce que l'on peut tirer de lui. S'il se souvient d'un truc précis, ça réduira le périmètre.

Il se rapprocha de moi.
– Tu as déjà interrogé une victime ?

Je fis signe que oui.
– Essaie d'obtenir le maximum de renseignements : qu'il nous confirme ce qu'il nous a déjà raconté, qu'il nous parle de Jodie et puis de la forêt. Aide-le à se souvenir, ne lâche pas le morceau.
– Je sais ce que j'ai à faire.

J'avais dû lui répondre sur un ton cassant, car il se renfrogna. Il avait à faire à une révolte générale. Il se contenta de se passer la main dans les cheveux.
– Bien. Allez-y, Pete et toi. Pete, donne-moi des nouvelles.
– OK, John.

Nous avons quitté la pièce et j'ai suivi Pete jusqu'à l'entrée. Il marchait d'un pas vif, sans rien dire, et j'étais obligé de presser l'allure pour ne pas être distancé. Il s'arrêta près de l'accueil et se retourna vers moi.
– Qu'est-ce que tu vas faire ? lui demandai-je.
– Organiser les recherches dans la forêt. Qu'est-ce qu'on peut faire d'autre ?

Il soupira et reprit.
– À part veiller sur lui...

J'acquiesçai, un peu hésitant. Il me dévisagea un instant, puis me fit un sourire las. Les portes en verre s'ouvrirent devant lui et il sortit dans la neige.

4 décembre
1 h 45
Cinq heures trente-cinq minutes avant le lever du jour

Scott

En rêve, Scott se trouvait dans son ancienne chambre. Celle qu'il occupait pendant sa deuxième année d'université. C'était de loin la plus petite des six de la maison. Il s'était installé avec cinq copains dont il avait fait la connaissance l'année précédente. Les deux qui avaient trouvé l'endroit avaient pris les grandes chambres au rez-de-chaussée, et c'était pour éviter qu'il y ait des histoires entre les autres qu'il avait accepté de camper dans ce cagibi. Elle ne faisait que deux fois la largeur d'un lit et pas tout à fait deux fois la longueur, mais il ne possédait pas grand-chose et il aimait bien se dire qu'il habitait dans un espace aussi exigu : cela l'aidait à rester concentrer sur l'essentiel, à ne pas se disperser. Il arrivait à y mettre sans trop de difficultés ses quelques affaires : CD, vidéos et objets divers et variés, tous rangés sur la bibliothèque à côté de la fenêtre, tandis que ce dont il avait besoin pour étudier se trouvait dans le bureau que lui réservait le département dans lequel il était inscrit.

C'était l'année où il avait rencontré Jodie et, dans son rêve, elle était là, elle aussi. Ils étaient assis côte à côte sur le lit, les oreillers calés contre le mur, en train de boire de la vodka-Coca en regardant un film avec le magnétoscope fatigué. La lumière vacillante de l'écran dessinait des ombres curieuses sur les murs.

C'était une vieille chambre humide. L'odeur de ce qu'il y mangeait, la fumée de cigarette... tout cela persistait pendant des jours, avant de s'incruster dans les draps et le papier peint et de rentrer sous la peau de la pièce.

Malgré tout, il était content de se retrouver ici. Il y avait passé des moments heureux. Même si ce n'était qu'un rêve, chaque fois qu'il touchait sa nouvelle copine, il était tout excité. Il baignait dans une atmosphère pleine de promesses.

Scott émergea un peu de son sommeil, pas assez pour se réveiller vraiment. Ils étaient étranges, ces rêves, tellement vivants et précis qu'il avait l'impression d'évoluer dans le monde réel. Pourtant, il savait que ce n'était pas vrai, alors même qu'il était justement en train de rêver. Il s'agissait là de curieux tourbillons dans lesquels se confondaient les souvenirs et l'imagination, les images et les sensations, et il avait du mal à les qualifier exactement.

Ils étaient un réconfort, mais il n'ignorait pas qu'ils représentaient aussi un danger. Comme s'il était sur le point de se rappeler quelque chose d'affreux, son esprit n'ayant de cesse de l'en détourner. Il replongea dans son rêve, et la chambre autour de lui reprit de la consistance, tout en ayant l'air précaire : les murs, les rideaux... tout cela ne lui offrait qu'une protection toute relative, un rempart de papier. Il pourrait peut-être s'arranger pour ignorer encore un peu la menace, mais ça ne marcherait pas éternellement. Tôt ou tard, les vrais souvenirs allaient refaire surface, et tout s'écroulerait.

*
* *

– Laisse-moi voir.

D'un seul coup, ce fut le jour, les rideaux blêmes laissaient entrer une lumière vive, et Jodie était assise au bord du lit. Tout au bout, des toiles étaient empilées. Elle était penchée, pour les attraper.

Il se redressa en vitesse.

– Holà... Attends !

Il voulait d'abord les trier, pour être sûr qu'elle ne tombe que sur celles qu'il estimait être les meilleures. Il lui avait expliqué que ce n'étaient là que des croûtes, mais il y en avait en réalité deux ou trois qui n'étaient peut-être pas trop mal, même s'il attendait de voir sa réaction pour en être sûr.

De toute façon, ça ne servait à rien de protester. Jodie était une fille décidée. Et elle le connaissait déjà trop bien.

– Pas question.

Elle lui donna une petite tape sur la main, pour le repousser.

– Je lis dans ton jeu, mon garçon. Laisse-moi regarder.

Il se recoucha à contrecœur et la regarda prendre ses tableaux. Par politesse, elle les examina à chaque fois un peu plus longtemps qu'il n'aurait fallu, même lorsque ce n'était pas une réussite, lui posant régulièrement des questions.

– Je suis assez fier de celui-ci, dit-il, quand elle arriva au meilleur.

– Il y a de quoi. Tu devrais être fier de tous. Tu as beaucoup de talent.

– Non.

Ce coup-ci, elle le tapa sur la jambe.

Il n'insista pas. Elle avait l'informatique en dominante, les affaires en sous-dominante et, de son propre aveu, elle était totalement dénuée de créativité. Les toiles n'étaient pas mal, mais il savait bien que si elle avait fait les Beaux-Arts, elle se serait montrée bien plus critique, pour ne pas dire un peu snob. Ce n'était pas exactement une question de talent : n'importe quel singe peut apprendre à peindre. Mais quel mal y avait-il à aimer ça ? Rien ne l'empêchait de prendre plaisir à recevoir ses compliments. Il aimait bien qu'elle lui dise ce genre de choses. Il avait envie de l'impressionner, et...

... le soleil n'entrait plus. Une ombre avait traversé la pièce.

Le diable, songea-t-il, même s'il ne savait pas ce que cela signifiait. Il entendit un bruit rauque, comme un cliquetis sur la gauche, et se retourna. Il y avait maintenant comme une présence dans la pièce, c'était sur le lit à présent. Un visage si près de lui qu'il sentait la chaleur qu'il dégageait, mais ne le voyait pas. Il avait juste l'impression qu'il avait la peau rouge et noire et une tête allongée, comme celle d'une chèvre.

Le visage oscillait rapidement de droite à gauche, tel un métronome fou, ce qui rendait ses traits encore plus flous.

Même si c'est idiot, tu défends ma peinture.

Scott se retourna pour mettre Jodie en garde... Il s'arrêta d'un seul coup, perplexe. L'ancienne chambre d'étudiant avait disparu. Il était assis à gauche sur le canapé de leur salon, dans l'appartement où ils vivaient.

Il se regardait lui-même, ce qui était impossible.

Son autre moi était debout au milieu de la pièce, le visage à moitié dissimulé par un appareil photo.

– Souris !

Il sourit.

Il regarda sur la droite, juste au moment où le flash éclairait Jodie, à l'autre bout du canapé. Elle s'était pelotonnée comme un chat, les jambes ramenées sous elle, et faisait un grand sourire à l'appareil.

Encore un flash.

L'autre « lui » qui tenait l'appareil regarda l'écran en fronçant les sourcils.

– Celle-ci est meilleure. Dis-moi ce que tu en penses ?

D'un seul coup, Jodie et son autre « lui » s'évanouirent, et il entendit de nouveau le cliquetis. Cela venait maintenant de la cuisine, derrière lui, à gauche. Il se leva en vitesse et recula au milieu de la pièce.

Il aperçut le sèche-linge et la machine à laver. Il en vit davantage en allant sur la droite : le frigo, le bord du buffet...

Des doigts s'enroulèrent lentement autour de l'encadrement de la porte, puis d'autres, plus haut. *Le diable.* Une seconde après, apparut un visage rouge et noir, puis le diable se jeta sur lui.

*
* *

– Laisse-moi voir !

Ils étaient dans la chambre. Il était à côté de Jodie, lui mettait les mains sur les yeux. Elle lui repoussait les poignets pour la forme. Il jeta un œil dehors. Il faisait froid, il n'y avait pas de vent et l'air était glacial. Il en eut des frissons et reporta son attention sur Jodie.

– Je t'aime.

Il ôta ses mains.

– Joyeux anniversaire.

La toile était sur le lit, soutenue par les oreillers.

Il avait pris comme point de départ la photo qu'il avait faite lorsqu'elle était assise sur le canapé, puis il avait appliqué à celle-ci le protocole qu'il mettait en œuvre ces derniers temps : peindre, scanner, saturer l'image et peindre à nouveau. Le tableau qui se trouvait sur le lit représentait Jodie, sans non plus être vraiment elle. Des aplats carrés bruns, roses ou beiges, disposés sur une toile qui pouvait en contenir soixante-dix en hauteur et quarante en largeur. Si l'on battait très vite des cils, on la voyait, elle. Ou presque. Il s'était donné beaucoup de mal et il était fier du résultat.

Elle porta la main à sa bouche, puis se retourna et l'enlaça.

– Je l'adore, dit-elle. C'est superbe !

Il la serra dans ses bras, en regardant la peinture. Elle était en train de lui dire que le tableau était génial, qu'elle était très éprise de lui, qu'elle le remerciait d'avoir déployé autant d'efforts... Elle pouvait dire tout ce qu'elle voulait, il n'était pas dupe. Il avait vu, dans son regard, qu'elle était déçue.

J'ai déconné. J'aurais dû lui donner le premier tableau que j'ai fait. C'était toujours de l'ordre du possible, mais ce ne serait plus pareil. On pouvait toujours améliorer les choses pour faire plaisir à quelqu'un. L'autre vous expliquait ce qui n'allait pas, et on changeait. Mais l'astuce consistait à réussir du premier coup.

Je voulais te donner quelque chose qui sorte de l'ordinaire, songea-t-il. *N'importe quel imbécile est capable de faire de la peinture. Moi, j'avais envie de faire quelque chose que personne d'autre au monde ne pourrait créer pour toi. Quelque chose qui était en moi, qui était moi. Je voulais...*

Par-dessus l'épaule de Jodie, il vit une nouvelle fois le diable. Il s'extirpait maladroitement de sous leur lit, son visage dégageant de la vapeur.

— Jodie...

Mais elle le serrait trop fort. Elle ne voulait pas le lâcher. Il ne pouvait pas bouger.

Le diable se dressa de tout son haut, faisant craquer ses articulations, puis il vint à leur rencontre. Scott paniqua. Quelque part, un bébé pleurait. Il fit la grimace.

— Chuuut...

Boum !

Soudain, il n'avait plus de tête, remplacée par un halo blanc accompagné d'une sorte de sifflement atroce, le nuage de la nausée.

Il se retrouvait allongé la tête la première sur le tapis, à nouveau dans le salon, et cela de façon inexplicable. Le tableau était posé contre le mur du fond, derrière la table, d'où il n'avait pas bougé depuis l'anniversaire de Jodie, dix mois plus tôt.

On devrait l'accrocher sur un mur. C'est ce qu'ils avaient l'habitude de dire, même si, pour une raison ou pour une autre, aucun des deux ne l'avait fait.

Il se concentra maintenant sur le tableau, battant des cils, pour qu'elle lui apparaisse clairement. Jodie.

J'adore tes cheveux bruns.

Les aplats de couleur commencèrent à s'estomper. Il cligna plus vite des cils, voulant les voir réapparaître, mais au contraire ils disparurent encore davantage.

La douceur de ta peau.

Ses cheveux s'effacèrent.
Partout se dessinaient des petits carrés blancs, qui chassaient le rose et le beige de sa peau.

J'adore sentir ton cou sous mes lèvres.

Il ne restait presque plus rien. Encore trois carrés. Deux.
Scott ne vit pas disparaître les derniers aplats : il se retrouva soudain à contempler une toile toute blanche, abandonnée contre un mur.
À ce moment-là, il sut qu'il l'avait perdue.

4 décembre
2 heures
Cinq heures vingt minutes avant le lever du jour

Mark

Chaque étage de l'hôpital avait sa propre couleur. Au rez-de-chaussée, l'accueil et la salle d'attente étaient bleu pâle. Ici, au premier étage, tout était vert délavé ou turquoise. *Très hôpital*, me dis-je. Celui qui avait conçu la décoration n'avait laissé aucune place à l'ambiguïté. Si en vous réveillant ici vous ne saviez plus où vous étiez, un seul regard à la couleur des murs suffisait à vous le rappeler.

Étant donné les conditions particulières de son admission, Scott Banks disposait d'une petite chambre individuelle dans l'aile est avec d'un côté un chariot médical, de l'autre une chaise pour les visiteurs. La pièce était très sombre. On avait tiré les stores et baissé la lumière. Sur le lit, la silhouette couverte de pansements semblait reposer sous une couverture de pénombre.

Il dormait profondément, sa respiration, lente et régulière, était parfois interrompue par un bruit de gorge, une sorte de chuintement. Le seul autre bruit était le bip tranquille et rassurant de son pouls, représenté sous la forme d'une ligne verte régulière sur l'écran installé auprès du lit. Il était sous perfusion : les liquides qu'on lui injectait permettaient de réguler sa température et la morphine était destinée à atténuer la douleur qu'il ressentirait à son réveil.

──── **Un sur deux** ────

Il avait tout le côté droit du visage enveloppé de gaze, la joue gauche recouverte de plâtre. Une véritable momie. On lui avait remonté les couvertures jusqu'au menton.

Nouveau sifflement, bruit de gorge et son souffle redevint régulier.

Je me surpris à respirer à son rythme, ce qui eut pour effet bénéfique de me calmer un peu. Après le départ de Pete, il y avait encore eu de l'électricité dans l'air, en bas, et j'avais été content de voir revenir Li. C'est lui qui m'avait conduit ici, *via* un ascenseur bruyant et exigu et des couloirs interminables où régnait une activité fébrile. À aucun moment je n'avais eu l'impression d'être à ma place. Li, lui, se déplaçait avec aisance au milieu de la cohue, j'avais eu du mal à le suivre en restant concentré sur les instructions qu'il me donnait.

– ... en ce moment, il dort. Et c'est tout ce que je demande : que vous le laissiez dormir lorsqu'il en a besoin. Il faut qu'il se repose... etc.

J'acquiesçai en silence, ce qui, dans son dos, n'avait guère d'intérêt. Que croyait-il ? Que j'allais le piquer avec mon stylo pour qu'il se réveille ?

Lorsque nous sommes arrivés devant la chambre, l'agent de sécurité était déjà en faction. Grand, costaud, en uniforme de couleur pâle. Li fit les présentations, mais je lui montrai quand même ma plaque et vérifiai s'il comprenait bien ce qu'on attendait de lui. Personne n'avait le droit d'entrer dans la chambre de Scott Banks, à part moi et le personnel de l'hôpital.

J'étais maintenant assis près du lit, le dossier de Scott sur les genoux, essayant de trouver la meilleure façon de conduire l'interrogatoire. L'ennui, c'est que le silence et la pénombre avaient un effet relaxant et que j'avais de plus en plus de mal à rester concentré. La tension et l'agitation de la journée se dissipaient, la fatigue reprenait le dessus et je dus lutter pour garder l'esprit aussi vif que possible.

La confiance naît du savoir.

Que savais-je, en l'occurrence ? Ma source d'information essentielle était l'interrogatoire de Daniel Roseneil. Lui aussi avait été torturé physiquement et moralement, on l'avait forcé à abandonner quelqu'un qu'il aimait. Cela avait été si terrible pour lui qu'il avait tout occulté. Seuls des souvenirs épars subsistaient, les faits principaux étaient niés car trop insupportables.

Il en irait sans doute de même pour Scott.

Il ne demande pas mieux que de vous aider, mais chaque fois qu'il essaie de se souvenir de quelque chose il se bloque et c'est le vide.

Je me figurai une porte dans son esprit, une porte derrière laquelle il avait relégué son traumatisme. Cette porte, il devait néanmoins la voir, même s'il préférait ignorer ce qu'il y avait derrière, et il fallait que j'arrive à la lui faire franchir. Il devait savoir d'instinct que Jodie se trouvait derrière, qu'elle était en danger, quelque chose en lui devait avoir envie de se ruer sur cette porte pour l'ouvrir, pour sauver Jodie. Mais il savait aussi qu'un monstre l'y attendait, un monstre que pour rien au monde il ne voulait libérer. Je devais arriver à réconcilier en lui ces deux sentiments contradictoires, jouer sur son besoin de sauver Jodie tout en l'aidant à négocier la peur panique qu'il devait ressentir à l'idée de vivre à nouveau l'horreur.

Pour cela, il fallait que je me sorte complètement de l'esprit la discussion que nous avions eu en bas. Même si j'étais convaincu que Pete avait raison et que Jodie devait déjà être morte, l'assassin en fuite, tant que je serais dans cette chambre, il n'y aurait qu'une seule et unique vérité : Jodie était vivante, et nous allions la retrouver. Telles étaient les règles du jeu.

Venait ensuite la façon de jouer.

Les interrogatoires procèdent presque toujours de la même méthode. Je me souvenais d'un vieil homme qui, nous en étions quasiment sûrs, avait enlevé une petite fille sur un terrain de jeux. En me retrouvant devant lui, j'avais immédiatement su qu'il était coupable. Et qu'il était rongé par le dégoût et le mépris de lui-même. Quelque part, il avait envie d'avouer, de crier sa culpabilité, de raconter ce qu'il avait fait. En même temps, quelque chose en lui refusait obstinément d'admettre qu'il s'était livré à de tels actes. Il mentait, se dérobait, il n'était pas sur les lieux de l'enlèvement, il était ailleurs, n'avait jamais vu cette petite fille, jamais il n'aurait fait de mal à un enfant, etc.

La vérité était pourtant là, cachée quelque part dans son esprit, il fallait que je la piste pas à pas, de façon chronologique.

Où étiez-vous à midi ? Où êtes-vous allé ensuite ? Représentez-vous chaque instant de cette journée, les uns après les autres, revivez-la. Le vieil homme s'exécutait, tant bien que mal. De temps à autre, il se heurtait à l'un de ses mensonges, à ce moment-là les détails devenaient confus. On faisait alors un peu marche arrière, on parlait d'autre chose, puis on revenait à la charge. Il était alors contraint, pour continuer à avancer, de revenir sur ses déclarations précédentes, la vérité apparaissait ainsi progressivement. Oui, il était là-bas mais n'avait rien fait, il n'avait pas vu la petite fille. Un quart d'heure après, il reconnaissait que bon, il l'avait peut-être vue... Et puis, oui, elle était allée se promener un moment avec lui, mais elle allait bien, il l'avait laissée à la lisière de la forêt et quelqu'un d'autre l'avait ensuite agressée. Et ainsi de suite. Petit à petit, il avait cédé. Il savait qu'on le tenait, mais il lui était impossible de nous dire d'un coup : « Oui, je l'ai fait, c'est moi le coupable. » Nous y étions arrivés progressivement et à la fin, après ses aveux, il avait presque l'air reconnaissant.

La situation n'était pas la même ici, mais la méthode à employer était similaire. Ce qu'avait vécu Scott était une blessure sur laquelle il faudrait que je fasse pression, peu à peu, en faisant en sorte qu'il s'habitue progressivement à cette douleur. On irait tout doucement et il faudrait de la patience pour s'approcher de la vérité.

Enfin, de la patience dans les limites du temps qui nous était imparti.

J'avais le regard fixé sur sa poitrine, son mouvement régulier. Il était 2 heures du matin, il restait environ six heures avant le lever du jour. En dépit de ce que j'avais promis au docteur Li, si Scott Banks ne se réveillait pas bientôt, j'allais finir par le piquer avec la pointe de mon stylo.

En attendant, je refermai le dossier sur mes genoux, me calai dans ma chaise et fermai les yeux.

– Ohé !

Je me réveillai en sursaut. Le dossier tomba à terre et les papiers s'éparpillèrent. *Merde.* Je me penchai pour les ramasser, tout en regardant le lit. Scott m'observait. Sursaut d'amour-propre, j'eus envie de faire comme si je ne m'étais pas endormi. C'était trop tard.

Bravo, vachement professionnel. Je vais être crédible maintenant...

– Excusez-moi.

Je parlai à voix basse, comme s'il dormait toujours.

– J'ai eu une journée chargée.

– Ne vous inquiétez pas.

Il ne haussait pas la voix, lui non plus. Peut-être à cause de l'endroit : l'hôpital invite aux chuchotements.

– On aurait dit que vous faisiez un cauchemar, observa-t-il.

– Oui, je crois.

Le rêve était déjà en train de s'évanouir, mais je savais qu'il y était question de Lise. Je ne me rappelais pas les détails. Était-ce le même que l'autre matin ? Je n'en gardai qu'une impression, celle du bruit de la mer qui déferlait et venait se briser sur la plage. Le même sentiment de désespoir ; comme lorsqu'on meurt de faim, sauf qu'il s'agit du cœur.

– Moi aussi, je fais tout le temps des cauchemars, me confia Scott. Je m'en souviens rarement. Tout reste confus.

– Savez-vous où vous vous trouvez ?

Il hocha prudemment la tête.

– Vous n'êtes pas médecin. Vous êtes ici pour veiller sur moi ? Comme dans les films ?
– C'est un peu ça. Je m'appelle Mark Nelson. Je suis inspecteur de police. Je suis ici pour vous tenir compagnie, pour bavarder avec vous. Voir si l'on peut éclaircir un peu ce qui vous est arrivé ce soir.

Il réfléchit un instant, puis essaya de s'asseoir. Le chariot à côté du lit bougea en même temps que lui, la poche de la perfusion se mit à osciller.

– Attention à ne pas renverser ce truc-là...
– Ça va aller.

On sentait à sa voix qu'il était crispé, qu'il souffrait et avait du mal à le supporter, mais il s'efforçait de tenir le coup. Les couvertures glissèrent un peu, laissant apparaître un corps mince et athlétique. Il avait la peau couverte de taches noires et violacées. Les coups avaient dû être violents pour que les contusions apparaissent aussi vite. J'aperçus également des pansements, posés sur des plaies multiples. Le tuyau qui le reliait à la perfusion était fixé à son bras par des lanières en tissu blanc.

– Votre médecin serait furieux s'il vous voyait faire ça, dis-je. Il n'a pas l'air facile.
– Il ne voulait pas que je vous parle ?
– Non.
– Pourtant, il le faut.

Je fis signe que oui, tout en notant bien les mots qu'il avait employés : « falloir », « ne pas vouloir »...

– Je dois enregistrer notre entretien.

Je lui montrai l'appareil que j'avais apporté.

– Ça ne vous dérange pas ?
– Non.
– Si à un moment, n'importe quand, vous voulez vous arrêter, il n'y a pas de problème. On fera une petite pause et puis on recommencera.
– Je ne sais pas si je vais vous être d'une aide précieuse.

Il fronça les sourcils.
— Ça ne tourne pas très rond.
— Ne vous inquiétez pas, on va y aller tout doucement. Je veux que vous soyez aussi calme et détendu que possible. Votre mémoire est peut-être un peu floue, mais je sais que vous avez peur pour votre amie.
— Jodie, dit-il aussitôt.
— Vous vous inquiétez pour elle. Et c'est bien normal. Mais j'aimerais que vous restiez calme et aussi confiant que possible. L'homme qui dirige cette enquête est le meilleur dans sa partie. Nous mettons tout en œuvre pour la retrouver
— Elle est toujours là-bas. Dans la forêt.
— On le sait.
J'essayai de me montrer aussi rassurant et résolu que possible.
— Et on va la retrouver. On est en train de fouiller les lieux. Jodie va s'en tirer.
Il sembla se rasséréner un peu.
— Vous me le promettez ?
— Je vous le promets.
Change de sujet !
— Ce que j'aimerais, c'est que vous me donniez le maximum d'informations. Cela nous aidera à retrouver Jodie. Il ne faut surtout rien négliger. Me dire tout ce dont vous vous souvenez. Il s'agit de vous maintenant, Scott, vous avez été la victime d'un crime, il faut nous aider à faire la lumière sur ce qui vous est arrivé.
Il fit un oui timide de la tête, l'air pas très convaincu. Je décidai de ne plus évoquer Jodie pour le moment. D'en revenir à un sujet plus neutre. Je posai mon dossier par terre pour me consacrer entièrement à lui.
— Commençons par votre appartement. Vous avez travaillé chez vous, aujourd'hui ?
— Ce n'était pas vraiment du travail.
— Qu'est-ce que vous faisiez ?

– J'avais pris ma semaine. Je travaillais sur l'ordinateur. À des photos d'art.
– Vous êtes artiste ?
– Non.
Il eut l'air triste.
– Pas vraiment. Mais je bossais sur mes photos, aujourd'hui. Puis je suis allé soulever des poids dans notre chambre d'amis.

« Notre chambre d'amis »... Il vivait donc avec Jodie. Ce n'était pas vraiment une surprise, mais ça n'en restait pas moins un détail important. Qui posait une fois de plus la même question. Scott et Jodie avaient un appartement et, malgré ça, le tueur, à la différence des autres fois, les avait emmenés en forêt. Pourquoi avait-il agi ainsi ?

– Quelle heure était-il ? lui demandai-je.
– Aux alentours de 3 heures.

Scott récapitula tout ce dont il se souvenait. Son élocution était un peu hachée, ce que j'attribuai au traumatisme et aux antalgiques qu'on lui administrait. Il était important de savoir si ce qu'il allait me dire concorderait avec ce qu'il avait dit aux flics qui l'avaient récupéré sur la rocade, puis au médecin. Cela me permettrait de savoir si au moins les choses dont il se souvenait étaient claires dans son esprit.

Il avait pratiquement fini de s'entraîner, expliqua-t-il, lorsqu'il avait entendu un bruit. Il avait alors quitté la chambre d'amis, s'attendant à tomber sur Jodie, rentrée plus tôt du travail. La télé était allumée, mais il n'y avait personne dans le salon. Il l'avait traversé.

– J'ai à peine eu le temps de réaliser ce qui se passait qu'il est arrivé vers moi.

L'homme, caché dans la cuisine, lui avait sauté dessus, l'avait frappé violemment et lui avait collé quelque chose sur la figure. C'étaient les seuls souvenirs qu'il avait de ce qui s'était passé dans l'appartement.

Plus il parlait et plus la frustration se lisait sur son visage, c'était d'abord de la colère, puis une sorte de dégoût de lui-même. Je la connaissais parfaitement cette sensation, je savais que si ses mains n'avaient pas été recouvertes de pansements, il se serait sûrement donné des coups de poing de rage, comme je l'avais fait six mois plus tôt, quand les choses devenaient trop insupportables. Il y a des moments où il faut laisser sortir sa colère.

– Je me suis conduit comme un con. Comme une merde.

– Ne dites pas n'importe quoi.

J'essayai de me mettre à sa place. Il veillait à rester en forme, mais tout ce temps passé à faire de l'exercice ne lui avait servi à rien. S'il avait été capable de se défendre, peut-être que les choses se seraient passées autrement. En ne réagissant pas, il les avait condamnés tous les deux à ce qui allait suivre.

Même s'il avait ses raisons, je ne voulais absolument pas qu'il sombre dans l'autodénigrement.

– Moi aussi, repris-je, il m'arrive de faire des haltères. Vous savez comment c'est, après une longue séance, on arrive à peine à lever les bras. Le type qui vous a fait ça n'en était pas à son coup d'essai et il est malin. Il a attendu que vous soyez épuisé et plus vraiment en état de riposter. Et puis il a détourné votre attention, afin de pouvoir vous maîtriser. Ça aurait été la même chose avec n'importe qui.

Il n'en continuait pas moins de secouer la tête.

Trop sensible, me dis-je. *Change de direction.*

– On va parler de votre agresseur.

Je repris le dossier, surtout pour me donner une contenance.

– Je sais que ce n'est pas facile, déclarai-je, mais j'aimerais vous entendre m'en dresser un portrait. On oublie ce qu'il a fait pour l'instant. Que pouvez-vous me dire de lui ? Comment était-il habillé ?

Scott avait toujours l'air en colère contre lui-même, mais il parut se détendre un peu. Il réfléchit à ma question.

— Ses vêtements, je n'en sais trop rien. Il avait des chaussures de sport. Blanches et éraflées, avec je crois des petites lignes bleues autour des œillets. Des vêtements noirs, me semble-t-il. Peut-être une salopette.

Il s'exprimait d'une voix douce, tout en se calmant. La nuit allait être à l'image de ces dernières minutes, tout en contraste. Il allait falloir le ménager à chaque fois qu'il en aurait besoin.

Après avoir parlé de la tenue vestimentaire, nous en sommes venus à l'aspect physique. Une fois qu'il m'eut confirmé le portrait que nous en avions déjà (cheveux bruns coupés court, plutôt grand, costaud), il s'était suffisamment détendu pour se montrer plus précis.

— Vous rappelez-vous comment vous êtes allés jusqu'à la forêt ?
— On était dans un van.
— Jodie et vous ?

Il fit signe que oui.

— Elle était déjà ligotée derrière. Je me sentais si mal. On s'est arrêtés en cours de route, une fois ou deux peut-être, je ne m'en souviens plus.

— Et alors, qu'est-ce qui s'est passé ?
— Il me semble qu'il est descendu la première fois, enfin, j'en suis pas sûr. Peut-être...

Il fit la grimace. De nouveau, il s'en voulait.

Continue.

— Bien. Donc, il vous a emmenés dans la forêt ?
— En sortant du van, il m'a mis un sac sur la tête. Je n'ai rien pu faire.

Je lui montrai un visage rassurant. Quel que fût le sujet que j'abordais, son sentiment de culpabilité était tangible. Il était partagé entre l'impression de n'avoir pas été à la hauteur et celle d'avoir été réduit à l'impuissance.

Je décidai de sauter une étape.

— Vous aviez donc un sac sur la tête lorsque vous êtes entrés dans les bois. Et lorsque vous vous êtes enfui, vous l'aviez aussi ?

Il fit signe que non.

– Vous rappelez-vous combien de temps vous avez couru avant d'atteindre la route ?

– Non.

– Quelques minutes, plutôt une heure ?

– Je ne m'en souviens pas. Plutôt une heure...

Je regardai l'appareil qui surveillait son pouls. Son rythme cardiaque accélérait. Il fallait le laisser souffler un peu.

– Ce n'est pas grave. Vous rappelez-vous si à ce moment-là votre agresseur était dans les parages ? S'il vous poursuivait ?

– S'il me poursuivait... ?

Il eut l'air étonné.

– Non.

Je vis bien que cette question le perturbait et qu'elle en soulevait d'autres. Pourquoi ne l'avait-il pas poursuivi ? Comment avait-il réussi à s'échapper ? Après un moment d'intense réflexion, il abandonna la partie, comme si, consciemment ou non, il refusait de s'aventurer sur ce terrain miné.

– Je suis désolé.

Il secoua la tête.

– De la forêt, je n'en garde que... des images. Le froid, l'obscurité. La neige. La plupart du temps, je courais. Ça reste très confus, jusqu'au moment où je suis arrivé à la route.

– Bien.

– Je me suis parlé à moi-même, dans la forêt, avant d'atteindre la route, ça, je m'en souviens. Je n'arrêtais pas de me dire que ça allait s'arranger.

– Ce qui est parfaitement normal. Quelque chose en nous prend la relève dans ce genre de situation, c'est inconscient.

C'est alors que c'est arrivé. Une vision, un souvenir, ou bien une séquence de mon rêve qui me revenait. Une voix qui me parlait de façon plus claire et précise que n'importe laquelle de mes pensées.

Nage, me dit-elle, *nage de toutes tes forces.*

– C'est tout ce dont je me souviens, déclara Scott. C'était, vous venez de le dire, comme si quelqu'un d'autre avait pris les rênes et voulait que je me laisse guider. Je ne sais pas où j'étais ni ce que je faisais.

– Pas de problème.

La voix s'était tue, mais j'avais l'impression que quelque chose s'insinuait à la place.

– On va passer à autre chose.

Ressaisis-toi.

Seulement, ce n'était pas si facile. Mon cœur battait à tout rompre. Cette voix avait créé la panique, je ne pouvais plus penser à rien.

Nous nous regardions, Scott et moi. Il attendait que je reprenne la parole.

– Bien, fis-je. Si on parlait un peu de Jodie ? Comment la décririez-vous ?

Il allait me répondre, mais il s'arrêta. Il avait l'air déphasé. Je compris tout de suite que j'avais commis une erreur. Avant que j'aie le temps de faire marche arrière, son visage se plissa et il fondit en larmes. Je m'étais comporté comme un imbécile.

– Tout va bien, lui dis-je. Ce n'est pas grave.

Ça l'était. J'avais voulu lui donner un peu de répit, lui faire oublier un instant ce qu'il avait enduré, et j'avais fait tout le contraire. S'il était ici, sur ce lit, c'est qu'il avait abandonné Jodie à son sort. Et même s'il ne se souvenait pas de l'avoir sacrifiée, le simple fait de penser à elle ramenait à la surface des sensations inconscientes de trahison, de faiblesse et de culpabilité. *Si on parlait un peu de Jodie ?* Tout ce qu'il ressentait pour elle le ramenait irrémédiablement à l'horreur de cette soirée. C'était tout ce que son esprit essayait de fuir et si j'avais eu les idées claires, je l'aurais compris avant même de poser la question.

– Ce n'est pas grave, répétai-je.

Mais les rideaux étaient retombés. Il pleurait tout seul, dans son coin. Je soupirai. Qu'est-ce qui m'arrivait ? Peut-être le moment était-il venu de faire une pause.

Je ne savais pas s'il m'écoutait, je n'en répétai pas moins le mensonge avec lequel j'avais commencé l'interrogatoire. Avec l'impression, néanmoins, que le désespoir qui depuis m'avait saisi m'interdisait de me montrer vraiment convaincant.

– On va la retrouver, lui dis-je.

4 décembre
2 h 15
Cinq heures cinq minutes avant le lever du jour

Eileen

À l'époque où John se levait tôt le matin, Eileen roulait souvent de l'autre côté du lit, celui qu'il venait de quitter, comme pour se sentir près de lui en son absence. C'était à peu près la même chose cette nuit-là, elle était en haut, dans le bureau de John, assise dans le confortable fauteuil de cuir où il passait en général au moins une heure chaque soir. Sauf que ce qu'elle ressentait était complètement différent.

C'était dans cette pièce que son mari se consacrait à l'essentiel de son travail, quand il était à la maison. Deux bibliothèques, avec en face un bureau sur lequel était installé l'ordinateur. Derrière, les murs étaient tapissés de diplômes, de photos et d'articles de journaux encadrés. Un résumé de sa carrière, en quelque sorte. Pour tout éclairage, une grande lampe sur pied diffusait une lumière douce.

Les rideaux, en face, étaient ouverts et elle voyait son reflet dans la fenêtre : une silhouette indistincte, presque spectrale, le téléphone à l'oreille.

À chaque sonnerie, elle était de plus en plus agacée.

Vas-tu décrocher !

Le numéro de la maison était enregistré dans le portable de John. Elle l'imagina, en train de regarder l'écran, de voir que c'était elle, de se demander s'il allait répondre ou non. L'agacement se changea en colère.

Réponds-moi !

Elle regarda son reflet dans la vitre prendre le verre de vin pour en boire une gorgée.

– Tu en as mis, du temps !

Elle reposa le verre sur la table, un peu trop fort, peut-être.

– Excuse-moi. Il fallait que je sorte dans le couloir. Je travaille.

John n'avait jamais aimé parler au téléphone et il était toujours mal à l'aise quand son interlocuteur ne disait rien. Elle observa donc un moment de silence et attendit sa réaction. Qui fut tout à la fois plaisante et maladroite.

– Tu es encore debout… il est tard !

– Eh oui…

La pendule, sur le mur du fond, indiquait 2 h 20 du matin. Il y avait bien longtemps qu'Eileen n'avait pas regardé une horloge à une heure pareille.

Quand elle était plus jeune, elle se couchait souvent très tard et se levait de bonne heure. Ses journées étaient chargées, elle avait des tas de choses à faire. S'il y avait bien une chose qu'on ne devait pas regretter sur son lit de mort, c'était d'avoir peu dormi. John était comme elle. Toujours débordant d'énergie, c'est une des choses chez lui qui, au début, l'avait séduite. Pendant des années, ils avaient eu une relation facile, des rythmes semblables, ce qui leur avait fait croire qu'ils étaient faits l'un pour l'autre, les conjoints idéaux. La vie idéale. C'était étrange de penser à ça, maintenant qu'elle lui reprochait d'en faire trop. Mais c'était la vérité.

Les années passant, la donne avait changé. Les journées d'Eileen s'étaient raccourcies, elle se couchait de plus en plus tôt, se levait tard ; celles de John étaient devenues de plus en plus longues. Il se couchait bien après elle et quand elle se réveillait, il était déjà parti. À l'époque, elle n'y avait pas attaché beaucoup d'importance, mais elle avait vu les choses différemment avec sa dépression. Il avait suffi, en sortant de l'hôpital, qu'il se couche chaque soir en même temps qu'elle pour qu'elle

Un sur deux

réalise combien cela avait été rare ces dernières années. Elle eut alors l'impression qu'il l'avait reléguée dans le lit pendant tout ce temps, mise au chaud, à patienter, pendant qu'il travaillait à sa carrière. Laquelle, en fin de compte, leur avait été nocive, à l'un comme à l'autre. Tout cela aujourd'hui aurait dû être loin derrière eux.

– Il est tard, répéta-t-il. Je pensais que tu étais couchée.

– C'est pour ça que tu n'as pas appelé ? Tu pensais que j'irais au lit sans avoir de tes nouvelles ?

Il a peur ? Peur que je pète les plombs ?

– Je ne sais pas. Excuse-moi.

– Tu sais bien qu'on s'est mis d'accord. Tu as promis de m'appeler.

– Je n'en ai pas eu l'occasion, c'est tout.

Eileen se surprit à serrer les dents en reconnaissant le ton sur lequel son mari lui parlait. En l'imaginant, là-bas, qui regardait sur le côté et se passait la main dans les cheveux, ne s'intéressant déjà plus à leur discussion, mais à autre chose. À tout ce qui pour lui comptait visiblement plus qu'elle-même.

– On a vraiment beaucoup de boulot, ici. Tu sais comment c'est, parfois.

– Je m'en souviens très bien...

Elle bouillait de rage. Une fois de plus. Pendant sa convalescence, elle en était venue à lui en vouloir autant que s'il l'avait trompée. D'ailleurs, il l'avait trompée toutes ces années, avec son travail. Et elle en avait pris son parti, même si cela n'avait pas été simple, c'était son mari après tout et elle devait s'y faire. Quelles que fussent les erreurs qu'il avait pu commettre, elle avait pensé qu'ils pourraient les corriger ensemble. La seule chose qu'elle lui avait demandée c'était de ne pas les répéter, de ne pas redevenir celui d'avant. Car, oui, elle s'en souvenait très bien, de ce que cela pouvait être, parfois. Et il semblait bien que c'était lui qui avait oublié les risques qu'il prenait.

Une autre gorgée de vin.

– Ça va ? lui demanda-t-il. On dirait que tu as bu.
– Oui. Et je continue à boire.
Un silence.
– Il est 2 h 30 du matin.
– Et alors, je devrais être couchée ?
– Non. Je dis seulement que c'est bien tard, pour boire.
– Il faut croire.

Sa sœur lui avait dit exactement la même chose lorsqu'elles s'étaient parlé au téléphone, juste avant minuit. Elle ne devrait pas noyer son chagrin dans l'alcool à une heure pareille.

– Et pourquoi pas ? avait-elle répliqué.

Elle en avait marre de se sentir responsable de tout. John aurait dû être ici avec elle, seulement il n'y était pas. Pourquoi était-ce toujours à elle de se montrer responsable ? Elle avait besoin de quelque chose pour se calmer.

Et maintenant, elle était debout à 2 h 30 du matin. Après avoir descendu près de la moitié d'une bouteille de vin. Du coup, elle avait l'impression de rajeunir. Il ne manquait plus que John à ses côtés, pour en profiter avec elle.

– Tu vas te coucher bientôt ?
– Je n'en sais rien. Quand vas-tu rentrer ?
– Ça n'arrête pas ici. Je ne peux pas te donner d'heure.
– Tu es où ?
– À l'hôpital. On est en train d'interroger une victime. Il est blessé et c'est ici qu'on le soigne.
– Oui, merci, je sais ce que c'est qu'un hôpital. Tu es à Rutlands, j'imagine ?
– Oui.

C'est là qu'elle l'avait conduit quand il avait craqué lors de l'enterrement d'Andrew Dyson. Elle en gardait un mauvais souvenir. Elle lui avait tenu compagnie la première nuit, puis l'essentiel des quatre jours qu'il y avait passés là-bas. Le souvenir des longs couloirs du service de psychiatrie, où elle avait eu l'impression que sa vie lui échappait, était toujours aussi douloureux. Elle se demanda ce qu'il pouvait bien ressentir, lui, en se retrouvant là-bas. Pendant un instant, l'inquiétude pointa sous la colère. Cela ne dura pas. Il était là-bas de son plein gré, après tout. Et il se foutait bien des angoisses de sa femme. Sa sœur lui avait expliqué qu'elle devrait, dans son propre intérêt, se montrer plus dure, ce qui était vrai. Il était grand temps qu'il s'investisse autant qu'elle dans leur couple. Après tout ce qu'il lui avait fait subir, elle n'en revenait pas qu'il ne comprenne pas ça. « Tu veux que je vienne te chercher ? » lui avait demandé sa sœur, inquiète. Elle avait souri, sachant bien que Deborah n'hésiterait pas à venir à n'importe quelle heure de la nuit, si elle le lui demandait. « Non merci. Il faut que je règle cette histoire toute seule. Que je prenne les choses en main. »

– Je veux que tu rentres à la maison. Que tu viennes me rejoindre, lui dit-elle sans détour.

Silence au bout de la ligne.

– Je peux pas, pas en ce moment, répondit-il.

– Si. Je veux que tu rentres.

Trop rapide, trop expéditif et aussi trop agressif, songea-t-elle. Elle essaya de se calmer, puis reprit, un ton en dessous :

– J'entends bien, John. Mais, moi, je veux que tu rentres. S'il te plaît.

– Je ne peux pas. Je regrette, mais c'est mon boulot, Eileen.

– Ton devoir ? ricana-t-elle.

– Quoi ?

– Laisse tomber.

Elle trempa les lèvres dans son verre de vin qu'elle reposa à nouveau sans ménagement, lorsque quelque chose lui vint à l'esprit.

– Dis-moi que tout ça n'a rien à voir avec Andrew !

En face, sur la vitre, son reflet se pencha soudain en avant.

– Mon Dieu, John ! Dis-moi que tu n'es pas encore à la recherche de ce type !

– Non, répondit-il, ça n'a aucun rapport.

Elle avait du mal à le croire. Était-ce l'alcool qui la rendait parano ?
– Tu le jures ?
– Je le jure. On est sur une agression. C'est pas beau à voir, mais ça n'a rien à voir avec Andrew.
Elle se rasséréna un peu, mais pas complètement.
– Si ce n'est pas « beau à voir », tu aurais dû laisser quelqu'un d'autre s'en occuper.
– La journée n'a pas été simple, c'est vrai. Mais ça va.
Toi, oui, mais pas moi ! eut-elle envie de lui lancer. *Ce n'est pas de toi que je parle !*
Elle préféra s'abstenir. Rien ne l'empêchait de crier, s'emporter et pleurer, ce qui aurait pu le faire céder et rentrer à la maison. Mais ça n'aurait servi à rien. Si elle devait le *forcer* à rentrer, c'est que la partie était perdue.
Malgré ce qu'elle avait raconté à Deborah, il lui avait fallu deux bonnes heures pour se décider à appeler John. Au lieu de lui téléphoner tout de suite, elle n'avait pas arrêté de se dire qu'il allait bientôt rentrer, ou alors qu'il allait au moins se manifester. *Je lui donne un quart d'heure... Je lui donne jusqu'à une heure du matin... Jusqu'à une heure et demie.* La vérité, c'est qu'elle l'appréhendait, cette discussion. Non pas parce qu'il allait peut-être préférer rester à travailler plutôt que de la rejoindre – ce qui était le cas – mais à cause de la façon dont il allait s'y prendre pour rester : en faisant comme s'il était un type ordinaire avec un boulot ordinaire, comme si le problème, c'était elle, l'épouse abusive, surprotectrice, toujours en train de se mêler de ce qui ne la regardait pas.
On en arriverait de toute façon au même point : allait-elle trouver le courage de lui dire ses quatre vérités ? De pointer ses faiblesses du doigt, de l'amener à reconnaître combien il la faisait souffrir ? Toute la colère rentrée amenait les mots jusqu'à ses lèvres, mais tout l'amour qu'elle lui portait les empêchait de les franchir. Il en résultait un sentiment d'impuissance et de frustration qui la déchirait littéralement.

– Je rentre dès que je peux.
– D'accord, John, tu rentres dès que tu peux, c'est bon, mais promets-moi une chose. Je veux que tu me téléphones toutes les deux heures.
– Te téléphoner ?
Elle se rendait bien compte à quel point tout cela était puéril. *Appelle-moi. Rassure-moi.* Mais après tout, c'était bien le moins qu'elle pouvait lui demander. Une sorte de compromis. Un geste au moins, même s'il ne voulait pas en faire plus.
– Toutes les deux heures. Pour me dire que tout va bien.
– J'essaierai mais...
Avant qu'il ait pu en dire plus, elle raccrocha.
Un silence de plomb régnait dans le bureau. Elle regarda son reflet dans la vitre, en tentant de faire le vide dans son esprit. Elle n'avait pas fait ce qu'elle aurait dû faire. Elle sentait dans sa gorge tout un éventail d'émotions, la colère, la souffrance, la peur, l'amour, et elle savait d'expérience qu'on ne résout jamais un problème en l'ignorant. Elle pouvait essayer ce soir d'oublier ces émotions, les noyer dans l'alcool, mais elle ne pourrait faire autrement, un jour ou l'autre, que de les affronter. Seulement là, elle ne se sentait pas assez forte pour aller sur ce terrain, la situation n'aurait fait qu'empirer. Il fallait qu'elle passe à autre chose pour l'instant. La nuit portait conseil. Sa main trembla légèrement lorsqu'elle finit son verre d'une seule gorgée.
Ça va aller. Tout va bien se passer. Pour lui et pour toi.
Elle se leva et sortit du bureau.
Il ne serait sans doute pas raisonnable de boire davantage mais après tout elle n'en mourrait pas. Un dernier verre – autant de derniers verres qu'il lui en faudrait – et elle irait au lit. Le téléphone près d'elle.
Mon Dieu, faites qu'il appelle !
Pour l'instant, elle ne voulait plus penser. Ne plus penser à ça, ne plus penser à rien.
Ils avaient une belle collection de bouteilles, dans laquelle ils puisaient lorsqu'ils recevaient du monde ou lorsqu'ils étaient

invités à dîner, et qu'ils complétaient de vins du cru, lorsqu'ils revenaient de vacances. Une bonne cinquantaine de bouteilles. En descendant l'escalier qui menait de la cuisine à la cave, elle se dit qu'elle était sans doute capable de se rappeler où et quand ils avaient acheté une bonne moitié d'entre elles. Ce qui la réconforta, d'une certaine façon. Leur vin était en quelque sorte le symbole de leur vie de couple, de leur histoire commune. C'était donc logique d'aller y chercher un peu de consolation ce soir.

4 décembre
2 h 30
Quatre heures cinquante minutes avant le lever du jour

Mark

Décompression.
2 h 30 du matin et une fois de plus j'étais en train d'errer dans les couloirs de l'hôpital, essayant en vain de retrouver l'ascenseur à travers ce labyrinthe dont je n'arrivais pas à me remémorer toutes les subtilités. J'avais besoin d'un lit où m'écrouler. J'étais à la limite de prendre un brancard et de cogner dessus jusqu'à ce qu'il se déplie. Je tombai enfin sur l'ascenseur au bout d'un couloir, il était temps. Quand les portes se refermèrent, je pris une bonne respiration. J'étais en colère contre moi, il fallait que je me calme. Mon rôle était de sympathiser avec Scott, d'entrer en empathie avec lui, d'éprouver autant que possible les mêmes choses que lui. J'y étais arrivé, trop bien même. À tel point que j'avais ravivé en moi toutes les vieilles douleurs.
Toute la journée, j'avais ressenti la présence de Lise. C'était en partie normal, j'étais nommé inspecteur, j'avais un nouveau poste et je pensais à la façon dont elle aurait réagi. Mais cette présence allait bien au-delà de ça. Elle avait à voir avec l'enquête. Lorsque, plus tôt, j'avais regardé sur l'écran l'interrogatoire de Daniel Roseneil, j'avais tout à fait compris qu'il ne se souvienne pas précisément de ce qu'il avait enduré, je ne lui en avais pas voulu un seul instant, comment aurais-je pu ? Quand j'avais été

face à Scott, un autre *survivant*, il ne m'avait pas fallu longtemps pour m'identifier à lui.

Ce qui était précisément la chose à ne pas faire. Il fallait en effet que dans cette chambre je sois absolument *persuadé* que Jodie était encore en vie, même si au fond de moi j'en doutais fortement. L'identification ne devait donc pas franchir certaines limites et Lise n'avait rien à faire dans le tableau. Il fallait ainsi que je me garde de la convoquer, pas seulement dans l'intérêt de Scott, mais également dans le mien.

Aussi, décompression.

Un sas, j'imaginai l'ascenseur comme un sas, j'allais pour l'instant laisser toutes ces sensations derrière moi, ne plus les affronter avant de remonter interroger Scott.

Rez-de-chaussée.

Suivant les indications du docteur Li, je retrouvai Greg et Mercer dans un vieux vestiaire, dans les sous-sols de l'hôpital. L'aile allait être rénovée, on l'avait vidée, la plupart des couloirs étaient fermés par des plaques en polyéthylène pleines de poussière. Au plafond, des lampes trop fortes grésillaient, l'éclairage me donna presque aussitôt mal au crâne. Le vestiaire avait été à moitié déménagé : de vieux casiers de deux mètres de haut, jadis fixés au mur, attendaient en tas dans le fond de la pièce. L'éclairage des néons était aussi puissant que celui des lampes que l'on installait sur les scènes de crime, la lumière aussi crue.

Mercer était assis au milieu de la pièce sur une vieille chaise en plastique. On aurait dit qu'on l'avait mis au rebut, lui aussi, comme tout ce qu'il y avait ici. L'éclairage lui donnait un regard quasi transparent, une peau livide. Il mettait en relief les outrages de l'âge, le faisait paraître encore plus vieux que d'habitude. Il avait les yeux perdus dans le vide, son visage était sans expression. Impossible de dire s'il était en pleine concentration ou si, au contraire, il essayait de faire le vide dans son esprit.

Greg avait bien bossé. On avait débarqué des camionnettes un équipement informatique impressionnant qui tenait à peine sur trois longues tables. Sur chacune, un ordinateur portable, une imprimante fax et tout un matériel d'enregistrement. Une grosse rallonge courait dans la pièce et se prolongeait dans le couloir, il n'y avait pas de prises dans le vestiaire, que des gros tuyaux bleus au sol, suffisamment costauds pour que l'on puisse s'asseoir dessus.

L'ordinateur du milieu était connecté au central afin de synthétiser tous les débriefings, celui de gauche était relié à une caméra vidéo, pour l'instant son écran était noir, Greg travaillait activement sur celui de droite. Il affichait un script de programmation qui semblait, à voir son expression, lui donner bien du souci.

– Entretien numéro 1, dis-je, en déposant mon magnétophone à côté de lui sur le bureau.

– OK.

– Comment ça se passe ici ?

Il désigna l'écran de la tête.

– On essaie d'obtenir un contact visuel avec Pete. Il est dans les bois et la communication est pourrie. Saloperie d'ordinateurs ! Alors, l'interrogatoire ?

Pendant que Greg s'échinait à établir la liaison, je leur fis, à Mercer et à lui, un résumé de notre discussion : l'agression dont Scott avait été victime chez lui ; le trajet dans le van ; le sac sur la tête pendant qu'il marchait dans la forêt. Greg semblait m'écouter d'une oreille distraite, il avait visiblement l'esprit préoccupé par sa connexion. Mercer, lui, me regardait fixement, sans même cligner des yeux. C'était déconcertant. Je ne savais pas s'il captait ce que je lui racontais, ou s'il était à des lieues d'ici.

Pas certain d'être entendu, j'interrompis mon récit, hésitant à poursuivre. Il cligna des yeux et me lança :

– Et sa copine ?

– Il dit qu'elle était déjà dans le van quand il y est monté. S'il ne se trompe pas sur l'heure de l'agression à son domicile, elle a sans doute été kidnappée sur son lieu de travail.

– D'après le bail de leur appartement, elle travaille pour les assurances Safe Side. Il va falloir aller réveiller quelqu'un de chez eux, pour voir ce qu'il en est.

– Je mets mon équipe sur le coup.

– Peut-être qu'elle n'est pas allée travailler aujourd'hui. Il faut garder en tête qu'elle a passé la journée d'hier chez Simpson.

– C'est vrai...

J'avoue que cela m'était sorti de l'esprit – à moins que je ne l'aie volontairement chassé de ma mémoire.

Mercer me tendit quelque chose. Une photo d'identité.

– C'était dans le portefeuille de Scott.

Je la regardai de près.

– Elle correspond à la description que nous a donnée la voisine de Simpson.

C'était une brune, avec un joli sourire un peu en coin, et qui n'avait pas l'air d'aimer du tout être prise en photo. Elle n'était pas très belle, mais elle avait quand même quelque chose. Du caractère, sûrement. Même sur un simple cliché, on devinait qu'elle avait de la personnalité.

J'imaginai Scott, à l'extérieur du Photomaton, en train de lui parler à travers le rideau alors que les flashes crépitaient, en train de lui murmurer quelque chose, histoire peut-être de la faire sourire. Puis de découper une photo pour la mettre dans son portefeuille et la montrer autour de lui. « C'est Jodie. Elle est superbe, non ? »

En fouillant dans mon portefeuille, on aurait aussi trouvé une photo d'identité. De Lise.

– On l'a scannée, me dit Mercer. Jodie McNeice. Il nous reste un peu moins de cinq heures pour la sauver.

Déclaration lourde de sens. Ni Greg ni moi n'avons relevé.

J'avais pour tout dire la tête un peu ailleurs. Je pensais à Kevin Simpson. J'avais du mal à admettre que Jodie avait un amant, même si je savais que c'était vrai. La conversation que j'avais eue avec Scott avait montré combien il tenait à elle.

Il gardait une photo de Jodie dans son portefeuille, une photo sur laquelle elle avait l'air trop épanouie pour le tromper. Mais enfin, j'imagine que tout le monde met son mal-être de côté pour présenter son meilleur visage à l'objectif. Le portrait des Roseneil, aux anges, le jour de leur mariage me revint à l'esprit. Il ne faut jamais se fier à ce que montrent les gens. Derrière les sourires et les mines réjouies, il y a tout ce qui heurte, les fêlures, les erreurs et les secrets. Les gens ne vous montrent jamais que ce qu'ils ont envie de vous montrer.

– Je vais envoyer quelqu'un avec une copie de la photo chez Yvonne Gregory, déclarai-je. Histoire de confirmer que c'est bien elle qu'elle a vu sortir de chez Simpson.

– Bien.

Mercer se frotta les joues, pour se réveiller, comme s'il venait de sommeiller, puis il se leva et commença à tourner en rond dans la pièce.

– Bien. Qu'est-ce que tu as appris d'autre ? Il faut qu'il parle de l'endroit où il a été détenu, c'est l'urgence.

– Pour l'instant, il ne se souvient pas de grand-chose. Il ne sait plus trop où il en est. Il est fatigué, angoissé. Il a du mal à parler de ce qui s'est passé. C'est encore trop douloureux pour lui.

– Un effet des tortures ?

– Oui, mais pas seulement. Évidemment, il a du mal à évoquer les blessures qu'on lui a faites, mais, quand je lui ai parlé de Jodie, ça a été pire encore. C'est pour ça que j'ai décidé d'interrompre l'interrogatoire.

– Il ne se souvient pas de sa fuite dans la forêt ?

– Non, pas vraiment. Ça fait partie des souvenirs trop douloureux pour lui. S'il cherche à s'en rappeler, il risque de se rappeler aussi ce qui est arrivé avant.

– C'est pourtant ce qu'on veut savoir, non ? me lança Mercer, surpris. Je comprends que ce ne soit pas agréable pour lui, mais plus il nous en dit sur la forêt, sur sa fuite, plus on a de chances de localiser l'endroit où ils étaient prisonniers. C'est là-dessus qu'il doit se concentrer s'il veut qu'on retrouve son amie.

Je n'étais pas convaincu. Mercer n'avait certes pas tort, mais Scott était lui aussi une victime. Je me souvenais de ses larmes, de ses absences. Je doutais qu'on obtienne grand-chose en le mettant sous pression. Cela ne servirait à rien de le bousculer.

– Il faut le ménager, expliquai-je. Si on va trop vite, on risque de le perdre pour de bon.

– Oui, mais si on ne met pas le paquet, c'est elle qu'on va perdre.

On l'avait sans doute déjà perdue.

– Je vais faire de mon mieux.

Mercer parut satisfait, comme s'il m'avait gagné à sa cause.

– Je sais que ce n'est pas facile, reprit-il, et il n'a sans doute pas besoin de ça, mais c'est indispensable. Il faut aussi lui poser des questions sur Kevin Simpson. Pour voir s'il sait qui c'est, quel est son rapport avec Jodie, sans évoquer, évidemment, l'adultère.

Scott était déjà à cran et ce n'était vraiment pas le moment de faire naître dans son esprit le moindre soupçon concernant Jodie. Sa réaction serait à coup sûr désastreuse. Mais je voyais mal comment m'opposer à Mercer sur ce point sans aller jusqu'à remettre en cause son principal argument, à savoir que Jodie était toujours vivante. Tout ce qui comptait pour lui, en ce moment, c'était de la sauver. Et il ne voulait rien entendre d'autre.

Greg profita du silence pour toussoter. Je me tournai vers lui pour constater que le troisième ordinateur était allumé.

– Ça y est. On est en direct avec la forêt, annonça-t-il.

Pour me préparer à mes nouvelles fonctions, j'avais lu tout ce que j'avais pu trouver sur la ville. Je m'étais acheté un carnet, un guide, plusieurs brochures sur la région et j'avais étudié les cartes jusqu'à pouvoir me représenter les yeux fermés le plan général de la ville et de son agglomération. Au nord de celle-ci,

Un sur deux

la forêt s'étendait sur quinze kilomètres. Depuis la rocade, il y avait six bons kilomètres de collines boisées jusqu'aux montagnes proprement dites.

C'était censé être un parc naturel, même si ces 70 kilomètres carrés étaient loin d'être aussi sympathiques et accueillants que cette appellation pouvait le laisser entendre. La forêt était dense, voire impénétrable par certains endroits. Quelques sentiers partaient de la rocade, à la lisière du bois, sans toutefois jamais s'enfoncer à plus de deux kilomètres à l'intérieur de la forêt.

Il y a des endroits isolés et loin de tout où l'on se retire pour avoir la paix et être tranquille. D'autres qui sont dangereux pour exactement les mêmes raisons, et, de l'avis général, les bois autour de la ville appartenaient à la deuxième catégorie. On y trouvait des sans-abri qui n'avaient pas d'autre point de chute, des criminels qui y faisaient leur business. On évoquait même une bande de séparatistes, un peu plus haut dans la montagne. Pas le genre de personnes, en somme, qu'un individu civilisé et sans défense aurait aimé rencontrer sur son chemin. Pénétrer dans cette forêt, disait-on, c'était un peu comme aller au zoo et s'apercevoir, au bout d'un moment, qu'il n'y avait pas de barreaux aux cages.

Il n'aurait déjà pas été simple de fouiller ces bois à midi un jour de soleil – mais à 2 heures du matin, sous la neige, c'était mission impossible.

Sur l'écran vidéo, on avait l'impression que Pete était au pôle Nord. Le col de son manteau relevé, les épaules voûtées, le visage contracté en une sorte de grimace permanente, il essayait d'avancer contre la neige. De ma vie, je n'avais jamais vu quelqu'un l'air aussi transi et malheureux.

Greg s'était installé devant un autre écran sur lequel il regardait ce qui ressemblait à une carte. Mercer s'assit sur le bureau, en face de la webcam.

– Salut, Pete. Greg est là. Et Mark, que tu vois peut-être derrière moi.

– Salut, grogna l'autre.
– Vous avancez ?

À voir la tête de Pete, on aurait dit qu'on ne lui avait jamais posé une question aussi stupide.

– Tout doucement, et ça caille.
– Vous en êtes où ?

Pete regarda autour de lui.

– Eh bien, là, je suis à l'endroit où Scott Banks a atteint la rocade. On est en train d'organiser la battue. Un homme tous les cent mètres dans la forêt, et un à chaque virage sur la route. Si quelqu'un sort du bois, il ne peut pas nous échapper.

– Parfait, dit Mercer. Pas de nouvelles du van ?
– Justement, si ! À environ un kilomètre d'ici. Abandonné et couvert de neige.

– Excellent !

En dépit de la fatigue qu'il ne pouvait cacher, Mercer eut soudain l'air beaucoup plus en forme que tout à l'heure. Que le van fût encore dans les bois venait conforter sa thèse selon laquelle l'assassin s'y trouvait toujours.

– Fais passer les types du déminage, puis la criminalistique.
– OK, John.
– Voyons le périmètre maintenant. On en est où, Greg ?

Greg se renversa sur sa chaise, pas très heureux, semblait-il, du résultat de ses efforts.

– Je ne peux pas faire mieux.

Il tourna le portable vers nous.

– Ce n'est pas terrible, ajouta-t-il.

Une ligne blanche serpentait en bas de l'écran, figurant, je le devinai, la rocade au nord de la ville. Chaque homme qu'on avait posté là était relié au système satellite de positionnement mis en place par la police. Ils étaient représentés par des petits cercles jaunes. Les données étaient régulièrement actualisées, toutes les dix secondes, et on voyait les cercles jaunes s'écarter à chaque fois un peu plus de la rocade.

Un sur deux

Un cercle plus lumineux que les autres, clignotant, indiquait la position de Pete, à l'endroit où Scott était sorti de la forêt. Un autre cercle clignotant marquait l'endroit où on avait retrouvé le van.

En haut, l'écran était envahi par du vert : une carte grossière de la forêt avec des zones plus claires que d'autres, parmi lesquelles serpentaient des lignes brillantes, qui correspondaient aux sentiers balisés. L'un d'eux, le plus long, partait de l'endroit où l'on avait retrouvé le van, remontait vers le nord pendant environ deux kilomètres, obliquait ensuite sur la droite, décrivait une courbe et revenait plein sud vers la rocade. À l'écran, on aurait dit une sorte de « n » géant. On avait découvert le van en bas de la jambe gauche, Scott était réapparu un peu plus à droite.

Au-dessus du sentier serpentait le filet bleu d'un ruisseau qui composait une sorte de sourire sur le haut de l'écran. Il passait juste au-dessus de la courbe du « n ».

Greg déplaça le pointeur de la souris.

— Ce sont surtout des étendues boisées, et les sentiers ne sont sans doute pas aussi bien dessinés que là-dessus.

Le curseur effleura plusieurs points blancs parmi ceux qui scintillaient sur l'écran.

— Ça, ce sont de vieilles bâtisses en pierre. Des édifices tombés en ruine.

De l'autre côté de la webcam, Pete avait suivi l'explication, l'air de plus en plus dubitatif.

— Génial, Greg. Ça va nous être d'un grand secours ici tous ces schémas ! Tu veux qu'on les actualise en avançant ? Puisqu'on a que ça à foutre...

Greg leva les bras au ciel.

— Tire pas sur l'ambulance, Pete !

— Tout ça, c'est bien joli sur ton écran, mais de là où je suis, les arbres, là-bas, ils ressemblent à une putain de muraille noire. Il va falloir m'en dire plus si vous voulez que j'envoie des hommes au milieu de toute cette merde !

Mercer regardait attentivement l'écran. Il tendit la main pour prendre la souris que tenait Greg. Le pointeur descendit vers le cercle lumineux qui représentait le van de Carl Farmer.

– Pour moi, il n'y a pas de doute, dit-il. C'est ici que Banks et sa copine sont entrés dans la forêt. Il faut suivre ce sentier.

Il bougea la main, le curseur épousa la ligne blanche qui remontait sur l'écran – la jambe gauche du « n ».

– À en juger par l'endroit où Banks est sorti, ils sont forcément quelque part par là.

Il déplaça le pointeur et lui fit décrire des cercles entre les jambes du « n ».

Ce n'était que des conjectures, mais elles n'étaient pas sans fondements objectifs. Scott avait en effet couru depuis l'endroit où on les retenait prisonniers et il avait rejoint la rocade entre les deux sentiers, émergeant du beau milieu de la forêt, un secteur d'accès très difficile.

S'il avait été au-dessus du « n » ou bien en dehors, il lui aurait forcément fallu couper un des sentiers pour se retrouver là d'où il avait surgi. Et il allait de soi que s'il avait croisé un sentier, il l'aurait emprunté, plutôt que de continuer à courir dans cette jungle.

Cela dit, ce n'était qu'une hypothèse. Complètement désorienté, Scott aurait aussi très bien pu couper un sentier sans s'en apercevoir. Et puis, si l'assassin gardait toujours Jodie prisonnière, et donc vivante, quelque part dans le secteur, rien ne disait qu'il ne s'était pas déplacé avec elle, pour s'enfoncer plus profondément dans les bois, après l'évasion de Scott. Mais, comme il était impossible de fouiller 70 kilomètres carrés d'une forêt impénétrable dans les délais impartis, il fallait bien prendre une décision et celle de Mercer était plutôt judicieuse. Elle permettait au moins de localiser les recherches et de définir un périmètre acceptable.

– Bon, soupira Pete. Admettons. Le périmètre est de combien ? Une douzaine de kilomètres carrés, non ?

– Au maximum. Tu as suffisamment de monde ?

– Oui, mais les mecs se les gèlent sévèrement. Des bénévoles des services de secours nous ont rejoints, dix civils avec trois chiens.

– Les chiens n'ont encore rien décelé ?

– Non. Ils sont ici avec leurs maîtres, autour du van. Mais toutes les pistes ont été effacées par la neige et, vu la tempête, ils ont du mal à flairer quoi que ce soit.

Mercer ne se laissa pas démonter.

– Et l'hélicoptère ?

– Les pilotes n'étaient pas emballés, mais ils ont quand même décollé, on l'attend d'une minute à l'autre.

– C'est déjà ça. Il va falloir qu'on vérifie toutes les traces de chaleur qu'ils détecteront. Il faut aussi qu'on envoie des hommes du côté des ruines.

Pete fronça les sourcils, peut-être à cause de la tâche difficile qui l'attendait, mais plus vraisemblablement à cause de l'emploi du « on ».

– Peut-être qu'il la séquestre dans une de ces bâtisses, poursuivit Mercer, comme si de rien n'était. Il n'a pas forcément envie lui non plus d'être dehors par un temps pareil.

– Non, répondit Pete. Pas forcément. Cela dit, on n'en sait rien. Peut-être qu'il s'en fout. Peut-être qu'il est là, peut-être qu'il n'est plus là.

Peut-être même qu'il est à l'autre bout de la ville.

– De toute façon, reprit Mercer, il faut bien circonscrire les recherches. Sinon, on s'en sortira jamais. On va explorer le périmètre qu'on a défini, les ruines, les sources de chaleur. C'est tout ce qu'on a pour l'instant.

Au milieu de la neige qui tombait, Pete resta un instant à fixer l'écran.

– Banks n'a rien pu nous donner de concret ?

– Toujours pas, répondit Mercer. Il a la mémoire en vrac et il faut le *ménager*.

Je n'avais pas vu le coup venir. Pete était dans tous ses états, presque hostile, à la limite de tout envoyer bouler étant donné la mission quasi impossible qu'on lui assignait, il avait besoin d'autres informations, et, moi, je voulais qu'on ménage Scott. Mercer nous avait tourné l'un contre l'autre, certain que les objections que je pourrais émettre ne rencontreraient guère d'écho chez un homme perdu dans la forêt, la nuit, sous la neige, prêt à entreprendre des recherches impossibles. Et, bien sûr, il avait raison.

– Il faut le ménager, OK, super, répondit Pete, mais on part du principe que la vie de sa copine est en jeu, non ? Il s'en rend bien compte ? N'importe quelle bribe d'information peut nous être utile ! Est-ce que, au moins, il se souvient avoir été enfermé quelque part, ou bien est-ce que tout s'est passé en plein air ?

Mercer se retourna vers moi. Je regardai le plan de la forêt, puis Pete, excédé, sur fond de chute de neige. Je n'avais plus la force d'argumenter et de toute façon mes objections maintenant me paraissaient futiles.

– D'accord, soupirai-je. Je retourne lui parler.

4 décembre
2 h 50
Quatre heures trente minutes avant le lever du jour

Scott

Au cours de la nuit, les rêves de Scott avaient changé de tonalité. Son esprit endormi semblait maintenant en proie à un violent conflit intérieur. Il lui était arrivé quelque chose. Une partie de son inconscient le poussait à formuler et à analyser cette chose, une autre n'avait de cesse, avec de moins en moins de succès, de l'enterrer et de l'oublier. Si ses rêves l'avaient d'abord réconforté, il sentait maintenant le poison qu'ils distillaient progressivement dans son esprit. Souvenirs joyeux et considérations optimistes s'apparentaient à une maison en papier de soie, dont les fondations s'appuyaient sur une flaque d'encre noire. Peu à peu, tout s'assombrissait.

Dans son rêve, il avait été réveillé par le téléphone et, toute la communication durant, il n'avait pas vraiment réussi à s'extirper du sommeil. À l'autre bout de la ligne, Jodie pleurait et quand elle parlait, c'était d'une voix faible et chevrotante. Elle lui expliquait ce qui n'allait pas. Elle lui racontait ce qu'elle avait fait.
Assis bien droit sur le bord du lit, il écoutait. Ce faisant, il tortillait le fil du téléphone d'une main et l'enroulait autour de ses doigts. Il s'arrêta pour tirer le rideau jaune, le soleil du petit matin l'aveugla. 6 h 30. On avait l'impression que la température

était déjà douce. Il allait faire chaud aujourd'hui au bureau, très chaud.

— Je ne sais pas quoi dire, expliqua-t-elle.

C'est lui qui aurait dû dire ça, non ? C'était absurde de rester de marbre. C'est toujours lui qui avait fait preuve de patience dans leur relation, lui qui restait calme, lui qui réagissait avec discernement. Mais là, il ne pouvait pas faire grand-chose. Jodie aurait dû être ici, dans le lit, juste derrière lui, et non à cent cinquante kilomètres en train de lui annoncer ce truc horrible au téléphone.

— Moi non plus, répondit-il.

Les voitures passaient. Le monde extérieur semblait ne s'apercevoir de rien. Il lâcha le rideau, la chambre se retrouva dans une pénombre plus douce.

— J'ai passé la nuit à essayer de trouver quelque chose à dire, reprit-elle.

— En pure perte.

Ça, elle ne l'avait pas volé, mais en le disant il éprouva le besoin de s'excuser d'être aussi cynique. *Surtout pas !* Pour une fois il parvint à mettre de côté cet aspect-là de sa personnalité.

— Il faut croire que oui. J'ai essayé de faire en sorte que ça tienne debout. Mais j'ai foiré là encore, j'ai foiré sur toute la ligne.

D'habitude, quand elle était sur la pente de l'autoflagellation, il essayait de la rassurer autant qu'il pouvait. Là, c'était impossible. Ça aurait été déplacé, de toute façon. Il n'allait pas inverser les rôles et la consoler, comme si c'était elle qui souffrait.

— Tu n'as pas dormi du tout ? lui demanda-t-il.

— Non, je n'ai pas fermé l'œil de la nuit. J'ai été malade.

Il s'abstint de rire.

Et elle de répéter :

— Je ne sais pas quoi dire.

— Tu l'as déjà dit.

— Je ne sais pas quoi ajouter.

N'ajoute rien, songea-t-il. *Tu n'as qu'à continuer à dire la même chose. Ça résume parfaitement la situation : Je ne sais pas quoi dire.*

Ils passèrent le reste de la conversation à se chercher l'un et l'autre. Jodie voulut savoir s'il comptait rester avec elle, malgré tout. Il lui répondit qu'il lui fallait du temps pour réfléchir. Même si ce dont il avait besoin, c'était du temps pour *éprouver* quelque chose. Il avait été surpris par la façon dont il avait réagi. Malgré son manque de confiance en lui, il n'en avait pas fait un drame. Elle avait baisé avec un collègue de bureau ? Bah, ce n'était pas la fin du monde, après tout ! Néanmoins, il se sentait complètement vidé et il savait bien que lorsque les nerfs retomberaient, il allait en baver.

Je vais être détruit.

Rien n'allait se régler au téléphone. Pourtant...

– Je t'appelle en sortant du boulot, lui dit-il.

– Tu promets ?

C'était ridicule : elle avait l'air blessée et contrariée, comme s'il avait fait quelque chose de mal. Il avait tout à la fois envie de la gifler et de la serrer dans ses bras, en lui disant que ce n'était pas grave. Le pire, c'est qu'il trouvait ce paradoxe presque grisant.

– Promis. Il faut juste que je réfléchisse un peu.

Ce qui la mit au désespoir.

– Est-ce que tu m'aimes ?

– Il faut que j'y aille.

Il raccrocha, mettant ainsi un terme au bruit de ses pleurs.

Il resta encore un moment assis, enveloppé par le silence. Il avait l'impression d'être sous l'eau. Il entendait bien les voitures, les gens qui parlaient dehors... mais c'était comme s'il n'était plus là.

Sur la table de nuit, le réveil indiquait 6 h 34 en chiffres rouge vif.

Il entendit un bruit derrière lui. Celui d'une respiration.

Il se retourna tout doucement, le lit craqua sous son poids.

La créature se trouvait sur le seuil de la porte, sa poitrine se soulevait et retombait lourdement, comme si elle avait dû courir longtemps pour le trouver. Elle avait quelque chose à la main.

En la voyant, Scott tenta de s'enfuir, mais il ne pouvait plus bouger. Ses bras et ses jambes étaient comme retenus par des liens invisibles.

Panique.

– *Numéro 80*, dit la créature d'une voix qui semblait moins trafiquée que dans les précédents rêves. *Tu m'as choisi.*

Elle marqua un temps d'arrêt, puis demanda :

– Qu'est-ce que ça signifie ?

Ce que ça signifiait ? Scott voulut lui dire qu'il n'en savait rien. Si ça concernait Jodie... c'était faux. Elle ne l'avait pas choisi du tout, c'était lui au contraire qui l'avait choisie. Une image se fraya soudain un chemin dans son esprit : Jodie, assise sur le lit de sa chambre d'hôtel, la tête entre les mains. Qui pleurait.

– Elle n'était pas obligée de m'appeler, dit-il tout haut. Elle aurait pu faire comme s'il ne s'était rien passé. Elle aurait pu ne jamais m'en parler.

Le diable inclina la tête.

– Et ensuite, qu'est-ce que tu as fait ?

*
* *

– Je ne vais pas bien, dit-il.

Le répondeur du bureau. Il imaginait la bande qui tournait dans la pièce vide. Son patron n'arrivait jamais avant 9 heures les fois où il venait travailler.

– Je n'ai quasiment pas dormi de la nuit. J'ai dû manger une saloperie. Je ne me sens pas bien du tout.

Il donna encore quelques précisions, dont aucune n'était vraiment convaincante, puis il raccrocha.

Il prit alors un verre d'eau sur la table de nuit et le balança sur le mur du fond. Il se brisa et les morceaux de verre tombèrent à terre. Scott regretta aussitôt son geste. Les lames du parquet crissèrent lorsqu'il balaya les éclats de verre, et la poubelle, en bas, étouffa un bruit métallique lorsqu'il les y jeta.

Il attrapa ses clés, son portefeuille et son manteau, puis sortit.

– Tu es allé la rejoindre, c'est ça ?

Le diable était accroupi devant lui. L'esprit endormi de Scott ne s'en formalisa pas, d'une certaine façon, il savait ce qui était en train de se passer. Ces souvenirs de Jodie et de son amant remontaient à près de deux ans, celui du diable était beaucoup plus récent, mais les deux semblaient liés. Ils avaient parlé de ça, le diable et lui. Il fallait pour l'instant que les souvenirs se chevauchent ainsi s'il voulait rétablir les faits. Même si c'était à cause de ça que le poison s'infiltrait.

Il fit signe que oui.

La chambre était beaucoup plus grande qu'il ne l'avait imaginé. D'habitude, il aimait les hôtels. Les couloirs étroits, l'éclairage tamisé, les chambres comme des refuges, tout cela avait un côté rassurant. Mais là, il était bien loin de tout ça. Il ne pouvait s'empêcher d'imaginer Jodie et Kevin ensemble.

Elle le retrouva dans le couloir et ils allèrent dans sa chambre, sans un mot. Elle alluma la lumière.

Il y avait un meuble le long du mur, sur lequel étaient posés une petite télé, un plateau et une cafetière. Il nota l'absence de sachets froissés ou de tasses sales, même si elle avait bien dû boire quelque chose. Il se demanda si le garçon d'étage avait débarrassé une ou deux tasses.

Le grand lit était contre le mur d'en face, encadré par deux lampes. Au fond de la pièce, un canapé à deux places et deux chaises étaient disposés autour d'une table basse.

– Tu veux un café ? lui demanda-t-elle.

Il fit oui de la tête. De toute façon, elle était déjà en train de le préparer.

– La bouilloire est très lente.

Il la regarda aller et venir : elle n'était pas capable de rester en place, encore moins de se détendre. Après quelques minutes de silence qui semblèrent durer une éternité, de la vapeur s'éleva de la bouilloire. Elle lui servit un café, puis lui passa la tasse, en la tenant délicatement par les bords, afin qu'il puisse prendre l'anse.

– Merci.
– De rien.
– Tu es surprise que je sois venu ?
– Ça me fait plaisir.
– Bien.
– Je t'en prie, ne me...

Le souffle lui manqua, il lui fallut recommencer.

– Je t'en prie, ne me quitte pas.
– Il va falloir qu'on en parle.
– Ne me quitte pas, s'il te plaît. Je ne sais pas ce que je vais faire, sinon.

Il but doucement son café.

– Je serais capable de n'importe quoi pour revenir en arrière, reprit-elle, je serais prête à tout pour ça, mais comment faire ? Que faut-il faire ? C'est impossible. Si tu savais combien je regrette, tout ce qui s'est passé. J'étais complètement soûle, je ne savais pas ce que je faisais, je ne me rendais pas compte à quel point c'était...

Il posa sa tasse par terre.

– ... tu ne m'en voudras jamais autant que je m'en veux moi-même.
– Je ne t'en veux pas.
– Eh bien, tu devrais.

L'autoapitoiement, encore. Voulait-elle qu'il la rassure ? Au lieu de ça, il ouvrit les mains et essaya de parler franchement.

– Il va falloir parler de ce qu'on va faire, maintenant.
– Oui.

Un sur deux

– J'ai envie que ça marche entre nous, Jodie, vraiment. Mais je ne vois pas du tout comment c'est possible pour l'instant. Je me suis senti si mal aujourd'hui. Si mal. Et je crois pourtant que je n'ai pas encore vraiment réalisé.

– Si tu veux, je démissionne dès aujourd'hui. S'il le faut, je le fais, tout de suite.

Il la regarda. À l'entendre, c'était tellement facile, mais elle était dans la boîte depuis le début, il avait fallu trois longues années avant que les affaires ne commencent à marcher, trois longues années d'efforts quotidiens. Elle aurait pu hésiter, ne serait-ce qu'une seconde, mais, non, elle avait l'air bien décidée.

C'est lui qu'elle choisissait. S'il le voulait elle était prête à tirer un trait sur tout le reste. Juste pour sauver leur couple. Il continua à la dévisager, sans savoir quoi lui dire.

D'un côté, il n'était évidemment pas question de lui demander de faire ça. Et pourtant, il savait bien qu'ils ne pourraient pas rester ensemble si elle continuait à travailler avec Kevin, à le voir tous les jours. Et entre les deux solutions, il n'y avait pas de compromis possible.

Aussi resta-t-il sans rien dire.

Au bout d'un moment, elle fit un mouvement de tête. Comme si elle avait pris sa décision.

Ce mouvement de tête, Scott allait se le rappeler souvent pendant les deux années qui suivraient, il allait lui permettre de justifier à ses yeux tout ce qui était arrivé. Ce simple mouvement de tête allait lui donner l'occasion de se mentir à lui-même. Ce n'était pas lui qui l'avait prise, cette décision, après tout !

Jamais il ne lui avait demandé de renoncer à la vie qu'elle menait.

Elle l'avait fait volontairement, de son plein gré.

Tu m'as choisi.

D'un seul coup, il se retrouva ailleurs : dans un endroit affreux, où les images étaient plus brèves et plus nettes. C'était la sombre bâtisse en pierre et le diable était penché sur lui, le tournevis à la main. De la vapeur s'en dégageait.

Le diable lui appuya la tige sur l'épaule. Scott essaya de l'éviter, de reculer, mais il ne pouvait pas bouger. Pendant un instant, tout se figea... puis la douleur se répercuta dans la clavicule, avant de redescendre jusque dans les côtes.

Il se mit à hurler. La bouche grande ouverte, balançant furieusement la tête à droite et à gauche.

Mais le diable continua à appuyer bien fort la tige du tournevis. Scott entendit sa peau grésiller. Il sentit une odeur de brûlé, la sienne.

Était-il possible de s'évanouir en rêve ?

Lorsque la créature retira le tournevis de son épaule pour l'appliquer sur l'intérieur de sa cuisse, il sut que ce n'était pas possible.

4 décembre
3 heures
Quatre heures vingt minutes jusqu'au lever du jour

Mark

Après que Pete fut parti coordonner les recherches, je pris des nouvelles de mon équipe, *via* l'ordinateur de débriefing. Ils étaient en train de saisir leurs interrogatoires, bien au chaud dans un bureau, où ils pouvaient boire autant de café que leur organisme le leur permettait. J'avais l'impression qu'ils auraient pu continuer ainsi nuit et jour pendant des semaines, sans que rien ne vienne interrompre leur monotonie. J'étais tellement fatigué que j'avais du mal à garder les idées claires. Je leur dis rapidement ce qu'ils devaient faire : réveiller (avec tact) Yvonne Gregory pour qu'elle identifie formellement Jodie et contacter quelqu'un de la compagnie d'assurances afin de nous éclairer sur son emploi du temps de ces derniers jours. Deux tâches pénibles à cette heure-ci de la nuit, qui allaient déboucher dès le lendemain matin sur de nouvelles séries d'interrogatoires. Cela n'eut pas l'air de les rebuter, bien au contraire. J'enviais leur dynamisme, qui, contrairement à ce que j'aurais voulu croire, ne devait pas être le seul fait de la caféine.

En remontant dans la chambre de Scott, le poids de la fatigue devint insupportable. J'avançais au radar dans les couloirs, m'efforçant de ne plus penser à rien, ou presque. Lorsque j'arrivai en vue de la chambre, un vertige me saisit. J'étais comme ivre d'épuisement.

L'atmosphère n'était pas la même qu'au rez-de-chaussée, où tout semblait calme : le personnel s'occupait de dossiers à classer, on rangeait les chariots médicalisés, c'était l'heure du nettoyage. Ici, on ne plaisantait pas. Il s'agissait de sauver des vies, tout se passait dans l'urgence. Je me fis tout petit, essayant de ne déranger personne, ce qui, dans mon état, n'était pas évident. J'avais du mal à tenir debout, à savoir où j'en étais. Il fallait que je me ressaisisse avant de retrouver Scott.

Deux minutes plus tard, toujours dans le même état d'épuisement, j'étais devant lui.

J'avais oublié combien sa chambre était sereine. La lumière tamisée contribuait à donner une impression de tranquillité, que venait renforcer le battement régulier de son pouls. Il était dans la position où je l'avais laissé, couché, le dos relevé par des oreillers, le visage faisant face aux stores. Il était si bien installé que je crus un instant qu'il dormait. Mais il tourna la tête vers moi.

– Ah, c'est vous !

Il se retourna presque aussitôt vers la fenêtre.

– Je croyais que c'était encore le médecin.

Je fermai doucement la porte.

– Vous voulez le voir ? Je peux aller en chercher un, si vous voulez. Ce n'est pas ça qui manque ici.

– Non. En fait, j'espérais que ce soit vous. Je suis désolé, pour tout à l'heure.

– Il n'y a pas de quoi.

Je m'assis sur la chaise, les jambes tremblotantes, et j'allumai mon magnétophone.

– Quelle heure est-il ?

– 3 heures, répondis-je.

– Vous ne l'avez toujours pas retrouvée ?

– Non. Pas encore.

Intéressantes, les questions qu'il me posait là. Était-il conscient d'une façon ou d'une autre que nous n'avions que jusqu'au lever du jour pour sauver Jodie ?

— Mais on va y arriver. Au moment où je vous parle, nos hommes fouillent la forêt. Nous avons localisé un périmètre dans lequel nous pensons qu'elle se trouve.

J'avais presque oublié combien il faisait peur à voir. Même si les bandages et les pansements dissimulaient en grande partie ses blessures, la vision de celles-ci était difficilement supportable.

— Mais plus nous arriverons à le réduire, et plus nos recherches seront efficaces : nous avons besoin de tous les renseignements que vous pourrez nous donner. Je sais que c'est difficile, mais on a besoin que vous vous rappeliez du maximum de choses sur ce qui vous est arrivé hier.

C'était peut-être un effet d'optique, ou bien ma mémoire qui me jouait des tours, mais j'avais l'impression que ses cernes s'étaient accrus, comme si la douleur était plus profonde, plus intérieure encore. Il avait l'air possédé, comme s'il avait abandonné dans la forêt ses souvenirs les plus douloureux et que leur fantôme s'était depuis matérialisé dans la pénombre de la chambre. Il semblait tellement accablé de tristesse que la souffrance physique paraissait être passée au second plan.

Au bout d'un moment, il tourna la tête vers moi. J'étais trop las pour que son malheur ne m'atteigne pleinement.

— Il y a une chose qui m'est revenue. C'est étrange.

— Qu'est-ce que c'est ?

— Dans le van. Vous vous rappelez, je vous ai dit que j'avais l'impression qu'on s'était arrêtés deux fois sur la route ?

— Oui.

— Eh bien, aussi étrange que cela puisse paraître, j'ai l'impression qu'il y avait un enfant avec nous, dans le van.

Je ne pus cacher ma stupeur.

— Un enfant ?

— Enfin, un bébé, précisa-t-il, comme si cela était moins surprenant. L'homme n'arrêtait pas de parler à voix basse à une personne assise devant, à côté de lui. On aurait dit qu'il cherchait à la rassurer et je me rappelle avoir entendu pleurer un bébé. Oui, un bébé. Puis, après qu'on s'est arrêtés, plus rien.

Je suis resté un moment à l'observer en silence, en réfléchissant à ce qu'il venait de me dire. Sans vouloir remettre ses paroles en question, il me fallait prendre en compte le traumatisme qu'il avait subi et aussi l'effet des médicaments qu'on lui administrait. Peut-être qu'il essayait de se remémorer quelque chose, en le visualisant sous une forme délirante.

À moins que ce ne fût vrai. Auquel cas, il avait raison, c'était pour le moins étrange.

– Vous souvenez-vous de ce que l'homme a dit ?
– Pas vraiment. Pas à ce moment-là, en tout cas.
– À un autre moment ?
– Oui, répondit-il en hochant lentement la tête. En fait, j'ai l'impression qu'il m'a beaucoup parlé. Vous êtes-vous déjà réveillé avec une bonne gueule de bois, en vous souvenant avoir discuté avec quelqu'un, mais en étant incapable de vous rappeler de quoi vous avez parlé ? C'est exactement l'effet que ça me fait. Comme si nous avions eu une longue conversation à propos de quelque chose que j'ai oublié.

Il essaya de se souvenir, en vain. Il n'avait pas l'air paniqué, c'était davantage comme s'il ne savait plus où il en était et j'avais l'impression qu'il avait envie que je continue à lui poser des questions, que je l'aide à progresser.

– Cet homme, repris-je, en pesant mes mots, il commence par suivre les gens pendant de longues semaines. Il les espionne, réunit le maximum d'informations sur eux et il se sert ensuite de ce qu'il a appris pour les torturer.

– Je ne comprends pas. Que voulez-vous dire par là ?
– Vous savez qu'il vous a blessé, physiquement. Mais il ne se contente pas d'infliger seulement des douleurs physiques. Il a dû vous dire des choses qui vous ont bouleversé. À propos de Jodie, par exemple.

Il me fixait.

– Cela évoque quelque chose dans votre esprit ?

Il avait l'air complètement largué.

– Scott ?
– Kevin, dit-il, très doucement.
Je faisais de mon mieux pour masquer mon excitation, pour faire comme si je n'étais au courant de rien.
– Vous vous souvenez de quelque chose ?
– Je crois. Il m'a parlé de Kevin.
– Qui est Kevin ?
Il allait me répondre, mais il s'arrêta net et tourna la tête. *Fais attention*, me dis-je. *Ne l'influence pas. Laisse-le venir à son rythme.*
Il resta un bon moment à contempler la fenêtre. Je m'efforçai de rester aussi calme que possible, en me concentrant sur le « bip » régulier de l'appareil. Je me demandai s'il fouillait dans ses souvenirs, s'il cherchait ses mots ou bien s'il essayait de trouver le courage de me parler.
Il laissa finalement tomber :
– Jodie a eu un amant. Pas un amant. Juste une aventure d'un soir.
– Il y a longtemps ?
– Il y a deux ans. Kevin était un copain de fac. Après leurs études, ils ont monté une société ensemble. Ça commençait à bien marcher. Un soir qu'ils étaient en déplacement, à l'hôtel...
Il respira profondément, puis énuméra très vite les faits, un peu comme on expédie les derniers mouvements dans une séance de gymnastique.
– Elle a picolé. Puis ils ont baisé. Elle m'a tout avoué le lendemain au téléphone. Aussi étrange que cela paraisse, j'ai l'impression que l'homme m'en a parlé.
Je ne m'attendais pas du tout à ça et il me fallut un certain temps pour remettre les choses dans leur contexte. Il était en train de me dire que Jodie avait été à l'origine de la CCL avec Kevin Simpson, qu'ils avaient eu, deux ans plus tôt, une aventure et que le tueur était au courant. Même s'il était possible que notre homme les ait espionnés durant tout ce temps, ça

paraissait inimaginable. Cela dit, ça faisait deux ans qu'on n'avait plus de ses nouvelles. Et comme Mercer l'avait répété, il avait cette fois mis deux ans à préparer son plan.

– Que s'est-il passé, après cette aventure ?

– On a beaucoup parlé. De l'éventualité d'une séparation, en particulier. Ce soir-là elle avait trop bu et les choses lui ont échappé. Je n'avais pas envie de rompre avec elle à cause de ça.

D'après le bail de leur appartement, elle travaille pour les assurances Safe Side.

– Elle a quitté la société ?

– De sa propre initiative... Ce n'est pas moi qui lui ai demandé.

Il avait l'air agacé.

– Je ne l'en ai pas non plus empêché mais, si elle était restée là-bas, notre couple n'aurait pas tenu. Elle consacrait tellement de temps et d'énergie à cette boîte qu'elle le voyait plus souvent que moi, je n'aurais pas pu continuer dans ces circonstances. J'imagine qu'elle le savait. Si bien que c'est moi qu'elle a choisi.

– Bien.

Et ensuite ?

L'aventure dont parlait Scott remontait à deux ans. Jodie avait-elle continué à voir Simpson pendant tout ce temps ? Leur liaison s'était-elle poursuivie en secret ? Et le tueur avait-il tout révélé à Scott ? Forcément, il n'aurait pas pu passer ça sous silence, s'il était au courant.

Scott recommençait à s'angoisser sérieusement.

– C'est moi qu'elle a choisi, répéta-t-il.

Ses mots étaient éloquents. *C'est moi qu'elle a choisi.* Il cherchait à tâtons ce qui avait bien pu se passer et, si tout lui revenait d'un coup, il risquait de ne pas supporter ce qu'il allait découvrir.

– Tout va bien, Scott. Comme je vous l'ai dit, ce type voulait vous blesser aussi bien émotionnellement que physiquement. Vous comprenez ? Il a utilisé ce qu'il a appris pour vous torturer.

– C'était ça, le fameux « jeu » ?

Je l'ai regardé, sans savoir quoi lui répondre. Il voulait des éclaircissements, mais je n'étais pas sûr qu'il fût prêt à entendre la vérité.

– De quoi vous souvenez-vous, à propos de ce jeu ?
– Je me souviens de ça, de ces mots. Il a parlé d'un jeu. Il m'a dit qu'à la fin je le remercierai de ce qu'il avait fait pour moi.

La partie visible de son visage se marqua soudain d'une brusque détermination.

– Il faut que vous m'expliquiez maintenant, insista-t-il.

Il était temps de lever le pied pour lui permettre de retrouver son calme. Mais nous avions besoin, et vite, d'un maximum de renseignements et j'avais promis de faire tout mon possible pour en obtenir. De plus, si je voulais respecter la règle, il fallait que je réponde à ses questions pour qu'il continue à répondre aux miennes.

– Le « jeu », répondis-je calmement, consiste pour lui à prendre des couples pour cible. L'un des deux conjoints doit mourir avant le lever du jour et c'est à l'un des deux de décider lequel est condamné. Il en choisit donc un, puis il le torture, physiquement et émotionnellement, pour le forcer à trahir l'autre. C'est ça, le jeu.

C'était à la fois cru, dur et ignoble, mais il n'était pas possible d'expliquer la chose de manière anodine.

Il faut que vous m'expliquiez maintenant. C'était fait.

– Je l'ai donc... trahie ?
– On n'en sait rien, Scott.
– Sinon je ne serais pas...
– Quoi qu'il ait pu se passer, le coupai-je, vous ne pouviez rien faire d'autre.

Il avala difficilement sa salive.

– Pourquoi ? demanda-t-il d'une voix légèrement tremblante. Pourquoi c'est comme ça ?

C'était toute la question.

Pourquoi c'est comme ça ?

Et c'est toujours la question. Je me l'étais suffisamment posée ces six derniers mois, sans jamais trouver une réponse satisfaisante. Pourquoi s'était-elle noyée ? À cause de notre décision d'aller à la plage ? À cause de la physique des vagues ? De la physiologie du corps humain ? Il n'y avait pas d'autres explications. Et même s'il m'en fallait davantage, le monde se foutait bien de ce qui était important pour moi.

Pourquoi le tueur faisait-il subir ça aux couples ? Pour détruire leur amour, pour qu'ils se détournent l'un de l'autre. Parce que c'était un loup, un démon. Autant de clés qui soulevaient chacune d'autres questions. Quand on cherche à savoir pourquoi, la réponse est toujours la somme d'une centaine de raisons différentes, dont aucune n'est satisfaisante à elle seule et qui ne sont jamais satisfaisantes à elles toutes. Comme moi, Scott n'en voulait pas, de ces réponses. Il se demandait « Pourquoi ? » à ce niveau où il n'y a plus aucune réponse possible.

– On n'en sait rien. On essaye d'interpréter ses faits et gestes, de formuler des hypothèses, c'est tout. Quand on le coincera, on sera peut-être en mesure d'en savoir plus. Mais ce qui compte maintenant, Scott, c'est de le retrouver avant qu'il ne fasse du mal à Jodie.

Avant qu'il ne lui fasse plus de mal encore.

Si Scott avait toujours l'air effrayé, il n'avait néanmoins toujours pas cédé à la panique.

Je sortis du dossier la photo de Carl Farmer pour la lui donner. Il me la prit des mains pour l'examiner. Ses traits se figèrent, sa main se mit à trembler.

– C'est lui ? demanda-t-il.

– J'espérais que vous pourriez me le dire.

Il se concentra, scruta le cliché.

– Je l'ai déjà vu. J'en suis sûr... oui, il est venu à la maison. Il y a quelques mois. Il est venu relever le compteur.

– Parfait.

Mieux que parfait encore, nous avions maintenant deux identifications formelles, de deux sources différentes. Ce qui était étrange, voire inquiétant, c'était que l'assassin ne semblait plus soucieux cette fois de nous cacher son identité. Il ne pouvait s'agir d'erreurs successives, il nous *montrait* son visage.

– Mais je ne sais pas si c'est l'homme de la forêt.

Il me rendit la photo.

– Tout ce dont je me souviens, c'est qu'il ressemblait au diable. Et pas seulement à cause de son masque. L'homme que j'ai dans la tête... ce n'est pas un être humain.

Il se tourna vers les stores et je laissai cette remarque en suspens. Daniel Roseneil avait fait une déclaration analogue.

C'était le diable.

C'était faux, évidemment. Le diable n'existe pas. Il n'y a que des tordus que la vie a poussés à bout. Cela dit, même en sachant cela, je n'étais pas loin de donner raison à Scott et à Daniel. Dans ce monde imparfait régi par la causalité, où les réponses ne sont jamais celles qu'on attend, peut-être l'un et l'autre étaient-ils aussi proches de la vérité qu'il est possible de l'être.

– Des murs de pierre, dit soudain Scott d'une voix calme.

Il avait toujours le regard fixé sur les stores.

Je sentis une véritable décharge d'adrénaline.

– Des murs de pierre ?

– Là où j'étais, il y avait des murs de pierre.

Il avala sa salive.

– Oui, ça y est, je m'en souviens. C'était petit, étroit, il n'y avait pas la place de bouger, les murs étaient tout près de mes épaules.

– Parfait, Scott, c'est parfait.

C'était donc les ruines. Le tueur l'avait enfermé dans une des bâtisses en ruine. Voilà qui réduisait considérablement le périmètre de recherches. Peut-être avions-nous maintenant, après tout, une chance de retrouver Jodie vivante avant le lever du jour.

– Vous vous souvenez d'autre chose, Scott ?

– Je me rappelle les murs de pierre. Il était accroupi en face de moi et il me parlait.

Il était pris de tremblements. Quelque chose le faisait souffrir, mais il s'efforcerait de le supporter aussi longtemps que possible.

– Il me parlait à voix basse dans l'obscurité. Tout près de moi. J'étais terrorisé.

J'avais les informations que j'étais venu chercher et mon instinct me conseillait maintenant de faire marche arrière, de ne pas laisser Scott s'aventurer davantage sur ce terrain miné. Mais il avait besoin de parler et il fallait que je l'écoute. Il ne s'agissait pas seulement d'extirper des informations à un témoin, j'avais en face de moi un être humain qui avait besoin de moi.

– L'obscurité était totale ?

– Non. Il y avait un peu de lumière.

– Un feu ?

– Oui, je crois. Il s'en est servi pour...

D'un seul coup, la mémoire lui revint. Il s'arrêta de parler, de souffler, de bouger. Puis il porta lentement la main à son visage.

– Tout va bien, Scott, tout va bien.

– Il y avait des murs de pierre.

– Merci. Vous avez été d'une aide précieuse.

– De vieux murs de pierre.

Ce coup-ci, il ne fondit pas en larmes, mais il laissa sa main sur son œil abîmé, comme pour le cacher. Il était loin d'ici, dans un autre monde. C'était moi qui l'avais amené jusque-là, j'étais responsable. Je me devais par conséquent de rester avec lui pour l'aider à surmonter la scène dont il venait de se souvenir. Mais il fallait pourtant que je quitte la pièce, je devais descendre donner au plus vite à Pete et à son équipe les dernières informations dont je disposais.

Je sentis la culpabilité m'envahir en me levant. En arrivant devant la porte, je me retournai.

– Merci, lui dis-je une fois de plus.

Il ne parut pas m'entendre. Il fixait les stores, la main sur le pansement qui barrait son visage.

4 décembre
3 h 20
Quatre heures avant le lever du jour

Charlie

La guerre avait commencé.
Charlie se recroquevilla, au fond de son abri. Il tremblait. Pas à cause du froid. C'était ses nerfs. Il ne pouvait plus les contenir. Il sentait l'excitation dans son estomac, dans son ventre, partout. Le moment était arrivé.
Le ciel allait se déchirer et il y aurait...
Il fit la grimace, dans l'ombre. Bon, il y aurait de la chaleur, c'est sûr, sans doute aussi de la lumière. Attendre de voir – et garder la foi. Pour l'instant, le feu qu'il avait allumé dégageait assez de chaleur et de lumière.
Il faut que tu allumes un grand feu, lui avait dit le diable. *Un grand feu, comme ça, ils ne pourront pas te voir.*
Il lui avait montré comment faire, deux jours plus tôt. En rentrant à son abri, il était tombé sur le diable, assis en tailleur au milieu de la petite clairière, en train d'attiser le feu. Il avait déjà ramassé du bois sec qu'il avait disposé en tas, à côté de lui.
Tu les vois apparaître ? Au début, non, et ça l'avait dépité, Charlie, de se dire qu'il ne le méritait peut-être pas. Le diable aussi avait eu l'air déçu, il l'avait néanmoins rassuré, lui avait demandé de fixer les flammes, en se concentrant. Et petit à petit, Charlie les avait vues apparaître. Il en avait conçu une allégresse nouvelle pour lui. Le diable avait approuvé.

Quand ce sera fini, je t'apprendrai à le faire seul. Et pas seulement avec du bois.

L'abri de Charlie se trouvait sous les arbres et le bois magique brûlait à une dizaine de mètres de là, au milieu de la petite clairière. Une couronne de flammes dansantes, assez grande pour être posée sur le front d'un géant. La neige tombait toujours. Le feu y remédiait en dégageant de la fumée et des tourbillons de cendres qui flottaient sur d'immenses vagues de chaleur. En dépit du temps, il restait lumineux, brûlant : un cercle de l'enfer, attaché à sa longe, qui défiait les cieux. Le bois rougeoyait puis se carbonisait. De temps à autre, une bûche s'effondrait et une volute de poussière enflammée s'élevait dans l'air. Même à cette distance, il sentait la chaleur. Il en avait les joues gonflées et le corps trempé de sueur. Il changea le couteau de main, se frotta la paume contre la jambe, puis reprit le couteau dans la main droite et serra bien le manche. Il fallait qu'il fût d'attaque. Qu'il fût prêt.

C'était un bon feu – ce qu'il fallait.

Maintenant, tu es un de mes soldats, lui avait expliqué le diable. *Tu sais ce que ça veut dire ? Ça veut dire que quand les anges passent au-dessus de toi et qu'ils te regardent, ils ne voient rien d'autre que des flammes.*

Les anges étaient justement en train de voler au-dessus de lui. Il n'y avait plus de retour en arrière possible.

Tu as besoin du feu, pour te dérober à leurs regards.

Ça faisait maintenant une heure qu'il les entendait dans le ciel, et s'il lui était arrivé de douter des promesses et des déclarations du diable, ce n'était plus possible maintenant.

Les anges étaient effrayants. Ils fendaient l'air en rugissant. On croyait entendre cent lourdes épées qui tournoyaient. En dessous, les arbres frissonnaient et tremblaient de peur. Malgré tout, Charlie restait maître de lui. Tout là-bas, des lumières tombaient du ciel. Il était prêt. L'instant allait arriver et il faudrait alors se montrer solide.

*
* *

Ça avait commencé une semaine plus tôt.

Jusque-là, sa vie était bien réglée. La municipalité lui payait sa pension à la Maison sur la colline, ce qui signifiait une chambre, trois repas par jour et tout ce qui allait avec. À la différence de certains autres résidents, il était plus ou moins libre de rester ici ou d'aller faire un tour. Les infirmières se faisaient certes du souci à cause de l'homme qui lui parlait, en son for intérieur, mais il y avait longtemps que celui-ci n'avait pas demandé à Charlie de faire quelque chose de mal. La plupart du temps, il était contrarié par ce que cet homme lui racontait et, quand ça n'allait pas, il suivait les conseils des médecins et allait se coucher, sans se soucier des autres. Au bout d'un moment, l'homme la fermait. Il était bien content, Charlie, de voir du monde et ça ne dérangeait pas les infirmières qu'il sorte pour aller en ville, ou pour faire ce qui lui plaisait. Il signait le registre, en partant et en revenant. Sauf qu'il ne l'aimait pas, la ville. L'homme dans sa tête l'avait prévenu : les gens là-bas n'étaient pas comme lui et ils le haïssaient. Aussi préférait-il se balader tout seul dans la forêt. C'était plus calme, par ici. Il n'y avait personne alentour et ça le rendait heureux. Seulement, la semaine dernière, alors qu'il s'était aventuré un peu plus loin que d'habitude dans les bois, il avait réalisé qu'il n'était pas seul. Il se promenait tranquillement sur le sentier, lorsque tout à coup les poils de sa nuque s'étaient hérissés. Il y avait quelque chose d'étrange. L'homme dans sa tête lui demanda de s'arrêter, ce qu'il fit.

Pendant un certain temps, il n'entendit que le chant des oiseaux. Puis une petite brise se leva, faisant bruisser la cime des arbres. On aurait dit une chute d'eau. Enfin, sur la droite, un morceau de bois craqua.

Regarde par ici, lui avait dit l'homme dans sa tête. Il lui avait obéi.

À trente ou quarante mètres de là, le diable longeait un chemin quasiment parallèle au sentier principal. Charlie distinguait mal son corps, presque entièrement noir, mais il vit très bien sa tête car la peau rouge vif tranchait avec les feuilles persistantes et les troncs d'arbres marron. Il en eut des frissons.

Le diable avait continué à marcher, sans s'apercevoir apparemment de la présence de Charlie. Pourtant, juste avant que celui-ci ne le perde de vue, il s'était arrêté. Il ne l'avait pas regardé, il s'était contenté d'incliner légèrement la tête sur le côté, comme pour écouter une alarme intérieure. Charlie avait alors compris que le diable l'avait vu. Sans toutefois lui prêter attention. Quelques secondes après, le diable s'était remis en route, avant de disparaître dans les sous-bois.

Suis-le ! lui avait dit l'homme.

Non. Charlie n'en avait pas envie.

Suis-le !

Charlie était resté une minute sans savoir quoi faire, effrayé, contrarié, mais aussi intrigué. Quelque chose en lui n'avait pas envie de voir le diable disparaître à jamais. L'homme dans sa tête le savait et il n'hésita pas à jouer sur cette corde. Charlie sentit son corps bouger, presque involontairement, se mettre en marche et continuer sur le sentier.

Comme toujours, c'était bien plus simple maintenant qu'il avait obéi à l'homme dans sa tête. Seulement, il était trop tard, le diable avait disparu. Il ne l'avait pas retrouvé ce jour-là.

Quand il était rentré à la Maison, l'homme dans sa tête lui avait conseillé de n'en parler à personne, pas même à son copain Jack, ce qui l'avait inquiété. Il y avait longtemps que l'homme ne s'était pas adressé à lui avec autant de sérieux et de détermination. Ça le rendit malheureux et il eut du mal à s'endormir. Quand il réussit à trouver le sommeil, l'homme s'adressa à lui dans ses rêves, en se montrant à la fois rassurant et plus convaincant que jamais.

Le lendemain, Charlie se réveilla très déterminé. Il retourna dans la forêt, dans le même secteur que la veille. Il fit exprès de faire du bruit, d'écraser bien fort des brindilles avec ses grosses chaussures. Il toussa, marmonna et finit par mettre ses mains

──── Un sur deux ────

en porte-voix pour héler le diable : « Sors, je t'en prie. J'ai envie de parler de tout ça avec toi. »

Le diable finit par se montrer.

Il sortit d'un coup des broussailles, au bord du sentier, et se campa devant lui dans la lumière froide du soleil qui filtrait entre les arbres. Un corps noir et ample. Sur le visage, une peau caoutchouteuse, cramoisie, comme si l'épiderme avait été passé à la flamme. Il avait des petites cornes sur la tête, noyées dans une tignasse hirsute, noire et terne.

Je te cherchais, dit l'homme que Charlie avait dans la tête. *Dis-le-lui !*

Alors qu'il hésitait, ne sachant pas très bien comment réagir, le diable ne bougeait pas. Les oiseaux continuaient à chanter, les arbres à bruire... Charlie éprouva un frisson de joie. Dans le ventre, puis dans la poitrine, dans la gorge, un frisson de joie qui s'amplifiait.

Dis-le-lui ! insista l'homme. Ce qu'il fit, cette fois.

Le diable se détourna et s'en alla. Par la suite, il lui expliqua qu'il s'était d'abord demandé si Charlie le méritait ou non. Il lui avait fallu revenir deux ou trois fois avant de décider que oui, finalement, Charlie le méritait.

*
* *

Des voix.

Pas tout près, se dit-il, mais pas trop éloignées non plus.

Pas facile d'évaluer les distances, cette nuit. Les sons, comme les flammes, étaient chaotiques, fracturés, éparpillés. Charlie avait des tas de bruits dans la tête. Le diable lui avait expliqué ce qui allait se passer, puis ce qui se passerait ensuite sur toute la terre. Le monde serait la proie des flammes. Les villes allaient être livrées à la violence, les immeubles devenir décombres. Le ciel serait noir de fumée et de cendres. Les gens allaient crier, hurler. Des coups de feu déchireraient l'air glacial. La guerre commencerait dans chaque maison, chaque quartier, chaque ville et chaque pays Et ce qui se passerait dans la forêt ne serait rien par rapport à ce que le monde allait endurer. Avec néanmoins une différence fondamentale. C'est dans la forêt que le diable se trouvait, c'est là que ses ennemis viendraient le chercher et, alors même que la planète ne serait plus qu'un vaste champ de bataille, c'est ici même, dans les bois, que son sort allait se jouer, que la guerre serait gagnée ou perdue. Maintenant, le processus avait commencé.

Tu es un soldat, désormais, lui rappela l'homme dans sa tête. C'était vrai.

Les anges qui l'avaient survolé avaient vu le feu qu'il avait allumé. Ils n'allaient pas tarder à envoyer des hommes pour voir si c'était un simple feu ou bien les flammes de l'enfer de l'armée du diable. Et comme le cercle ardent était vaste, lui avait expliqué le diable, ils ne le verraient pas, lui, Charlie, dans un premier temps. Son abri le protégerait des regards jusqu'à ce qu'il engage le combat avec l'ennemi.

Ce qui n'allait pas tarder.

Il changea à nouveau le couteau de main, s'essuya la paume contre sa jambe.

Il était toujours sur les nerfs, évidemment, et, selon l'homme dans sa tête, c'était très bien comme ça. Sa mission était cruciale, et cet état lui permettait d'être en éveil, d'attaque, prêt à tout.

Et puis, tu as le couteau.

Ce qui était vrai. Comme tout bon soldat, il avait reçu armes et assistance. D'abord, le diable avait préparé le feu qui leur servait de leurre. Puis il lui avait montré l'abri qu'il avait aménagé spécialement pour lui, au milieu des arbres. Enfin, il lui avait donné le couteau.

Charlie le regarda fixement, en veillant bien à ce que le feu ne fasse pas luire la lame, laquelle était longue et fine : au maximum un centimètre de largeur, là où elle rentrait dans le manche et qui s'effilait pour se terminer par une pointe acérée. Elle était parfaitement affûtée et le couteau avait beau ne pas être épais, il avait l'air très solide. Compact et sans aucune flexibilité.

Un bon couteau, lui avait dit le diable en le lui donnant. *Il te rendra bien service.*

C'était une bonne arme, Charlie n'en doutait pas. Le diable lui avait confié qu'il l'avait eue longtemps avec lui. C'était ce couteau qui avait tué l'un de ses ennemis et il était encore taché du sang de celui-ci. Raison pour laquelle il avait des pouvoirs magiques.

Les voix se rapprochaient.

Charlie serra bien le couteau dans sa main. Et puis il resta immobile à attendre, tel un secret caché au milieu des arbres.

4 décembre
3 h 30
Trois heures cinquante minutes avant le lever du jour

Mark

De retour dans notre bureau de fortune au rez-de-chaussée, je compris vite que quelque chose n'allait pas. Toute la journée, la tension était montée entre Greg et Mercer et, vu l'ambiance, il était évident qu'en mon absence la situation était devenue critique, ou n'allait pas tarder à le devenir. Ils étaient sur les nerfs.

Perdus dans leurs pensées, ils ne s'intéressèrent guère, l'un et l'autre, au rapport que je leur fis de mon nouvel interrogatoire avec Scott. Greg téléchargeait des fichiers de données. Assis sur le côté, Mercer regardait dans le vide, en faisant de temps à autre un signe de tête pour m'inviter à poursuivre. Je leur parlai du feu et des murs de pierre, ainsi que de la liaison entre Jodie et Kevin Simpson.

– Ton équipe a rappelé, me dit Mercer. La voisine de Simpson a reconnu Jodie McNeice sur la photo. C'était bien elle qui sortait de chez lui.

Même si je le savais déjà, mon cœur se serra. Ils avaient donc continué à se voir. Je me souvins de ce que l'assassin, sur l'enregistrement, avait dit à Simpson.

Elle est contente d'être chez elle ? Ou bien regrette-t-elle de ne plus être avec toi ?

– Elle a monté la CCL avec Simpson, dis-je. Selon Scott, ils n'ont eu qu'une aventure passagère, il y a deux ans. Après quoi, elle a donné sa démission et, toujours selon lui, elle n'a jamais revu Simpson.

Tu crois que tu l'aimes ?

– Il ne sait pas qu'ils se voient encore ? demanda Mercer.

– Non. Mais, inconsciemment, il doit s'en douter. Le tueur a forcément dû se servir de ça contre lui.

Mercer me regarda. À cause de la fatigue, il avait les yeux injectés de sang et il donnait lui aussi l'impression de penser au ralenti.

– En revanche, il croit se souvenir d'un bébé.

– Un bébé ?

– Oui.

Je lui expliquai ce que Scott m'avait raconté.

– Mais je ne sais pas si on doit prendre ça au pied de la lettre.

Il me dévisagea un instant, l'air perdu. Toute la journée, j'avais eu l'impression qu'il enregistrait les informations nouvelles et les classait immédiatement, en fonction de leur nature, à un endroit précis de son esprit. Maintenant, c'était comme si tout s'empilait dans le plus grand désordre et il semblait à la limite de craquer.

Greg devenait agressif.

– C'est n'importe quoi. Pourquoi aurait-il emmené un bébé avec lui ?

– Oublions ça pour l'instant, fit Mercer, d'une voix faible. Il faut que j'y réfléchisse. Ce qui est important, ce sont les ruines. Mark, passe l'information à Pete.

– Tout de suite.

Je m'assis, mal à l'aise, et rédigeai un message d'alerte à l'intention du service de transmission qui était dans la forêt. En attendant la réponse, j'examinai le rapport de mon équipe. Il était bref, mais détaillé. On y évoquait les assurances Safe Side. Jodie avait, semblait-il, disparu à l'heure du déjeuner. Son patron expliquait que, la veille déjà, elle n'était pas venue travailler car elle avait la migraine. À l'évidence, un prétexte pour passer la journée en compagnie de Kevin Simpson.

Greg me poussa du coude, pour attirer mon attention. Il me désigna discrètement Mercer.

Il n'avait quasiment pas bougé depuis qu'il m'avait parlé. Il était assis là, les yeux fermés, il se frottait l'arête du nez, doucement, de haut en bas. Sans ça, on aurait pu le croire endormi. Et même là, il donnait l'impression d'être dans un état second.

– Tout va bien ? lui demandai-je.

Il fronça les sourcils, tout en continuant à se frotter le nez.

– Tu peux aller me chercher un café, Mark ?

– Bien sûr.

Le distributeur de boissons le plus proche se trouvait à l'accueil. Il servait un café noir et bouillant dans des tasses en plastique. Ce fut une expérience traumatisante d'en rapporter trois en même temps. J'en renversai sur moi une première fois avant même de quitter le hall, puis à deux reprises dans le couloir. Décidément, tout était contre moi. Je fus à la limite de balancer les gobelets contre le mur.

De retour dans le vestiaire, je les posai sur le premier bureau venu et frottai mes mains à moitié brûlées contre mon pantalon. Le climat semblait s'être un peu adouci. Mercer avait l'air plus réveillé et plus dynamique, en dépit de ses yeux fatigués. Il était installé avec Greg devant l'ordinateur de gauche. Sur l'écran, Simon, qui nous contactait depuis la camionnette garée devant l'appartement de Scott et Jodie.

– Fouiller la forêt par un temps pareil ? lança-t-il, incrédule.

Il avait l'air aussi frais et dispos que lorsqu'il m'avait accueilli ce matin chez Kevin Simpson.

– C'est du délire !

Mercer n'était pas d'humeur à ce qu'on lui tienne tête.

– Tu en es où ?

– Ça avance bien. Tu as reçu les photos, Greg ?

– Je les cherche.

Simon avait déjà archivé le rapport préliminaire des experts, où étaient consignées leurs conclusions. Greg cliqua dessus pour trouver les photos et les vidéos.

On vit tout d'abord l'extérieur d'un immeuble, qui ressemblait à un H tombé dans la neige.

– Six appartements, dit Simon. Deux à chaque étage. Banks et sa copine occupent celui qui est en bas à gauche. Un seul accès à l'immeuble, la porte du milieu.

– Pas de grenier où il aurait pu se planquer ? demanda Mercer.

– Non, rien du tout. Mais il n'a pas fait dans la discrétion cette fois. Je vous demande une minute.

Simon s'installa devant son ordinateur. Quelques secondes plus tard, des photos miniatures apparurent sur notre écran. Greg les ouvrit l'une après l'autre, en les alignant. Des clichés de prises électriques, dont on avait enlevé le cache qui était posé sur le tapis ; de lampes arrachées du plafond ; de tiroirs à terre ; de cartons renversés.

– C'est la première fois qu'il nous laisse un tel chantier, observa Greg.

Toutes les précédentes scènes de crime avaient en effet été scrupuleusement nettoyées. D'abord, il nous montrait son vrai visage, maintenant, il nous laissait tous les éléments de preuve dont nous avions besoin.

– Il n'éprouve plus le besoin de protéger ses arrières, lâcha Mercer. Il se fout complètement de se faire avoir cette fois.

C'était toujours la même chose. Il avait beau être épuisé, Mercer avait encore une longueur d'avance sur nous, ce qui nous empêchait de comprendre où il voulait en venir. Était-ce volontairement que l'assassin sortait de l'anonymat, qu'il ne prenait plus les précautions habituelles ?

Greg n'était pas prêt à le suivre jusque-là.

– Non, ça ne colle pas. Scott et la fille étaient déjà dans le van quand il a fait ça. Il a repris son matériel en vitesse, il n'a pas eu le temps de tout nettoyer, c'est tout. Il devait avoir l'intention de revenir plus tard pour finir le travail.

Mercer fit un geste de dénégation. Il ne semblait pas avoir le moindre doute.

– Non, Greg. Pense au coup de téléphone qu'il a passé à l'employeur de Simpson. Au masque qu'il a laissé à notre intention dans la maison de Carl Farmer. Il joue avec nous, cette fois.

– Le mode opératoire n'a rien à voir avec les autres...

– Laisse-moi finir !

Nullement impressionné, Greg ferma les yeux et continua à parler en même temps que son patron.

– ... n'a rien à voir avec les autres meurtres, de sorte qu'on ignore totalement ce qu'il fout cette fois.

– Je sais...

– La seule chose qui est certaine, c'est que se faire arrêter ne fait pas partie de son putain de plan !

– Je sais ce que je dis !

Mercer donna un coup de poing sur le bureau, puis désigna la carte affichée à l'écran.

– Il est là-bas, quelque part dans la forêt, il nous attend. Cette façon de procéder... cette fois, on fait partie du jeu. Tu n'as pas encore compris ? Il nous donne jusqu'au lever du jour pour sauver la vie de cette fille. C'est entre lui et nous.

Le silence retomba dans la pièce. Mercer nous fusilla du regard, se renversa lourdement dans sa chaise et ferma les yeux. On aurait dit un homme en garde à vue qui vient de craquer et de se confesser. Il secoua la tête. Je compris qu'il s'en voulait de s'être emporté.

Nous nous regardâmes, Greg et moi. Il était blême, même si la colère lui avait donné un coup de sang. L'éclat de Mercer l'avait visiblement déstabilisé. Tout comme moi. Donc, pour Mercer, l'assassin avait changé de mode opératoire juste pour nous impliquer. Il ne faisait pas que nous provoquer, il nous lançait cette fois un véritable défi. Mercer avait l'air de penser que c'était lui qui était visé personnellement. Le tueur avait attiré notre attention avec le meurtre de Kevin Simpson et maintenant il attendait patiemment dans la forêt de voir si le célèbre inspecteur principal John Mercer arriverait à le retrouver avant le lever du jour, et à sauver la vie de Jodie. Raison pour laquelle il ne ressentait plus le besoin d'effacer ses traces. C'était la partie finale, avec pour enjeu la vie de Jodie McNeice.

Un beau ramassis de conneries, oui. J'étais à la fois inquiet et gêné de regarder Mercer. Bien sûr, rien dans sa thèse ne venait contredire les éléments de l'enquête, mais il n'y avait pas grand-chose non plus pour l'avaliser. Il n'y avait qu'à penser à ce que Pete avait laissé entendre toute la soirée, à savoir que selon toute vraisemblance Jodie était déjà morte. Mais non, Mercer semblait avoir *besoin* qu'elle fût vivante. Comme si cela lui laissait une chance de la sauver et de remporter la partie.

Ce besoin désespéré, qui transparaissait désormais ouvertement, expliquait bien mieux sa théorie que n'importe quel élément tangible de l'enquête.

Mercer soupira, puis se pencha en avant.

– Allez, tout ça n'a pas d'importance, de toute façon. Quoi d'autre ?

– Ah...

Simon, lui, était toujours d'aussi bonne humeur.

– Les délices de la salle de séjour, annonça-t-il.

C'était étrange pour moi de continuer comme si de rien n'était après l'accès de colère de Mercer. Greg se retourna néanmoins vers l'ordinateur portable pour réduire les photos à leur taille initiale et ouvrir le fichier suivant.

Il s'agissait d'un cliché pris depuis l'entrée du salon. Une table en verre sur laquelle était installé un ordinateur, avec plus loin, dans un coin, à côté de la fenêtre, un canapé en face d'une télé allumée. Une chaise métallique était renversée au milieu de la pièce et la moquette était jonchée d'éclats de verre.

– Bien, dit Mercer. Tout indique que Banks a été agressé dans le salon, ce qui corrobore ce dont il se souvient.

– T'as pas vu un bébé dans le coin, par hasard, Simon ? persifla Greg.

L'expression de Simon changea. Pour la première fois de la journée, il eut l'air perplexe.

– Pourquoi tu me demandes ça ?

– Parce que Banks se souvient *aussi* que l'assassin trimballait un nouveau-né avec lui. Ça tombe sous le sens, non ?

Greg se rembrunit.

– C'est quoi cette tête ? T'as vu un bébé ou non ?

– Non...

Simon fit une drôle de moue. Il réfléchissait.

– Il n'y a pas de traces de bébé ici, non, mais c'est intéressant. Hunter est passé aux infos tout à l'heure. En fait, il était de tous les flashes ce soir. Son équipe cherche un bébé qui s'est fait enlever.

Pendant un moment, on n'entendit rien d'autre que le ronronnement léger des ordinateurs, soudain interrompu par un bruit sourd dans l'un des vieux tuyaux du vestiaire.

Je regardai Mercer qui fixait le sol, avec la même expression que lorsque je lui avais appris ce que m'avait dit Scott à propos du bébé. Il n'avait pas l'air surpris. Il me fallut une seconde pour comprendre.

Il était déjà au courant.

Logiquement, dès que nous avions soupçonné un lien entre le meurtre de Kevin Simpson et la série d'assassinats survenus deux ans plus tôt, l'affaire aurait dû être confiée à Hunter. Celui-ci était en train d'enquêter sur la disparition d'un bébé, Mercer était au courant et, quand à mon tour j'avais évoqué le bébé dont Scott m'avait parlé, il avait fait le rapprochement. Or, pour rien au monde, il ne voulait que cette affaire lui échappe. Il ne fallait laisser à personne l'occasion de faire le lien entre les affaires.

Greg avait compris lui aussi. Il avait l'air incrédule. Simon était hors du coup.

– Il n'y a sans doute aucun rapport, reprit-il. C'est une histoire de garde d'enfant, ils soupçonnent le père. Cela dit, je n'ai pas bien écouté ce que Hunter disait, je m'amusais surtout à le voir faire son numéro devant les caméras.

Mercer sauta sur l'occasion.

– Exact. Il n'y a aucun rapport. On verra tout ça plus tard.

– On ne devrait pas s'en préoccuper maintenant ? demanda Greg.

– Chaque chose en son temps.

Mercer lança un regard noir à Greg, qui se retourna vers l'écran.

– À part ça, demanda-t-il, qu'est-ce que tu as d'autre ?

Simon hésita, flairant l'ambiance.

– Eh bien, il y a un ordinateur dans le salon. Vous l'avez peut-être déjà vu sur la dernière photo. Allumé, avec un joli économiseur d'écran.

– Surtout que personne n'y touche !

– Personne n'y a touché, Greg. On s'en voudrait de marcher sur tes plates-bandes.

– Tu n'as pas envie de te dégourdir un peu les jambes, Greg ? demanda Mercer. Tu pourrais aller là-bas jeter un œil aux mails, aux fichiers, voir ce que ça donne.

– Avec grand plaisir.

– Avant que tout le monde se sauve, dit Simon, vous devriez regarder le dernier fichier, celui d'en bas.

Greg cliqua sur le fichier en question.

Une photo prise dans la chambre, depuis le pied du lit. Sur le mur couleur crème, au-dessus de la tête de lit, une toile d'araignée, grande, ignoble, et comme celle que l'on avait retrouvée chez Simpson, apparemment dessinée avec un feutre noir et épais. Chaque trait avait à peu près la largeur d'un doigt et était hachuré.

Mercer se pencha pour mieux voir.

– Greg, tu veux bien ouvrir la photo prise chez Farmer ?
Il s'exécuta.

Un peu plus tôt, nous avions reconnu dans le salon de Farmer une toile quasi identique à celle que le tueur avait dessinée chez Kevin Simpson. Nous avions imaginé que les précédentes étaient des sortes de brouillons, d'ébauches de ces dernières. Greg plaça la photo de la toile trouvée chez Farmer près de celle trouvée chez Scott et Jodie.

– Et voilà...

Mercer avait l'air fasciné. Il désigna celle tracée sur le mur de Carl Farmer.

– Ça y est. C'est évident. J'étais à deux doigts de comprendre tout à l'heure quand on était là-bas, mais j'ai perdu le fil. Oui, c'est évident. Ce sont ses notes.

– Ses notes ? demanda Greg, visiblement perdu.

– Chez Farmer, l'ordinateur portable se trouvait dans un angle de la pièce, expliqua-t-il calmement. Je l'imagine parfaitement en train de travailler là-bas. De regarder et d'écouter ses enregistrements. Et de prendre des notes sur le mur.

– Les toiles d'araignées sont censées représenter quoi ? Les victimes ?

– D'une certaine façon. Il les observe pendant de longues heures et il note là les liens qu'il relève entre elles. Ensuite, il tranche les fils, un à un.

Mercer tapota l'écran, pointant les divers filaments hachurés.

– Il se sert de ce qu'il apprend sur eux pour en forcer un à trahir l'autre, de manière à sauver sa peau. Mais ce qui l'intéresse, au fond, c'est la toile dans sa totalité. Ce qu'il vise réellement, c'est la relation entre eux. C'est ça qu'il cherche à détruire. L'amour entre l'un et l'autre.

Je penchai légèrement la tête pour regarder les croquis. Dans un premier temps, je ne vis rien de particulier, puis peu à peu les choses se précisèrent. Je ne comprenais pas de quoi il retournait précisément, mais je vis ce que Mercer voulait dire. Devant moi, les toiles d'araignées étaient devenues des schémas barrés, désagrégés : les liens que deux personnes tissent ensemble tranchés, détruits, souillés, et qui pendaient au mur au pied duquel reposaient les corps des victimes.

Des notes.

J'essayai de me représenter le monde tel que le voyait l'assassin. C'était impossible. Je n'arrivais pas à concevoir le filtre mental qui transformait ce qu'il savait de ces couples en ces choses ignobles, abominables. Et pourtant, ce filtre existait. En dépit de toute l'horreur qui les caractérisait, ces toiles d'araignées n'avaient rien d'arbitraire. Chacune d'elles, à l'évidence, avait été soigneusement pensée et élaborée. Les ébauches précédentes laissaient à désirer, le tueur n'avait pas été satisfait ; il avait donc changé des choses, de menus détails, il les avait peu à peu améliorées, et ce jusqu'à ce qu'elles remplissent ses mystérieux critères.

Greg aussi contemplait l'écran. Il savait que Mercer avait raison, mais ne semblait guère disposé à l'admettre, à cause de tout ce que cela impliquait ; il s'efforçait par conséquent d'avoir l'air aussi neutre que possible.

– Bien, dit-il. Est-ce qu'on peut maintenant en venir à l'enquête de Hunter ?

Mercer garda le silence. Il ouvrit son ordinateur et commença à taper sur le clavier.

J'étais toujours fixé sur la toile laissée dans l'appartement de Scott et j'essayais d'en comprendre le fonctionnement. L'assassin avait symboliquement tranché les liens qui faisaient de Scott et Jodie une seule et même entité. Il y en avait une bonne douzaine de hachurés. Chacun d'eux représentait une rupture : un mensonge, peut-être, un secret inavouable, ou bien une vérité cruelle. C'était l'amour, envisagé de façon mécanique. Une série de fils et de liens illusoires que l'on pouvait défaire un à un, jusqu'à ce que la relation cède et se défasse, son corps s'écroulant lentement, les vertèbres se rompant les unes après les autres.

L'une des hachures, dont la place précise sur la toile obéissait à une logique qui m'échappait, devait symboliser la liaison entre Jodie et Kevin Simpson. J'essayai sans trop y croire de deviner laquelle c'était.

Tout d'un coup, Mercer cogna sur son bureau.

J'entendis Greg s'écrier : « Nom de Dieu ! »

Je me retournai, Mercer avait l'air complètement vidé.

Sur son ordinateur je vis une page consacrée à l'enquête de Hunter et qui avait en gros titre *JAMES REARDON*, avec en dessous une photo du père en fuite activement recherché.

Carl Farmer.

4 décembre
4 heures
Trois heures vingt minutes avant le lever du jour

Pete

Dans l'obscurité de la forêt, les lampes torches dessinaient des cônes de lumière qui révélaient des millions de cristaux étincelants dans la neige durcie sur le sol accidenté.
Il faisait vraiment très froid. À chaque fois que Pete expirait, ses lèvres lui faisaient mal. Il imaginait la vapeur blanche de sa respiration se solidifier pour former un ballon de glace, prêt à exploser en l'air. Devant lui, la neige tombait en rafales, créant une agitation confuse dans la lueur dansante des lampes. Même avec son manteau, il avait l'impression de sentir les flocons le recouvrir les uns après les autres, par touches légères, lancinantes.
– Regardez où vous mettez les pieds, dit-il à l'agent derrière lui.
– Reçu.
Il y avait une pointe de sarcasme dans la voix du type. Pete fit comme si de rien n'était. Vu les circonstances, on pouvait comprendre que tous fussent un peu sur les nerfs. C'était déjà le cas lorsqu'ils étaient sur les sentiers, c'était pire maintenant que le petit groupe tentait de se frayer un chemin à travers les broussailles, sur une pente douce mais quasi impraticable. Ce n'était ni facile ni agréable, mais ils n'avaient pas le choix.
– Je n'ai pas envie que vous vous cassiez la gueule sur moi, reprit Pete, sèchement.

L'agent ne répondit pas.

Pete était nerveux, bien trop nerveux, pensa-t-il. Il fallait qu'il reste concentré. Vigilant. Le feu, que l'on apercevait en bas de la pente, était à une centaine de mètres d'eux, guère plus. On avait l'impression que les arbres ondulaient à la lueur des flammes. Celles-ci étaient hautes, le feu n'était pas un banal feu de camp, c'était d'ailleurs l'une des choses qui le rendaient nerveux.

Il avait trente hommes dans la forêt. Six d'entre eux étaient restés dans les camionnettes, pour assurer la coordination entre les diverses équipes et l'hélicoptère. Il avait réparti les autres en six groupes de quatre, chacun était accompagné d'un bénévole qui connaissait bien les lieux. Lorsqu'on leur avait signalé le feu, Pete et son groupe s'étaient immédiatement mis en marche, le bénévole les avait guidés sur le sentier jusqu'au point le plus proche de leur objectif, l'homme n'était pas allé plus loin. Afin de limiter les risques, Pete avait demandé à un de ses agents de rester avec lui pour assurer sa protection.

Étant donné l'importance du feu, il était probable que plusieurs individus fussent dans les parages et il était hors de question de risquer la vie d'un civil dans une embuscade. Pete n'avait plus que deux hommes avec lui, deux hommes qui avaient bien du mal à rester concentrés sur cette foutue mission.

Lorsqu'ils arrivèrent à quelques mètres du feu, Pete releva sa lampe qu'il avait la plupart du temps laissée braquée par terre pour voir où il mettait les pieds. Il la pointa vers les arbres, aux alentours.

Rien.

– Personne, dit l'un de ses hommes.

– Ce putain de feu ne s'est pas allumé tout seul ! Il y a bien quelqu'un qui s'en est occupé ?

– Sûrement, mais avec ce remue-ménage ils ont dû partir depuis longtemps.

– Restez quand même sur vos gardes.

Un sur deux

Cela dit, il ne se faisait guère d'illusions. Si Jodie était vivante, leurs chances de la retrouver étaient infimes. Et chaque passage de l'hélicoptère semblait encore compliquer les choses.

Il fallait en effet qu'ils se concentrent sur les ruines, là où, selon les dernières informations, Scott et Jodie avaient été séquestrés, mais ils ne pouvaient pas négliger les points qui dégageaient de la chaleur signalés par les pilotes de l'hélicoptère. L'assassin avait en effet pu quitter son repaire après l'évasion de Scott pour se réfugier plus loin dans les bois.

Son groupe avait déjà à deux reprises suivi les indications de l'hélicoptère pour tomber à chaque fois sur des clochards tellement frigorifiés qu'ils n'avaient rien pu faire d'autre que prendre un air effrayé. John, à coup sûr, aurait demandé qu'on les évacue, mais John demandait beaucoup de choses. Et Pete, lui, devait faire avec les moyens du bord. En l'occurrence, ses effectifs étaient trop faibles pour s'amuser à faire du social.

Tout cela, pour un résultat plus qu'incertain, était foutrement déprimant. N'empêche qu'en temps normal il se serait attelé à la tâche sans se poser de questions. C'était d'ailleurs ce qu'il essayait de faire, sans vraiment y réussir. Bien sûr, il y avait le temps pourri, ses chances de réussite dérisoires, mais le vrai problème, c'était John. Pete ne restait jamais longtemps en colère et, depuis leur dernier contact radio, son irritation s'était transformée en inquiétude. Au fil du temps, son patron et lui étaient devenus plus que des collègues, des amis, et ce soir l'attitude de John le préoccupait. Il semblait vraiment croire à leurs chances et il investissait bien trop d'espoir dans leur réussite. Si cette nuit on retrouvait le cadavre de la fille, Pete rentrerait au bercail, il passerait une très mauvaise nuit et le lendemain il reprendrait le travail, se pencherait sur une nouvelle affaire. Mais John... John risquait cette fois de craquer pour de bon.

Aussi la moindre remarque inutile lui donnait envie d'insulter les hommes qui l'accompagnaient. Le boulot était ce qu'il était, cette nuit n'avait rien d'agréable pour personne, il fallait malgré tout avancer et ça ne servait à rien de se lamenter. Surtout, la moindre plainte le ramenait à ce qui le préoccupait et il devait impérativement s'en distancer s'il voulait mener les choses à bien.

En temps normal, il aurait essayé de leur expliquer calmement les choses. Cela dit, en temps normal, il n'aurait même pas eu besoin de leur expliquer quoi que ce fût. Cette nuit, tout le monde était stressé et tout le monde faisait de son mieux. Il fallait qu'il garde ça à l'esprit et rien d'autre.

– On ne relâche pas l'attention, leur dit-il.
– Oh que non ! J'aimerais tant voir quelqu'un et lui demander la permission de m'asseoir un instant auprès de son feu pour me réchauffer ! Si vous êtes d'accord, bien sûr.

Pete s'efforça de sourire, sans grand intérêt dans l'obscurité.
– Pas d'objection.

Ils arrivaient maintenant près du feu. Pete tenait sa lampe à hauteur d'épaule, le rayon lumineux balayant les alentours.
– Police ! lança-t-il. Montrez-vous !

Il obtint la réponse à laquelle il s'attendait : rien d'autre que le crépitement du feu.

Cela faisait à l'évidence un bon moment qu'on l'avait allumé. Les braises et les cendres étaient nombreuses sur les bords du foyer. En son centre un nombre impressionnant de bûches flambaient. Une chaleur intense s'en dégageait. Pete resta ébloui un bon moment, puis il le quitta des yeux pour s'intéresser aux coins d'ombres alentour.

Même la neige ne pouvait pas lutter avec des flammes si hautes. C'était loin d'être un simple feu de camp, on avait dû utiliser de l'essence ou peut-être de la paraffine pour le faire prendre. Pete imaginait mal un homme seul allumer un feu de cette ampleur. Ceux qui l'avaient fait, à cette heure-ci, en plein milieu de la forêt, ne devaient pas être du genre à apprécier l'arrivée de la police. Des trafiquants quelconques, venus ici pour traiter discrètement d'affaires illégales.

Pete fit le tour du feu en pointant sa torche en direction des abords proches du foyer.

– Pas d'empreintes. Il faut plusieurs minutes pour que la neige recouvre les traces de pas, ceux qui étaient ici ont filé il y a un moment déjà.

– Sûrement lors du passage de l'hélicoptère.

Ils avaient dû croire que l'hélicoptère était là pour eux et ils avaient mis les voiles sans demander leur reste. Si c'était bien le cas, ils avaient dû essayer de rejoindre la route et n'allaient pas tarder à tomber entre les mains des hommes postés plus bas.

Cela dit, il n'y avait plus rien ici. Et plus grand-chose à faire. Pete donna un coup de pied dans un tas de neige. Pas de détritus. Il n'aurait guère été étonné de retrouver des bouteilles, des seringues ou des restes de nourriture, quelque chose, n'importe quoi. Ceux qui s'étaient trouvés là ne pouvaient pas avoir eu le temps de tout nettoyer avant de prendre la fuite. Et puis la neige ne pouvait pas tout avoir recouvert.

Il braqua sa lampe sur les arbres alentour, en décrivant lentement un cercle. Il tendit l'oreille. Rien. Un silence de mort. Qui lui donna l'impression que...

Quelque chose, là-bas.

Il pointa sa torche.

– Qu'est-ce que c'est que ça ? demanda l'un des agents.

Tous les deux dirigèrent le faisceau de leurs lampes dans la même direction. Pete ne comprit d'abord pas ce que c'était. Une sorte de trou triangulaire creusé à même la pente. On aurait dit l'entrée d'une grotte, sauf que les angles étaient trop symétriques pour que ce fût le cas. Un abri ?

Il dirigea le rayon lumineux sur les abords de l'abri et repéra des traces de pas toutes fraîches devant l'entrée.

Il s'approchait, le regard fixé sur les empreintes, quand l'homme surgit des bois en hurlant.

Pete sentit le danger une fraction de seconde seulement avant que l'homme fût sur lui. Il tenta de le frapper avec sa lampe.

Trop tard. Il entendit un bruit sourd et sentit une douleur en haut du bras.

– Merde !

Il se tourna tant bien que mal, essaya de repousser son adversaire, mais son bras semblait ne plus lui obéir. Autour de lui, les arbres tourbillonnaient. Il sentit alors un coup trop brusque, trop *mauvais*. Rien à voir avec un coup de poing. La seconde d'après, il était à genoux.

– À plat ventre !

Tout le monde hurlait. Pete reconnut l'odeur du gaz de la bombe lacrymo et vit son agresseur tomber à la renverse dans la neige. Les deux agents se jetèrent sur lui et l'immobilisèrent en criant. Il crut voir une matraque s'abattre avant d'entendre l'homme hurler.

Un couteau.

Pete se toucha le haut du bras. Son gant était rouge de sang.

– Merde !

Il s'assit tout doucement. Un coup de couteau dans le haut du bras, ce n'était pas dramatique. Pas génial certes, mais pas mortel. C'était le second coup qui le préoccupait le plus. À la jointure de l'épaule, tout près de la clavicule. Ça, c'était pas terrible.

– Chef ?

– Demandez à l'hélico de rappliquer, réussit-il à articuler. Qu'il serve à quelque chose, bordel !

Au moins, maintenant, il n'aurait plus à se geler dans la forêt. Il ferma les yeux et se coucha sur le dos.

La douleur n'était pas insupportable. Il n'allait pas en mourir, il le savait. Sa dernière pensée fut pour Andrew Dyson. Leurs cas n'avaient rien de similaire, mais maintenant, dans ce contexte, avec tout ce qui s'était passé... comment John allait-il réagir ?

Il sentit quelqu'un s'accroupir près de lui. La main de l'agent sur sa poitrine, sa voix affolée qui lançait l'appel radio. Et puis plus rien.

4 décembre
4 h 10
Trois heures dix minutes avant le lever du jour

Mark

Après que Simon eut coupé la communication, Greg et Mercer eurent, comme c'était prévisible, un accrochage quant à la façon de procéder. Ils restèrent néanmoins l'un et l'autre parfaitement calmes.
Pour Greg, il fallait immédiatement contacter Hunter et fusionner les équipes. J'étais d'accord avec lui. Nous cherchions le même homme et les agents de Hunter ne seraient pas de trop avec Pete dans la forêt.
Ce n'était bien évidemment pas du tout l'avis de Mercer qui arguait que cela compliquerait les choses. Les effectifs seraient certes plus importants mais, le temps que tout se mette en place, que Hunter prenne connaissance de nos informations, que toutes les formalités fussent réglées, le tueur aurait largement le temps de supprimer Jodie et de prendre le large. Nous étions dans l'urgence et chaque minute était précieuse.
La véritable raison de leur désaccord était bien sûr ailleurs. Ils savaient tous les deux que si Mercer contactait Hunter, la direction de l'enquête lui serait retirée. L'urgence qu'il évoquait était davantage fondée sur ses présomptions que sur des faits concrets. Surtout, Greg et moi savions maintenant que, lorsque j'avais évoqué le bébé, Mercer était déjà au courant de l'enquête que menait Hunter. Il n'avait rien dit, préférant sans doute

avancer seul de son côté, en espérant que les deux affaires ne fussent pas liées. Ce silence était éloquent. Tout à son désir de trouver seul le tueur, il était prêt à commettre une faute professionnelle, et nous avions peut-être là, Greg et moi, notre dernière chance de prendre nos distances avec lui avant de mettre nos carrières en péril.

Sauf que Greg n'évoqua rien de tout ça. La discussion resta sur des questions d'ordre pratique et opérationnel, et, sur ce terrain-là, c'était Mercer qui aurait le dernier mot.

– Vous ne pensez pas qu'on perd encore davantage de temps ici ? demanda Greg, qui bouillait de rage.

Devant les arguments de Mercer, il finit néanmoins par renoncer. On le sentait soulagé de quitter l'hôpital pour aller chez Scott.

– Voulez-vous que je fasse autre chose, avant de m'en aller ?

Mercer fit signe que non.

– Très bien.

En sortant, Greg me lança un regard que j'eus du mal à déchiffrer. Me demandait-il, comme Pete un peu plus tôt, de veiller sur Mercer, ou s'agissait-il d'autre chose ? Je comprendrais plus tard qu'il me demandait par là de ne pas m'inquiéter ; il me signifiait qu'il prenait les choses en main et que tout allait bien se passer. Le fait qu'il renonce aussi vite aurait pourtant dû me mettre la puce à l'oreille, mais j'étais fatigué, stressé, et je pensai qu'il n'avait simplement pas voulu prendre le risque de s'attirer une nouvelle fois les foudres de Mercer.

Que je retrouvai, après le départ de Greg, dans sa pose habituelle : les yeux clos, en train de se masser les tempes. Une façon de recharger les accus. Ou bien de faire le vide, ne serait-ce qu'un instant.

– Un café ?

Il garda le silence, mais leva un sourcil. Ce devait être ce qu'il pouvait faire de mieux pour me répondre par l'affirmative.

Un sur deux

Cinq minutes plus tard, je revins avec deux gobelets. Mercer était de nouveau d'attaque. Les coudes posés sur le bureau, les mains jointes devant lui, il fixait l'écran de l'ordinateur.

— Merci.

Il prit son café et me désigna l'écran.

— Assieds-toi. Je t'en ai imprimé un exemplaire.

Je pris les feuilles qui m'attendaient dans l'imprimante, un résumé de l'enquête de Hunter concernant James Reardon, avec en première page la photo de celui qui se faisait appeler Carl Farmer.

J'en pris connaissance en buvant mon café.

Je fus d'abord frappé par la quantité de renseignements dont nous disposions sur Reardon : sa date de naissance, les identités de sa femme, de ses parents, un historique familial, professionnel et judiciaire, etc. Cela n'avait pour le coup rien d'une fausse identité, nous connaissions enfin l'homme qui était derrière tout ça.

Reardon avait 31 ans et il avait mis à profit le maximum de son temps pour causer du tort à son prochain. Enfant brillant et très éveillé, il était devenu en grandissant un élément de plus en plus perturbateur et incontrôlable. Dans sa jeunesse, il avait été inculpé deux fois pour coups et blessures, trois fois pour ivresse publique, une fois pour voie de fait, et avait été mêlé à quelques histoires de drogue, sans gravité. Je me représentai à la lecture de ces pages un grand gamin que l'alcool rendait agressif, qui pétait les plombs pour un oui pour un non. Ces dernières années, ses condamnations avaient toutefois une tout autre nature.

Amanda Reardon, la femme dont il était séparé, avait depuis repris son nom de jeune fille, Taylor. Une photo d'elle figurait dans le dossier : c'était une blonde aux cheveux fins et au teint pâle. Elle était plus jeune que lui, mais on aurait cru le contraire, surtout à cause de son regard dans lequel on lisait une immense lassitude.

Pendant plusieurs années, leur relation avait connu des hauts et des bas. Une sombre et triste histoire de ruptures et de réconciliations, ponctuée de plaintes à l'encontre de Reardon, l'accusant d'être caractériel, violent, dangereux, qu'Amanda retirait à chaque fois que le couple se reformait. Une histoire, hélas, assez banale ! J'avais toujours plaint ces femmes qui restent avec un homme violent, comme si elles pensaient qu'elles ne pouvaient pas trouver mieux, ou qu'elles ne méritaient pas mieux.

La naissance de Karli, leur fille cadette, dix-huit mois plus tôt, avait apparemment marqué un tournant dans leurs relations.

Le document contenait un bref compte rendu des démarches qu'ils avaient entreprises l'un et l'autre après la séparation pour obtenir la garde des enfants. Amanda Taylor avait eu gain de cause, malgré les réclamations de Reardon qui prétendait qu'elle était une mère indigne. Il avait, malheureusement pour lui, fort mal joué le coup. Il avait été accusé d'avoir agressé Amanda après avoir fracassé à coups de marteau le pare-brise de sa voiture. Une ordonnance restrictive avait été prononcée contre lui. Il l'avait contestée, contournée, ne faisant ainsi qu'aggraver la situation. Aujourd'hui, il n'avait plus le droit de s'approcher de ses enfants ni de leur mère. Amanda avait gagné la partie.

L'enquête que menait Hunter avait commencé quand Reardon avait enlevé, hier matin, sa fille Karli. Les rapports donnaient toutes les précisions voulues. Colin Barnes, le copain d'Amanda Taylor, avait emmené Karli en poussette dans le jardin public, vers 9 heures. Là, Reardon les avait agressés et s'était enfui avec le bébé.

Je regardai la photo et une fois de plus je constatai combien il avait l'air dur. Ce regard vide... on imaginait parfaitement ces yeux vous dévisager à travers un masque, à la lueur de flammes qui tremblaient. On n'avait pas de mal à croire que c'était là l'homme qui avait torturé Scott et qui était, en ce moment même, en train de faire subir le même sort à Jodie, à supposer qu'elle fût toujours en vie.

C'était certes facile à croire... mais comment en être sûr ?

D'abord, d'un point de vue chronologique, tout concordait. Ensuite, le lien de Reardon avec l'affaire avait été corroboré par deux sources indépendantes. L'assassin était parti de chez Kevin Simpson après 8 heures, James Reardon avait enlevé le bébé vers 9 heures, Megan Cook avait vu le même Reardon entrer chez Carl Farmer à 11 heures. De son côté, Scott avait reconnu en Reardon l'homme qui était venu chez eux relever le compteur.

Examinées séparément, ces dépositions pouvaient à la rigueur s'expliquer différemment, mais, considérées ensemble, elles attestaient de façon indubitable la culpabilité de James Reardon.

De son côté, Mercer était lui aussi plongé dans la lecture du document. Malgré toutes mes réserves, je devais bien admettre que jusque-là il n'avait commis aucun faux pas. On connaissait désormais le visage de l'assassin, ainsi que son identité. Cela ne confirmait bien sûr en rien la dernière thèse de Mercer, à savoir que l'homme nous avait lancé un défi et entraîné dans son jeu, mais j'étais bien incapable d'en trouver une meilleure. À quoi jouait Reardon ? Quel était son plan et quel serait son prochain mouvement ?

J'en revins au dossier.

L'âge de Reardon et son tempérament correspondaient au profil : intelligent, mais asocial ; caractériel dans sa jeunesse, désormais davantage maître de lui. Il était certainement possible de mettre en corrélation les meurtres et les périodes où son couple avait volé en éclats. Mais...

– Tu as lu le passage consacré à ses parents ? me demanda Mercer.

– Pas encore.

– Ils sont morts il y a six ans, dans un accident de voiture. Ils lui ont laissé leur maison et une jolie somme d'argent. Il a depuis vendu la maison et n'a travaillé que de façon très sporadique.

À mesure que nous avancions dans la lecture, tout se mettait en place.

Je découvris le détail le plus significatif quelques paragraphes plus loin, dans un compte rendu ayant trait à l'action en justice qu'il avait intentée pour obtenir la garde de ses enfants. Je fus stupéfait. Amanda Taylor avait découvert un micro caché dans un ours en peluche que Reardon avait offert à Karli. Reardon avait affirmé que ce n'était pas lui qui l'avait placé là, tout en reconnaissant qu'il était désespéré. Il se disait mort d'inquiétude à l'idée que sa femme puisse fréquenter un homme qui se conduirait mal, ou aurait une mauvaise influence sur ses enfants. On en avait parlé dans les journaux. Rien qu'un entrefilet – Reardon avait refusé l'interview que lui proposait la journaliste, il s'était contenté de déclarer : « Personne ne comprend l'amour d'un père pour son enfant. Surtout pas cette femme qui ignore ce qu'est l'amour. »

Je regardai Mercer, il était presque rayonnant. Je le voyais enfin pour la première fois tel que je me l'imaginais, le fameux John Mercer, celui qui avait élucidé toutes ces affaires retentissantes, celui qui avait un don pour mettre le doigt sur les détails décisifs d'un dossier. C'était comme s'il avait oublié la fatigue et les conflits de la journée. Il était de nouveau en pleine forme. Et il semblait lui aussi s'en rendre compte. Cela faisait plaisir à voir.

Je réalisai que, toute la journée, je n'avais cessé de lutter contre une certaine déception. À tort ou à raison, il ne s'agissait pas seulement pour moi d'un boulot intéressant. Ça allait plus loin. Si j'étais ici, c'était aussi parce que je voulais faire quelque chose qui confirme tous les espoirs que Lise avait placés en moi, quelque chose dont elle aurait été fière. Et, à cet égard, ma première journée n'avait pas été brillante. Jusqu'à ce moment où, enfin, j'avais devant les yeux l'homme pour lequel j'avais voulu travailler.

– On va l'avoir, me dit-il.

Il avait raison, j'en étais sûr à ce moment-là, ce moment précis où un simple bip émis par l'ordinateur fit tout s'écrouler.

4 décembre
4 h 30
Deux heures cinquante minutes avant le lever du jour

Eileen

Eileen était en train de faire le même rêve, celui dont elle avait parlé à John quelques jours plus tôt, au petit déjeuner. Celui dans lequel il la quittait.
J'espère que tu n'as pas l'intention de te sauver.
Si dans la réalité il lui avait dit être trop fatigué pour se sauver, il en avait néanmoins, dans le rêve, trouvé toute l'énergie nécessaire. Il manquait des vêtements dans les armoires, des livres sur les étagères, des tableaux aux murs. Elle passait de pièce en pièce et voyait ses affaires à elle cruellement mises en évidence par l'absence de celles de John. Une maison littéralement *à moitié vide*. Où ce qui restait avait l'air *abandonné*. Quand deux personnes ont bâti quelque chose ensemble, il est impossible que l'une d'entre elles, seule, continue comme avant. On avait trouvé un équilibre, il était rompu et tout ne pouvait que s'effondrer.
C'est un bruit qui la fit sortir de ce rêve. Alors même que celui-ci restait parfaitement présent dans son esprit, elle prit conscience des couvertures, puis du lit.
C'était le réveil qui sonnait.
Ce n'était pas normal. Elle leva la tête de l'oreiller, regarda la pièce autour d'elle, les yeux encore pleins de sommeil.
Les rideaux étaient noirs, la table de nuit noyée dans l'ombre. Elle trouva l'écran de son radio-réveil : il n'était que 4 h 30, et les chiffres ne clignotaient pas.

Le téléphone, dans le bureau.

C'est alors que tout lui revint : John qui travaillait tard, la peur et la colère, la promesse qu'elle lui avait arrachée de l'appeler toutes les deux heures... Qu'est-ce qui s'était passé ? Elle avait voulu rester éveillée pour attendre son coup de fil, pour voir s'il lui téléphonerait, mais elle se rappelait s'être mise au lit, juste pour se reposer quelques minutes. C'était stupide, se dit-elle.

Mais, au moins, il lui téléphonait.

Elle se leva, en ayant du mal à trouver son équilibre. Le vin, les restes de son rêve... la tête lui tournait et l'obscurité n'arrangeait rien. Elle longea avec difficulté le couloir dans le noir, se cogna dans le mur, puis dans la rampe de l'escalier. Il lui fallut bien trois ou quatre secondes pour trouver l'interrupteur du bureau. Et encore autant pour s'habituer à la lumière.

– Allô ?
– Eileen ?

C'était une voix d'homme, mais pas celle de John.

– Oui. Qui est-ce ?
– Geoff Hunter. Désolé de vous appeler à une heure pareille. Je ne vous dérangerais pas ainsi en temps normal.

Hunter.

L'image du collègue tordu de John lui vint à l'esprit. Elle frissonna.

Évidemment qu'il ne la dérangerait pas ainsi en temps normal, alors qu'est-ce qu'il voulait ? Et puis, pourquoi ce n'était pas John ?

Elle se figea soudain.

Il lui est arrivé quelque chose !

Elle paniqua, soudain morte d'inquiétude pour son mari adoré. Toute la colère ressentie parce qu'il la négligeait, parce qu'il prenait des risques avait disparu.

Mais s'il était blessé, s'il lui était arrivé quoi que ce fût, ce ne serait pas Hunter qui lui aurait téléphoné, mais un des membres de l'équipe de John. Il devait donc s'agir de...

– James Reardon, dit-elle. Vous l'avez retrouvé ?
– Pas encore.
– Alors, quoi ?
– C'est à propos de votre mari.

Il y avait, dans sa façon de parler, un accent triomphal des plus déplaisants. Elle ferma les yeux et se sentit défaillir. Elle ne savait pas exactement ce qu'il allait lui dire, mais elle en avait une vague idée.

– Il y a, dit-il, quelque chose que vous devez savoir.

4 décembre
4 h 40
Deux heures quarante minutes avant le lever du jour

Mark

Supérieur direct de Mercer, le commissaire Alan White était plus jeune que lui. Cela arrivait souvent dans la police. Dans tous les domaines, vient le jour où l'on cesse de gravir automatiquement les échelons et où il faut montrer les dents pour continuer à s'élever dans la hiérarchie. Mercer, sans nul doute, aurait pu agir de la sorte, mais il était bien là où il était et, contrairement à White, il n'avait pas ressenti le besoin de jouer des coudes pour gagner quelques galons supplémentaires. Dans son livre, Mercer faisait quelques allusions à White, ils avaient vécu des choses ensemble, on sentait un respect mutuel, qui n'empêchait pas White de manifester cette fois son mécontentement avec véhémence. Peut-être sa colère était-elle, du fait de leur histoire commune, teintée d'une pointe de tristesse et de regrets, elle était néanmoins bien réelle.

C'était la première fois que je voyais sur cet écran à quoi ressemblait White. Le front dégarni, un visage plein et charnu, des yeux glaçants. Il vous donnait envie de rentrer sous terre, même s'il était à des kilomètres de l'hôpital.

— John, répéta-t-il, j'exige de savoir ce qui se passe. Ce matin, tu as pris en charge une affaire d'intrusion chez un particulier. Toute la journée, tu m'as seulement parlé d'intrusion avec homicide.

— C'est ce dont il s'agit, Alan...

— Ne te fous pas de ma gueule, John ! J'ai le dossier sous les yeux. Il y a certes eu intrusion et homicide, mais il y a aussi des tas de détails dont j'aurais dû être informé sur-le-champ. Et tu sais pourquoi j'ai le dossier sous les yeux, à cette heure de la nuit ? Parce que Hunter vient de pousser une gueulante au téléphone. Alors, une nouvelle fois, John, j'exige de savoir ce que c'est que ce bordel !

Au tour de Mercer de le dévisager. D'un regard d'acier, avant d'esquisser peu à peu un sourire las.

Il savait ce qui se passait. C'était fini pour lui et il savait aussi pourquoi. Il avait fait confiance à quelqu'un, qui l'avait trahi. Raison pour laquelle Hunter avait téléphoné à White. Tout à l'heure, Greg avait quitté le vestiaire sans insister, je savais maintenant pourquoi. Mercer également. À bout de patience, Greg avait décidé de prendre les choses en main et de le court-circuiter. Pour bien des raisons, je ne pouvais pas lui en vouloir.

— J'allais vous prévenir tous les deux, fit Mercer.
— Vraiment ?
— Oui.

Mercer pesa soigneusement ses mots.

— On avait des doutes au début, seulement des présomptions, mais maintenant c'est clair. L'homme qu'on recherche est celui qui a tué Andrew. Entre autres.

On avait des doutes au début. Quelle ironie : le seul à avoir manifesté au début quelques doutes quant au lien entre les deux affaires était Greg.

Mercer contemplait son clavier, avec le même petit sourire pincé.

— On en a pourtant assez discuté, John. Tu connais mon point de vue. Tu sais pertinemment que cette affaire devait rester celle de Hunter. Alors ça suffit maintenant. Pour couronner le tout, il paraît que tu as découvert un lien avec l'enquête sur laquelle il est actuellement. C'est vrai ?

— C'est vrai.

– Tu te rends compte de la merde dans laquelle tu nous mets ?
– On vient juste de prendre connaissance des rapports de Geoff et...
– John...

Mercer ouvrit les mains.

– Le lien entre les deux affaires est tout récent, je...
– Je t'en prie, John, arrête.

White détourna le regard. On aurait dit qu'il avait dans la bouche quelque chose qui n'avait pas très bon goût.

– Bon, reprit-il. Hunter se dirige actuellement vers la rocade, puisque c'est là qu'on a déployé le maximum d'effectifs. Il a pris la direction de l'enquête. Il vient de donner l'ordre à nos équipes de quitter la forêt, afin de faire un point sur la situation.

Mercer leva les yeux, l'air affolé.

– Mais enfin, Alan...
– Il n'y a pas de « mais », John. On est en pleine nuit, sous une putain de tempête de neige. Mais qu'est-ce que tu croyais, bordel de Dieu ?

Il a pris la direction de l'enquête. Les choses étaient claires, White avait remis de l'ordre dans tout ça avant même d'appeler Mercer. À qui cela n'échappa pas. Il avait l'air plus affolé encore.

– On y est, Alan. On est près, tout près du but. Si on lève le pied maintenant, une fille risque de mourir.
– Tu es *bien* trop près, répondit White, et ça t'empêche d'y voir clair. J'ai parcouru le dossier, c'est de la folie. Tu ne sais plus ce que tu fais. Non seulement tu mets en péril la vie de tes hommes, mais as-tu pensé à ce que tu risques toi là-dedans ?
– Alan...
– On sait l'un et l'autre à quel point Hunter est compétent. Il va prendre les choses en main et faire avancer l'enquête comme il faut.
– Mais merde, Alan, il faut qu'on la sauve !

Silence. White se contenta de le regarder, partagé entre la pitié et le mépris. Comme la dernière fois où Mercer s'était emporté, je me sentis gêné pour lui. Cinq minutes plus tôt, il était en pleine forme et plein d'espoir, et voilà qu'à nouveau tout s'écroulait autour de lui. Cela faisait peine à voir. Nous nous étions fait du souci pour lui toute la journée, nous demandant comment il allait réagir si les choses tournaient mal. Notre pire crainte se concrétisait sous mes yeux.

– Si seulement tu te voyais, dit White d'une voix beaucoup plus douce.

– Je vais bien.

– C'est à moi d'en juger. Tu ne vas pas bien, John, tu es en train de t'écrouler. Je te demande maintenant de rentrer chez toi. Je te le demande en vertu de notre amitié. On reparlera de tout ça en détail quand tu auras dormi.

Mercer respira profondément.

– Tu m'as compris, John ?

– Oui, Alan.

– Passe-moi ton adjoint, maintenant.

Voyant que Mercer ne réagissait pas, j'allumai la webcam de mon moniteur et cliquai sur la fenêtre, afin d'établir le contact.

– Inspecteur Mark Nelson, dis-je.

– Mark, vous avez entendu notre conversation, j'imagine ?

– Oui, monsieur.

– Il faut que vous fassiez tout de suite un rapport, à l'intention de l'inspecteur Hunter.

– Très bien.

Il me donna des précisions. Hunter voulait un résumé des événements de la journée : ce qui s'était passé, ce que nous savions et quelle était la situation présente. Il voulait des éléments concrets, insista-t-il.

J'écoutais, docile, avec l'impression à chaque instant de trahir Mercer. J'avais envie de lui marquer mon soutien, de me rebeller, mais je savais parfaitement que cela n'aurait servi à rien. J'étais payé pour faire ce qu'on me demandait – à charge pour moi de ne pas l'oublier. Pourtant, j'étais rongé par la culpabilité et la déception. *Il vient de donner l'ordre à nos équipes de quitter la forêt.*

Quand je me déconnectai, le silence retomba dans le vestiaire. Le ronronnement des ordinateurs avait quelque chose d'angoissant. L'atmosphère était électrique.

Je regardai Mercer.

Ces dernières heures, je m'étais habitué à le voir assis d'une certaine façon : les coudes posés sur les genoux ou sur le bureau, l'air concentré, ou donnant au contraire l'impression d'être ailleurs. Maintenant que c'était fini, il était simplement avachi sur sa chaise, les mains sur les cuisses. Sur son visage, on lisait de la colère, mais aussi un certain soulagement.

Il me rappela mon père. Le jour où il était venu m'expliquer qu'il avait fait faillite. Je n'étais encore qu'un gamin, mais cela m'avait bouleversé. C'était la première fois que je voyais mon père vulnérable. Jusque-là, il avait toujours été solide comme un roc, cette fois, il était détruit. Le pire pour lui avait sans doute été de constater que je m'en rendais compte. Mercer présentait à cet instant précis le même visage fait de vieillesse, de tristesse et de fragilité. À ceci près que mon père avait toujours été convaincu qu'il fallait accepter ce qui nous arrivait, le meilleur comme le pire, sans jamais baisser les bras, continuer à avancer, quelles que fussent les conditions. Mercer, lui, avait l'air vaincu, ce qui était infiniment pire.

– Je suis désolé. J'aurais préféré qu'on continue ensemble.

Il resta un instant à me dévisager, il avait l'air de se demander si vraiment je pensais ce que je disais, puis il se redressa sur sa chaise. Il s'apprêtait à prendre la parole quand un bruit strident nous fit sursauter tous les deux. C'était son portable qui sonnait.

– Merde !

Il le sortit de sa poche, regarda l'écran, hésita à répondre. J'attendis, il laissa sonner encore un moment, puis l'éteignit et le posa sur son bureau, au milieu des papiers.

– Ma femme...

Il ferma les yeux.

— Vous n'avez pas envie de lui parler ?
— Non, pas maintenant. Je ne vais pas tarder à rentrer.
Je regardai ma montre.
— Elle est toujours debout ? Il est pourtant bien tard. Ou bien tôt.
— Elle se fait du souci pour moi. Comme tout le monde, non ?
Je repensai au texto de mes parents. Eux aussi s'inquiétaient à mon sujet. Moi non plus, je ne leur avais pas répondu. Moi aussi, j'avais trouvé ça pénible.
— On...
Ça avait l'air idiot, car il ne pouvait pas voir les choses sous cet angle, pas en ce moment.
— On tient à vous.
— Non, on se fait du souci pour moi. Et tu sais quoi ? Il m'arrive aussi de me faire du souci pour moi. Mais c'est moi que ça regarde. Tout le monde a l'air de l'oublier. Deux ans sont passés, il faut bien que je fasse quelque chose, je ne peux pas rester éternellement chez moi à ne rien foutre. Tout le monde a l'air de l'oublier, ça aussi.
Il regarda l'écran.
— Enfin, presque tout le monde...
J'allai lui répondre, mais je m'arrêtai. *Presque tout le monde.* Que voulait-il dire par là ? Une autre de ses paroles me revint alors à l'esprit. *Il a mis deux ans à préparer son plan.*
Deux ans que nous n'avions pas entendu parler du tueur. Deux ans depuis la dépression de Mercer. Pensait-il que les deux choses étaient liées ? Était-ce à partir de ça qu'il avait élaboré sa théorie ? Je le regardai. Il avait les yeux fermés. Croyait-il vraiment que l'assassin avait mis deux ans à réapparaître, moins parce qu'il préparait son plan que pour attendre le retour de l'homme chargé de le pister, l'homme qu'il voulait défier ? Était-il possible qu'il ait raison ?
Autant j'aurais trouvé ça délirant plus tôt dans la nuit, autant l'idée prenait un étrange relief, maintenant que nous étions seuls lui et moi.

– Je sais ce qu'on raconte, reprit Mercer. Toute la journée, je l'ai senti. Les murmures autour de moi, les regards. On s'imagine que c'est à cause d'Andrew. On pense que je m'implique trop. Que je ne vais pas supporter la pression. Que je vais... m'écrouler, ou je ne sais quoi du genre.

Il ouvrit les yeux et me regarda bien en face.

– Tu sais ce qu'il me faut, Mark ?

– Non, monsieur.

– Pas ce qu'il me faut, non, mais ce dont j'ai envie ? Ce dont j'ai envie, plus que tout, c'est de ne pas avoir l'impression d'être un putain d'infirme !

Je le regardai, sans rien dire.

– Et d'un peu de confiance, aussi. C'est tout ce que je demandais bordel, un peu de confiance. Il y a deux ans, on pouvait ne pas être d'accord avec moi, ou ne pas comprendre ce que je faisais, mais jamais on n'aurait douté de moi. Toute la journée, j'ai eu l'impression d'être à l'essai. Que personne ne me faisait confiance. Franchement, est-ce qu'ils croient vraiment que je serais ici si je ne pensais pas que c'était ma place ?

– Je ne sais pas quoi vous dire.

– Juste un peu de confiance...

Il secoua la tête.

– Que mon équipe me soutienne. Comme avant. Au lieu de ça, toute la journée j'ai eu l'impression d'être seul sur cette affaire, pendant que les autres étaient occupés à se faire du souci pour moi. Et maintenant... maintenant, c'est fini, de toute façon, n'est-ce pas ?

– Je n'en sais rien.

– Si. Pour nous, c'est fini.

Il posa les coudes sur le bureau, se prit la tête entre les mains.

– Et j'en suis heureux, conclut-il.

Le silence retomba. Il ne bougeait plus. On aurait dit qu'il avait cessé de respirer tant il était immobile. Je n'avais qu'une envie, m'esquiver discrètement. Au lieu de ça :

– Monsieur ?
Pas de réponse.
– Ça va ?
Toujours rien.
Devant moi, l'ordinateur bipa une fois et l'écran s'alluma. C'était l'équipe de la forêt qui nous contactait. Je pris la communication, pensant tomber sur Pete, au pire sur Hunter. Je me retrouvai face à un agent que je n'avais jamais vu. Il avait l'air angoissé, il jetait des regards autour de lui, ne sachant pas si oui ou non la connexion était établie.
– Inspecteur Nelson, dis-je.
Il regarda la caméra, cette fois. On sentait que quelque chose n'allait pas.
– Inspecteur, il y a du nouveau, ici.
– Qu'est-ce qui se passe ?
– Je ne sais pas précisément. On a été contactés par des collègues qui sont dans les bois. On m'a demandé de vous prévenir. Il y a eu un problème.
Du coin de l'œil, je vis Mercer relever lentement la tête pour regarder l'écran.
– On se calme, dis-je à l'agent. Je vous écoute.
– C'est l'inspecteur Dwyer, chef. Il s'est fait agresser.
Et merde !
– Agresser ? Comment ça ?
Mercer se leva d'un bond. Sa chaise tomba derrière lui Il enfilait déjà son manteau, l'air aussi lugubre que déterminé.
Je me retournai vers l'écran.
– Donnez-moi des précisions !
– Il a été poignardé. Dans les bois.
– Trouve-moi une voiture, tout de suite, me dit Mercer.
– Comment va-t-il ?
– Je n'en sais rien. On vient juste de me prévenir. Ses gars ont demandé l'hélicoptère.
– Trouve-moi une voiture, bordel, répéta Mercer.

L'instant d'après, il était sorti.
— Dis-lui de m'attendre devant l'accueil, me lança-t-il depuis le couloir.

Quatrième partie

J'aimerais remercier tous mes collègues du département pour leur aide et leur soutien au fil des années où j'y ai travaillé, et aussi durant mon absence. En particulier, j'aimerais présenter mes remerciements aux divers membres de mon équipe, qui m'ont appris tout ce que je sais sur l'humilité, l'humanité et l'attention nécessaires dans ce travail difficile : tout ce que nous avons jamais accompli l'a été en partie, voire entièrement, grâce à votre professionnalisme et votre expertise. Je n'aurais jamais pu écrire ce livre sans vous.

Il y a une personne qui, plus que toute autre, m'a soutenu, fait confiance, qui m'est restée fidèle – malgré la provocation incessante – au fil des années. Tu me pardonnes, tu comprends mes fautes et tu m'enseignes tout ce que j'ai besoin de savoir sur les qualités mentionnées ci-dessus, dans ma vie de tous les jours.

Surtout, tu me permets d'oublier la personne que je suis au travail et de redevenir l'être humain que je suis vraiment. C'est pourquoi ce livre t'est dédié, Eileen, avec toute mon affection et mon amour.

Extrait de *Le mal est fait* de John Mercer.

4 décembre
4 h 55
Deux heures vingt-cinq minutes avant le lever du soleil

Jodie

Une chanson, pensa Jodie, dure en moyenne quatre minutes. Elle en avait de plus longues sauvegardées sur son lecteur et quelques-unes qui étaient plus courtes, mais quatre minutes n'étaient probablement pas une mauvaise moyenne sur laquelle se baser. En théorie, il aurait donc dû lui être possible de se faire une idée du temps qui passait en comptant les chansons qu'elle écoutait. Quinze chansons équivaudraient à une heure.

Bien sûr, elle ne savait pas quelle heure il était quand elle avait mis les écouteurs. C'était un problème. Mais ça l'occupait, alors elle continuait de compter.

Elle en était à soixante-quatorze lorsque le iRiver émit un bip annonçant que la batterie était presque à plat. La panique s'empara d'elle : c'était déjà assez difficile d'être menottée seule dans le noir, par un froid glacial, sans avoir en plus à faire avec le silence.

La machine rendit finalement l'âme au milieu de la quatre-vingt-douzième chanson. Elle émit un dernier bip, puis tout devint silencieux.

Elle avait les oreilles qui bourdonnaient un peu. Chaque fois qu'elle inspirait, le mucus s'amassait à l'arrière de sa gorge ; elle avait la nausée, les narines douloureuses et engourdies.

Fais le calcul.

Probablement six heures depuis que l'homme avait ouvert la porte – depuis qu'elle avait su qu'il la regardait, lui parlait et qu'elle avait fait tout son possible pour ne pas ouvrir les yeux, ni crier ni faire quoi que ce fût. Elle refusait de prêter attention à sa présence ; ne voulait même pas écouter. Puis, après que la porte se fut refermée, elle avait gardé les yeux fermés. Quelque chose en elle lui avait dit qu'il était là avec elle, accroupi juste devant elle, suffisamment près pour qu'elle puisse le toucher. Qu'il attendait simplement.

Quelques minutes plus tard, les minutes les plus longues de sa vie, elle avait osé entrouvrir un œil, juste un peu – et bien sûr elle était seule.

Six heures depuis ce moment. Elle ne savait pas si ça lui semblait long ou court. Ça avait plutôt été comme une parenthèse : une période au cours de laquelle elle s'était tellement éloignée de sa vie qu'elle pouvait ignorer ce qui se passait. Une période de sécurité.

C'était idiot mais, à mesure que le temps passait et que l'homme ne revenait pas, Jodie en était venue à considérer la musique comme un talisman : elle avait dressé un bouclier autour d'elle, comme un sortilège.

Une rémission.

Et maintenant, le lecteur était mort, elle n'était plus en sécurité.

Jodie s'agita contre la pierre.

Six heures. Était-ce le petit matin ? Il semblait faire un peu plus clair dehors, mais peut-être était-ce juste son imagination. Ou le feu. Elle en distinguait sa lueur dans le contour de la porte, des rais de lumière orangés, tremblotants, qui s'immisçaient dans la réserve.

Elle avait terriblement mal dans le haut du dos, de chaque côté de la colonne, comme si quelqu'un lui avait brutalement enfoncé les pouces près des omoplates. Elle étira les jambes. La droite menaça d'avoir une crampe lorsqu'elle bougea et elle dut procéder précautionneusement : tout d'abord la replacer sous elle, puis l'étirer à nouveau, et ainsi de suite jusqu'à ce qu'elle puisse la tendre convenablement sans éprouver de douleur.

Elle se frotta les cuisses mais ne ressentit qu'une pression sourde ; elles semblaient aussi froides et mortes que des morceaux de viande congelés. Le dos de ses mains aussi, juste entre l'index et le pouce. Elle fit son possible pour se frotter chaque main à tour de rôle avec la paume de l'autre. Ça brûlait.

Tout semblait très silencieux dehors.

Jodie se leva comme elle put. Le monde bascula légèrement. Des étoiles lui dansèrent devant les yeux ; son épaule heurta le mur.

Ressaisis-toi.

Elle se força à respirer lentement, puis recommença à avancer : quelques pas traînants pour atteindre la porte. Petit espoir que l'homme au masque de diable fût parti sans fermer à clé. Peut-être qu'elle l'ouvrirait et qu'elle découvrirait une équipe de tournage. Ses amis et sa famille applaudissant.

Une légère pression sur la porte ; celle-ci ne bougea pas. Son petit espoir, qui était plus grand qu'elle n'avait voulu l'admettre, fut instantanément anéanti. Elle était toujours enfermée.

Réfléchis.

L'interstice de la porte. Nerveusement, elle se pencha un peu en avant et colla son œil au trou, s'attendant presque à ce que quelqu'un y enfonce une épingle de l'autre côté.

Nuit calme.

Et l'homme n'était pas parti. Il était étendu près du feu, à environ dix mètres de la remise. Le gros tas de bois avait maintenant diminué et l'essentiel du sol sous le métal était recouvert de cendres noires et blanches. C'était un paysage de poussière et de ruines, au centre duquel une petite pile de bois virait au noir. L'homme était étendu du côté du foyer le plus proche d'elle, sur une sorte de couverture, lui tournant le dos, les jambes légèrement recroquevillées.

Dormait-il ?

Il en avait tout l'air.

Elle enregistra autant de détails que possible. La neige avait cessé. Elle voyait le motif des empreintes de pas de l'homme sur le sol. Elles menaient principalement à l'endroit d'où elle l'avait vu apparaître plus tôt, lorsqu'il avait regagné le feu pour chauffer le tournevis. Scott devait être quelque part là-bas.

Du moins son corps.

Sois forte.

Mais comment être forte ? Elle était enfermée, à la merci d'un psychopathe qui avait torturé son petit ami et qui semblait maintenant dormir paisiblement près du feu de camp. Comment pouvait-il faire ça ? Était-il épuisé après ce qu'il avait fait à Scott ? C'était insupportable. Elle s'écarta de la porte et s'assit sur la pile de pierres qui avait fait office de siège tout au long de la nuit.

Sois forte.

Non, répondit-elle à la voix. Tout ça, c'était fini maintenant. Elle ne pouvait pas défoncer la porte. Et même si elle l'avait pu, il se serait réveillé, puis il aurait fait chauffer ses outils et s'en serait pris à elle. Et quoi qu'il arrive, il finirait par se réveiller.

Réfléchis. Tout n'est pas encore perdu.

Elle regarda la porte avec désespoir, observant la lueur du feu qui chancelait sur son contour et elle se demanda : comment m'en sortir ? Qu'est-ce que je suis censée faire pour mettre un terme à tout ça ?

Pour le moment, la voix n'avait pas de réponse à cette question.

4 décembre
5 heures
Deux heures vingt minutes avant le lever du jour

Mark

L'agent qui avait appelé de la forêt s'appelait Bates. Il était très jeune et semblait fatigué, à moitié gelé et paniqué ; je demeurai donc aussi patient que possible et tentai de le rassurer en lui disant que tout allait bien. Je voulais qu'il découvre ce qui s'était passé exactement et qu'il me tienne informé. Il acquiesça, puis resta planté là sans rien faire.
– Ça veut dire *tout de suite* !
Cette fois-ci, il n'acquiesça pas et partit en courant voir s'il y avait du nouveau.
Je me levai et fis les cent pas. Tout était allé complètement de travers. Avant d'apprendre ce qui était arrivé à Pete, Mercer avait des problèmes, mais au moins il était sur le point de rentrer chez lui. Les choses n'étaient plus entre nos mains. Maintenant, j'étais certain qu'il se dirigeait vers la forêt. Dieu seul savait ce qu'il pensait pouvoir faire. Il n'en avait probablement aucune idée lui-même. Un autre membre de son équipe avait été blessé, peut-être tué, et ce serait la peur et la culpabilité qui le feraient avancer.
Mais c'était surtout pour Pete que je m'en faisais et je me sentais isolé et impuissant, coincé ici à l'hôpital. Puis il me vint à l'esprit qu'il y avait une chose que je pouvais faire, justement parce que j'étais coincé dans un *hôpital*. Je quittai le vestiaire

en courant, fonçai jusqu'au guichet principal et les informai que nous avions un agent blessé, peut-être grièvement, et qu'il serait bientôt ici. Lorsque je regagnai le vestiaire, Bates était à nouveau à l'écran.

– Ils viennent de l'emmener, monsieur, annonça-t-il. Il est dans l'hélico, en route pour l'hôpital.

– On l'y attend. Est-ce qu'on a une idée plus précise de ce qui lui est arrivé ? De ses blessures ?

– Il a été poignardé trois ou quatre fois. À l'épaule et au bras.

Merde !

– Ils ont chopé le type qui a fait ça ?

– Oui, monsieur. Un type qui vit au milieu des bois. Apparemment, il serait devenu cinglé quand ils sont entrés dans son campement.

– Jeune ou vieux ?

– Vieux, je crois.

Vieux. Donc ni Farmer ni Reardon, ou Dieu sait comment il se faisait appeler. Au moins Pete était en route pour l'hôpital. Mais poignardé à l'épaule et au bras – pas étonnant que Bates ait eu l'air effrayé. Bon Dieu ! Quelles qu'aient été les pressions auxquelles nous avions été soumis ici, c'était facile d'oublier les dangers que couraient les équipes de recherches quand on était bien en sécurité à l'hôpital.

– Vous êtes allé dans la forêt ? demandai-je.

– Non, monsieur. Je dois dire que je suis bien content de m'occuper des communications ici. Faudrait me payer très cher pour que j'y aille.

Je songeai à lui dire que ce ne serait plus la peine, vu la tournure qu'avait prise l'enquête, mais je me rappelai alors Mercer.

– Est-ce que Hunter est arrivé ?

– Non, monsieur.

– Attendez.

Je chargeai la carte de la forêt sur un autre écran. Les actualisations continuaient. Des grappes de cercles jaunes représen-

––––– Un sur deux –––––

tant les équipes de recherches étaient disséminées à travers la forêt.

L'écran clignota une fois et ils se rapprochèrent tous imperceptiblement de la route.

Plus tôt, Pete avait mis en doute la mécanique des recherches, et ses doutes semblaient justifiés. Aucune des équipes n'avait eu le temps d'aller bien loin avant d'être rappelée. Sur l'écran, la véritable difficulté des recherches était moins évidente qu'elle ne devait l'être sur le terrain, lorsque vous étiez confronté à la forêt et à la neige, mais elle était tout de même assez claire. Ça avait toujours été une tâche impossible.

Alors, vous croyez qu'il est là-bas à nous attendre ?

Ça avait semblé ridicule quand Pete avait posé cette question. Pourquoi le tueur nous aurait-il attendus ? Pour se faire prendre ?

Et pourtant, je ne pouvais m'empêcher de penser maintenant qu'il avait dû savoir combien ce serait difficile pour nous, et que nous attendre, si c'était vraiment ce qu'il faisait, n'était peut-être pas aussi grotesque que ça en avait l'air. Ne se serait-il pas attendu à ce que nous soyons gênés par le terrain ? À ce que nous perdions du temps – voire des hommes – avec le genre de rencontre qu'avait faite Pete ?

Je me frottai le visage.

Reardon aurait pu retenir Scott et Jodie dans leur appartement. Il aurait pu les emmener n'importe où. Pourquoi la forêt ?

Il devait y avoir une raison au fait qu'il avait changé son mode opératoire. Au fait qu'il les avait emmenés en pleine nature ; qu'il nous avait laissé découvrir son vrai visage et sa véritable identité. Il s'était pour ainsi dire démasqué, puis s'était mis à jouer son jeu dans l'un des endroits les plus inaccessibles qui fussent. Avec ce qu'il nous avait donné, nous finirions par le retrouver. Mais sûrement pas avant le lever du jour.

L'écran clignota à nouveau et tout le monde se rapprocha légèrement de la route.

Il reste prudent... seulement il ne se soucie peut-être pas des mêmes choses.

Ce dont il se souciait, c'était de nous échapper jusqu'au lever du jour. Pour voir si nous étions capables de le trouver avant et sauver Jodie McNeice.

Plus tôt, l'idée avait semblé saugrenue. Mais sinon, *pourquoi dans cette forêt* ? Pourquoi avoir relâché Scott ? Je ressentais une espèce d'angoisse. Quelque chose ne collait pas.

– Je reviens dans une minute.

– D'accord, monsieur...

Je ne voulais plus parler à l'agent Bates. Je réduisis la fenêtre, laissant la connexion ouverte, et restai là à respirer lentement, tentant de me ressaisir.

Je ne pouvais rien faire, je n'avais pas les choses en main.

C'est ce que je me répétais, mais je n'en croyais pas un mot.

J'étais censé préparer un compte rendu pour Hunter – les faits de la journée – mais, au lieu de ça, je fixais la carte du regard. L'écran s'actualisa : tout le monde s'éloignait un peu plus de Jodie. De Jodie et de Reardon.

On va la retrouver.

Toute fatigue m'avait quitté. À vrai dire, j'avais l'impression que mon cœur était branché sur secteur. Il battait fort, comme à chaque fois que je pensais à Lise et à ce qui lui était arrivé : la même accélération, la même angoisse que lorsque les événements défilaient à nouveau dans ma tête, m'entraînant inexorablement vers sa perte, son absence.

Jodie va s'en tirer.

Je vous le promets.

Je tendis la main vers le bureau pour prendre la photo de Jodie que nous avions trouvée dans le portefeuille de Scott.

Ça me rappelait plein de choses.

C'est toujours les moments heureux que nous avons à cœur d'immortaliser. Les photos ne sont ainsi jamais très révélatrices. Scott se baladait avec cette photo sans se douter que Jodie avait une liaison. Quels secrets cachait la photo prise lors du mariage des Roseneil ? Quels secrets Lise avait pu me cacher ?

Tout en continuant d'observer la photo de Jodie, je pensais à Lise. À la cafétéria, Greg avait supposé que je n'avais pas d'amie pour venir avec moi à travers le pays, mais en réalité rien n'aurait pu être plus éloigné de la vérité. Lise m'avait accompagné pendant chaque minute de ce voyage, tout comme elle l'avait fait au cours des six derniers mois. Elle refaisait surface sous une forme ou une autre à chaque instant de la journée. Après mon premier entretien avec Scott, j'avais craint de trop entrer en empathie avec lui. En réalité, c'était inévitable.

Je fermai les yeux.

L'image qui me vint fut celle de Daniel Roseneil. Son visage contusionné, tourné vers le sol, tandis qu'il délivrait son témoignage hésitant ; l'horreur absolue émergeant de la brume de sa mémoire. Après coup, je m'étais dit que je ne lui en voulais pas de ne pas se souvenir. J'avais pensé à toutes les fois où l'on dit à une personne qu'on ne pourrait vivre sans elle, qu'on mourrait pour elle, qu'on ferait n'importe quoi. Et combien il était rare qu'on ait à transformer ces promesses en actes. Je n'en voulais pas aux victimes qui avaient survécu d'avoir occulté ce qui s'était passé. Bien sûr que non.

Je rouvris les yeux, faisant à nouveau face à la photo de Jodie.

Mais il y avait une différence entre Scott et Daniel. Une différence entre Scott et moi.

Ma main se contracta, comme si elle était sur le point d'agir de son propre chef.

Scott ne l'avait pas perdue, lui. Pas encore.

Tout ce que Mercer avait voulu, c'était un peu de foi ; et je m'apercevais, trop tard, que j'en avais trouvé. *Jodie est vivante dans cette forêt.* Le sentiment de panique s'intensifia. L'écran clignota, les cercles avaient désormais presque atteint la route, et je me sentai encore plus oppressé.

Cette fois, je laissai ma main aller là où elle voulait. Mes doigts rencontrèrent le bord du bureau, je m'appuyai dessus pour repousser ma chaise et me levai trop vite. J'étais peut-être sur le point de foutre ma carrière en l'air, mais je ne voulais pas y penser. Je ne voulais pas rester là à ne rien faire. Pas une nouvelle fois.

Peut-être n'était-il pas trop tard.

Pour la première fois de la journée, je sus exactement ce que j'avais à faire.

4 décembre
5 h 05
Deux heures quinze minutes avant le lever du jour

Scott

— Vous n'êtes pas ici, dit Scott. Je sais ce que vous êtes et d'où vous venez. *Vous n'avez jamais été ici.*
Dans son rêve, il était à nouveau dans son salon, assis sur le divan confortable et robuste. Il y avait une grande horloge sur le mur opposé – qui n'aurait pas dû être là. L'aiguille des minutes avançait, mais trop vite. Il la voyait littéralement bouger.
6 heures.
6 h 01.
6 h 02.
L'homme au masque de diable – rien qu'un homme, masqué – était accroupi devant lui, les coudes posés sur les genoux de Scott. L'homme était un souvenir de cet autre endroit, de la bâtisse en pierres où il l'avait fait tant souffrir. Tandis que la nuit passait, il semblait capable d'envahir chaque pensée et chaque souvenir de Scott.
6 h 05.
Le poids sur ses genoux était familier, de même que les choses que l'homme ne cessait de dire. En rêve, son esprit faisait passer les souvenirs de la bâtisse en pierres par un filtre, les revêtant d'un voile de plus en plus fin.
— Je ne suis pas ici ? demanda-t-il, puis il regarda à gauche et à droite, avant de reposer les yeux sur Scott. Dis-moi où nous sommes ?

– Dans mon salon.
– Chez toi ?
– Oui.
– Où tu vis avec Jodie ?

Scott ne répondit rien car une question avait jailli dans son esprit : Jodie, où est-elle ? Il était 6 h 20. Elle aurait dû être rentrée du travail. Il jeta un coup d'œil sur sa droite et vit que la fenêtre du séjour était ouverte, les rideaux bougeant légèrement. Une seconde plus tard, une brise glaciale l'atteignit et il se mit à trembler de façon incontrôlable.

Jodie n'était pas là pour l'instant et il s'efforça de ne pas y penser. Elle était simplement ailleurs dans l'appartement.

– C'est bon.

L'homme avait remarqué sa confusion.

– Elle est dans la pièce d'à côté, n'est-ce pas ?

Il réfléchit et acquiesça lentement. Oui, c'était exact. Jodie était allée s'étendre. Elle était rentrée du travail avec une mine si triste qu'il lui avait immédiatement demandé ce qui n'allait pas. Rien, avait-elle répondu, jetant son sac à main sur le fauteuil, puis se laissant tomber à côté. Alors il avait essayé de lui tirer doucement les vers du nez. Mauvaise journée ? Tu veux en parler ? Elle ne voulait pas, et ils étaient juste restés silencieux un bon moment.

– Elle dort, dit-il.

L'homme au masque de diable inclina la tête.

– Vous vous êtes disputés.

– Non.

– Si, mais tu n'en as pas conscience.

Scott fit non de la tête – mais à cet instant, à vrai dire, il n'était plus sûr de rien. Peut-être l'homme disait-il vrai. Tout ce dont il se souvenait, c'est qu'ils étaient restés assis là et, comme souvent, qu'il n'avait pas su faire le bon geste ni trouver les mots justes. Peut-être s'était-il senti si frustré et impuissant qu'à force de ne pas trouver les bons mots il avait fini par prononcer les mauvais.

Ça arrivait trop souvent. Mais elle était si malheureuse ! Et ça le rendait dingue de ne rien pouvoir y changer. Son humeur était totalement indépendante de lui. Elle rentrait malheureuse ; il ne pouvait rien y faire. Pareil le lendemain ; et le surlendemain. Chaque jour rimait avec le précédent.

– C'est bon, le rassura l'homme. Ça arrive.

– Non.

Le rideau s'agita à nouveau. La pression sur ses genoux s'accentua tandis que l'homme se penchait en avant avec un air de conspirateur.

– Alors pourquoi est-elle à côté ? demanda-t-il.

– Elle a passé une mauvaise journée.

– Elle est malheureuse. Sais-tu pourquoi ?

Scott secoua la tête. Il aurait aimé le savoir. S'il avait su ce qui n'allait pas, alors il aurait pu faire quelque chose pour y remédier et tenter de la rendre à nouveau heureuse. Il ferait n'importe quoi, pourvu que ça l'aide.

– Tu veux que je te le dise ?

– Oui.

– Tu te souviens de la fois où nous avons discuté du fait qu'elle se tapait Kevin Simpson dans ce petit hôtel immonde ?

– Oui.

– Ça t'a fait mal à l'époque. Mais maintenant tu t'en es remis, pas vrai ?

Il acquiesça lentement.

À l'époque, il avait cru que pas une minute ne s'écoulerait sans qu'il y pense, encore moins un jour ou une semaine, mais au bout du compte cette minute était arrivée. Puis le jour, et ensuite la semaine. Maintenant, il y pensait à peine.

– Tu ne crois pas qu'elle aussi s'en est remise ? demanda l'homme.

Scott se contenta de le regarder.

– À l'époque, tu te sentais blessé. Maintenant, c'est passé. Et c'est la même chose pour elle. Sur le coup, elle se sentait si coupable qu'elle était prête à abandonner tout ce pour quoi elle avait travaillé juste afin de sauver votre couple. Et, maintenant que la culpabilité est passée, elle regrette son choix.

Scott secoua la tête.

— Non.

— Que ça te plaise ou non, reprit l'homme, elle ne se sent plus coupable. Elle ne se déteste pas. Tout ça, c'est du passé. Mais pas le *choix* qu'elle a fait. Elle a abandonné quelque chose pour toi et elle doit vivre avec chaque jour.

— Non.

— Si, fit l'homme en insistant. Elle déteste son boulot et, quand elle rentre, c'est pour vous retrouver, toi et tes stupides tableaux. Elle n'éprouve plus de culpabilité, juste un sentiment de perte. Et elle commence à t'en vouloir à cause de ça.

— C'était son choix. Je ne l'ai pas forcée.

— Elle ne t'aime pas. Elle ne mérite pas ton amour.

Il se remit à pleurer.

— Si, elle m'aime encore.

— Je sais mieux que toi ce qu'elle pense.

Scott baissa les yeux et vit que l'homme tenait quelque chose. Pas le tournevis brûlant cette fois ni le couteau. Juste une simple feuille de papier. Mais, bizarrement, il trouvait ça encore plus terrifiant et il se plaqua contre le divan.

Le monde devint légèrement flou ; la pièce s'assombrit, l'air s'y fit soudain glacial. L'homme face à lui n'était maintenant guère plus qu'une forme noire dans l'ombre, une lueur provenant d'une source non identifiable dansait sur son masque rouge.

Il approcha la feuille des mains de Scott et l'agita doucement. *Prends ça.* Pendant un moment il n'y toucha pas. La froideur de la pièce lui avait ôté toute dextérité et les doigts de l'une de ses mains semblaient anormalement tordus. Mais l'homme plaça de force la feuille dans son autre main et, involontairement, il la saisit.

Scott leva son visage vers le plafond et pria Dieu pour que ça cesse, mais, au-dessus de lui, tout était perdu dans l'obscurité.

— Tu crois qu'elle a juste passé une mauvaise journée au boulot, dit l'homme. Mais ce n'est pas ça.
— *Si !*
Il sanglotait.
— C'est ça.
— Alors, lis cette feuille, commanda l'homme. Tiens.
L'homme ramassa une lampe torche par terre, l'alluma et la fit pivoter tout en la tenant près de l'oreille de Scott pour que la lumière dessine un cercle sur la page, comme une trace laissée par une tasse de café. L'homme inclina la lampe et le cercle se transforma en ellipse.
— Lis.
Scott ferma les yeux et secoua la tête. Mais, curieusement, les mots pénétrèrent tout de même son esprit.
Je crois que j'aimerais peut-être te voir. Ça me met mal à l'aise, parce que je vais devoir mentir à Scott, mais je crois que ça pourrait me faire du bien.
Comment cela était-il possible ? Mais c'est alors qu'il comprit – il rêvait. Peu importait ce qu'il faisait, peu importait qu'il ferme les yeux de toutes ses forces. Les mots étaient sur la page et il les avait déjà lus.
Peux-tu prendre ta journée demain ? Je suis certaine que l'une de tes cent bonniches peut assurer la permanence à ta place !
Il ouvrit les yeux. Oui, pensa-t-il, Jodie et Kevin. Il se rappelait maintenant.
Je pourrais me faire porter pâle et passer te voir. Est-ce que ça t'irait ?
L'homme regarda par-dessus la feuille.
— Elle couche encore avec Kevin Simpson.
— Je ne vous crois pas.
Il tourna vivement le faisceau vers le visage de Scott, puis à nouveau vers la page. Il y avait autre chose au revers de la feuille, remarqua Scott. Des courbes à l'encre noire. Une écriture qu'il n'était pas censé voir.

– Voilà combien elle t'aime, disait l'homme. Tu la supportes, tu souffres pour elle, tu t'inquiètes pour elle, et elle va coucher avec un autre.

Mais Scott était distrait : il essayait de distinguer ce qui était écrit au dos de la page. Tout était à l'envers, mais il déchiffra un mot ici, un autre là.

L'homme sembla s'en apercevoir et il éloigna la lampe torche.

– Votre relation n'a aucun sens, déclara-t-il.
– Si.
– Elle t'a trompé. Tu es stupide de croire que tu l'aimes.
– Elle me l'aurait dit !

Scott pleurait. Il refusait d'y croire.

– Elle me l'aurait dit.

Mais soudain l'homme au masque de diable s'était volatilisé. Scott regarda autour de lui.

Le séjour était à nouveau plus clair. L'horloge avait disparu. Tout semblait normal. Mais le silence était lourd et dense. On aurait dit que quelque chose avait disparu, emportant tous les sons en même temps ; mais bientôt ils reviendraient, plus forts et plus puissants qu'avant.

Va-t'en d'ici.

Pendant un moment, il eut l'impression qu'on lui avait jeté un sort. Ses mains refusaient de bouger, ses jambes aussi. Puis il fut sur ses pieds, titubant vers le couloir, son esprit s'efforçant de reprendre le contrôle. Tout cela était maintenant fini, c'était réglé. Il n'y avait pas d'homme. Plus d'homme. Pas de tournevis brûlant ni de marteau ou de couteau. Il était en sécurité à la maison avec Jodie...

La chambre. Il s'appuya contre le chambranle de la porte et regarda l'endroit où elle était étendue : elle lui tournait le dos de l'autre côté du lit, les jambes recroquevillées, son corps bougeant doucement dans son sommeil. *Elle me l'aurait dit.* La lumière du couloir éclaboussait le sol et le coin du lit, sans toutefois l'atteindre complètement. La pièce était si silencieuse et paisible qu'il sentit sa gorge se nouer. Bizarrement, bien qu'elle fût juste là, il savait qu'elle était hors de portée. Qu'elle lui avait échappé.

– Je t'aime, dit-il.

Pas de réponse, juste la même respiration régulière. Il avança pour la rejoindre. Le lit craqua sous son poids, il hissa ses jambes sur le lit et alla se coller derrière elle, le torse contre son dos. Il plaça un bras autour d'elle et enfonça son visage humide dans ses cheveux. Elle ne se réveilla pas.

– Qu'importe ce que tu as fait, murmura-t-il, je t'aime.

Et, dans son sommeil, elle leva le bras et lui prit la main.

4 décembre
5 h 10
Deux heures dix minutes avant le lever du jour

Mark

Tout était plus simple, la détermination claire que j'éprouvais maintenant était venue à bout de la pression et de la tension que j'avais ressenties tout au long de la journée. Même trouver mon chemin à travers les couloirs de l'hôpital était soudain plus facile.

En arrivant à la chambre de Scott, j'adressai un signe de tête à l'agent de sécurité puis entrai, refermant la porte derrière moi. Scott était endormi – même si son sommeil n'était plus aussi paisible qu'avant. Il était étendu sur le flanc, le visage tordu en un rictus désagréable.

Il rêvait. Probablement à rien de bon.

Je m'approchai, lui touchai l'épaule.

– Qu... ?

Il se réveilla en sursaut, effrayé et confus. Je laissai ma main sur son épaule une seconde et lui lançai un regard que j'espérais rassurant.

– Ça va, Scott. C'est juste moi.

Je m'éloignai du lit et m'assis sur la chaise. Il respira fort, puis se retourna sur le dos et mit un moment à reprendre ses esprits. Enfin, au prix de quelque effort, il se redressa en position assise.

– Mauvais rêve ? demandai-je.

Il ignora ma question.

– Est-ce que vous l'avez trouvée ?
– Non.

J'évitai délibérément les fausses certitudes que j'avais exprimées plus tôt. À ce stade, il n'était plus question de « pas encore ».

– Nous avons quelques problèmes, dis-je.
– Des problèmes ?
– C'est une zone difficile à explorer. Beaucoup de terrain à couvrir. Et avec ce temps, au milieu de la nuit, c'est difficile.

Il parut soudain nerveux, mais j'insistai tout de même.

– Nous allons donc avoir encore besoin de votre aide. Il faut que vous nous en disiez un peu plus maintenant.
– Mais je vous ai dit tout ce dont je me souviens.
– Je sais.

Sois patient avec lui.

– Et vous nous avez beaucoup aidés. Mais nous devons aller plus loin.

Il secoua la tête à cette idée. Je le regardai d'un air impassible. Lors de notre dernière conversation, nous avions parlé du jeu auquel jouait le tueur et il n'avait pu s'empêcher de se demander s'il avait abandonné Jodie. Je ne pouvais pas lui répondre, ni alors ni maintenant, même si au fond de lui Scott devait certainement connaître la vérité. Et il avait eu deux heures, tout seul, pour y réfléchir. Son esprit faisait tout pour oublier ce qui s'était passé, la décision épouvantable qu'il avait dû prendre, et voilà que j'arrivais, en lui demandant d'y faire à nouveau face.

– Si nous ne trouvons pas Jodie bientôt, dis-je, il y a de bonnes chances pour que nous ne la retrouvions jamais.
– Mais je ne sais plus, je ne me souviens pas.

Je compatissais, même s'il avait presque l'air de mauvaise humeur.

– De quoi d'autre l'homme vous a-t-il parlé ?
– Je ne sais plus.

Je continuai de le regarder, histoire de lui faire comprendre que je ne lâcherais pas le morceau si facilement. Je sentais qu'il pouvait se souvenir de quelque chose. Et même s'il n'y arrivait pas, il allait devoir essayer.

Dans le silence, la tension augmentait, mais je demeurais impassible. Ça allait être à lui de le briser.

— Tout ce que je sais, c'est que nous avons parlé de Jodie.

— Ce n'est pas *tout* ce que vous savez. Je comprends que ce fut dur, Scott...

Il fondit en larmes.

— *Je ne sais plus !*

Mon instinct me commandait de revenir en arrière, mais ça n'aurait servi à rien. Je continuai de le regarder — avec le même air implacable — puis je me laissai aller contre le dossier de la chaise, tentai d'infuser un peu de compassion, de compréhension dans ma fermeté.

— Je sais ce que vous pensez, dis-je. Je sais de quoi vous avez peur.

Il secoua la tête et détourna le regard.

— Vous avez peur de l'avoir abandonnée à une mort certaine, continuai-je, et vous pensez que vous ne pourrez jamais vous le pardonner, ou alors que les autres vous jugeront pour ça. Mais, Scott, regardez par la fenêtre. Le jour n'est pas encore levé.

Je me penchai en avant.

— Elle est encore vivante. Quoi que vous pensiez avoir fait, il n'est pas trop tard pour le défaire. Vous, au moins, vous avez encore cette chance.

Il renifla, secoua à nouveau la tête.

— Vous ne pouvez pas comprendre.

— De quoi avez-vous parlé ?

Rien. Tout son corps tremblait.

Je soupirai un bon coup. Je ne savais absolument pas si ce que j'allais dire alors allait faire la moindre différence, mais il ne me restait plus que ça.

La compassion.

— Écoutez-moi une minute, dis-je en jetant un coup d'œil à ma montre. Ça ne prendra pas très longtemps et je pense que nous avons encore un peu de temps. Je veux vous dire quelque chose.

C'était les vacances, on faisait du camping sur un terrain au bord de la mer. On est allés nager, on ne s'est pas rendu compte de la force du courant. On a perdu pied. On a appelé à l'aide, mais la plage était déserte. J'ai réussi à regagner le rivage et pas elle. Personne n'aurait rien pu y faire. C'était ce que j'avais raconté au reste de l'équipe plus tôt à la cafétéria. Mais, d'une certaine manière, cette explication toute faite ne valait pas mieux que la photo de Jodie que Scott conservait dans son portefeuille. C'était un cliché, une image que je gardais à portée de main, prêt à la sortir si on me le demandait. Et comme la photo de Jodie, elle ne racontait finalement pas grand-chose de la réalité. On pouvait y lire une version des faits, mais certainement pas la vérité dans toute sa complexité.

C'était les vacances, on faisait du camping sur un terrain au bord de la mer.

Mes souvenirs de cette soirée étaient décousus, comme si ce qui était arrivé ensuite avait fait voler en éclats les heures qui avaient précédé le drame, ne me laissant que des fragments impossibles à assembler.

La tension des mâts de tente : je me revois les passant gauchement dans les étroits anneaux de toile, les recourbant, je me souviens de la tente s'étirant et prenant forme. Lise éloignant les moustiques tandis que nous enfoncions les piquets dans le sable dense.

On est allés nager, on ne s'est pas rendu compte de la force du courant.

Je fus le premier à m'en rendre compte. Je ne suis pas un nageur émérite, loin de là, et la mer était un peu trop agitée à mon goût, alors j'éprouvais le besoin de toucher le sable du bout des pieds de temps à autre. Et, à un moment, j'ai essayé et me suis retrouvé sous l'eau. Quand j'ai refait surface, j'étais surpris, je toussais.

Je paniquais.

Ça va aller, a dit Lise. *Retourne vers la plage.*

Mais je me débattais et je lui ai accidentellement donné un coup de pied dans le ventre. Je me rappelle encore le choc à la fois dur et mou. Elle m'a dit : « Calme-toi », mais je n'écoutais pas, j'essayais de patauger vers la plage, je ne pensais à rien d'autre qu'à retrouver la terre ferme, me sentir en sécurité.

Nage. Nage de toutes tes forces. Je n'avais que ça en tête.

J'ai remarqué combien la mer était agitée à cette distance du rivage : un calme apparent en surface, mais avec des courants en dessous, que je sentais sur mon torse et mes jambes. J'ai nagé de toutes mes forces, pendant ce qui m'a semblé une éternité puis je me suis arrêté un moment et j'ai vu que j'étais encore plus loin de la plage qu'avant.

Lise aussi avait nagé ; nous étions encore très proches l'un de l'autre à ce moment-là. Je l'ai regardée et j'ai vu le reflet de ma propre panique. Ça a été le coup de grâce – je ne l'avais jusqu'alors jamais vue si effrayée ; elle qui était d'ordinaire si calme, si tranquille.

« Crie », m'a-t-elle dit le plus sérieusement du monde.

On a appelé à l'aide, mais la plage était déserte.

Je n'avais jamais appelé au secours de ma vie, ça me semblait ridicule et aberrant – mais j'ai crié. J'ai crié de toutes mes forces, encore et encore. Au-dessus du bruit des vagues, je l'entendais faire pareil.

Je criais tout en nageant lorsqu'une vague s'est abattue sur mon dos et m'a fait boire la tasse. Mes poumons se sont remplis d'eau, et j'ai regagné la surface en toussant et en étouffant ; j'avais les yeux qui me piquaient. Le monde autour de moi n'était soudain qu'une tache indistincte. Lise était maintenant plus loin, une vague forme colorée. Dans ma tête, des rideaux d'eau noire l'enveloppaient. L'emportaient loin de moi. Que faire d'autre qu'essayer de nager ? Je m'y suis donc remis, me débattant de toutes mes forces, n'y voyant rien hormis de brefs éclats de ciel. Mais je paniquais trop pour me contrôler et je buvais constamment la tasse. À ce moment-là, j'ai compris très clairement que j'allais mourir, et je n'avais jamais éprouvé une telle peur auparavant. Je forçais tellement sur mes bras tandis que je luttais contre les vagues que mes muscles ont commencé à avoir des spasmes. C'était comme si mon cerveau n'existait plus : juste un animal face à la mort, tentant désespérément d'y échapper. Je ne pensais plus à Lise. À ce moment, tout ce qui comptait, c'était moi.

J'ai réussi à regagner le rivage et pas elle.

Une minute plus tard, peut-être moins, je chancelais sur la plage. Je ne portais que mon slip de bain, mais c'était comme si j'avais nagé tout habillé. Mes bras et mes jambes semblaient imprégnés d'eau : lourds et fatigués. Je suis immédiatement tombé à genoux puis j'ai posé les coudes sur le sable, toussant de l'eau, inspirant de grandes bouffées d'air. Quand j'ai retrouvé mon souffle, je me suis efforcé de me lever et me suis tourné vers la mer pour la parcourir du regard. Je l'ai appelée.

Personne n'aurait rien pu y faire.

L'enterrement. Amis, collègues ; mes parents et les siens. La mer n'a jamais rendu le corps de Lise, tous ces gens se tenaient donc devant une parcelle de terre qu'ils ne pourraient jamais vraiment appeler une tombe. L'écharpe de sa mère voletait doucement dans le vent. Elle m'a dit :

— Vous ne pouviez rien faire, Mark.

En entendant ces paroles, je m'étais mis à pleurer, mais je les avais tout de même acceptées, et cette phrase était au cœur de l'image que je montrais aux autres. Les gens qui m'écouteraient acquiesceraient et témoigneraient leur compassion, tout comme ils souriraient et prononceraient un compliment en voyant la photo de Jodie. Personne n'aurait rien pu y faire, c'était triste, mais il n'y avait rien à dire de plus. Personne n'irait chercher la vérité sous la surface.

Mais je n'arrivais pas à tendre cette photo à Scott. Si je voulais connaître ses secrets, je devais être prêt à lui dévoiler les miens.

– J'étais sur la plage, dis-je. Je la cherchais, j'essayais de voir où elle était. Je hurlais son nom. Et soudain, elle était là.

Je l'avais repérée, à environ cinquante mètres du rivage. Par un incroyable coup de chance, j'avais échappé au courant, alors que Lise n'avait quasiment fait aucun progrès.

– Elle criait quelque chose, mais je n'entendais rien. Je ne sais même pas si elle me voyait. Peut-être hurlait-elle tout simplement.

Mais moi, je la voyais. Je voyais la terreur, la panique, la douleur sur son visage.

Scott s'était retourné pour me regarder. Il avait aussi cessé de pleurer, même si la partie de son visage qui m'était visible était rouge, gonflée et luisait à la lumière. Je n'avais pas la naïveté de croire que le simple fait de lui raconter mon histoire allait provoquer un déclic et tout arranger, mais il me regardait. Il m'écoutait. Au moins, j'avais à nouveau son attention.

– Je suis retourné dans l'eau, continuai-je, mais seulement jusqu'aux genoux. J'agitais les bras dans sa direction, hurlant qu'elle allait s'en sortir, qu'elle devait juste continuer de nager. Mais la mer était trop agitée. Un coup elle était là et l'instant d'après elle disparaissait.

Je me rappelai ma dernière image d'elle : un Y noir secoué par les vagues. Après, il n'y avait plus eu que de la mer, et j'avais continué de crier « Tu vas t'en sortir » dans le vide.

– Vous n'y êtes pas retourné ? demanda Scott.

– Je le voulais. J'ai essayé. J'ai commencé à le faire. Mais je n'ai pas osé aller plus loin. J'avais trop peur d'y retourner. Et Lise s'est noyée.

Scott me regarda, abasourdi. Je l'entendais respirer.

– Je sais au fond de moi que je n'aurais rien pu faire. J'aurais pu retourner la chercher, oui, et je me serais sans doute noyé moi aussi. Elle était meilleure nageuse que moi. Ça ne suffit pas à me consoler. Je m'en voudrais toujours. J'aurais pu essayer de la sauver, mais je ne l'ai pas fait car j'avais trop peur de mourir. Vous comprenez ?

Il acquiesça lentement.

— Et, dans un sens, c'est ça, le jeu, poursuivis-je. Le tueur ne fait rien de plus. Il vous met un tel poids sur les épaules, qu'il y a trop de choses à affronter, trop de choses à gérer et il n'y a pas d'autre solution que la fuite. Tout le monde ferait la même chose. Mais quand je pense à ce qu'elle a imaginé en mourant... ça, je ne peux pas le supporter.

Alors que je prononçais ces mots, Scott semblait si désespéré, si impuissant, que j'aurais voulu effacer ce que je venais de dire. Mais nous étions maintenant au cœur des choses ; et revenir en arrière serait plus difficile qu'aller jusqu'au bout.

— Je l'ai abandonnée, dit-il.

— Probablement, approuvai-je. Mais en ce moment vous êtes dans la même position que moi sur cette plage. Votre petite amie est toujours en vie, Scott.

L'une des tactiques d'interrogatoire habituelles. Sauf que, cette fois, j'y croyais réellement.

— Vous avez donc un avantage sur moi. D'une certaine manière, vous pouvez encore retourner dans l'eau et la sauver. Si vous ne le faites pas, vous vivrez avec, et tout le monde comprendra. Mais, je vous en prie, ne faites pas la même erreur que moi. Vous ne vous le pardonneriez jamais. Vous comprenez ce que je dis ?

— Je l'ai abandonnée, murmura-t-il à nouveau d'une voix triste.

Je me penchai en avant, les mains jointes. C'était maintenant ou jamais.

— De quoi vous souvenez-vous ?

La question resta un moment en suspens, seuls résonnaient les bips de l'appareil près du lit. Le pouls de Scott était presque calme.

— Il m'a montré quelque chose. Un bout de papier.

— Dans les bois ? Vous étiez dans une vieille bâtisse en pierres et il vous a longuement parlé. Est-ce que c'est là qu'il vous a montré ce bout de papier ?

– Je crois.
– L'avez-vous lu ?
– Je ne voulais pas. Il m'a forcé.
– Qu'est-ce que c'était ?
– C'était un e-mail.

Il inspira profondément.

– Elle revoyait Kevin, son ancien associé.

Il secoua la tête.

– Vous étiez au courant, n'est-ce pas ? me demanda-t-il.
– Non. Nous savions qu'elle avait passé du temps chez Simpson. Je ne voulais pas vous en parler. L'homme qui vous a enlevé a pris Kevin Simpson pour cible. Il a été assassiné hier matin.
– Tant mieux.

Je ne relevai pas.

Scott n'ajouta rien non plus. Son visage était curieusement inexpressif, mais cet air impassible semblait sur le point de céder la place à un autre sentiment. Colère ? Chagrin ? Apitoiement sur son sort ? Je n'arrivais pas à le savoir.

Continue.

– Donc il vous a montré cet e-mail, dis-je. Qu'est-ce qui s'est passé ensuite ?
– Je lui ai dit que j'abandonnais, répondit-il. « J'abandonne. » C'est ce que je n'arrêtais pas de répéter pour qu'il comprenne et cesse de me faire souffrir.
– Et après ?
– Il m'a... laissé partir.

Scott renifla.

– Oh, mon Dieu, il m'a laissé partir ! Comme ça. Et je l'ai laissée.

Je voulais qu'il continue, mais m'efforçai de conserver mon calme.

– Il vous a détaché ?
– Non.

– Comment avez-vous su de quel côté partir ?
Scott fronça les sourcils.
– Il a marché avec moi un moment. Juste quelques minutes, je crois. Nous avons franchi une rivière, croisé un sentier. Il n'arrêtait pas de me parler, me disant qu'il s'occuperait de tout, que j'avais pris la bonne décision. Il m'a même dit que je pouvais revenir si je changeais d'avis. Puis nous nous sommes arrêtés et il a pointé le doigt vers les arbres pour me montrer la direction à prendre.
Nous avons franchi une rivière, croisé un sentier.
J'aurais voulu dévaler les escaliers à toute vitesse. Les équipes de recherches quadrillaient la mauvaise zone. La rivière était au nord du « n » et le camp n'était qu'à quelques minutes de là. Il me regarda avec une expression proche du désespoir.
– Et... alors je me suis mis à courir.
Je lui souris doucement, puis m'approchai, m'assis sur le bord du lit et lui posai une main sur l'épaule.
– Merci, dis-je. Vous avez fait de votre mieux. La prochaine fois que je monterai ici, j'espère vous annoncer que nous avons retrouvé Jodie et mis la main sur l'homme qui vous a fait ça.
Il fondit à nouveau en larmes. Mais il acquiesça.
Je lui pressai précautionneusement l'épaule, puis me levai et me dirigeai vers la porte. Comme je l'ouvrais, je me retournai pour lui jeter un dernier coup d'œil. La lumière du couloir se répandait sur le sol et sur le coin du lit, mais sans tout à fait l'atteindre.
– Monsieur.
Il semblait soudain tout à fait apaisé, malgré ses larmes.
– Quoi qu'il arrive, merci.
– Je serai bientôt de retour, Scott.
Je sortis dans le couloir, refermant doucement la porte derrière moi. C'est alors, et seulement alors, que je me mis à courir.

4 décembre
5 h 30
Une heure cinquante minutes avant le lever du jour

Eileen

Elle essaya d'appeler John une dernière fois.
Son doigt trembla quand elle appuya sur la touche « bis », et c'est toute sa main qui se mit à trembler lorsqu'elle porta le combiné à son oreille. Une dernière fois. Depuis qu'il avait coupé son téléphone, elle avait plusieurs fois tenté de l'appeler, toujours convaincue que cette fois il répondrait. Mais chaque fois, ce n'était que...
Bip, bip, bip.
Eileen balança le téléphone à travers le bureau. Il se disloqua contre le mur et tomba par terre en deux morceaux distincts, le circuit imprimé pendouillant au bout de courts fils électriques. Elle n'était même pas fichue de casser correctement un téléphone.
Elle se laissa tomber sur le fauteuil, qui recula sur ses roulettes jusqu'à heurter doucement le mur de derrière.
La deuxième bouteille de vin était sur la table devant elle. Elle avait réussi à en vider les deux tiers avant de l'abandonner et d'aller se coucher. Le verre vide était recouvert des traces de doigts de la nuit précédente. Malgré l'heure, l'idée de vider le restant de la bouteille était tentante. Mais s'il n'était pas trop tard pour boire ; il était trop tôt. Et ce n'était pas avec deux heures de sommeil qu'elle allait faire disparaître les effets de

l'alcool et retrouver son calme. La preuve, le téléphone gisait brisé près du mur opposé. Ça ne lui ressemblait absolument pas de laisser ainsi exploser sa frustration. C'était l'alcool, l'alcool et la colère.

Pourquoi m'as-tu fait ça, John ?

Lui en avait-elle vraiment demandé tant que ça ? Ils étaient censés être solidaires – c'était à ça qu'elle avait dédié sa vie au fil des années. Aussi, lorsqu'il s'était effondré, son monde à elle s'était effondré avec lui, et elle n'avait jamais eu si peur, absolument jamais. L'idée que ça puisse se reproduire, qu'il pourrait même prendre le risque de lui faire à nouveau endurer ça...

En avait-elle trop demandé ?

Et pourtant il ne l'appelait pas. Ce n'était pas grand-chose comparé à tout ce qu'elle lui avait donné, mais il ne l'appelait même pas.

Elle avait l'impression d'être dans le brouillard, elle ne pouvait pas réfléchir, rien faire d'autre que de se laisser emmener par ses émotions.

Elle était triste et en colère, mais surtout elle était blessée. Profondément blessée.

Et c'était son mari qui lui avait fait ça. Après tout l'amour, le soutien, la douleur, après avoir demandé si peu en retour, il l'avait simplement... écartée au profit d'une chose qui était plus importante pour lui, une chose qui pouvait les détruire tous les deux. Il lui avait menti, l'avait négligée, ne lui avait rien donné en retour. Il semblait se foutre de ce qu'elle ressentait.

Il n'en a rien à foutre de toi.

Eileen sentit son visage se crisper. Elle s'aperçut qu'elle était assise sur le fauteuil de son mari, fixant du regard avec une expression de haine amère les rideaux qui lui faisaient face.

Après le coup de fil de Hunter, elle était restée un moment à ne pas savoir quoi faire de sa peau, puis elle avait appelé John sur son portable. Une simple sonnerie, encore et encore – puis ça avait coupé. Eileen avait regardé le combiné d'un air incrédule pendant une seconde, puis avait à nouveau essayé. Juste un bip. Il avait éteint son téléphone. Et pas de messagerie, comme d'habitude.

Il *savait*.

Après ça, elle avait passé quelques minutes à errer d'une pièce à l'autre, allumant toutes les lumières de la maison.

Je pense que vous devriez savoir, avait dit Hunter, *sur quelle affaire travaille votre mari.*

À peine avait-elle allumé la lumière dans une pièce qu'elle allait dans la suivante.

Il est à la recherche de l'homme qui a tué Andrew Dyson.

Elle avait fait tout son possible pour que sa voix ne trahisse pas sa surprise, pour simuler l'indifférence.

Tandis qu'elle arpentait la maison, lui redonnant vie à la hâte, un sentiment de panique semblait la suivre de près, la pister.

Il a fait une grosse erreur en n'en parlant à personne. On lui a retiré l'affaire.

Cela doit vous ravir, inspecteur Hunter, non ?

Elle ne tenait pas en place et s'aperçut que sa gorge était serrée, sa respiration faible, comme si son cœur était devenu un poing qui lui remontait lentement dans la poitrine. Et elle ne pouvait rien faire pour empêcher l'explosion, elle pouvait juste repousser l'inévitable.

Mais il sera bientôt à la maison avec vous. Là où il devrait être.

Lorsqu'elle eut fini d'illuminer la maison, elle se tint dans la cuisine froide et étincelante, ne sachant que faire – la peur s'était logée dans sa gorge. Il lui avait menti. Comment avait-il pu ? Elle se tenait dans la cuisine, se rappelant les derniers mots qu'elle avait dits à Hunter avant de couper.

Et c'est pour me dire ça que vous m'avez réveillée ? Vous vous imaginiez vraiment que je ne le savais pas ? Vous sous-

estimez John et vous me sous-estimez. Soyez gentil, cessez de nous faire perdre notre temps.

Avait-elle réussi à injecter suffisamment de venin et de dérision dans sa voix ? Probablement pas. Elle était certaine que Hunter savait combien elle était bouleversée et furieuse, et son déni n'avait sans doute fait qu'empirer les choses. Mais il était insignifiant à ses yeux : un de ces hommes qui, incapables de s'élever, se sentent obligés d'enfoncer les autres pour en tirer Dieu sait quel plaisir. Au fond d'eux-mêmes, ces hommes savent toujours combien ils sont pathétiques. Eh bien, qu'il triomphe ! Même si défendre John était devenu une seconde nature au fil du temps, elle savait que cette fois elle l'avait fait autant pour elle-même que pour lui. Elle se fichait dorénavant de ce qu'il éprouvait.

Il a coupé son téléphone.

La panique, toujours, elle avait inspiré lentement, profondément, tentant de se calmer. Et elle était restée ainsi, s'efforçant de ne penser à rien, pendant un long moment, jusqu'à ce qu'elle s'aperçoive à quel point elle était crispée et qu'elle devait faire quelque chose.

Donc : retour à l'étage, chaque marche, une montagne. Elle n'avait cessé de se dire : C'est impossible. Il ne pouvait pas sciemment avoir éteint son portable, juste pour ne pas lui parler.

Il ne me ferait pas ça.

De retour dans le bureau, elle avait composé le numéro. Encore.

Et encore.

Et maintenant, le téléphone était brisé.

Eileen marcha jusqu'à l'ordinateur et regarda ce que John avait affiché au mur derrière.

Cinquante ou soixante feuilles de papier de couleurs, formes et tailles diverses étaient punaisées pour former un collage. Il y avait des extraits tirés de vieux dossiers, les détails qui à chaque fois lui avaient permis de débloquer l'enquête sur laquelle il était. Des coupures de presse. Ses certificats encadrés. Des photos de l'équipe.

Tous ces documents mis bout à bout illustraient parfaitement son état d'esprit. John s'en servait pour en tirer de l'inspiration, du courage, de la confiance en soi, mais, lorsque Eileen observait cette masse indistincte, c'est l'intérieur de son âme qu'elle voyait. C'étaient ces choses qui occupaient John et habitaient ses pensées.

Et où était-elle dans tout ça ? Quelle était la place de sa femme ?

La réponse était qu'elle n'en avait pas, du moins pas sur le mur. John avait érigé une barrière entre les deux aspects de sa vie, et Eileen figurait sur deux photos posées sur le bureau près de l'ordinateur. La première était une reproduction de la photo du rez-de-chaussée, celle de leur mariage. La seconde, à côté, la représentait seule et avait été prise plus récemment. *Je t'aimais quand on s'est mariés*, semblait-il dire ; *du temps a passé, et je t'aime toujours.*

Elle cligna des yeux pour repousser ses larmes – *non, ne pleure pas* – et regarda à nouveau le mur.

Les feuilles les plus récentes avaient été ajoutées sur la droite du collage. Elle trouva une photo d'Andrew Dyson, l'homme que son mari avait perdu et dont le meurtre avait fait basculer la vie de John. À côté, il avait affiché l'oraison funèbre qu'il s'était préparé à lire aux funérailles d'Andrew, au moment où tout s'était finalement effondré.

Je m'endors avec l'espoir complet et certain
Que mon sommeil ne sera pas interrompu ;
Et que j'oublierai tout,
Sans toutefois être complètement oublié,
Car je continuerai de vivre dans les pensées et les actions,
De ceux que j'ai aimés.

Épitaphe de Samuel Butler

Eileen la relut, se concentrant sur les trois dernières lignes. *Je ne serai pas oublié. Je continuerai de vivre dans les pensées et les actions de ceux que j'ai aimés.*

Ces mots, John les avait pris à cœur. Elle avait vu le chagrin qu'il continuait de porter en lui à cause de ce qui s'était passé. Son travail était si important pour lui ; la tension et la frustration que son impuissance avait provoquées depuis deux ans étaient évidentes. Elle les avait devinées pendant sa convalescence, à sa manière de se traîner comme un vieillard à travers la maison. Même au début, lorsqu'elle pouvait se leurrer en s'imaginant qu'il ne reprendrait jamais le travail, elle avait vu à quel point lui pesaient les barrières qu'il avait érigées, entre celui qu'il était avant et celui qu'il était devenu, entre lui et l'homme qui avait causé la perte d'Andrew et la sienne propre, d'une certaine façon.

Au cours des deux dernières années, ces barrières l'avaient drapé d'un voile de tristesse et, peu à peu, elles n'avaient plus tenu qu'à cause de la peur d'Eileen. Par amour, elle s'était laissée fléchir et les avait soulevées, l'autorisant à les franchir, avec la promesse qu'il ne s'en irait pas trop loin. Mais maintenant que cet homme était à nouveau à portée de main, il était allé trop loin. Avait-elle été assez aveugle pour ne pas comprendre que c'était inévitable ? C'était son mari ; elle le connaissait. Autrefois, elle l'aimait pour son dévouement, son acharnement au travail, son désir d'aider les gens. De les sauver.

Maintenant, depuis sa dépression, ces mêmes traits de caractère l'emplissaient d'effroi. *Et si ça recommençait ?*

Eileen s'assit et ferma les yeux.

Elle aurait dû savoir qu'ils en arriveraient là. En lui réclamant ce qu'elle lui avait demandé, elle avait tenté d'empêcher John d'être l'homme qu'elle avait aimé toutes ces années durant. Il avait essayé d'être autrement pour elle, mais pour lui c'était impossible, et c'était cette différence – la divergence entre leurs besoins respectifs – qui les éloignait aujourd'hui.

À ce moment, elle semblait infranchissable. Elle ne pouvait le supporter.

Eileen s'assit un moment dans son fauteuil, les yeux clos, se frottant lentement la lèvre inférieure du bout des doigts, ne sachant que faire. Elle avait l'impression qu'il n'était plus qu'un point sur un horizon noir. Elle était trop effrayée pour continuer de regarder les choses en face, mais quel autre choix lui laissait-il ? Il lui avait pris sa vie, sans son consentement.

Très bien, John, pensa-t-elle. *Si c'est ce dont tu as besoin...*

Elle resta là un peu plus longtemps à réfléchir. Puis elle se leva, marcha lentement jusqu'au téléphone et commença à en rassembler les pièces.

4 décembre
5 h 50
Une heure trente minutes avant le lever du jour

Mark

Trente minutes après mon entretien avec Scott, j'étais de retour dans le vestiaire, écoutant l'écoulement de l'eau dans les tuyaux et regardant une des œuvres de Scott. Greg avait passé l'appartement au peigne fin et les indices qu'il avait rassemblés avaient été ajoutés au dossier. En silence, j'en prenais connaissance. Il n'avait fait aucun effort pour nous contacter ici. À ce stade, il devait connaître les conséquences de ses actions et il devait aussi savoir ce qui se passait dans la forêt. Je me demandais ce qu'il en pensait.

Une carte était affichée sur l'écran de l'ordinateur portable du milieu. La plupart des cercles étaient maintenant massés au niveau des camionnettes de communication, mais un petit groupe de quatre hommes continuait de se déplacer dans la moitié supérieure de l'écran.

Les actualisations étaient laborieuses. Des secondes durant, seuls des parasites apparaissaient et les cercles ne bougeaient pas. Puis, un tremblement se produisait et leurs positions étaient légèrement ajustées. La progression de ces quatre hommes était affreusement lente, mais au moins ils avançaient dans la bonne direction.

En attendant, j'examinai le tableau. Il représentait un visage peint en nuances de vert et de jaune mais réduit à des blocs de couleur. Si je brouillais ma vision, l'image avait un sens, mais, lorsque je regardais ici et là, elle disparaissait dans son ensemble. L'œuvre était superbement réalisée mais, dans ce contexte, elle avait quelque chose de sinistre. Le visage semblait hurler tout en se désintégrant, en se dissolvant en une espèce d'abstraction.

J'avais pris ma semaine. Je travaillais sur l'ordinateur. À des photos d'art.

Vous êtes artiste ?

Non.

Mais je trouvais le tableau réussi. Je ne comprenais pas pourquoi il était si réticent à reconnaître un talent évident. Cependant, plus je le regardais, plus la douleur qu'il contenait semblait ressortir. C'était principalement le fruit de mon imagination mais, tout de même, on aurait dit un cri d'angoisse. *À l'aide !*

La carte frémit à nouveau, les cercles se déplaçant à une lenteur insoutenable.

Nous faisions tout notre possible pour l'aider.

* * *

Après avoir regagné au pas de course notre bureau de fortune, j'avais rouvert à l'écran la fenêtre me permettant de communiquer avec l'équipe dans la forêt et leur avais demandé d'entrer en contact avec moi de toute urgence. Je craignais de tomber sur Hunter. Je ne savais pas ce que j'aurais pu lui raconter si j'étais tombé sur lui. Mais c'était Mercer qui avait répondu.

Il paraissait toujours épuisé, mais l'adrénaline mêlée à la froideur du petit matin lui avait redonné un peu de vie.

— Je viens d'arriver.

Il quitta la caméra des yeux, agacé.

— Hunter n'est pas encore ici, mais tout le monde est revenu à la base. Il a vraiment foutu en l'air les recherches. Tout le monde sait que c'est lui le responsable maintenant, mais pour l'instant on me laisse encore faire ici.

— Parfait.

— Pete va bien. Il va s'en sortir. C'est déjà ça.

— Je suis au courant. Nous avons cherché dans le mauvais périmètre.

Il regarda fixement la caméra.

— Raconte.

— Je viens de reparler à Scott. En quittant la forêt, il se souvient avoir traversé une rivière, tout près de l'endroit où il était retenu.

Dès que je m'étais mis à parler, Mercer avait à nouveau quitté l'écran des yeux. Je supposai qu'il regardait la carte. Je fis de même, et nous la vîmes au même moment.

— Là.

Une petite zone au nord de la rivière. C'était difficile d'en être certain à partir des minuscules détails à l'écran, mais on aurait dit une clairière au milieu des arbres avec une poignée de petites bâtisses. Je cliquai deux fois dessus pour obtenir des informations supplémentaires. Il n'y avait pas grand-chose, mais le rapport suggérait qu'il avait pu s'agir autrefois d'une petite ferme et que les bâtiments avaient servi à abriter des animaux.

En lisant cela, je sus que nous avions retrouvé Jodie.

— Comment va-t-il ? demanda Mercer.

— Ça va, je crois. Ou ça ira si nous retrouvons Jodie à temps.

— On va y arriver, dit Mercer. Entre les informations dans le système. Il faut que je bouge avant que Hunter n'arrive.

— Vous avez quelqu'un pour vous accompagner ?

— Oui.

Il me regarda. Pour la première fois de la journée, il m'accordait toute son attention.

— Merci, Mark.

— Pas de problème, répondis-je. Faites attention à vous.

Mais il était déjà parti.

Je réduisis la fenêtre et commençai à charger dans l'ordinateur mon dernier entretien avec Scott – le dernier de la nuit, du moins. Il y en aurait d'autres au cours des jours à venir mais, avec un peu de chance, je serais alors en mesure de le traiter avec un peu plus d'égards. Et nous aurions retrouvé Jodie.

Ça ne tient plus à toi, maintenant, pensai-je.

Et c'était vrai – mais je savais que le soulagement que j'éprouvais ne tenait pas uniquement à ça. Ce que j'avais dit à Scott avait été comme une confession, comme me libérer d'un mensonge qui avait trop longtemps pesé sur mon âme. D'une certaine façon, je me sentais libéré d'un fardeau. Quelque part, je souffrais toujours, mais au moins je m'étais débarrassé de ce poids qui m'avait écrasé et n'avait fait qu'accroître ma douleur. Au moins, maintenant, ma blessure pourrait cicatriser un peu.

J'essayais de me représenter Lise et je n'y parvenais toujours pas, pas complètement ; son visage demeurait dans l'ombre. Mais je pouvais enfin m'imaginer son expression avec espoir. Peut-être qu'elle souriait.

À intervalles réguliers, il y avait un frémissement à l'écran et les cercles se déplaçaient d'une fraction de centimètre.

Même pas encore à mi-chemin.

Comme j'avais besoin d'une distraction, je me penchai sur les e-mails que Greg avait trouvés sur l'ordinateur de Scott et Jodie.

À cause du lien que j'avais l'impression d'avoir noué avec Scott, il y avait quelque chose de triste et même de gênant à voir ces détails privés devenir publics. Les pensées intimes et les messages n'étaient désormais plus que des indices. Ils étaient importants. Les e-mails sur lesquels Greg avait mis la main nous éclairaient sur les liens entre Kevin et Jodie, mais aussi sur ceux de Scott et Jodie. Leurs problèmes personnels étaient une partie constituante de l'affaire.

Un sur deux

Et c'était leur relation que le tueur avait prise pour cible.

J'explorai les e-mails, parcourant leur contenu l'un après l'autre.

Le premier était de Kevin. Il était hésitant, amical :

« Je me demandais juste comment tu allais. Ça me fait bizarre que tu aies complètement disparu de ma vie. Je comprends, mais ça reste étrange. Ce n'est pas grave si tu ne veux pas ou ne peux pas répondre. »

Peut-être était-ce idiot, mais le contenu du message me libéra d'un poids. Il avait été envoyé un peu plus d'un mois plus tôt seulement, et il était clair qu'il s'agissait d'une tentative de renouer le contact après une longue absence. Jodie et Kevin avaient recommencé à se voir, certes, mais j'étais tout de même heureux pour Scott que leur liaison n'ait pas été continue au cours des deux dernières années.

En regardant les dates, je remarquai que Jodie avait mis plus d'une semaine à répondre. Je l'imaginai pesant le pour et le contre, hésitant entre écrire à son tour ou laisser les choses là où elles en étaient. Puis elle avait fini par répondre :

« Ça va. Je m'en sors. La routine, vraiment rien d'excitant. Mais je déteste le boulot. À ce propos, comment se porte "notre" affaire ? Ha, ha. »

CCL : l'entreprise qu'ils avaient montée ensemble et que Jodie avait abandonnée pour sauver sa liaison avec Scott. Ça avait été leur principal sujet de conversation dans les e-mails suivants. L'entreprise se portait bien lui avait expliqué Simpson :

« J'ai seize employés maintenant. Est-ce que tu peux le croire ? Je suis directeur ! Je suis sûr que tu te souviens que je ne suis pourtant même pas foutu de diriger ma vie comme il faut. »

À son honneur, Jodie s'arrangeait pour être aussi gracieuse que possible dans ses réponses, même si j'étais certain que ça devait lui faire mal d'apprendre qu'il connaissait le succès sans elle. Peut-être essayait-elle simplement de se rassurer.

« Je suis fière que tu t'en sortes si bien. Même si de toute évidence tu aurais fait mieux avec moi... »

À quoi il répondit :

« Je n'ai jamais voulu ton départ. Je t'ai demandé de rester, tu te souviens ? D'ailleurs, je crois que le mot est "supplié", mais ne revenons pas là-dessus. »

Au fil des e-mails, la prudence de Jodie semblait se relâcher, et, après avoir évité de trop aborder le passé, ils s'étaient tous les deux détendus. Jodie semblait soulagée de pouvoir parler et les messages étaient devenus plus longs et plus fréquents. Ses regrets quant à son départ de CCL, au début implicites, faisaient petit à petit surface à mesure qu'elle se mettait à parler de sa propre vie. *Je m'en sors*, avait-elle d'abord dit, mais dans les derniers messages elle mettait ce mensonge en pièces.

« Je déteste mon boulot. Tout ce que je fais, c'est saisir des chiffres à longueur de journée et en plus je suis payée une misère. Mais de toute façon, il n'y a rien que j'aie envie de faire. Tout me semble gris et inutile. Je ne vais pas tarder à avoir 30 ans et je n'ai rien. »

Ce commentaire – « Je n'ai rien » – ressortait et résumait la tonalité de ses derniers messages. Jodie semblait avoir abandonné la plupart des choses qui lui tenaient à cœur et elle ne savait plus trop si ça valait le coup au vu de ce qui lui restait.

Je me sentis désolé pour Scott en lisant ça. Inévitablement, au cours de la nuit, j'en étais venu à me sentir proche de lui. Je dus me forcer à demeurer impartial. Je voulais comprendre les sentiments de Jodie.

Je pouvais m'imaginer ce qu'elle avait dû éprouver. La liaison sans lendemain avec Simpson avait été une terrible erreur : une erreur qu'à l'époque elle aurait sans doute tout fait pour réparer. Abandonner l'entreprise avait dû lui sembler un piètre sacrifice. Mais de l'eau avait coulé sous les ponts. Et maintenant, bien que son erreur fît partie du passé, bien qu'elle fût oubliée et pardonnée, elle continuait d'en payer le prix. Lorsque vous abandonnez une chose importante, c'est pour toujours. Insatisfaite de son travail, de sa vie, je supposais que Jodie se sentait punie, perpétuellement, pour un crime qui était derrière elle.

« Comment ça se passe avec Scott ? »

Simpson avait demandé ça mine de rien, à la fin d'un e-mail : une simple question parmi d'autres. Mais Jodie s'était ruée dessus, comme si les autres choses qu'il avait écrites n'étaient que des parasites censés brouiller le véritable sujet de conversation. Ou peut-être voyais-je les choses ainsi rétrospectivement. Quand vous regardez en arrière, quand vous savez comment les choses vont se terminer, tout semble être écrit d'avance.

« Il va bien. Il continue comme si de rien n'était. Il ne semble pas vraiment remarquer quoi que ce soit. Mais je ne peux pas lui en parler et je ne sais même pas ce que je dirais si je le pouvais. Je ne sais pas ce qui cloche. C'est idiot mais j'ai l'impression de n'être plus rien. »

« Tu ne devrais pas dire ça. Est-ce que tu l'aimes ? »

Les messages s'étaient alors interrompus. Leur fréquence avait augmenté pour atteindre un par jour, mais là il avait fallu presque une semaine pour que Jodie réponde enfin :

« Je crois que oui, je l'aime encore. C'est juste que je n'aime rien d'autre. Je m'ennuie tellement. Il n'y a rien dans ma vie. À moins que quelque chose n'arrive, ça restera toujours comme ça, et quand j'y pense, je vais juste me coucher. Je ne peux pas affronter le monde. Mais quand je me réveille, c'est toujours là. »

Ce message avait été envoyé moins d'une semaine plus tôt. La réponse de Simpson était arrivée le jour même.

« Tu as l'air si malheureuse, Jodie, je suis vraiment désolé. Tu veux qu'on se voie un de ces jours ? En tout bien tout honneur, je te le promets – tout ça, c'est derrière moi. Tu pourrais passer, je ferai du café et on discutera de choses et d'autres. Parfois ça fait du bien de respirer un peu d'air frais ou de trouver une oreille compréhensive et j'essaierai honnêtement de te conseiller au mieux. Je n'ai aucune idée derrière la tête. »

En lisant ces mots, je commençai à me sentir un peu bizarre. Je fixais l'écran avec une telle intensité que le vieux vestiaire autour de moi avait presque disparu. Je fronçai les sourcils et me penchai en arrière. Il ne me restait plus que deux e-mails à lire et le premier était de Jodie.

« OK. Je crois que j'aimerais peut-être te voir. Ça me met mal à l'aise, parce que je vais devoir mentir à Scott, mais je crois que ça pourrait me faire du bien. Je ne sais pas. Peux-tu prendre ta journée demain ? Je suis certaine que l'une de tes cent bonniches peut assurer la permanence à ta place ! Je pourrais me faire porter pâle et passer te voir. Est-ce que ça t'irait ? »

Puis le dernier e-mail de Simpson :

« Je peux arranger ça, pas de problème. Je serai sur le pied de guerre de bonne heure, tu peux passer quand tu veux. Si je n'ai pas de nouvelles, je t'attendrai, mais ne t'en fais pas si tu ne peux pas venir. La machine à café est déjà prête. J'espère pouvoir t'aider. Prends soin de toi. Kevin. »

Je vérifiai le dossier de l'affaire pour voir si d'autres messages étaient arrivés, mais c'était tout.

Quelque chose me tracassait.

Beaucoup d'hypothèses avaient été formulées au cours de l'enquête, et l'une d'elles était que Jodie et Kevin avaient une liaison. Mais, à vrai dire, nous n'en avions aucune preuve ; c'était juste ce que nous avions déduit des paroles du tueur sur l'enregistrement audio et du fait que Jodie avait passé la veille chez Simpson.

Ces e-mails ne le confirmaient pas. Le dernier que Jodie avait envoyé serait compromettant hors contexte et je supposai donc que c'était celui que le tueur avait choisi de montrer à Scott, mais, pris dans la totalité de l'échange, il était plus banal qu'il n'y semblait. Pour autant que nous puissions en juger, leur rencontre avait pu être aussi innocente que le laissaient entendre les e-mails. Peut-être Jodie était-elle passée chez Kevin simplement pour discuter de ses problèmes avec un vieil ami qui connaissait déjà son histoire.

Je sentis une tension nerveuse dans la poitrine. Il y avait là quelque chose d'important, mais je n'arrivais pas à mettre le doigt dessus. Je parcourus à nouveau les e-mails.

Tu veux qu'on se voie un de ces jours ? avait écrit Kevin. *En tout bien tout honneur, je te le promets – tout ça, c'est derrière moi.*

Et plus tôt : *Je n'ai jamais voulu ton départ... Je crois que le mot est « supplié », mais ne revenons pas là-dessus.*

Si, pensai-je, revenons-y. Pourquoi l'as-tu suppliée de ne pas partir ?

La réponse se présenta à moi une seconde plus tard, à travers la voix du tueur.

Tu crois que tu l'aimes. C'est ça, hein ?

Je compris que pour Jodie ce qui s'était passé deux ans plus tôt n'était qu'une bêtise idiote provoquée par l'alcool, mais, que pour Kevin, ça avait été autre chose. Ils avaient été amis à l'université, puis collègues par la suite et ça ne suffisait pas. Ce qui s'était passé était exactement ce qu'il voulait.

Je laissai cette idée flotter doucement dans l'air et, avec un frisson obscur, je sentis qu'elle collait parfaitement. Je n'étais pas encore sûr de l'image que j'étais en train de construire, mais je restais tranquillement assis, laissant libre cours à mes pensées.

Au bout d'un moment, j'ouvris la photo de la toile d'araignée chez Simpson. Si Mercer avait raison, elle illustrait la façon dont le tueur se représentait la liaison entre Kevin et Jodie ; c'était cette liaison à laquelle il voulait s'attaquer, c'était elle la « victime ». Mais, si c'était moi qui étais dans le vrai, il n'y avait pas eu de liaison à proprement parler, en tout cas, pas de liaison réciproque. Et ce n'était pas la seule différence avec les crimes précédents. Il y avait la nature même du jeu. Jodie n'aurait pas eu à souffrir pour sauver Kevin Simpson. En fait, elle n'avait même pas su qu'il y avait un choix à faire.

Nous étions sûrs que le tueur utilisait la torture pour faire changer d'avis la personne qui avait un choix à faire. Mais dans le cas de Kevin, en dépit de la torture, il n'y avait pas eu de choix possible, aucune possibilité de prendre une décision qui permettrait de changer de victime. Pourquoi ? Quelles étaient les différences entre Scott et Jodie et les victimes précédentes pour que les règles du jeu aient été ainsi modifiées ? À quoi le tueur jouait-il vraiment ?

Du coin de l'œil, j'aperçus un frémissement à l'écran : les cercles qui se déplaçaient, progressant lentement mais régulièrement, à un peu plus de la moitié du chemin.

Ne fais pas attention à ça.

Des impressions et des idées tournoyaient dans ma tête. J'avais besoin qu'une image se fixe suffisamment longtemps pour y voir plus clair. J'observai le motif de la toile d'araignée en me frottant le menton, sur le point de comprendre.

4 décembre
6 h 20
Une heure avant le lever du jour

Jodie

Attention !
Elle fit tourner les écouteurs entre ses doigts. Elle avait un peu perdu sa dextérité. Le froid était intense et, même sans les menottes, son engourdissement aurait entravé ses gestes. De plus, dans la relative obscurité, elle voyait à peine ce qu'elle faisait.
Mais au moins elle savait ce qu'elle faisait.
Son cœur palpitait. Une excitation timide brûlait en elle et elle devait résister à l'envie de hurler, ou même de rire à gorge déployée.
Dès le moment où l'idée lui était venue à l'esprit, elle avait su qu'elle n'avait plus un instant à perdre. L'homme dehors risquait de se réveiller d'un instant à l'autre. En fait, elle aurait voulu revenir en arrière et se donner des gifles – elle était restée là, recroquevillée sur elle-même à écouter de la musique, terrorisée et s'apitoyant sur son sort alors que ça faisait peut-être des heures qu'il dormait. Elle avait perdu tant de temps à se sentir coupable, frustrée, terrifiée. Mais inutile d'y penser maintenant.
L'écouteur était comme une petite pierre ovale. Elle le roula entre ses doigts.
Normalement, il épousait la forme de son oreille et ne bougeait plus. Les câbles formaient un Y dont une branche était

plus courte que l'autre. À son extrémité se trouvait la prise qu'elle insérait dans l'iRiver.

Elle l'avait déjà débranchée et s'était débarrassée du lecteur.

Puis elle s'était agenouillée près d'une pile de dalles à l'arrière de la réserve, avait saisi le câble le plus court et l'avait frotté contre le bord de dalle le plus aiguisé qu'elle avait trouvé, coupant le plastique fin et le fil électrique à l'intérieur, le tordant jusqu'à pouvoir arracher l'écouteur.

Maintenant, accroupie près de la porte, elle disposait d'environ un mètre de câble qui se terminait par une boucle de plastique solide.

Elle jeta un coup d'œil par l'un des interstices de la porte. L'homme ne semblait pas avoir bougé. Il était toujours étendu, apparemment endormi. Apparemment. Elle n'était sûre de rien car elle ne voyait pas son visage. Peut-être était-il envoûté par le feu, ses pensées perdues dans les flammes. Ou peut-être attendait-il qu'elle tente quelque chose.

Rien à foutre. D'une manière ou d'une autre, elle finirait par le savoir.

Continue, lui disait la voix.

Celle-ci semblait désormais beaucoup plus confiante – mais bon, elle avait toutes les raisons de l'être. Quand elle s'était effondrée, la voix l'avait rassurée en affirmant qu'elle n'était pas encore perdue et lui avait dit de regrouper toutes les informations qu'elle avait emmagasinées, plutôt que de lâcher prise. Même si elle s'était convaincue qu'il n'y avait rien, peut-être qu'elle se trompait. Il pouvait y avoir un petit détail auquel elle n'avait pas songé. Un petit détail qui lui sauverait ou lui coûterait la vie.

Des années plus tôt, elle avait regardé une émission sur les tueurs en série. Il y en avait un – elle ne se rappelait plus son nom – qui kidnappait ses victimes et les gardait prisonnières. Au fil du temps, elles devenaient malléables, soumises, étaient prêtes à tout pour contenter leur ravisseur, même si le résultat final était toujours le même. Le policier interviewé avait calmement expliqué que l'une des photos qu'ils avaient découvertes montrait une victime – sans liens ni entraves – assise docilement avec le pouce du tueur qui appuyait sur un de ses yeux fermés. Pas question qu'il lui arrive la même chose.

Alors elle s'était efforcée de retracer la suite des événements, dans la limite du supportable.

Le terrain vague.

Le trajet en van.

La marche à travers la forêt.

Elle avait glissé ; failli tomber.

Elle s'était retrouvée prisonnière ici.

Les hurlements de Scott.

À ce stade elle avait marqué une pause, convaincue qu'elle avait oublié quelque chose. Elle était revenue un peu en arrière.

Elle s'était retrouvée enfermée ici. Ça avait quelque chose à voir avec ça. Elle avait fait son possible pour se rappeler chaque sensation mais, tout ce qui lui était revenu, c'était une poignée d'impressions générales. La voix lui avait demandé de tout observer, et c'est ce qu'elle avait fait. Où tout cela était-il maintenant qu'elle en avait besoin ?

Elle avait à nouveau tout passé en revue, tentant frénétiquement de se rappeler.

La réponse lui était apparue une seconde plus tard. Immédiatement, elle était allée à la porte et en avait examiné le contour, agenouillée sur la pierre froide. Le trou dans le bois ne l'intéressait plus, mais elle avait scruté le même côté, un peu plus bas

La réponse se trouvait dans ce dont elle ne se souvenait pas

Pas de cadenas, pas de chaîne et pourtant la porte était verrouillée.

Là. Elle n'avait pas réussi à passer les doigts dans l'interstice qui séparait la porte du chambranle pour le toucher, mais la lueur du feu lui avait permis de voir son contour. Une épaisse ligne droite qui barrait l'espace. C'était ça la fermeture.

─── Un sur deux ───

Le pouls de Jodie s'était accéléré.

Elle était restée agenouillée un moment, à disséquer ses souvenirs. Elle avait dû se baisser pour entrer maladroitement dans la réserve. Quoi d'autre ? Petit à petit, ce qu'elle avait vu en arrivant était devenu plus clair. Un anneau de métal rouillé fixé à la pierre. Un vieux crochet noir sur la porte.

Son excitation s'était accrue.

Elle jetait maintenant un dernier coup d'œil pour s'assurer que l'homme n'avait pas bougé. Il était toujours là : toujours endormi. C'était maintenant ou jamais.

Doucement... si doucement... Jodie glissa l'écouteur dans le trou. La porte était épaisse, mais le trou était suffisamment large pour qu'elle y glisse son index, et elle s'en servit pour le pousser. Lorsqu'il fut de l'autre côté, elle laissa glisser le câble dans le trou. Elle prenait son temps. L'écouteur heurta la surface brute de l'autre côté de la porte, le câble formant une boucle, mais elle continua de l'insérer, et au bout d'un moment la tension et le poids délogèrent l'écouteur, qui émit un léger bruit de raclement. Elle tressaillit.

Continue.

Toujours plus de câble.

Elle serrait la prise dans sa main. Lorsqu'il n'y eut presque plus de câble, elle appuya le visage contre sa main pour regarder autant que possible par le trou.

L'homme avait disparu.

Non !

Elle regarda dehors, incrédule. Il y avait juste le feu, qui crépitait et commençait à mourir, et la couverture froissée sur laquelle il s'était étendu. Il était trop tard.

Calme-toi. Réfléchis.

OK, se dit-elle. Les traces de pas – elle devrait pouvoir voir ses empreintes dans la neige. Aucune dans sa direction, il n'avait donc pas dû remarquer le câble qui sortait de la porte. Sinon, il serait sans doute déjà dans la réserve.

Des empreintes récentes partaient vers la gauche. À droite se trouvait l'endroit où Scott avait été détenu, et c'était aussi la direction à prendre pour sortir de la forêt, mais il n'y avait pas d'empreintes dans ce sens. Il s'était donc enfoncé plus profondément dans la forêt.

Elle écouta. Rien.

Il s'est réveillé, s'est enfoncé plus avant dans les bois.

Lentement, Jodie tira sur le câble. L'écouteur était ovale, recourbé, un peu comme un crochet. S'il pouvait s'accrocher à son oreille, il pouvait...

Elle sentit une résistance au bout du câble. Elle inspira profondément en espérant que sa mémoire ne lui jouait pas des tours. Qu'il n'y avait pas de verrou sur le montant de la porte. Elle tira plus fort.

Pendant un moment, rien ne se produisit. Puis elle entendit un minuscule grincement de vieux métal tandis que le crochet se soulevait. Elle poussa la porte, qui s'ouvrit.

Oui !

Elle sortit d'un pas hésitant. Le grand air était un choc, mais aussi un trésor. Son cœur martelait. Maintenant qu'elle avait retrouvé la liberté, elle devait tout faire pour la conserver.

La clairière était plus petite qu'elle ne l'avait cru, quinze mètres au plus la séparaient de la ligne d'arbres à l'autre extrémité. Le feu était également plus proche. Sa chaleur la réchauffa immédiatement.

À droite, un autre bâtiment de pierres. À gauche, les traces de pas qui s'éloignaient vers les arbres. Au-delà, entre les arbres, tout était sombre. La forêt était silencieuse et paisible – pas même le moindre bruit. Une légère brise matinale soufflait cependant, faisant danser les flammes et lui glaçant la peau.

Le feu crépita.

Cours.

Mais elle ne pouvait pas courir. Scott était peut-être toujours vivant dans l'autre réserve et, même dans le cas contraire, elle ne pouvait se résoudre à le laisser là. Elle l'aimait, et il méritait mieux. Si elle le pouvait – *maintenant* qu'elle le pouvait –, elle devait s'occuper de lui.

Jodie s'approcha du feu. Il était presque éteint, mais une bûche brûlait toujours en son centre. Elle fouilla dans les cendres, ramassant un bout de bois, le lâcha, en saisit un autre.

Celui-ci ferait l'affaire. Il était large comme son poignet et mesurait environ cinquante centimètres de long. Son extrémité était noircie, mais il rougeoyait par endroits.

L'essence qui avait servi à allumer le feu, pensa-t-elle.

Le bidon était là, abrité des flammes par l'une des colonnes de pierres. Elle contourna le feu et le ramassa. À moitié plein.

C'est alors qu'elle le vit. Elle se figea.

L'homme avec le masque de diable se tenait parmi les arbres sur la gauche, à environ dix mètres. Il tenait un couteau et la regardait. Malgré le masque, Jodie devina qu'il n'en revenait pas de la voir libre.

Elle se releva lentement, le bidon d'essence dans une main, le bois rougeoyant dans l'autre. Elle était gênée par les menottes et devait garder les mains l'une contre l'autre.

Sans un mot, il fit un pas dans sa direction. À quoi elle répondit en faisant un pas en arrière, s'approchant de l'autre bâtiment de pierres.

Cours.

Non. Il était trop tard pour ça. Elle ne pourrait jamais le semer.

Et quoi qu'il arrive, après tout ce qu'elle avait fait, elle n'allait pas laisser tomber Scott.

4 décembre
6 h 30
Cinquante minutes avant le lever du jour

Mark

J'ouvris la photo du mur de la maison de Carl Farmer et positionnai la fenêtre à côté de celle représentant la toile d'araignée trouvée chez Kevin Simpson.
La première chose qui m'attira fut le poème.

> *Dans l'intervalle entre les jours,*
> *Vous avez perdu le mélancolique berger des étoiles.*
> *La lune s'en est allée et les loups de l'espace*
>   *[s'installent,*
> *S'enhardissent*
> *Et déciment un à un les membres de son troupeau.*

Plus tôt, je m'étais interrogé sur son paysage mental, essayant d'imaginer sa vision du monde et la nature du filtre psychologique qui lui permettait de saccager des histoires d'amour. Le poème n'ayant toujours pas été identifié, nous supposions désormais que le tueur l'avait lui-même composé. C'était l'un des rares éléments qui nous donnaient une idée de son état d'esprit.
J'examinai les mots. Tout autour d'eux, les toiles d'araignées étaient peintes sur le mur tels des trophées.
Les loups de l'espace.
Le poème avait de toute évidence une résonance religieuse, même si elle était loin d'être orthodoxe. Le masque de diable

aussi, pensai-je : il ne s'en servait pas simplement pour effrayer ses victimes ou dissimuler son identité ; il s'en servait à cause de ce qu'il représentait pour lui. Se voyait-il comme un démon ? Comme une force du diable froide et calculatrice ?

Il étudiait longuement les couples. Il écoutait et observait, traçant minutieusement ses motifs. Élaborant ses plans.

Ce sont ses notes.

Décimer un à un les membres de son troupeau.

Lorsqu'il leur rendait enfin visite, il procédait de façon tout aussi clinique. Il y avait sa manière calme et douce de s'adresser à ses victimes : les rassurant alors même qu'il les balafrait et les brûlait. Aucune émotion, aucun plaisir immédiat tiré de la torture et de la douleur. Il n'avait rien à faire des gens. Ce n'était pas tant eux que les relations qui les unissaient qu'il attaquait, les méthodes qu'il utilisait étaient juste un moyen d'aboutir à ses fins : une façon d'obtenir ce qu'il voulait d'eux.

J'observai l'écran.

Obtenir ce qu'il voulait d'eux.

La plupart des esquisses – même les versions finales des toiles d'araignées – étaient complètes, intactes. Les lignes étaient ininterrompues, il n'y avait pas de ruptures ni de tâches. Mais, lorsqu'il en avait fini avec ses victimes, les motifs étaient saccagés. Il n'emportait donc pas « la liaison » avec lui : il la laissait là, brisée, sur le mur. Ce qu'il emportait, c'était la différence entre les brouillons de départ et le résultat final.

Il emportait l'amour.

Je continuai d'observer l'écran, laissant les choses venir à moi.

Il y avait la raison derrière la voix. La torture était dirigée à l'encontre de l'un des amants pour le forcer à abandonner l'autre. Puis l'autre amant était torturé, physiquement et émotionnellement, pour que, au moment où il le tuerait enfin – le délivrerait –, celui-ci meure avec la pleine conscience qu'il avait été condamné par la personne aimée. Reardon isolait l'amant qu'il assassinait et saccageait dans son esprit l'histoire d'amour.

Il détruisait toutes les illusions qu'il avait pu se faire sur l'amour qu'il avait cru éprouver, le lui volait.

C'était ça. Reardon se considérait réellement comme une sorte de diable. Et, dans son esprit, il accomplissait le travail du diable : effaçant petit à petit l'amour du monde ; le dégradant puis l'emportant en lui-même. L'amassant.

Je n'avais pas besoin de rouvrir le fichier audio pour me rappeler le son abominable qu'il avait émis tandis que Kevin Simpson mourait sous lui : ce bruit de succion, de respiration. Je m'étais alors dit que c'était comme s'il aspirait l'âme de Simpson à travers ses dents. J'étais désormais convaincu que j'avais été plus proche de la vérité que je ne le croyais. Dans sa tête, le tueur avait absorbé l'amour que Simpson avait cru éprouver pour Jodie.

Imagine-la en train de dormir tranquillement dans les bras de son mec.

Le frisson obscur que j'avais ressenti devenait plus intense. Pourquoi le jeu avec Kevin Simpson avait-il été à sens unique ? Parce que la relation était à sens unique. La seule personne qui avait ce que le tueur voulait était Simpson lui-même. C'était lui qui aimait Jodie et qui savait qu'elle ne partageait pas ses sentiments. Elle l'avait utilisé puis laissé en plan. Le tueur s'était servi des e-mails pour le faire comprendre à Simpson : pour avilir son amour et le récolter ensuite. Et il n'avait pas besoin de Jodie pour parvenir à ses fins.

J'espère que tu comprends maintenant à quel point tu pouvais être ridicule. À quel point elle ne méritait pas tout ce que tu as investi en elle.

Le tueur le lui avait clairement expliqué, puis il s'était emparé de ses sentiments saccagés.

Je poussai un profond soupir, me penchai en arrière sur ma chaise en me frottant les yeux.

À l'écran, le petit groupe de cercles avait atteint le ruisseau. Mercer y serait bientôt. Si sa théorie était exacte, il était sur le point de rencontre Reardon, le loup de l'espace, et cette idée me fit frissonner. Mais il avait trois agents bien entraînés pour l'épauler. Plutôt que de m'inquiéter pour lui, je l'encourageai mentalement. Dépêchez-vous. Sauvez Jodie. Ne laissez pas cet homme achever ce qu'il a commencé.

Reardon n'est rien qu'un homme. Ce n'est pas un diable.

Je devais continuer de penser ainsi. Peu importait la façon dont le tueur se voyait, en réalité, il était James Reardon, juste un homme et nous découvririons des raisons claires et compréhensibles à ses actes. Des causes et des effets. Aucune excuse, mais des explications.

Gardant cela à l'esprit, je réduisis les photos des toiles d'araignées, ouvris le fichier sur James Reardon et commençai à en étudier les détails, cherchant les motifs sous la surface.

4 décembre
6 h 35
Quarante-cinq minutes avant le lever du jour

Jodie

Juste une opportunité, s'était-elle dit, c'était tout ce qu'il lui fallait. Une simple faille dans ses plans qu'elle pourrait exploiter. La voix l'y avait préparée toute la nuit et, maintenant que cette opportunité se présentait, la voix avait disparu, l'abandonnant au silence.

Jodie ne savait pas quoi faire. Elle était totalement prise de court.

Elle recula vers la réserve fermée. L'homme masqué fit quelques pas prudents dans sa direction.

— Reculez, dit-elle.

Elle pressa le bidon d'essence vers lui. Un jet gicla dans la neige, n'atteignant pas tout à fait les pieds de l'homme.

Il s'immobilisa et tendit la main.

— Donnez-moi ça.

Elle jeta un coup d'œil pour voir où elle mettait les pieds puis recula jusqu'à presque toucher la porte de la réserve. Maintenant qu'elle était là, elle irait jusqu'au bout. Elle ne le laisserait plus approcher de Scott.

L'homme gardait la main tendue, comme s'il était certain qu'elle changerait d'avis, qu'elle entendrait raison. Maintenant qu'il était revenu de sa surprise, elle voyait qu'il était furieux. Vraiment fou de rage. C'était la première fois qu'il trahissait ses émotions, et elle pensa : *Bien. Enrage, connard.* Elle le détestait.

Malgré sa peur, elle voulait aussi le faire souffrir pour ce qu'il avait fait. Le tuer si elle le pouvait. Le tailler en morceaux.

Approche, tu vas voir ce que tu vas prendre.

La menace de l'essence et du bois enflammé suffirait peut-être à le garder à distance, mais elle ne pouvait l'empêcher de se déplacer – à moins de s'attaquer à lui directement.

Il tournait lentement autour d'elle, cherchant à l'approcher du côté opposé au feu. Les flammes l'obscurcirent momentanément, ne laissant plus voir que le masque de diable, puis il passa de l'autre côté et fut à nouveau visible.

Des mouvements lents, prudents.

Il s'arrêta au bord de la clairière, lui fermant le passage de ce côté-là. Elle pouvait toujours essayer de courir vers la ville, mais il était désormais encore plus proche. Il y avait des kilomètres de forêt, et il se précipiterait à sa poursuite. Si elle avait eu une chance de s'enfuir, celle-ci venait de disparaître.

Sans quitter l'homme des yeux, Jodie tendit la main et tira sur la porte. Si Scott était toujours vivant et qu'elle pouvait le faire sortir de là, ils pourraient peut-être affronter cet homme ensemble.

– Pourquoi ne posez-vous pas cela ?

Elle secoua la tête. L'homme s'efforçait de garder son calme.

– Retournez dans la remise.

– Allez vous faire foutre.

– Si vous y retournez, continua-t-il en serrant les dents, nous pourrons faire comme si rien n'était arrivé.

La porte refusait de s'ouvrir. Elle jeta un coup d'œil en arrière – il y avait un verrou – puis se tourna aussitôt de nouveau vers l'homme.

Il en avait profité pour faire un pas en avant.

Cette porte-ci était mieux verrouillée que l'autre. Elle pouvait l'ouvrir, mais cela lui demanderait des efforts et de l'attention, et il était clair qu'il n'allait pas la laisser faire. Elle aurait aussi besoin de ses deux mains.

– Je ne vais pas vous faire de mal, dit-il.
Encore un pas.
– C'est juste un jeu.
En entendant ces mots, quelque chose bouillonna en elle. *Fais attention*, lui avait dit la voix quand Scott hurlait. *Sers-t'en quand tu pourras.* Chacune de ces effroyables secondes était toujours en elle. La culpabilité et la douleur, la frustration et la colère. Tout, absolument tout, rejaillit soudain à la surface.
– Allez vous faire foutre ! hurla-t-elle de toutes ses forces, penchée en avant comme si elle lui crachait dessus. J'ai entendu ce que vous lui avez fait, espèce d'enfoiré de malade !
Ses bras tremblaient. La pointe brûlante du bout de bois dansait devant elle.
– Que j'aille me faire foutre ?
L'homme semblait maintenant encore plus froid. Le masque tressaillit tandis que son visage se tordait en dessous.
– Qu'est-ce que tu y connais de toute manière, espèce de putain ? Tu ne comprends pas pourquoi je fais ça. Tu ne sais pas ce que c'est que d'aimer un enfant.
Il s'approcha d'un pas. Elle agita le bois brûlant dans sa direction mais ne parvint qu'à troubler son champ de vision. Il n'avait pas peur d'elle ; il était lui-même submergé par la colère.
– Tu ne sais pas ce que c'est que l'amour.
Elle aspergea d'essence l'extrémité du bout de bois. Une flamme jaillit.
– N'approchez pas.
– Sinon quoi ?
Il se rua alors sur elle, sa main libre en avant, l'autre, celle qui tenait le couteau, près de son flanc, prête à frapper. Elle tomba à moitié, l'esquivant, puis se décala sur le côté, en direction du feu, pressant le bidon vers lui. *Atteins-le ! Tue ce salaud !*
Il leva le bras pour se couvrir les yeux, mais projeta soudain son autre main vers elle. Le couteau fendit l'air devant elle.
– Viens là ! Espèce de salope !

Un sur deux

Elle le haïssait. Il n'était plus qu'une masse imposante qui s'approchait d'elle. Elle n'arrêtait pas de secouer le bidon, l'aspergeant d'essence, reculant à travers la clairière.

Il fonça droit sur elle, vif et puissant.

Il tenait à nouveau son couteau bas et hurlait de rage, tentant de la surprendre et de l'effrayer, de la forcer à se retourner. Ça avait été son premier réflexe, mais elle y avait résisté, se rappelant les hurlements de Scott, agrippant le bidon de toutes ses forces.

L'essence décrivit un nouvel arc dans sa direction et il se rua sur elle, la faisant tomber à la renverse. Elle heurta le sol sans comprendre ce qui lui était arrivé. Ses poumons semblaient avoir jailli de sa poitrine, elle tenta de crier mais n'y arriva pas. Douleur. Panique – le bout de bois en feu coincé entre eux deux, lui brûlant le visage – et soudain l'homme se projeta sur le côté. Le morceau de bois disparut avec lui.

Elle resta étendue pendant une seconde, trop abasourdie par l'impact et la brûlure pour pouvoir bouger. Puis – *Continue* – elle se roula dans la direction opposée. Quelques centimètres de sécurité. Mais l'homme titubait à travers la clairière, s'éloignant d'elle.

Son torse avait disparu sous les flammes.

Il se frappait le corps, tapant comme un fou la guirlande de feu qui étincelait d'un jaune vif dans la lueur du petit matin. Mais les flammes étaient incontrôlables. Ses manches brûlaient, son masque, ses cheveux. Il hurlait. C'était elle qui lui avait fait ça et elle était heureuse. Ses cheveux brûlaient comme des mèches de bougies.

Jodie se releva.

Même en feu, l'homme avait toujours son couteau. Elle n'avait rien.

Il tomba à genoux, se roula dans la neige. Des chuintements et des grésillements emplirent l'air. De la fumée s'éleva de son corps tandis qu'il éteignait les flammes.

Cours.

Non.

Elle contourna le feu de camp d'un pas chancelant et donna un coup de pied dans l'une des colonnes de pierres. Rien. Elle essaya à nouveau, plus fort. L'homme était à quatre pattes, beuglant de colère et de douleur. Un dernier coup et la colonne s'effondra. Un sifflement de métal ; un nuage de cendres et de poussière et des étincelles orange vif tourbillonnaient dans l'air, l'enveloppant de chaleur.

Va te faire foutre, pensa-t-elle, et elle souleva l'une des pierres. Elle était à peu près grosse comme une brique. Sensiblement le même poids.

L'homme tenta de se relever mais n'y arriva pas. Il retomba sur ses coudes.

Jodie avança en titubant vers lui, tenant la brique contre sa poitrine. Il ne ferait plus jamais de mal à personne. Pas à elle ni à Scott. Il n'emmènerait plus personne dans les bois pour les torturer et il allait payer pour tout ce qu'il avait fait cette nuit.

Il allait payer pour tout.

Elle leva la pierre, tendit un peu les bras...

– Attendez !

... et l'abattit violemment sur l'arrière de sa tête. Elle ressentit l'impact plus qu'elle ne l'entendit ; la répercussion du choc dans ses bras. Elle s'imagina le cerveau de l'homme ballottant à l'intérieur de son crâne fêlé. Il s'écroula immédiatement dans la neige : inerte, vide, inconscient. Il n'y avait pas de sang.

Recommence. Pour être sûre.

– Arrêtez !

Qui a parlé ? se demanda-t-elle. Soudain des mains se posèrent sur elle, la tirant en arrière.

Elle résista, se retourna en se débattant.

– Lâchez-moi !

Mais les mains étaient trop fortes ; des bras l'étreignirent puissamment et la soulevèrent. Elle laissa tomber la pierre dans la neige.

— Un sur deux —

— Ça va, dit une voix. Ça va. Nous sommes de la police.

Elle continua de donner des coups de pied tandis qu'on la portait à travers la clairière, secouant la tête d'un côté et de l'autre.

À travers ses larmes, elle vit un homme vêtu d'un énorme manteau noir accroupi près de l'homme étendu par terre, mais celui qui la tenait la força à regarder dans la direction opposée. Il y avait d'autres hommes de l'autre côté de la clairière.

Des policiers. L'un d'eux approchait avec une grande couverture.

Calme-toi.

L'homme qui la tenait la reposa doucement et saisit la couverture pour la placer autour de ses épaules et l'envelopper dedans. Elle tremblait toujours mais le laissa faire. Puis elle se retourna et s'effondra contre lui.

Il la retint et prononça doucement des paroles rassurantes qu'elle n'entendit pas clairement.

— C'est lui, déclara l'homme accroupi près du corps.

Le policier la serra un peu plus fort. S'il n'avait pas été là, pensa Jodie, elle serait maintenant à terre. Mais elle continuait de frissonner sous l'effet de l'adrénaline.

— Scott ! s'exclama-t-elle soudain, et elle s'écarta légèrement de l'homme.

— Ça va.

Il la lâcha et baissa les yeux vers elle.

— Scott est en sécurité. Il est à l'hôpital. Il nous a aidés à vous retrouver.

Jodie n'y comprenait rien. À l'hôpital ? Comment pouvait-il être à l'hôpital ? Ça n'avait aucun sens. Pourquoi l'homme l'aurait-il laissé partir ? Elle regarda en direction de la réserve de l'autre côté de la clairière. Pour la première fois, elle remarqua que quelque chose avait été dessiné dessus. Une espèce de... toile d'araignée, aurait-on dit.

— Mais...

— Ça va, répéta l'homme. Nous vous expliquerons tout plus tard. L'essentiel, c'est que vous soyez saine et sauve.

Jodie leva les yeux vers lui. Il était âgé et solide et elle n'avait jamais vu quelqu'un à l'air si fatigué. Presque tourmenté. L'espace d'une seconde, elle eut l'étrange impression qu'il avait passé chaque minute de cette nuit à ses côtés. Sous ses traits épuisés, il avait une expression quasi paternelle. Et il y avait autre chose. Il semblait soulagé, mais ce n'était pas tout. Il avait l'air *apaisé*. Elle se laissa juste retomber contre lui. C'était plus simple pour le moment.

Il l'étreignit doucement et murmura :

– Nous vous avons retrouvée.

4 décembre
6 h 48
Trente-deux minutes avant le lever du jour

Mark

Panique.
Avant d'avoir mis correctement de l'ordre dans mes pensées et mes idées, j'ouvris la connexion avec l'équipe de recherches dans la forêt et leur envoyai un signal d'alerte. Tout ce dont j'étais certain, c'était que je devais parler à quelqu'un de toute urgence. J'avais encore cette impression que quelque chose ne tournait pas rond, seulement maintenant elle était cent fois plus forte qu'avant, totalement différente.
J'attendis.
Le vestiaire était insupportablement chaud et étouffant. Il l'avait probablement toujours été, mais l'atmosphère avait maintenant quelque chose de menaçant. Les lumières artificielles bourdonnaient et le claquement lourd des tuyaux me faisait constamment tressaillir. Je pensais à tous les employés de l'hôpital et à combien ils étaient loin. J'étais seul ici, au bout de longs couloirs vides obstrués par des rideaux de polyéthylène sales. Je n'arrêtais pas de regarder par-dessus mon épaule, vérifiant les coins, la porte.
L'agent Bates mit une minute à arriver devant la caméra. Il semblait fatigué, mais aussi excité, et il parla avant que j'aie le temps de dire quoi que ce fût :
— Monsieur, nous l'avons retrouvée.

Je pris acte mais oubliai aussitôt ses propos.
— Est-ce que Hunter est là ?
— Il est retourné au département. Il n'est pas content.
— Écoutez-moi très attentivement. Vous devez demander aux hommes de revenir. J'ai besoin que vous établissiez à nouveau le cordon le long de la route.

Il fronça les sourcils, songeant peut-être que je n'avais pas compris ce qu'il m'avait dit.
— Mais ils le tiennent. L'inspecteur Mercer nous a contactés par radio depuis la forêt. La fille est là-bas et ils ont le ravisseur. Pourquoi en ce cas reconstituer le cordon ?
— Parce que je vous le dis, répliquai-je en consultant la carte. Faites-le maintenant. À l'est et à l'ouest, aussi loin que possible. J'assume toute la responsabilité. Il faut s'assurer que personne d'autre ne sorte de cette forêt. Faites-le maintenant, puis rappelez-moi.
— Oui, monsieur.
— Et arrêtez de m'appeler monsieur.

Mais il était déjà reparti ; il avait probablement compris au ton de ma voix que mieux valait ne pas traîner.

C'était étrange : je me sentais paniqué à l'intérieur, mais en surface j'étais calme et méthodique. Mon esprit avait pris le dessus pour le moment.

Analyse tout.

Inspire profondément.

Nage de toutes tes forces.

Et ne tourne pas le dos à la putain de porte.

Au moins ils l'avaient retrouvée – c'était déjà ça. Si les choses s'arrêtaient là, Scott et Jodie survivraient et c'était sûrement l'essentiel. Ils avaient probablement mis la main sur leur homme. Il n'y avait pas nécessairement de raison de s'inquiéter.

Mais ça ne ferait pas de mal de mettre quand même le cordon en place. Tant que tout n'était pas terminé, je voulais absolument que personne ne puisse quitter cette forêt. Personne.

Un sur deux

Je tremblais, j'avais l'impression qu'un trou énorme se creusait dans ma poitrine. Il y avait bel et bien des raisons de s'inquiéter. Disons que je brûlais les étapes. Mercer comprendrait.

Je jetai un coup d'œil en direction de la porte.

Putain de merde.

La meilleure façon de gérer la peur est de lui faire face, de s'en débarrasser. Bates en aurait pour un moment à mettre le cordon en place, j'en profitai donc pour marcher jusqu'à la porte, regardant derrière avant de sortir dans le couloir.

Personne alentour. Les lumières vacillaient toujours, bourdonnant comme des guêpes contre le plafond. Le couloir n'arrêtait pas de clignoter.

Tu réagis de manière excessive. Je n'avais aucune raison de me croire en danger et Scott avait un garde devant sa chambre.

Bates faisait à nouveau face à la caméra.

– Ils sont en route.

– D'accord.

Quoi d'autre ?

– Tout est sous contrôle ici.

Bates me regarda curieusement.

– Ça va, monsieur ?

– Ça va.

Mais ça n'allait pas.

Sur l'écran le plus éloigné était affiché le dossier de Reardon. Je l'avais intégralement lu, à la recherche d'indices et d'explications, et mon attention avait été attirée par un petit détail. Insignifiant en soi, mais il m'avait arrêté net. Au cours du dernier litige à propos de la garde d'enfant, le tribunal avait reconnu que Reardon avait caché le dispositif d'écoute dans l'ours en peluche de sa fille et, à la première lecture, ça m'avait semblé confirmer sa culpabilité.

Mais Reardon avait nié.

J'y avais réfléchi un moment. S'il l'avait fait, pourquoi prendre la peine de nier ? À quoi ça servait ? Qu'avait-il à y gagner ?

Il était toujours probable, me disais-je, qu'il ait été responsable. Mais une idée me taraudait. *Et si c'était quelqu'un d'autre ?*

Et, dans ce cas, qui ?

Nous savions que le tueur utilisait du matériel de surveillance pour espionner ses cibles, souvent pendant de longues périodes. L'un de ces appareils avait-il pu être trouvé par hasard, sa présence dans l'ours en peluche mise à tort sur le compte de Reardon ?

Nous savions qu'il détruisait les histoires d'amour. Jusqu'à présent, il avait toujours visé des couples, mais ça ne voulait pas dire qu'il n'avait pas pu étendre son champ d'action.

– Personne ne comprend l'amour d'un père pour son enfant, avait déclaré Reardon.

J'avais rouvert les photos du mur sur lequel le tueur avait pris ses notes. Il y avait tant de motifs qui semblaient similaires que c'était logique de les considérer comme des brouillons. Mais je m'étais alors rappelé ce qu'il avait dit à Kevin Simpson sur l'enregistrement audio :

« Si ça peut te consoler, Jodie et Scott sont l'un des couples qui m'intéressent. »

L'*un* des couples.

À cet instant, l'écran émit un bip : un nouveau rapport arrivait dans le dossier principal. La tension était palpable tandis que je le parcourais.

C'était un rapport de la police scientifique. Le van avait finalement été examiné et déclaré sûr, et l'accès avait été accordé à Simon et son équipe. C'était leur premier rapport et au milieu de l'écran il y avait une photo de ce qu'ils avaient trouvé. Peinte à l'intérieur de la camionnette, une toile d'araignée. Ce qui en faisait trois au total.

Une pour Jodie et Kevin. Une deuxième pour Jodie et Scott.

La troisième pour James Reardon et son enfant ?

Je retournai à nouveau vers l'écran qui me permettait de communiquer avec l'équipe dans la forêt.

———— **Un sur deux** ————

Après le coup de fil de sa femme, Mercer avait laissé son téléphone portable sur le bureau devant moi. Je l'allumai.
– Il faut que je parle à Mercer, lançai-je. De toute urgence. Donnez-moi un numéro pour joindre quelqu'un de l'équipe de recherches.

4 décembre
6 h 50
Trente minutes avant le lever du jour

Jodie

Scott était vivant !
Et au chaud à l'hôpital, pensa Jodie avec tristesse. Tandis qu'elle marchait à travers la forêt, enveloppée dans sa couverture d'urgence, elle était plus frigorifiée qu'elle ne l'avait été de toute la nuit. Mais le savoir vivant la réchauffait autant que la couverture.

Le policier – son prénom était John – avait expliqué qu'ils pouvaient attendre près du feu et être secourus par un hélicoptère, mais elle avait fait signe que non. Elle devait partir de là, en particulier à cause de *lui*. Cet homme qui gisait au sol. Après ce qu'il avait fait à Scott, Jodie était heureuse de l'avoir tué, mais elle ne pouvait plus le regarder.

Elle savait que c'était en grande partie dû à la manière dont tout son corps tremblait. État de choc. C'était aussi parce qu'elle se réchauffait. Au fil de la nuit, le froid s'était insinué sous sa peau, l'engourdissant à tel point qu'elle ne ressentait même plus la douleur. Maintenant, c'était comme si la glace qui s'était emparée d'elle fondait. Et la douleur et l'inconfort revenaient.

Mais tu es en vie, se disait-elle. *Et Scott aussi. Quoi qu'il arrive, nous sommes tous les deux en sécurité. Cesse de t'en faire. Cesse de te sentir coupable à cause de ce que tu as fait. Nous sommes tous les deux en vie.*

—————— Un sur deux ——————

Elle avait l'impression que son cœur n'allait pas supporter l'allégresse suscitée par ces pensées. Elle se sentait fragile comme un oiseau. Aussi essayait-elle d'écarter ces idées de sa tête et de se concentrer sur la marche. À chaque pas, la neige écrasée craquait comme un fauteuil en cuir sous le poids d'une personne. C'était réconfortant. Elle quittait cet endroit terrible, un pied devant l'autre.

L'agent qui les précédait éclairait chaque côté avec sa lampe torche, mais ça ne servait plus à grand-chose ; le soleil levant avait fait apparaître la nature immobile et grise de la forêt alentour. Dans les arbres, des oiseaux chantaient. C'était le petit matin, un nouveau jour.

Derrière elle, John était suffisamment près pour lui parler. Jodie trouvait sa présence immensément rassurante. Il ne cessait de dire des choses qu'elle n'entendait qu'à moitié, mais qui la calmaient néanmoins. Peut-être était-ce idiot, mais elle ne pouvait s'empêcher d'imaginer que la voix qu'elle avait entendue toute la nuit avait été la sienne : pleine de gentillesse, de réconfort et de doux encouragements. *Tu vas t'en sortir. Tiens bon, garde tes esprits. Je vais te trouver.* Et c'est ce qu'il avait fait. Lorsqu'il l'avait étreinte, elle avait compris qu'il avait passé la nuit à la chercher. Sur son visage, elle avait vu un homme qui avait été mis à l'épreuve, mais qui avait refusé d'abandonner. Maintenant, enfin, il semblait en paix avec lui-même.

Derrière elle, Jodie entendit un grésillement. Elle fit un bond.
– Mercer.

Elle regarda en arrière et s'aperçut que John parlait dans la micro-oreillette qu'il portait. *C'est bon.* Ils continuèrent tous trois de marcher.

– Mark, l'entendit-elle dire, calme-toi. Il est mort. Jodie est en sécurité, elle est avec moi en ce moment. Nous sommes en train de quitter la forêt.

Tandis que ses paroles avaient auparavant glissé sur elle, pour une raison ou une autre, elle se prit à écouter cette conversation plus attentivement.

Il marqua une pause, puis dit :
– Non, c'est bien lui. Qu'est-ce qui te fait...

Nouveau silence. Un pied devant l'autre, ils continuaient d'avancer. Elle était soudain prise d'une peur irrationnelle. Quelque chose clochait. Ils allaient la faire retourner à cet endroit, alors qu'elle devait continuer à avancer. Elle avait besoin de retrouver Scott et de lui dire combien elle était désolée pour tout...

– Nous avons trois témoins indépendants. Quoi que tu penses, il n'y a pas...

L'agent qui ouvrait la voie regarda en arrière, puis s'arrêta. L'instinct qui poussait Jodie à continuer était si fort qu'elle faillit lui rentrer dedans. Elle se força à s'arrêter elle aussi, ignorant l'affolement que cet arrêt engendrait. *Cours !* John était un peu en retrait, écoutant, immobile, les yeux rivés au sol.

Un nouveau grésillement, cette fois du côté de l'agent qui la précédait. Il porta la main à son oreille, la tête légèrement inclinée.

– Westmoreland, dit-il. J'écoute.

Elle se tourna à nouveau vers John. Il lui fit un bref sourire, mais son expression le trahissait. Tandis que Jodie l'observait, son visage se vida soudain de toute émotion.

– Bon sang ! dit-il en fermant les yeux. Et il y en avait aussi une autre à son camp. Sur la porte.

Ils parlaient de cet affreux dessin, comprit Jodie. Similaire à celui qu'elle avait vu à l'intérieur de la camionnette qui les avait amenés ici.

Elle réprima une soudaine envie de se mettre à courir.

Scott. Je dois voir Scott.

– Monsieur, lança Westmoreland, c'est important. De la part des hommes dans la clairière.

John toucha son oreillette.

– Mark, je te rappelle.

Il les rejoignit rapidement. Westmoreland avait toujours la tête inclinée, écoutant attentivement, acquiesçant.

──── **Un sur deux** ────

– Ils ont trouvé un mot, monsieur. Dans l'autre ruine.
– Demandez-leur de le lire.
– Lisez-le-moi, demanda Westmoreland.
Il redevint silencieux, écouta. Puis il commença :
– Cher inspecteur Mercer...

4 décembre
6 h 51
Vingt-neuf minutes avant le lever du jour

Mark

Je continuais de chercher dans les dossiers. *Quelque chose* m'échappait. C'était obligé, car j'étais certain d'avoir raison. Le tueur avait joué un troisième jeu avec James Reardon. Il l'avait forcé à attendre dans la forêt et à maintenir Jodie captive jusqu'au lever du jour. Ce n'était pas de la torture, mais un sacrifice qu'il devait accomplir en échange de la vie de son enfant. Le tueur n'avait peut-être pas réussi à leur prendre leur amour, mais Reardon remplirait un rôle utile dans le jeu.

Cependant, ce qu'avait dit Mercer était aussi vrai : trois témoins indépendants accusaient Reardon. Le petit ami d'Amanda Taylor, Colin Barnes, avait identifié Reardon comme celui qui l'avait agressé et avait enlevé Karli ; Megan Cook l'avait vu entrer dans la maison louée par Carl Farmer ; et Scott pensait reconnaître l'homme qui avait relevé les compteurs environ un mois plus tôt. Ils ne pouvaient pas tous mentir. Ils avaient ensemble tissé leur propre toile, et Reardon était inéluctablement piégé en son milieu. J'avais donc dû laisser passer quelque chose.

J'ouvris la retranscription de l'entretien avec Megan. Si le tueur suivait Reardon depuis longtemps, il avait facilement pu utiliser sa photo pour l'immatriculation du van. Il aurait aussi tout à fait pu forcer Reardon à livrer le masque ce matin-là, de manière à l'impliquer davantage encore.

Je parcourus le fichier.

Là.

Vous l'avez vu arriver ? avais-je demandé à Megan.

Oui. J'étais en train de téléphoner près de la fenêtre.

Elle ne m'avait pas dit à qui elle parlait. Mais je lui avais demandé combien de temps Reardon était resté dans la maison.

Je ne suis restée qu'une minute au téléphone et je l'ai vu ressortir. Ça a été rapide.

Une minute. Et si c'était le tueur qu'elle avait eu au téléphone ? Il l'aurait appelée prétextant quelque raison, n'importe laquelle : un stratagème pour la faire approcher de la fenêtre au moment où James Reardon arrivait ? La seule fois où quelqu'un avait identifié visuellement le soi-disant tueur. L'idéal pour nous envoyer sur une fausse piste. Pour nous défier, en toute tranquillité, en détournant notre attention, comme le croyait Mercer.

Mais il restait tout de même les témoignages de Scott et Colin Barnes. Certes, Scott était alors anéanti, mais Barnes avait été catégorique : James Reardon l'avait agressé et avait enlevé Karli. Ce qui n'avait aucun sens, car ma théorie reposait sur le fait que le tueur avait enlevé le bébé pour faire chanter Reardon.

Donc, soit Colin Barnes se trompait, soit il mentait.

J'ouvris le fichier sur l'enlèvement de Karli Reardon.

La retranscription de la déposition de Barnes se chargeait. Pendant ce temps, j'envisageai une explication possible. Peut-être Barnes n'avait-il pas réellement *vu* son agresseur et, à cause de l'histoire avec Reardon, avait-il supposé que c'était lui. Logique, peut-être, mais pas nécessairement...

Le fichier s'ouvrit et je cessai complètement de réfléchir.

C'était là, sur l'écran. Je le regardai fixement un moment, incapable de comprendre ce que je voyais.

Quelque chose avait... C'était impossible. Que...

Mon monde s'écroula.

Et quelque part, loin dans l'hôpital, une alarme retentit.

4 décembre
6 h 52
Vingt-huit minutes avant le lever du jour

Scott

Il n'y avait plus d'appartement. Plus de divan confortable sur lequel s'asseoir. Pas de Jodie endormie dans la pièce d'à côté. Ses rêves avaient cessé de feindre de parer ses souvenirs d'habits brillants ; les artifices avaient été éliminés. Désormais, lorsqu'il dormait, Scott était simplement à nouveau *là-bas* : à nouveau dans la maison de pierres au milieu de la forêt, à l'étroit et torturé, avec l'homme au masque de diable accroupi devant lui.
– Tu refuses de voir la vérité.
L'homme tenait la lampe torche sous son menton, illuminant le masque.
– Tu ne l'aimes pas. Tu ne l'aimes plus.
C'est un jeu, se rappela Scott. L'homme était le diable, ce qui signifiait qu'il avait menti. Jodie ne l'avait pas trompé. En fait, aucune des choses que l'homme lui avait dites n'était vraie. Pas nécessairement.
Mais il avait eu la preuve devant les yeux, non ? Et c'était vrai que Jodie était malheureuse, alors d'ici à s'imaginer qu'elle le trompait encore, il n'y avait qu'un pas. Et c'est ce qu'il faisait maintenant : il se l'imaginait. Il tournait et retournait l'image dans sa tête. Jodie et Kevin. Kevin et Jodie. C'était logique.
La voix de l'homme se fit plus douce, plus apaisante.
– Il est clair qu'elle ne t'aime pas.

Scott secoua la tête.

Il repensa à tout ce que l'homme lui avait dit cette nuit. Le tableau qui avait laissé Jodie indifférente ; l'aventure d'un soir avec Kevin Simpson ; le désespoir intime qui avait imprégné leurs vies, surtout celle de Jodie, depuis maintenant si longtemps. Il la voyait faisant les cent pas dans la maison, comme s'il l'avait enfermée dans une cage. Les allers-retours entre la maison et ce boulot qu'elle détestait. Chaque matin au réveil, c'était comme si elle mourait un peu plus. Elle avait beau vivre avec lui, toutes ses lumières s'éteignaient lentement, l'une après l'autre.

Quand l'avait-il vue sourire pour la dernière fois ? Il ne s'en souvenait plus. Scott l'aimait tant que ça lui brisait le cœur de ne pouvoir lui montrer combien il tenait à elle, combien elle était importante. Ou de le lui dire, mais de s'apercevoir que ça ne suffisait pas.

Il ferait n'importe quoi pour que les choses se passent bien à nouveau.

– Dis-moi que tu la hais, répéta l'homme. Alors le jeu sera fini. Toute cette douleur prendra fin.

Il ferait n'importe quoi.

Peut-être que le moment était venu de le prouver, même si elle n'en saurait jamais rien.

– Non.

L'homme au masque de diable le regarda, implacable.

– Non ?

Scott tremblait de froid. Sa peau lui semblait morte. Et il souffrait tant. Peut-être était-ce ce qui le rendait presque délirant. Il ne s'agissait plus de réfléchir. Il ressentit un regain de courage et il répéta :

– Non. Je l'aime.

L'homme s'assit sur ses talons, inclinant légèrement la tête. À travers le masque, une infime expression de défaite était visible.

– Bon, très bien.

Puis Scott se retrouva dehors. L'homme avait coupé la corde qui lui ligotait les bras aux cuisses, mais lui avait laissé ses menottes. Il avait les jambes en coton, le dos voûté – à demi brisé à cause de ses entraves. L'homme lui ôta ses vêtements, qu'il balança dans la réserve vide.

– On va aussi laisser ça ici.

Il parlait des pages qu'il tenait à la main. Il les posa méticuleusement au-dessus des vêtements de Scott, les lui montrant une par une.

Cinq cents raisons de t'aimer.

Scott éprouva un chagrin immense en les voyant. Il aurait souhaité plus que tout avoir pu les finir. Il espérait qu'elle comprendrait.

Toutes ces pages ne disaient qu'une chose : *Je comprends que tout n'est pas parfait, surtout pas moi, mais je continue d'essayer car la dernière chose que je veux, c'est te perdre.*

Il se mit à pleurer.

– Je peux la voir ?

– Non.

– Je vous en prie. S'il vous plaît, est-ce que je peux la revoir ?

Ensuite, l'e-mail, qu'il posa à l'envers. Scott vit une petite écriture noire au verso et déchiffra la première ligne – « Cher inspecteur Mercer » – puis l'homme referma la porte. Un crissement métallique retentit tandis qu'il refermait le verrou.

– Pourquoi ? demanda Scott en sanglotant. Pourquoi faites-vous ça ?

L'homme ne répondit rien. À la place, il marcha jusqu'au feu et choisit une bûche en flammes. Puis il leva le tournevis et désigna les profondeurs de la forêt.

– Nous allons par là.

Il ne savait pas où l'homme l'emmenait ; il faisait trop sombre pour y voir quelque-chose et il ne cessait de trébucher. Mais l'homme se servait du bois en feu pour le faire avancer, lui enfonçant la bûche dans le dos, provoquant une douleur atroce. Scott était terrifié, frénétique. Il savait ce qui allait se passer ; les images lui venaient à l'esprit sans raison, mais absolument convaincantes. L'homme allait le faire s'étendre à plat ventre sur le sol gelé, puis il sortirait son couteau et lui trancherait la gorge. Il s'imaginait ses hurlements, soudain réduits à des gargouillements de panique ; son sang aspergeant la neige.

Qu'est-ce que ça lui ferait de mourir ? De disparaître du monde ?

Scott implorait l'homme, mais celui-ci ne disait rien.

Ils marchèrent environ dix minutes, puis l'homme lui demanda de s'arrêter. Il désigna la base d'un arbre avec son tournevis.

– Assieds-toi ici.

Scott se laissa tomber contre l'arbre, ses jambes nues écartées dans la neige devant lui. Le froid le brûlait, mais il avait si peur qu'il s'en fichait.

Son bourreau l'attacha à l'arbre avec deux cordes. L'une entourant son corps et immobilisant ses bras. L'autre le bâillonnant, repoussant sa langue au fond de sa bouche et le forçant à garder la tête droite. Lorsqu'il eut fini, il se tint juste en face de Scott.

– Tu m'as demandé pourquoi.

Il s'accroupit devant Scott et leva son masque, le laissant reposer sur son front. Ce n'était qu'un homme, se dit une nouvelle fois Scott. Hormis une affreuse absence d'expression, son visage n'avait rien d'inhabituel. Il aurait pu être n'importe qui.

– Je suis un esprit dans cette coquille.

Ces paroles semblaient avoir été répétées.

– Je ne ressens rien car je suis séparé de cette coquille. Quand j'aurai fini, mon corps tombera et je m'en échapperai.

Il se pencha en avant, tendit la main, les flammes de la bûche léchèrent le tournevis qu'il fit tourner d'un côté et de l'autre.

Je vous en prie, non. S'il vous plaît, ne me faites plus de mal.

– Quand ce corps se désagrégera, je reviendrai dans une autre coquille pour continuer ma collecte. Et ainsi de suite.

Lorsqu'il éloigna le tournevis des flammes, la panique de Scott s'intensifia – mais il le regarda alors avec horreur lever le tournevis vers son propre visage. Il plaça la pointe contre son œil et la laissa là. Quelque chose grésilla et se froissa tandis qu'il tournait lentement le manche, d'un côté et de l'autre, une volute de fumée s'élevant vers son front. Lorsqu'il parla à nouveau, sa voix était neutre et impassible, et Scott crut chacune de ses paroles.

– En fin de compte, dit calmement l'homme, on m'accordera le droit de rapporter ma collecte à mon véritable père.

Scott se réveilla et ouvrit son œil. C'était difficile. Soit sa paupière était terriblement lourde, soit les muscles qui l'actionnaient étaient trop engourdis pour qu'il puisse la faire fonctionner.

Il avait si froid. Il tremblait de tout son corps mais ne sentait pas ses tremblements ; il en avait juste conscience. Lorsqu'il s'était retrouvé assis ici, le froid l'avait brûlé. Maintenant, c'était comme si son corps appartenait à un autre.

Ce devait être le petit matin. Le ciel reprenait lentement vie, et loin au-dessus de lui, dans les arbres, les oiseaux commençaient à chanter. Mais tout était très loin ; il n'éprouvait plus de sensations dans son corps ; il devinait juste un petit restant de chaleur en lui, mais celle-ci diminuait. Il mourait de l'intérieur.

Sa panique avait disparu. Même l'insupportable douleur s'était estompée. L'adrénaline stagnait, figée, dans ses veines. Son cœur avait à peine l'énergie de battre.

Au moins il pouvait refermer son œil, qui accueillit le répit avec reconnaissance. Une nouvelle brise frôla sa peau, mais il n'aurait su dire si elle était chaude ou froide. Aucune importance.

Scott se laissa gagner par le sommeil. Le monde semblait réticent à disparaître, mais au bout du compte il lâcha prise et Scott s'endormit. Les rêves revinrent mais, cette fois, ils ressemblaient plus à des rêves à proprement parler. Des fantasmes nés de son imagination.

Un sur deux

Dans l'un d'eux, Jodie se tenait derrière lui et tendait les bras pour lui nouer sa cravate.

Il souriait. Il l'aimait toujours, en dépit de tout. Elle était si parfaite pour lui.

On n'est pas obligés d'y aller, disait Jodie, *si tu n'en as pas envie.*

Après il était sur une plage qu'il n'avait jamais vue. Assis sur le sable, regardant les vagues, écoutant la houle se briser sur le rivage. C'était un bruit doux, précipité, qui se répétait à l'infini.

Dans son rêve, Jodie était également présente : assise à ses côtés en silence, ses cheveux voletant dans le vent. Il faisait beau, tout était merveilleux. Le froid avait disparu. Jodie le regardait et souriait, et, tandis qu'elle appuyait sa tête contre lui, il lui prenait la main.

Mais ce rêve aussi s'évanouissait lentement. Les yeux fermés, il écoutait le bruit des vagues s'estomper.

Et, lorsqu'il mourut, la mer lui dit doucement : *Chut.*

4 décembre
6 h 58
Vingt-deux minutes avant le lever du jour

Mark

Est-ce que je me trompais ?
Tandis que je courais dans les couloirs de l'hôpital, hurlant aux gens de s'écarter, je n'avais pas peur. Et pourtant je n'étais pas armé. Même si je savais maintenant, grâce à la photo que j'avais vue de Colin Barnes, que l'homme à qui j'avais parlé toute la nuit n'était pas le vrai Scott Banks.

Je n'avais pas peur. En fait, je craignais surtout d'arriver trop tard et je savais à cause de l'alarme qui avait retenti que c'était probablement le cas.

Est-ce que je me trompais ? Sachant combien de victimes avait fait le tueur, j'aurais dû penser à elles, penser que je me précipitais à l'étage pour arrêter cet homme avant qu'il ne s'échappe et fasse du mal à quelqu'un d'autre. Ou bien me dire que c'était mon boulot que j'étais en train de faire, mon devoir que je faisais courageusement, avec désintéressement, mon devoir.

Dans l'ascenseur.

Battant du pied : plus vite, plus vite.

Ding ! Me remettant à courir.

— Écartez-vous !

Mais, la vérité, c'est que je ne cavalais pas ainsi dans les couloirs à cause de mon boulot ni même des victimes passées ou à venir. Non, la seule chose que j'avais en tête, qui me faisait me précipiter ainsi, c'était la dernière conversation que j'avais eue avec lui – Scott, ou Carl Farmer, ou Colin Barnes. Je me rappelais son expression lorsque je lui avais parlé de Lise ; la manière dont il m'avait remercié tandis que je sortais. Je ne pensais qu'à ça, il était le loup de l'espace, qui mettait les histoires d'amour en miettes et vidait le monde de son amour.

Surtout, j'entendais ce bruit dans ma tête. Pas le bruit de l'enregistrement audio cette fois, mais le bruit de sa lente respiration tandis que je me confessais, qu'il m'écoutait décrire la mort de Lise, expliquer comment je pensais l'avoir trahie. Alors qu'il ajoutait Lise à sa moisson.

Il n'était qu'un homme – je le savais en mon for intérieur. Tout comme je savais que la quatrième toile d'araignée que Mercer avait trouvée dans les bois ne pouvait pas réellement nous représenter Lise et moi. Comment aurait-il pu ? Il les avait toutes dessinées avant même de m'avoir rencontré. C'était impossible.

Mais c'était néanmoins la raison pour laquelle je courais de toutes mes forces. Parce que si je ne mettais pas maintenant la main sur lui, j'étais certain de perdre à jamais une partie de moi.

Une foule était massée autour de la porte de sa chambre – infirmières, médecins, garçons de salle –, chacun arborant une mine anxieuse, paniquée. Le fait de me voir leur foncer dessus ne les rassura sans doute pas.

Pas de garde, remarquai-je.

– Police.

Ils me laissèrent la voie libre, s'écartant de chaque côté de la porte.

– Nous ne savons pas ce qui s'est passé, déclara un garçon de salle.

– L'une des infirmières l'a trouvé comme ça.

– Écartez-vous, demandai-je en m'avançant parmi eux

Même si je mourais d'envie de l'affronter, je n'allais pas prendre de risques inutiles. Je me tins à une certaine distance et scrutai ce que je pouvais distinguer de la chambre.

Juste de l'autre côté de la porte, une femme portant un uniforme d'infirmière était accroupie au-dessus d'une personne qui gisait au sol. Le garde. Où était Barnes ? Le lit était vide, les couvertures, négligemment repoussées sur le côté. La fenêtre était ouverte, les stores restés fermés toute la nuit étaient désormais à moitié relevés. Une brise glaçait lentement l'air et le plastique venait cogner contre la vitre.

J'entrai, regardant rapidement autour de moi. Il n'y avait personne d'autre dans la chambre et aucun endroit où se cacher. Il était parti.

Je posai la main sur l'épaule de l'infirmière, m'accroupis à côté d'elle.

– Je l'ai trouvé comme ça, expliqua-t-elle.

– D'accord.

Le ton de sa voix indiquait clairement qu'elle avait d'ores et déjà cherché des signes de vie et n'en avait trouvé aucun. Elle semblait perdue.

– Est-ce que vous voulez bien sortir ? demandai-je, aussi doucement que possible. J'aimerais que vous attendiez dans le couloir et fassiez en sorte que personne d'autre n'entre ici. C'est très important.

Elle acquiesça lentement et se leva. Elle avait du sang sur les mains ; elle les essuya sur sa blouse d'un air absent tout en se dirigeant vers la porte.

Je me dirigeai immédiatement vers la fenêtre, frissonnant lorsque je l'atteignis. Il y avait du sang sur le rebord et sur la vitre ainsi que sur le cordon des stores. Prenant soin de ne toucher à rien, je regardai dehors. Nous nous trouvions à l'arrière du bâtiment, seulement au premier étage – il avait pu sauter. Mais les pierres du mur étaient inégales, il avait donc pu s'y accrocher, ses doigts et ses orteils s'agrippant aux interstices entre les briques.

Pas âme qui vive dans le parking en dessous.

Je retournai au garde.

Il avait la tête enflée et fracturée, son bras reposait à un angle abominable. Je trouvais la violence désinvolte de ce qui lui avait été fait encore plus choquante que les tortures calculées qu'avait endurées Kevin Simpson. Battre quelqu'un à mort demande un sacré paquet d'efforts et Barnes s'était bien assuré de finir le boulot. Le garde avait reçu une multitude de coups de pied et de talon. Il y avait des traînées de sang sur son visage, une mare sous sa tête, des taches autour du col de son uniforme marron. Des volutes boueuses tout autour de lui et sur le bas du mur.

Des empreintes de pieds nus sanglants.

Au pied du lit étaient éparpillés des pansements souillés. Les couvertures étaient rejetées sur le côté, mais il n'y avait pas de sang sur les draps, juste un renfoncement à l'endroit où Scott était resté étendu toute la nuit. Pas Scott, bien sûr, mais Colin Barnes – pour autant que ce fût son véritable nom.

Je l'imaginais appelant, le garde ouvrant la porte, entrant, se penchant au-dessus du lit pour écouter. Barnes lui donnant un violent coup de poing sur le côté de la tête, puis repoussant calmement les couvertures, se levant pour achever le boulot. Je me représentais une agitation soudaine. Un déchaînement de violence ; des coups rapides, brutaux ; le sang qui giclait. Je voyais un talon s'enfonçant lourdement dans une orbite oculaire.

Une fois le garde mort, Barnes s'était enfui par la fenêtre. Maintenant il était parti. Je l'avais perdu.

J'avais envie de hurler.

La chaise sur laquelle je m'étais assis était renversée à l'autre bout de la chambre, mais je me tenais à l'emplacement où elle était auparavant. L'endroit où j'avais passé la nuit à parler à cet homme, à l'écouter tandis qu'il me manipulait.

Derrière moi, les stores cognaient contre la vitre.

J'aurais voulu m'effondrer par terre. J'avais passé tant de temps ici à parler à Scott. Je lui avais raconté l'histoire de Lise. Et en fait, c'était à lui que je parlais.

Il avait voulu être là où il pourrait voir ce qui se passait et observer nos progrès.

Il y avait des murs de pierre.

Là où il pourrait nous faire voir ce qu'il souhaitait, nous mener où il voulait.

Nous avons franchi une rivière, croisé un sentier.

Nous avions tous les éléments pour l'arrêter, mais n'avions pas su reconstituer le puzzle. Sa photo avait été toute la journée dans le dossier. Alors qu'il était ici, caché sous une autre identité, divulguant suffisamment d'informations pour que nous retrouvions Jodie avant l'aube et laissions la vérité nous échapper.

Pourquoi ?

La question me revint à l'esprit. Il me l'avait lui-même posée plus tôt – pour savoir, supposais-je, si nous le comprenions. Mais pourquoi avait-il fait ça ? Il avait utilisé Reardon pour faire diversion, mais il n'y avait là rien qui pût satisfaire sa pathologie. Il avait pris Kevin Simpson, mais il ne serait pas présent au lever du soleil pour prendre quoi que ce fût à Jodie. Ça n'avait aucun sens. Il avait pris le risque d'être démasqué et il nous avait aidés à retrouver Jodie à temps, tout cela, apparemment, pour rien. Pourquoi prenait-il même la peine de nous défier ?

Et où était le vrai Scott Banks ?

Bouge-toi.

Je sortis dans le couloir.

– Je vais chercher des renforts. Jusqu'à leur arrivée, personne n'entre dans cette chambre. Compris ?

L'infirmière acquiesça à nouveau et je partis.

La quatrième toile d'araignée ne pouvait pas me représenter : Colin Barnes n'était pas extralucide. Une quatrième toile, abandonnée sur la scène dans la forêt, signifiait une quatrième histoire d'amour détruite, et c'était ça l'important pour lui. C'était une relation qu'il avait pris le temps d'étudier, un lien qu'il pouvait couper et détruire. Quelqu'un devait savoir qu'il avait été trahi, pour qu'il puisse être tué et que cet amour empoisonné lui fût pris. Un choix devait être...

Ce n'était pas nous qu'il avait défiés.

– Oh, merde !

Je sentis une vibration dans ma poche – le téléphone de Mercer qui sonnait. Le numéro affiché était celui de l'équipe de recherches.

C'était Mercer qu'il défiait depuis le début.

Je n'avais pas encore répondu que je courais déjà.

4 décembre
7 h 10
Dix minutes avant le lever du jour

    Préparation.
    Le diable connaît l'adresse et le chemin par cœur. Deux jours plus tôt, il avait roulé à plusieurs reprises dans ces rues pour les graver dans sa mémoire et calculer le temps nécessaire. Après avoir mémorisé le trajet, il avait ramené le véhicule à l'hôpital et l'avait garé dans le parking longue durée à l'arrière du bâtiment. C'était une vieille voiture à hayon sans immatriculation, payée en liquide et entreposée à l'abri des regards indiscrets. Il avait laissé les vêtements et les articles nécessaires à l'intérieur, puis, après avoir verrouillé les portières et s'être assuré que personne ne l'observait, il avait scotché les clés sous le châssis, prêtes à servir dès qu'il en aurait besoin.
    Le premier arrêt ne se trouvait qu'à trois minutes.
    C'était l'un des pied-à-terre que le diable louait : un petit studio en sous-sol, bon marché, situé dans un quartier miteux proche de l'hôpital. Il s'était avéré idéal et pas seulement à cause de son emplacement. La plupart des autres appartements du pâté de maisons étaient inoccupés ; et dans ceux qui étaient habités des bébés pleuraient tout le temps de toute façon.
    Le diable gara la voiture, longea l'allée et descendit les marches menant à la porte d'entrée. Tout était calme. Le bébé était-il mort ? Il espérait que non. Le diable déterra les clés qu'il avait cachées dans le pot de fleurs près de l'escalier. La porte

Un sur deux

trembla dans son chambranle et la lueur du petit matin s'engouffra dans la pièce.

Le bébé était dans le parc d'enfant qu'il lui avait acheté, couché sur le dos. Endormi.

Le diable le souleva ; l'enfant remua, fit un bruit.

– Chut ! Tout va bien. Ne pleure pas.

Karli Reardon gémit un peu plus tandis qu'il la portait à travers la pièce, mais elle ne se mit à pleurer pour de bon que lorsqu'ils furent dehors, dans le froid, se débattant avec une force surprenante. Le diable supposa que ça devait être un réveil difficile, même si la température n'avait jamais rien signifié pour lui. Du fait de sa nature, le chaud et le froid ne l'affectaient pas comme les êtres humains normaux.

– Chut ! Ça va aller.

Il berça le bébé dans ses bras et reproduisit les bruits apaisants qu'il avait entendus d'autres personnes.

Mais elle n'arrêtait pas de pleurer.

Il la sangla dans le siège pour bébé qu'il avait installé dans la voiture, puis grimpa à la place du conducteur et lui sourit. Le diable était doué pour sourire. Comme ça ne fonctionnait pas, il fit une grimace amusante, mais Karli n'avait pas l'air de trouver ça drôle. Le diable se lassa vite, il mit le moteur en marche et démarra.

À mi-chemin, il ouvrit la boîte à gants et en sortit le masque.

Il était à moins de cinq minutes de sa destination finale.

Ça avait commencé à un enterrement : celui de l'inspecteur qui s'était fait assassiner.

Par curiosité, avec un obscur frisson, il s'était arrangé pour être présent, au fond de la chapelle. Même avant que ça ne se produise, il avait senti que quelque chose d'important était sur le point d'arriver. Il ne savait pas quoi ni même si ce serait une bonne ou une mauvaise chose, mais, lorsque John Mercer s'était levé pour délivrer son oraison, le diable avait immédiatement compris que le moment était arrivé.

Il avait regardé, d'abord envoûté puis effrayé, tandis que Mercer déblatérait. Les autres personnes y avaient peut-être vu les signes d'une dépression, mais le diable avait compris de quoi il s'agissait ; il n'avait eu qu'à écouter les paroles de Mercer et voir la façon qu'avaient ses yeux d'isoler des monstres dans l'assistance pour comprendre que cet homme était un antagoniste. Un adversaire. Il sentait le diable. D'une seconde à l'autre, leurs yeux se croiseraient et John Mercer saurait simplement.

Seule l'intervention de la femme et des collègues de l'inspecteur lui avait évité de se faire prendre ce jour-là. Ça avait été effrayant. Le chemin avait toujours été clair et droit jusqu'alors : il ne s'était jamais douté que quelqu'un sur cette terre pourrait se mettre en travers de son chemin. Et maintenant, il avait trouvé cette personne : un adversaire. Un antagoniste.

La route à suivre s'était finalement révélée à lui après une journée d'intense méditation, dont il était sorti avec un nouvel objectif. La première chose à faire était d'en apprendre autant que possible sur ce nouvel ennemi.

Durant les premiers stades de la convalescence de son mari, Eileen Mercer passait beaucoup de temps à son chevet à l'hôpital et leur maison restait déserte. Lorsqu'ils étaient enfin rentrés tous les deux chez eux, elle s'était occupée de lui. L'inspecteur passait ses journées emmitouflé dans une robe de chambre, lisant, regardant la télévision, n'ayant apparemment même pas l'énergie d'aller d'une pièce à l'autre.

Ni l'un ni l'autre ne montrait la moindre envie de monter au grenier : c'est une chose que les gens font rarement. Mais s'ils y étaient montés, ils y auraient trouvé le diable, baigné d'une lumière bleu pâle. Il voyait et entendait tout.

Le destin avait clairement placé John Mercer sur son chemin pour qu'il l'affronte et s'occupe de lui, mais il n'avait, au début, pas su comment aborder cette tâche. Ce n'est que lorsque

Mercer avait repris le travail malgré les souhaits de sa femme, faisant abstraction de ses promesses creuses, que la forme que prendrait le jeu était devenue apparente. C'était toujours la même chose. C'était une chose qu'on trouvait, comme un fossile, et l'observation à laquelle s'adonnait le diable ne servait jamais qu'à déblayer le sable pour révéler la structure. Pour honorer sa promesse, John Mercer serait-il prêt à renier sa mission dans le monde ? S'il le faisait, le diable se serait débarrassé d'un adversaire. Mais s'il choisissait son travail en dépit de ses déclarations d'amour, alors la récolte serait riche.

Le jeu serait une authentique confrontation entre eux : un test. Mais il y aurait du réconfort à en tirer. Le diable savait qu'à divers stades de l'œuvre de notre vie nous rencontrons des gardiens dont nous devons triompher, et c'était clairement l'un de ces moments. Pour surmonter la peur, il priait quotidiennement son père et laissait le jeu prendre forme.

Durant ses observations, d'autres cibles avaient attiré son attention et il s'était créé de nouvelles identités, devenant différentes personnes tandis qu'il se lançait à leur poursuite. Lorsqu'il avait entendu parler de James Reardon, le diable était devenu Carl Farmer, puis Colin Barnes, qui avait entamé une liaison avec la mère de l'enfant de Reardon. Scott Banks et Jodie McNeice, en revanche, avaient été l'un des couples qui l'intéressaient depuis presque trois ans. Mais lorsque Kevin Simpson avait renoué le contact avec Jodie, le diable avait su que c'était un signe. Toutes les pièces avaient lentement pris leur place et, graduellement, la peur était devenue un lointain souvenir. Il s'était lancé dans une œuvre véritablement majestueuse.

Mais en fin de compte, ces deux jeux n'étaient que des mises en bouche : des composantes d'un plus grand tout. Le vrai jeu l'avait toujours opposé à John Mercer. Soit son adversaire abandonnerait le combat, soit l'amour de sa femme serait mis en pièces et démoli en guise de pénitence. Dans un cas comme dans l'autre, le test serait réussi. Peut-être alors, enfin, le diable serait-il autorisé à rentrer chez lui.

Quoi qu'il arrive à son corps mortel, ce qu'il allait accomplir ici serait magnifique. Il laisserait derrière lui une cathédrale de mort. Une chapelle faite de chair et de sang, dans laquelle le vrai père pourrait s'élever, faire des cabrioles et danser.

À son arrivée, la maison était illuminée et il se demanda un moment s'il avait mal calculé son coup : le timing avait toujours été serré. Mais quelque chose lui dit qu'il y avait une autre explication. Si Eileen Mercer était toujours debout, attendant son mari, alors il allait devoir être prudent, mais rien n'était vraiment changé.

Le diable gara la voiture et sortit le bébé en le tenant dans ses bras. Comme Karli continuait de pleurer, il chuchota de nouvelles platitudes tout en agitant doucement les clés de la maison.

Il longea l'allée jusqu'à la porte d'entrée et, moins de cinq secondes plus tard, il était à l'intérieur. Le couloir était plongé dans l'obscurité, mais les portes du rez-de-chaussée étaient ouvertes et les pièces sur lesquelles elles donnaient étaient bien éclairées.

Il se tint immobile, à l'affût. La maison était silencieuse, hormis les pleurs du bébé qui se blottissait contre sa poitrine. En dessous, il sentait les battements de son propre cœur, lents et réguliers.

– Chut !

À l'étage, un téléphone se mit à sonner. La police, sans doute. Le diable se dirigea vers l'escalier et le gravit.

4 décembre
7 h 20
Lever du jour

Mark

Le ciel bleu foncé au-dessus de moi s'éclaircissait à mesure qu'il s'étirait, brumeux et jaune, vers l'est. Quelques étoiles étaient encore visibles, formant des constellations fracturées. Devant moi, tandis que je conduisais, il y avait un énorme lambeau de nuage. Illuminé par le soleil qui se levait lentement, il formait une empreinte de pouce pourpre appliquée sur les cieux.
7 h 20.
Écartez-vous.
Je savais vaguement où j'allais, mais je faisais principalement confiance au GPS de la camionnette. Il avait du mal à me suivre. Lumières clignotant, sirène hurlant, je roulais aussi vite que les rues me le permettaient. Les voitures devant moi s'engageaient sur les trottoirs pour me laisser passer mais, même de si bonne heure, la circulation était dense et j'étais constamment obligé de me déporter d'un côté à l'autre de la rue, de me frayer dangereusement un chemin entre les files, à demi aveuglé par les phares des voitures roulant en sens inverse.
Plus vite, plus vite.
Les rues avaient été déneigées, mais elles étaient gelées et recouvertes de gravillons. Des fragments de dialogues grésillants jaillissaient de la radio de la police ; j'appuyais parfois sur le micro pour répondre tout en gardant un œil sur la route. Les

rapports m'annonçaient que des agents étaient arrivés à l'hôpital et que la situation là-bas était sous contrôle. Personne ne décrochait le téléphone chez les Mercer. Des agents armés étaient en route, mais...

J'y suis presque.

C'était Mercer qui m'avait appelé à l'hôpital tout en courant à travers la forêt. Il m'avait donné des instructions frénétiques et embrouillées pour que j'appelle des renforts. J'avais alors à peu près tout compris, mais il m'avait parlé de la lettre qu'ils avaient trouvée dans la réserve où Scott avait été enfermé. Celle qui lui était adressée.

C'était ça, le véritable jeu.

Cher inspecteur Mercer.

Dans ma tête, j'entendais toujours le craquement des broussailles tandis qu'il courait, son souffle haché. Je sentais sa panique.

Si vous trouvez ce mot, vous avez fait votre choix.

J'étais désormais en route vers sa maison, conduisant comme un diable, à la poursuite du diable. Mercer serait bientôt hors de la forêt, mais quel que fût le temps qu'il mettrait à arriver, et quoi que dise l'agent à la radio, je savais que je serais le premier sur les lieux.

Eileen...

Je m'engageai dans la rue, ralentis, roulant prudemment. Le domicile des Mercer était indiqué par un cercle rouge sur le GPS : plus que trois bâtiments. Une grande maison individuelle. Des fenêtres carrées, chacune éclairée d'une lumière jaune vive. Un grand jardin montant en étages jusqu'à l'avant de la maison, un chemin au milieu menant à la porte d'entrée. Une allée pour les voitures sur le côté. Le tout recouvert d'une neige épaisse, légèrement rosée dans la lueur du petit matin. Une vieille voiture garée devant. Je m'arrêtai, lui bloquant la sortie.

– Inspecteur Nelson, dis-je dans le micro. Je suis sur la scène. J'entre.

———— Un sur deux ————

Le froid me frappa de plein fouet lorsque je sortis, mais je frissonnais déjà de toute façon : la peur et l'adrénaline. Je me calmai comme on m'avait appris à le faire : respirer lentement par le nez ; faire tourner la salive dans ma bouche. Des agents armés étaient en route mais, en attendant, j'allais devoir me satisfaire de l'équipement standard qui se trouvait dans la camionnette. Je m'en emparai. Bombe lacrymogène dans la main droite, matraque à poignée latérale dans la gauche. Cela semblait ridiculement insuffisant.

Sirènes au loin. Encore à une bonne distance.

Le moteur de la voiture garée devant moi crépitait légèrement dans l'air glacial. Je touchai le capot. Chaud. Il était ici.

Malgré mon envie d'entrer, je pensai à Andrew Dyson et me forçai à observer la maison et à analyser la situation avant de faire quoi que ce fût. La neige était intacte sur l'allée, mais pas sur le chemin qui traversait le jardin : une traînée de pas indistincts menait jusqu'à la porte d'entrée qui était légèrement entrouverte, la seule tache obscure de la façade.

Soudain, je me figeai. L'une des fenêtres à l'étage était fêlée et il y avait une traînée de sang sur la vitre. Je me précipitai en avant.

Vite.

Je traversai le jardin à la hâte, vérifiant les angles. Il n'y avait pas de traces de pas dans la neige aux abords du chemin, beaucoup d'espace entre moi et les haies. Je gardai un œil sur l'allée de droite au cas où il sortirait par le côté.

À mi-chemin, j'entendis un bébé pleurer.

Mes cheveux se dressèrent et je m'arrêtai net à environ dix mètres de la maison.

Karli Reardon.

Je serrai la poignée de la matraque de sorte que la section la plus longue prolonge mon avant-bras gauche et la positionnai légèrement devant moi, recourbant le bras pour me protéger. Je posai le poing droit sur le gauche prêt à utiliser la bombe lacrymogène. Inspirations profondes.

Le bébé avait l'air proche. Les pleurs semblaient provenir de derrière la porte, d'une zone d'ombre dans laquelle je ne distinguais rien.

– Sortez !

Il y eut un léger mouvement dans l'obscurité et il sortit.

Barnes. Il serrait d'une main Karli Reardon contre lui et tenait un couteau dans l'autre.

J'avais l'impression que mon cœur battait dans ma gorge.

– Police ! hurlai-je. Ne bougez plus !

Mais il continua d'avancer et s'engagea sur le chemin pour que je le voie bien. Il ne portait rien d'autre qu'un jean et son masque de diable. Ses pansements avaient été arrachés et je distinguais maintenant toute l'étendue de sa folie : les terribles blessures qu'il s'était infligées pour nous abuser. Des coupures et des brûlures sur tout le torse ; des bleus pourpres marbrés ; les doigts brisés de la main recourbée sous le bébé. Li avait affirmé que la plante de ses pieds avait aussi été brûlée, mais il marchait comme s'il ne ressentait aucune douleur.

Dans la lueur pâle de l'aube, il ressemblait à un cadavre, animé malgré lui. Il y avait du sang partout sur lui, sa main qui tenait le couteau en était couverte. Je voulais regarder à nouveau vers la fenêtre, un désespoir terrible menaçant de me submerger. *Reste concentré.*

Il fit un nouveau pas vers moi

Je ne bougeai pas.

– Posez-la, Barnes.

Le masque était répugnant – peau rouge et cheveux noirs emmêlés – mais je gardai à l'esprit que ce n'était qu'un masque. C'était un homme. Il était peut-être capable de maîtriser la douleur qu'il devait endurer, mais la bombe lacrymogène le terrasserait. Il parviendrait à peine à respirer ; ses yeux se fermeraient. Il serait à terre, là où je voulais qu'il fût. Bon Dieu, ce que je le voulais ! Mais il savait qu'il était hors de question que je m'en serve tant qu'il tiendrait le bébé.

Un sur deux

– Posez le bébé et restez où vous êtes.

Il leva la main qui tenait le couteau, ôta son masque et le jeta. Comme je fixais le visage mutilé en dessous, je ne le vis pas atterrir dans la neige derrière lui. Son vrai visage était cent fois pire. Le côté gauche semblait arraché, les points de suture transperçaient sa peau tendue et gonflée. Un œil manquait : juste une masse de tissus à vif, avec d'autres points de suture qui ressortaient tels des poils épais et raides. Il s'était défiguré d'une manière inimaginable. Toutes les blessures de l'homme que j'avais interrogé à l'hôpital étaient révélées au grand jour.

Sous ses blessures, son expression trahissait une fureur à peine contenue. De la haine. Je m'efforçai de lui retourner le regard menaçant qu'il me lançait.

– Jetez vos armes et écartez-vous de mon chemin.

Les sirènes approchaient.

Je secouai la tête.

– C'est hors de question, Colin, et vous le savez.

– Ce n'est pas mon nom.

Le bébé se débattait dans ses bras, le repoussant de ses petites mains. Il plaça le couteau contre son visage. La panique s'ajouta à ma colère.

– Non...

– Alors, écartez-vous de mon chemin.

J'hésitai. La situation était inextricable. Il était hors de question que je le laisse partir, mais je ne pouvais pas non plus me jeter sur lui. Et, à en juger par son expression, il était tout à fait prêt à mettre sa menace à exécution. Il entendait lui aussi les sirènes et n'avait aucune intention d'être ici quand les voitures arriveraient. Si j'étais déterminé à l'arrêter, il n'avait rien à perdre. Une mort de plus ne signifiait pas grand-chose.

Allez. Réfléchis ! C'est ton boulot.

– Reardon a fait ce que vous vouliez, dis-je. Vous ne pouvez pas faire de mal à sa fille maintenant. Ce serait violer les règles.

– Le jour est levé. Les jeux sont faits. Vous avez trois secondes.

– Ne faites pas ça, Colin.
– Deux secondes.
Il posa à nouveau le couteau contre la joue de Karli.
– Une.
– OK.
J'abandonnai ma position de combat et balançai le vaporisateur et la matraque sur le côté. Je devais faire durer chaque seconde autant que possible tout en essayant de trouver un moyen de retourner la situation.
– Maintenant, laissez-moi passer.
À contrecœur, je m'écartai du chemin.
– Vous ne voulez plus me parler ?
– Nous en avons fini.
Il avança, s'approchant progressivement de moi.
– Vous m'avez donné encore plus que ce que j'attendais de vous.
Cette allusion à Lise me fit serrer les poings. Mais avant que j'aie le temps de dire quoi que ce fût...
Éclats de lumière au-dessus de nous. Rouges et bleus, balayant le jardin, projetant des ombres frémissantes sur la maison soudain ondoyante derrière lui. Je demeurai parfaitement immobile. Il scruta par-dessus mon épaule pendant un long moment, puis me regarda à nouveau avec une expression pleine de haine. Il appuya le couteau dans le pli du cou de Karli.
– Il est trop tard, Colin, dis-je. Vous ne pouvez plus vous en tirer.
– Chut ! murmura-t-il à Karli en continuant de me fixer.
Derrière moi, j'entendis des portières s'ouvrir. Des voix animées.
– Police !
Son de coudes s'appuyant brutalement sur des capots. Crépitement de radios. Bruits de pas. Je n'avais pas besoin de me retourner et je n'osais pas le faire. C'étaient les bruits d'une unité armée qui se mettait en place ; se déployant, prenant posi-

tion. Je ne les voyais pas, mais j'eus immédiatement conscience de toutes les armes braquées sur nous. Barnes, un tueur de flics.

Je levai un bras, main tremblante, et criai :

– Inspecteur Mark Nelson. Restez où vous êtes !

S'ils l'avaient dans leur ligne de mire, j'espérais presque qu'ils feraient feu, mais je savais que c'était trop risqué. Il aurait le temps de se servir du couteau et, même s'ils pouvaient l'atteindre, je ne voulais pas imaginer ce qui arriverait après le premier coup de feu : les salves qui risqueraient d'exploser à sa suite, avec Karli et moi dans la ligne de mire.

Barnes tenait l'enfant entre ses bras, enfouissant sa tête près de celle de Karli. Il lui parlait doucement, son souffle produisant de la vapeur dans l'air.

– Chut, allez !

– Vous ne pouvez pas vous en tirer, Colin. Pourquoi ne la posez-vous pas ?

– Chut !

Je jetai un coup d'œil en direction de la fenêtre illuminée et des traces de sang, mon cœur se serra.

– Vous avez tout ce que vous vouliez.

– Ça, c'est l'inspecteur Mark Nelson, dit doucement Barnes au bébé en larmes tout en me gardant à l'œil.

Il voulait que je voie ce qui allait se passer.

– Tu le vois, là ? Il devrait s'en faire pour toi, mais il s'en moque.

– Vous avez tout ce que vous vouliez, Colin. Qu'est-ce que ça va vous apporter ?

Barnes m'ignorait. Sa détermination se lisait sur son visage. Il avait décidé ce qu'il allait faire et il s'y préparait. La colère avait disparu et avait été remplacée par quelque chose d'encore plus horrible : l'anticipation.

– Ils vont vous massacrer, ne le comprenez-vous pas ? dis-je.

– Ça, je m'en moque. Je peux emporter ma moisson à la maison. Merde.

Un frisson me parcourut à nouveau. Karli se tortillait contre lui, mais il la maintenait fermement, l'étreignant avec sa main cassée. Les gyrophares striaient les contorsions de son visage.

– Mark aurait dû te protéger, murmura-t-il, mais il a décidé que ta mort était nécessaire pour m'empêcher de partir.

– Barnes, vous...

– Chut! répéta-t-il. Je sais à quel point ça doit être désagréable.

– Vous...

– Mais c'est ce que Mark fait tout le temps. Tu le vois, ça?

Tu délires. Bien sûr qu'il délirait. Mais dans sa tête tout cela était parfaitement logique. Il ne pouvait pas s'en sortir, mais il pouvait voler une dernière chose. Peu importait que tout cela fût le fruit d'une pathologie absurde: pour lui, c'était réel, alors il allait le faire. Et je ne pouvais pas l'en empêcher. Mes yeux oscillaient entre le visage de Karli et le sien, et mon cœur se serra lorsqu'il ferma son œil. Un sourire tremblota sur ses lèvres.

– Colin...

... Pendant un instant extrêmement bref, ce fut comme si j'étais ailleurs. Juste un éclair, mais il bourdonna dans ma tête, les sensations se répandant à travers moi. *Le rugissement de la mer emplissait mes oreilles et je tentais de m'agripper à la surface, mais celle-ci se dissolvait sous mes bras. Je me noyais et tout était flou, mais soudain j'ai vaguement aperçu la plage, face à moi, inaccessible, et tandis que je coulais je savais qu'il était là-bas, sur le rivage! Dieu merci! Oh, mon Dieu, il s'en était sorti!*

... puis je regardai à nouveau Barnes. Même alors que je voyais son bras se crisper, se préparer à trancher la gorge de Karli, je me contentai de le fixer. Tout le reste autour de moi s'évanouit.

Tu peux y arriver.

– Colin, dis-je, je crois que vous avez fait une erreur.

– Chut!

Sa voix était si faible que je l'entendais à peine.

– C'est pour bientôt.
– Vous avez un vrai problème maintenant. Vous ne le sentez pas, en vous ?
Il ne bougea pas son bras. Celui-ci demeurait crispé, prêt à passer à l'acte d'une seconde à l'autre. Mais il ouvrit son œil et me regarda.
– Moi, je le sens, dis-je.
– Ah oui ?
– Mais pas Karli.
Je m'efforçai de regarder son torse contusionné qui se soulevait et retombait doucement tandis que Barnes respirait. Je souriais, comme si ce que je disais avait vraiment un sens. Empathie.
– Je vous ai donné quelque chose à l'hôpital, dis-je.
– Et je vais l'emporter avec moi, répondit-il en acquiesçant.
Je secouai la tête, souriant toujours.
– Oui, mais vous avez fait une erreur. Vous pensez qu'elle me détestait au moment de sa mort, qu'elle s'était aperçue que je ne l'aimais pas assez pour la sauver. Mais c'est faux.
Il me regarda fixement. Son expression se durcit – le changement était presque imperceptible, mais il était bien là. Dieu sait comment, je parvins à maîtriser les tremblements de ma main tandis que je désignais son torse.
– Vous savez ce qu'elle pensait en mourant, Colin ? demandai-je. Vous savez ce que vous avez pris en vous ? Parce que, moi, je le sais. Elle pensait à combien elle m'aimait.
– Non, c'est faux ! Impossible !
Son sourire disparut lentement. Il y avait désormais quelque chose dans son œil. Un début de panique ?
Il analysait les conséquences de ce que je venais de dire, et j'essayais de mon côté d'en faire autant. Ce serait comme un éclat de lumière naissant lentement dans sa poitrine. Quelque chose qui jusque-là avait été perdu dans l'obscurité de son cœur, mais qui commençait à croître depuis que j'avais pointé le doigt dessus. Maintenant que Barnes en avait conscience, même s'il

ne me croyait pas totalement, je pariais qu'il ne parviendrait plus à l'ignorer.

— Elle m'a vu sur la plage et était heureuse que je sois en sécurité. Elle ne voulait pas que je vienne à son secours.

— C'est faux.

Mais je le sentais. Je le voyais sur son visage. Ça commençait à lui faire mal : à s'insinuer en lui, comme une tige de fer rougie pénétrant doucement ses entrailles.

Son bras se relâchait-il légèrement ? C'est ce qu'il me semblait. Le couteau s'était un peu écarté de la gorge de Karli. Sa main tremblait.

Mets la pression à cet enfoiré.

— Désolé, Colin, mais c'est la vérité. Voilà ce que vous avez en vous maintenant. Vous ne vous attendiez pas à ça, hein ?

Son visage était devenu blême. Il avait toujours été si minutieux, préparant tout avec tant de soin. Si méticuleux. Il ne supportait pas la possibilité qu'il avait pu faire une erreur. Ça gâchait tout.

— L'envers du sacrifice, dis-je. Que Lise n'ait pas voulu que je meure pour elle.

Il baissa lentement la main, jusqu'à ce que le couteau pende près de sa jambe. Je résistai à l'envie de me ruer sur lui. À la place, je regardai fixement son torse. Il respirait vite, fort, et je devais enfoncer le clou.

— Je me demande combien vous en avez de ce genre-là en vous ?

Sa poitrine cessa de bouger. Une seconde plus tard, le couteau tomba au sol, provoquant un bruit sourd dans la neige. Barnes émit un son faible. Un gémissement. Je levai à nouveau la main et criai aussi fort que possible :

— Ne tirez pas ! *Ne tirez pas !*

Je fixai Barnes un moment. Il me regardait toujours, mais son visage était vide, presque catatonique, comme si son esprit s'était refermé pour fuir l'horreur qu'il avait trouvée en lui.

Un sur deux

Il devait empoisonner l'amour avant de le prendre ; l'idée qu'il avait pu absorber quelque chose de pur lui était insupportable.

Karli se débattait et il ne semblait plus avoir la force de la tenir, je m'approchai prudemment et la lui pris des bras.

Sa main, maintenant vide, flotta dans l'air d'une manière hésitante. Puis il la porta à sa poitrine et commença à se griffer presque délicatement. Du sang frais se mit à couler de ses blessures. Puis, soudain, ses jambes se dérobèrent et il s'écroula près du couteau, se recroquevillant en position fœtale, s'étreignant le torse.

Je fis un pas en arrière, serrant fermement Karli et la regardant avec un sentiment proche de l'incrédulité. Elle était en vie. Barnes était à terre. Je semblais moi aussi aller bien, même si je m'apercevais maintenant que mon cœur battait à cent à l'heure. Bon Dieu, comme je tremblais !

Des bruits de pas derrière moi, martelant le chemin.

Je levai les yeux vers la fenêtre, la vitre brisée et les traînées de sang. Eileen.

– Non !

Mercer se précipita devant moi.

– Qu'est-ce que tu lui as fait ?

J'aperçus son visage, plein de désespoir, de peur, de haine, et, avant que j'aie pu réagir, il était sur Barnes, à moitié agenouillé, tombant presque, cherchant de ses grandes mains sa tête, sa gorge, le rouant de coups, l'étranglant.

– Qu'est-ce que tu as fait ?

Je posai Karli sur le sol et tentai de ceinturer Mercer, mais il me repoussa, manquant de me faire tomber à la renverse. Il avait trouvé dans son chagrin la force qui avait semblé lui manquer toute la journée et il semblait désormais plus fort : chaque émotion qui l'animait le rendait aussi solide qu'un ours.

– Arrêtez-le !

Mais les autres agents s'étaient approchés, formant un demi-cercle hésitant devant la maison. Ils tenaient à deux mains leur arme pointée vers le sol. Aucun d'eux n'esquissait le moindre geste en direction de Mercer. Ils se tenaient juste là et regardaient.

Il tenait Barnes par le cou, le soulevait puis le frappait contre le sol. Il continuait de hurler, tout son corps tendu vers un seul objectif : faire mal à cet homme. Barnes était une poupée sans vie : son corps ne réagissait pas, sa tête était désarticulée.

J'attrapai à nouveau Mercer, sous le bras, le soulevai en lui faisant une clé au cou et le tirai de toutes mes forces en arrière. Il était comme un poids mort. Il continuait de frapper. Les agents me vinrent enfin en aide et d'autres mains l'agrippèrent. Je reculai et les laissai s'occuper de lui. Il fallut quatre hommes pour soulever Mercer, l'écarter (Barnes se laissant presque entraîner avec lui) et le maîtriser.

Pendant un moment, il continua de leur hurler de le lâcher, mais ses paroles se transformèrent en sanglots incohérents. Je le regardai s'effondrer sous le poids des agents, puis il resta simplement agenouillé dans la neige, nous tournant le dos, couvrant son visage de ses mains.

Je baissai les yeux vers Barnes. Il ne bougeait plus et du sang lui dégoulinait du visage, de la tête. La neige était couverte de taches cramoisies. Je ne savais pas si cela était dû à ce que lui avait fait Mercer ou à ses blessures antérieures. Je soulevai à nouveau Karli. À cet instant, le chef de l'unité armée approcha et se posta à mes côtés, les yeux baissés vers Barnes. Il poussa un soupir et hocha la tête.

— Mercer vous a sauvé la vie sur ce coup. Ce salaud allait s'en prendre à vous.

Il me regarda une seconde, pour bien se faire comprendre.

— Exactement comme il l'a fait avec Andy.

Je le regardai droit dans les yeux.

— Espèce de connard !

Il haussa les épaules. Je lui tendis le bébé, il le prit et s'éloigna le long du chemin. Après l'avoir fusillé du regard quelques secondes de plus alors qu'il me tournait le dos, je m'accroupis près de Barnes et cherchai son pouls. Un moment, en vain. *Putain de merde.*

À quelques mètres de moi, Mercer était toujours à genoux. Ses sanglots avaient disparu. Je le regardai. Même au vu des circonstances, il allait sans doute payer le prix fort.

Cher inspecteur Mercer. Si vous trouvez ce mot, vous avez fait votre choix.

Et c'était vrai qu'il l'avait fait, encore et encore : son boulot avant sa femme. Et maintenant qu'il était trop tard, il avait fait le choix contraire. J'éprouvais un immense chagrin pour lui. De la compassion.

On est ici pour le soutenir.

Je tournai les yeux vers la maison silencieuse, vers la vitre ensanglantée. Je m'armai de courage. La première chose à faire pour le soutenir était d'aller voir là-haut.

– Assurez-vous qu'il n'entre pas dans la maison, lançai-je.

Les agents se contentèrent de me regarder. Mais je suppose que nous savions tous que John Mercer n'irait nulle part pour le moment.

Je me levai.

Je *peux essayer de l'aider.*

Le couteau gisait près du corps de Barnes.

Je me baissai et l'approchait du cadavre.

4 décembre
7 h 30
Dix minutes après le lever du jour

Eileen

À des kilomètres de là, de l'autre côté de la ville, Eileen dormait.
Le rêve était le même que celui qu'elle avait eu plus tôt, avant d'être réveillée par le coup de fil de Hunter. Elle flottait à travers la maison, notant toutes les absences, les vêtements manquants dans la garde-robe, les livres disparus des étagères.
Plusieurs jours auparavant, quand elle en avait parlé à John, elle avait craint qu'il ne l'abandonne – qu'il ne prenne ses affaires et la laisse seule. Mais maintenant elle comprenait la signification du rêve. Les objets manquants n'appartenaient pas à John ; c'étaient les siens, ça avait toujours été les siens. Au cours des jours à venir, en fonction de la tournure que prendraient les événements, le rêve pourrait bien devenir réalité. Mais, dans l'immédiat, elle s'était juste éloignée. Après avoir réparé le téléphone, Eileen avait appelé Deborah et, comme elle s'y attendait, sa sœur n'avait pas hésité à passer la chercher.
Le rêve la mena au bureau de John, elle fronça les sourcils dans son sommeil. Il y avait quelque chose de différent ; quelque chose n'allait pas. La pièce inimaginablement froide était plongée dans un déchaînement de violence invisible. Les papiers de John avaient été arrachés du mur et flottaient dans l'air. Eileen se tenait au milieu, regardant avec étonnement les feuilles en suspension autour d'elle.

——— **Un sur deux** ———

Crac !

Elle se tourna vers la fenêtre et vit la tache de sang en étoile. On aurait cru que quelqu'un avait, de rage, donné un coup de poing dans la vitre et s'était blessé. Une seconde plus tard, le sang se répandait à travers la vitre.

Peut-être était-ce John, hors de lui en comprenant ce qu'il avait perdu. Mais ça ne semblait pas coller non plus.

Elle flotta en rêve jusqu'au bureau où était posé l'ordinateur. Le mot était là où elle l'avait laissé et elle le regarda – puis elle tressaillit lorsqu'un mélange de sang et de salive craché avec dégoût apparut en son centre. John n'aurait jamais fait ça. La logique silencieuse du rêve lui disait que quelqu'un d'autre était responsable, mais elle ne savait qui.

Eileen souleva le mot avec précaution.

Le sang était perturbant, mais qu'importe. C'était juste un rêve et elle se rappelait exactement ce que disait la lettre, car elle en avait longuement soupesé chaque mot. Elle se calma un peu. Dans son sommeil, elle regardait la feuille et lisait ce que son mari lirait lorsqu'il rentrerait enfin à la maison.

D'accord, John. Si c'est ce dont tu as besoin, j'espère que tu es heureux.

Mais tu m'as menti et tu m'as laissée tomber. Tu ne pouvais pas m'appeler quand je te l'ai demandé. Tu ne pouvais même pas me dire la vérité. Je ne puis décrire combien j'ai souffert, mais le pire de tout est que je t'aime encore et que, à cause de ça, je comprends. C'est ce qui est le plus important pour toi, et tu dois donc le faire. Mais comprends que, pendant ce temps, je ne puisse plus être ici. Et peut-être après non plus.

Je suis en sécurité et je vais bien. Ma sœur passe me chercher. S'il te plaît, ne me contacte pas. Je t'appellerai le moment venu.

Je t'aime, toujours, E.

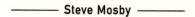 **Steve Mosby**

Endormie dans la chambre d'amis de sa sœur, Eileen se retourna et tendit le bras à travers la moitié de lit inoccupée. Et enfin, ses rêves cessèrent.

ÉPILOGUE

Le service était prévu pour 14 heures et je m'étais assuré de ne pas arriver en avance. Je ne voulais pas prendre place dans la chapelle principale. D'une part, il y aurait probablement beaucoup de monde, et je n'avais aucune envie de prendre la place de quelqu'un qui avait plus de raison que moi d'être là. D'autre part, j'avais hésité à venir. Étant donné ce qui s'était passé, j'avais jugé que je risquais de me sentir gêné et pas à ma place.

Mais il y avait des choses qui m'intriguaient, et j'avais fini par m'acheter un costume noir et m'étais quasiment traîné hors de mon appartement. À 13 h 55, je me garai sur un parking de graviers face à l'église, de l'autre côté de la rue. Nous n'étions plus qu'à quelques jours de Noël, mais le temps avait été clément depuis les événements qui s'étaient déroulés deux semaines plus tôt. Il n'avait plus neigé. Aujourd'hui, l'air était froid et sec ; le ciel d'un bleu clair sec. Tandis que je traversais la rue, un restant de givre de la nuit précédente faisait scintiller le goudron.

Je remontai seul l'allée, l'enveloppe à la main. J'avais aussi hésité à l'apporter. Je l'avais prise avant de partir, mais ne savais toujours pas ce que j'allais en faire. Peut-être que je la garderai sur moi à la fin du service.

Une brise cinglante soufflait. Elle me glaçait le visage et enroulait ma cravate en travers de ma veste.

Au bout de l'allée, près de l'église, il y avait une rangée de voitures noires. La procession était déjà arrivée, le cercueil avait été porté à l'intérieur. Des groupes de gens, jeunes et vieux, se massaient autour de l'entrée, suivant la famille et les amis proches qui étaient déjà entrés. D'autres attendaient sur la pelouse, finissant leur cigarette. Personne ne disait rien. Chacun semblait recroquevillé autour de ses pensées, comme pour les protéger du froid.

Une voûte de pierres en pointe flanquée de deux chapelles menait au porche de l'église. De nombreuses personnes attendaient devant la porte de gauche où se tiendrait le service. Je me dirigeai vers la chapelle de droite, les gens y étaient moins nombreux, un écran vidéo permettait de suivre la cérémonie.

Je m'assis sur un banc à l'arrière, seul.

– Jésus dit : « Je suis la résurrection et la vie. Celui qui croit en moi vivra, quand même il serait mort. Et quiconque vit et croit en moi ne mourra jamais. »

Le pasteur marqua une pause, repoussant ses lunettes sur son nez. Derrière lui, les enfants de chœur, vêtus de simples robes blanches, ressemblaient à des chandelles, trapues et éteintes.

– Nous sommes ici aujourd'hui pour pleurer le décès de Scott Andrew Banks.

Même *via* la retransmission vidéo, j'entendais des gens sangloter doucement. Scott avait été retrouvé peu après le lever du soleil, ligoté à un arbre à huit cents mètres de la clairière. La seule fois où j'avais vu son visage, si l'on omettait le tableau criard et fracturé sur son ordinateur, c'était dans le rapport d'autopsie. J'y avais appris qu'il avait subi exactement les mêmes blessures que l'homme que j'avais interrogé à l'hôpital. Barnes, ou quel qu'ait été son vrai nom, avait reproduit les tortures qu'il avait infligées à Scott sur son propre corps. Puis il avait abandonné Scott, qui était lentement mort de froid, mais nous ne saurions probablement jamais exactement ce qui s'était passé entre eux cette nuit-là.

À l'écran, nous pouvions voir le pasteur et les deux premiers rangs de l'assemblée. Je croyais distinguer Jodie à l'avant, sur la droite. C'était étrange que je ne l'aie toujours pas rencontrée. Je l'avais vue brièvement au commissariat le soir suivant les événements, mais je ne lui avais pas parlé et l'enquête nous avait été retirée le lendemain matin. Un agent de l'équipe de Hunter l'avait interrogée quelques jours plus tard et j'avais lu la retranscription. C'était alors que j'avais commencé à me poser des questions. Ce qui m'intéressait le plus, c'était ce qui n'était pas dans le rapport. Ça me rappela la photo que Scott conservait dans son portefeuille. La façon dont nous ne voyons que ce que les autres sont disposés à nous montrer.

– La mort est toujours tragique, poursuivit le pasteur. L'absence d'un être aimé est une chose que la plupart d'entre nous avons vécue, et chacun d'entre nous sait que la perte est un cataclysme. Dans le cas de Scott, c'est un jeune homme plein de vie et de talent qui nous a été pris avant l'heure, ce qui rend sa disparition d'autant plus difficile à supporter. Il laisse derrière lui une mère, Teri, un père, Michael, et sa petite amie, Jodie. Dans quelques moments nous chanterons un cantique tous ensemble, après quoi Jodie nous parlera de Scott et partagera quelques souvenirs avec nous.

Je baissai les yeux vers l'enveloppe entre mes mains, ne sachant toujours pas si je devais la lui donner ou non. L'ordinateur de Jodie et Scott était toujours au commissariat, mais le disque dur avait été analysé et le document qui était dans l'enveloppe n'avait été retrouvé dans aucun des fichiers. Il était pourtant clair que c'était Scott qui l'avait rédigé, ce qui signifiait que Barnes avait dû l'effacer lorsqu'il l'avait kidnappé. Puis il l'avait emporté dans la forêt, pour s'en servir contre Scott.

Cinq cents raisons de t'aimer.

Barnes l'avait abandonné avec le mot destiné à Mercer dans la vieille réserve. Quelques pages à la fin n'avaient pas été imprimées ou avaient disparu car la liste s'arrêtait au numéro 274. Mais c'était quand même quelque chose. Sur un coup de tête, j'en avais fait une copie. Je n'aurais pas dû, mais je m'étais dit que Scott aurait aimé que Jodie en ait une. Cependant, après avoir lu la retranscription de son interrogatoire, je n'en étais plus si sûr. Il y avait des choses dont je devais d'abord lui parler.

— Même si les êtres que nous aimons nous sont pris, nous devons, dans notre chagrin, essayer de nous souvenir d'une chose. Ils ont navigué de l'autre côté de l'horizon, mais l'horizon ne dépend que de ce que nous voyons sur le moment. Un jour, nous aussi nous effectuerons ce voyage et nous les reverrons. En ceci nous avons foi et croyons, grâce à Jésus-Christ, notre Seigneur.

Amen.

Je me laissai aller contre le dossier du banc. Même si, d'une certaine façon, cela m'aurait été utile, je ne trouvais aucune consolation dans la religion.

Une vie après la mort, un sens à tout, un Dieu qui nous observait avec bienveillance – pour moi, tout ça revenait à prendre ses désirs pour des réalités. Les gens qui nous avaient quittés n'existaient plus, sauf dans notre cœur et nos souvenirs. Il n'y avait ni récompense ni châtiment éternel. Pas de plan divin.

Mais je m'étais aperçu par le passé que les enterrements me permettaient de me détacher pendant quelque temps de mon intransigeante position intellectuelle. Pendant une demi-heure, j'arrivais à trouver un certain répit, à croire presque que si les gens disparaissaient, c'était que leur heure était venue, que quelqu'un, quelque part, les avait rappelés à lui.

Pendant une demi-heure, je pouvais faire comme si le « pourquoi ? » avait une réponse qui avait au moins un semblant de sens.

Mais aujourd'hui, impossible.

Quand je repensais à ce qui s'était passé chez les Mercer, je savais que Lise ne m'avait jamais envoyé cette espèce de message d'outre-tombe. Il n'y avait personne pour nous envoyer ce message. Lise demeurait perdue en mer et, où que fût son corps, elle ne pouvait plus se manifester. Elle ne me détestait pas ni ne m'aimait. Elle était simplement partie.

Un sur deux

Qu'est-ce que ça pouvait faire ce qu'elle avait pensé durant ces brefs instants dans l'eau ? Je n'avais jamais su ce qui lui était passé par la tête et, quoi que je décide de croire, ça n'y changerait rien. Parce qu'elle me manquait tant, je voulais imaginer son visage maintenant, comme si elle était toujours là. Je voulais entendre les choses qu'elle pourrait dire. Mais tout cela n'avait d'autre réalité que celle que j'imposais : celle que je m'inventais pour moi-même. La seule véritable vie après la mort est dans l'esprit de ceux qu'on laisse derrière nous.

Je pouvais choisir de me souvenir d'un ultime moment atroce, dont je ne saurais jamais rien, ou, à la place, je pouvais penser à toutes les années qui l'avaient précédé. Si j'optais pour cette dernière possibilité, ce que je verrais sur son visage ou les choses que je l'entendrais dire ne faisaient aucun doute.

Dorénavant, j'avais fait mon choix, je choisirais de penser à une Lise qui souriait.

Et je m'imaginerais que, lorsqu'elle me parlerait, elle me chuchoterait la vérité à l'oreille.

Tu n'aurais rien pu y faire.

Après le service, Jodie sortit de l'église, plissant les yeux face à la lumière vive du jour. Le ciel était d'un blanc gris, mais la lumière le transperçait, et, où qu'elle regarde, le monde étincelait. Le froid était cependant glacial. La vapeur de son souffle qui s'élevait en volutes dans l'air et le froid soudain sur ses joues lui rappelèrent brutalement la nuit où tout s'était passé.

Ne te laisse pas aller.

Mais elle continuait de trembler. À deux reprises elle avait dû interrompre sa lecture pour boire un peu d'eau. Sa main tremblait alors vraiment et, maintenant, c'était pire. Elle avait la gorge serrée, le ventre... Tout en elle était crispé, contracté. Elle reconnaissait cette sensation. C'était un mélange de panique et de désespoir, et il remontait inexorablement à la surface. Mais elle refusait de se laisser aller aux larmes ; elle ne pouvait tout simplement pas faire ça. Ne le devait pas. Sinon les gens la réconforteraient et elle craquerait pour de bon, peut-être même irrémédiablement.

Elle refusait de pleurer et c'était ça le problème. Elle ressentait une douleur, un chagrin, une culpabilité insupportables, et pourtant elle persistait. À chaque seconde, quelque chose brûlait en elle, une chose impossible à éteindre, comme si son âme s'était endormie trop près d'un feu. Et si quelqu'un la touchait, si elle pensait trop à ce qui s'était passé, ça se réveillerait et elle se mettrait à hurler.

Car personne ici ne connaissait la vérité.

Si ça la faisait souffrir – si c'était difficile –, alors c'était normal. C'était ce qu'elle méritait et elle ne pouvait se défiler. Les enterrements étaient censés jouer un rôle cathartique important dans le processus de deuil : vous laissiez sortir tout ce que vous gardiez en vous et tout le monde se joignait à vous. Vous tentiez tous de détourner les yeux de la tragédie pour célébrer à la place la vie qui l'avait précédée. C'était censé être une opportunité de dire au revoir ; une opportunité de dire : nous t'aimons. Peu importait qu'elle ait eu envie de se cacher, de disparaître, son devoir était d'être au centre de la cérémonie. Elle le devait non seulement à Scott, mais aussi à l'assemblée. À bien des égards, elle représentait le cœur de la tragédie et avait donc un rôle à jouer. Les gens avaient besoin d'elle. Ce n'était pas leur faute si en réalité c'était elle qui avait tout provoqué.

Tu ne peux pas penser comme ça. C'est idiot.

Mais non, ça ne l'était pas. La culpabilité qu'elle ressentait était vertueuse dans son intensité. Elle ne pouvait cependant pas la partager et n'avait aucun droit de s'effondrer à cause d'elle, aucun droit d'accepter ni compassion ni consolation.

Jodie inspira profondément et commença à aller d'un groupe à l'autre. À circuler, à faire savoir aux gens que ça allait et à s'assurer qu'eux aussi allaient bien. Elle serrait des mains et étreignait leurs amis communs, la famille et les collègues de

Scott. « Merci beaucoup d'être venu. » Encore et encore, elle entendait les mêmes phrases. « Toutes nos condoléances, disaient-ils. N'hésite pas à nous le dire si nous pouvons faire quoi que ce soit. » C'était presque insupportable, mais elle s'efforçait d'acquiescer : de jouer le rôle qu'on attendait d'elle. Il y avait de doux sourires tandis que de brefs souvenirs étaient partagés. On lui disait combien son hommage avait été beau, et elle devait réprimer l'envie de tourner les talons et partir en courant. Oui, combien elle l'avait aimé. Personne ne savait à quel point elle l'avait trahi, ou combien les paroles qu'elle venait de prononcer lui avaient semblé fausses. Toutes, sauf les dernières, quand elle s'était laissée aller : « Il me manque tellement. J'aimerais qu'il soit ici pour m'expliquer. » Et même ces paroles – les gens n'avaient pas pu comprendre ce qu'elles cachaient.

Ça montait en elle, à mesure qu'elle passait d'une personne à l'autre. Jodie se sentait hésiter, lutter. Elle ne pouvait pas pleurer. Elle ne pouvait pas se permettre de montrer l'étendue de sa dévastation. Savoir que les gens qui lui parlaient prendraient ça pour du chagrin ne faisait qu'empirer les choses. Mais elle n'en pouvait plus. Elle allait bientôt devoir fuir tout ça, avant de se noyer dans son chagrin, dans sa honte.

Je suis désolée, pensait-elle.

Un homme se tenait légèrement à l'écart des autres, appuyé contre un arbre, il la regardait patiemment. Jodie lui jeta un coup d'œil, puis détourna les yeux, troublée par la manière qu'il avait de la fixer. C'était comme s'il l'avait prise en défaut. Qui était-ce ? Comme il avait quelque chose de familier, elle le regarda à nouveau. Il avait à peu près le même âge qu'elle, il était grand, portait un costume noir et tenait une enveloppe. Elle s'en rappela au bout d'une seconde : elle l'avait vu ce soir-là, au poste de police.

Un inspecteur. Son cœur s'emballa légèrement.

Maintenant que leurs regards se croisaient, il lui sourit, mais, bien que son sourire fût chaleureux, elle détourna rapidement le regard. C'était Mark quelque chose ; elle le reconnaissait maintenant. C'était lui qui avait interrogé l'homme à l'hôpital, celui à qui John avait parlé au téléphone quand elle croyait encore que Scott était vivant. L'euphorie d'alors contrastait terriblement avec le désespoir qu'elle avait éprouvé depuis. Elle commençait à paniquer.

Tu vas devoir lui parler.

OK. Jodie rassembla son courage, tentant de conserver son calme, et elle se dirigea vers l'endroit où il se tenait. Le vent fit voler une mèche de cheveux en travers de son visage, elle la repoussa derrière son oreille.

– Bonjour, dit-elle en plissant les yeux à cause de la lumière. Merci d'être venu.

– Je voulais venir, répondit Mark. Je ne savais pas si je devais... mais, quoi qu'il en soit, je le voulais. Vous tenez le coup ?

– Oh, eh bien, vous savez...

Elle hésita ; c'était une question si directe et personnelle, surtout de la part de quelqu'un qui ne la connaissait pas. Mais elle avait en même temps quelque chose d'honnête. Elle fit un sourire forcé.

– Pas si bien que ça.

– Je comprends, dit-il. On nous a retiré l'enquête, mais j'ai lu l'interrogatoire. Je sais que ce n'est pas grand-chose, mais je suis désolé pour ce qui vous est arrivé.

– Merci.

Elle remarqua une nouvelle fois sa manière de dire les choses, d'exprimer de la compassion pas seulement pour sa perte, mais pour la situation dans son ensemble : *ce qui vous est arrivé.*

Sa panique s'accentua. Savait-il ?

– Comment va John ? demanda-t-elle.

Le regard de Mark se dirigea vers l'allée tandis qu'il réfléchissait. Il ne semblait pas y avoir de réponse facile à cette question, mais elle savait que bien des choses s'étaient passées dont elle n'avait pas connaissance. Elle n'avait pas revu John depuis cette nuit-là, mais l'agent qui avait pris sa déposition avait fait allusion à ses problèmes. Il semblait y avoir d'autres choses qui la dépassaient.

– Il va bien, finit par répondre Mark. Il ne travaille plus au département pour le moment. Mais ça aurait pu être bien pire.

– Si vous le voyez, dites-lui merci de ma part.

– Je le ferai.

Ni l'un ni l'autre n'ajouta rien pendant un moment, mais Jodie se sentait incapable de partir. D'une certaine manière, elle n'en avait pas envie. Le silence la poussa à poursuivre la conversation :

– Et l'homme ?

Mark continuait de regarder dans l'allée.

– Il est mort.

On le lui avait déjà dit, quand on l'avait interrogée – et elle s'aperçut que Mark devait être au courant. C'était comme si on lui soutirait doucement la vérité sans son consentement. Elle avait le cœur qui battait trop vite. Mais elle ne partait pas.

– Nous ne savons toujours pas qui il était vraiment, reprit Mark, mais je suppose que ça n'a aucune importance. Nous savons ce qu'il a fait à ses victimes, les choix qu'il les a forcés à faire.

Elle tremblait à nouveau, mais tenta de conserver une voix calme.

– Je vois.

Mark la regarda.

– Les choix impossibles, ajouta-t-il.

Pendant un moment, la panique menaça de la submerger. Il savait. Jodie le regarda fixement et il lui retourna son regard. La compassion sur son visage était cependant totalement différente du réconfort que les autres personnes présentes cherchaient à lui offrir. Elle avait quelque chose de sincère, de compréhensif. En dépit d'elle-même, Jodie se sentit soulagée.

Elle aurait voulu se laisser porter par ce regard, s'y appuyer et se reposer un moment. Au lieu de quoi, son visage se décomposa et elle fondit en larmes.

– Ça va, dit-il.

Elle n'avait pas eu l'intention de mentir à l'interrogatoire ; il s'agissait plus de ce qu'elle n'avait pas dit que de ce qu'elle avait fait, et l'omission avait été naturelle. Quand elle avait dit à l'agent que l'homme l'avait enfermée dans la réserve, c'était vrai. Et lorsqu'il lui avait demandé ce qui s'était passé ensuite, elle avait répondu qu'au bout d'un moment elle avait entendu Scott se mettre à hurler, et ça aussi c'était vrai. Il ne lui avait pas demandé ce qui s'était passé entre les deux.

Lorsqu'elle s'était retrouvée enfermée dans la réserve, la voix lui avait recommandé de ne pas penser à certaines choses, de se les sortir de la tête ; et c'était vraiment ce qu'elle avait fait. Sur le coup, ce qui comptait, c'était sortir de là vivante, et certaines choses – sa culpabilité et sa honte – n'allaient pas l'aider. Le conseil de la voix avait été pratique et rassurant. *Ne pense pas à ça*. Elle devait se tirer de là et tout faire pour qu'ils s'en sortent tous les deux indemnes. Mais, en définitive, il s'agissait surtout qu'elle s'en sorte indemne.

Elle avait donc repoussé les émotions et les sentiments qui risquaient de se placer en travers de son chemin. Elle avait délibérément cherché à ne pas penser à ce qui s'était passé quand l'homme au masque de diable était revenu dans la réserve. Au choix qu'elle avait eu à faire et à la rapidité avec laquelle la voix avait pris la décision à sa place.

Scott. La voix lui avait dit de se rappeler la douleur qu'il endurait, de s'en servir le moment venu, et c'est ce qu'elle avait fait. Mais aujourd'hui ces hurlements emplissaient ses pensées. La voix lui avait dit d'oublier le choix qu'elle avait dû faire pour sauver sa vie, mais maintenant, sous la surface, elle n'arrivait pas à penser à autre chose.

Je suis tellement désolée.

Mark posa une main sur son épaule tandis qu'elle pleurait.

– Ça va, répéta-t-il doucement. Selon moi, ça ne regarde personne d'autre. C'est aux personnes impliquées de vivre avec les conséquences. Personne n'a à juger.

Jodie regardait le sol. Mais elle hocha la tête.

Au bout d'un moment, Mark lui serra légèrement l'épaule, puis il ôta sa main.

– Tenez.

Il lui tendait quelque chose. Jodie s'attendait à l'enveloppe qu'il tenait à la main, mais à la place il lui offrait une petite carte de visite. Elle la saisit. Son nom et son numéro de téléphone au département figuraient dessus. L'implication était claire.

– Merci, dit-elle.

– Si jamais vous voulez parler, dit-il, vous savez où me trouver.

– Merci.

– C'est bon.

Il fit un pas en arrière, s'apprêtant à partir.

– Prenez soin de vous, Jodie.

Elle remarqua qu'il serrait désormais fermement l'enveloppe contre son ventre. Qu'il la protégeait presque.

– Qu'est-ce que c'est ? demanda Jodie.

Il lui fit un doux sourire.

– Quelque chose pour un autre jour.

Remerciements

Je remercie, comme toujours, mon agent littéraire, Carolyn Whitaker, et tous les gens formidables d'Orion qui m'ont aidé à rédiger ce livre ainsi que les autres, je pense notamment à Jon Wood et Genevieve Pegg.

Il y a aussi quelques personnes qui m'ont beaucoup apporté, et je dois énormément à James Kennedy qui m'a autorisé à reprendre son poème et à Gary Li qui m'a prodigué de précieux conseils.

J'exprime aussi ma gratitude à tous ceux qui m'ont soutenu et témoigné leur amitié : John Connor et Simon Logan, tous deux écrivains ; J. et Ang, Neil et Helen, Keleigh et Rich, Ben et Megan, Till et Bex, Cass et Mark, Gillian et Roger, Katrina, Emma Lindley, Marie, Debbie, Sarah, Nic, Jodie, Emma et Zoe, Jess, Carolyn, Julie, Louise, Beccy Ship et Paula, Liz et Ben, Colin, Fiona et tout le département de sociologie de l'université de Leeds. Et, comme toujours, je remercie ma mère, mon père, John et Roy.

Et surtout, un immense merci à Lynn : sans toi, je n'y serais pas arrivé. C'est ainsi que cette histoire d'amour très noire t'est dédiée... Oui, mais avec tout le côté sentimental et vieux jeu ! Et pour la vie !

L'éditeur tient à remercier Julie Levy, Hubert Robin et Fabrice Pointeau pour leur aimable collaboration.

À paraître

Avril 2008 :

Sara Gran, *Dope*
Traduit de l'anglais (États-Unis) par Françoise Smith.

« Intime, effrayant, magnifique. » *Bret Easton Ellis*
« Un noir parfait. » *George Pelecanos*
« Addictif ! » *Kate Atkinson*

Joséphine devrait être morte. D'une overdose. D'une balle tirée par un flic. D'une rencontre sordide. Pourtant, elle s'en est tirée. Et elle essaie aujourd'hui tant bien que mal de refaire sa vie.

Aussi saute-t-elle sur l'occasion lorsqu'un couple fortuné de Long Island lui propose de retrouver leur fille Nadine, jeune étudiante disparue après avoir sombré dans la drogue. La police a cessé les recherches, les détectives ont échoué. Joséphine, dont l'itinéraire est semblable à celui de leur fille, est leur dernier espoir.

Voici donc Joséphine de retour sur les lieux de sa déchéance, dans les bas-fonds de Manhattan, parmi les junkies, les dealers, les prostituées et dans les bars de nuit, un monde qu'elle croyait avoir définitivement laissé derrière elle. Plus encore que ses anciennes fréquentations, c'est son propre passé qu'elle devra affronter pour retrouver Nadine. Et elle n'est pas au bout de ses surprises.

Sara Gran est née à Brooklyn en 1971. Dope est son premier roman publié en France. Les droits d'adaptation cinématographique ont été achetés par la Paramount.

Mai 2008 :

Miles Corwin, *Homicide Special*
Traduit de l'anglais (États-Unis) par Jérôme Schmidt.

« Un livre génial, rugueux, qui se lit comme un roman. Les flics des homicides comme vous ne les avez jamais vus. L'équivalent d'un pit-bull littéraire : indispensable ! » James Ellroy

« Remarquable. Du grand journalisme, une histoire fascinante, passionnante et souvent déchirante. Miles Corwin a écrit un livre important. Cette histoire de victimes, d'assassins et de leurs intermédiaires fatigués – les flics de la brigade des homicides – est un traité éloquent sur la tragédie qui endeuille notre société. » Michael Connelly

« La face la plus noire de L.A. Déchirant, violent, terriblement humain. On en reste bouche bée. » Jonathan Kellerman

Une jeune call-girl originaire de Kiev est retrouvée assassinée. Une enquête est ouverte sur le meurtre de Haing S. Ngor, l'acteur principal de *La Déchirure*. On ressort le dossier d'une adolescente tuée trente-huit ans plus tôt. Robert Blake, le célèbre inspecteur Baretta à la télévision et l'un des héros de *Lost Highway*, est soupçonné d'avoir tué sa femme.

Tel est le quotidien des inspecteurs de la légendaire brigade des homicides de Los Angeles, unité d'élite du LAPD en charge des crimes les plus complexes de la ville que Miles Corwin, reporter au *Los Angeles Times*, a eu le privilège exceptionnel de suivre pendant plusieurs mois.

Avec luxe de détails et d'anecdotes et un sens de l'intrigue digne des plus grands auteurs de thrillers, il nous fait vivre au jour le jour quelques affaires délicates et éclaire de façon inédite les méthodes de travail de ces flics pas comme les autres. Les luttes entre les services, en particulier avec le FBI, la loi qu'il faut parfois savoir contourner, la psychologie très particulière des interrogatoires, l'épuisement psychologique, la fatigue et le dégoût, les querelles de personnes... C'est ce quotidien éprouvant qu'il restitue, sans jamais perdre de vue l'aspect humain, souvent mis à mal, de ses protagonistes.

Livre de chevet des plus grands auteurs de thrillers, parfait contrepoint aux romans de James Ellroy ou de Robert Crais, *Homicide Special* nous relate avec un réalisme terrifiant une réalité qui dépasse largement la fiction. On constatera à la lecture de ce livre que les inspecteurs Knolls et McCartin, Stephens et Coulter, héros anonymes du LAPD, n'ont rien à envier au Bosch de Michael Connelly ou au Sturgis de Jonathan Kellerman.

Septembre 2008.

R. J. Ellory, *Seul le silence*
Traduit de l'anglais par Fabrice Pointeau.

« *Un livre magnifique, qui vous hantera longtemps. Un véritable tour de force.* » Michael Connelly

Joseph Vaughan, écrivain à succès, tient en joue un tueur en série, dans l'ombre duquel il vit depuis bientôt trente ans.

Joseph a 12 ans lorsqu'il découvre dans son village de Géorgie le corps horriblement mutilé d'une fillette assassinée. La première victime d'une longue série qui laissera longtemps la police impuissante.

Des années plus tard, lorsque l'affaire semble élucidée, Joseph décide de changer de vie et s'installe à New York pour oublier les séquelles de cette histoire qui l'a touché de trop près. Lorsqu'il comprend que le tueur est toujours à l'œuvre, il n'a d'autre solution pour échapper à ses démons, alors que les cadavres d'enfants se multiplient, que de reprendre une enquête qui le hante afin de démasquer le vrai coupable, dont l'identité ne sera révélée que dans les toutes dernières pages.

Plus encore qu'un roman de *serial killer* à la mécanique parfaite et au suspense constant, *Seul le silence* marque une date dans l'histoire du thriller. Avec ce récit crépusculaire à la noirceur absolue, sans concession aucune, R. J. Ellory évoque autant William Styron que Norman Mailer par la puissance de son écriture et la complexité des émotions qu'il met en jeu.

R. J. Ellory est né en 1965. Après l'orphelinat et la prison, il devient guitariste dans un groupe de rock, avant de se tourner vers la photographie. Seul le silence est son premier roman publié en France.

Mis en pages par DV Arts Graphiques à La Rochelle
Imprimé en France par Bussière à Saint-Amand-Montrond (Cher)
Dépôt légal : janvier 2008
Suite du premier tirage : avril 2008
N° d'édition : 008/05 – N° d'impression : 081544/1
ISBN 978-2-35584-008-1